Przełamywać bariery

Amazonki z Ridgewater
Tom 2

CAITLYN LYNCH

shenaniganspress.com/PL

Spis treści

Podziękowania — V

1. Rozdział pierwszy — 1

2. Rozdział drugi — 15

3. Rozdział trzeci — 31

4. Rozdział czwarty — 45

5. Rozdział piąty — 59

6. Rozdział szósty — 74

7. Rozdział siódmy — 92

8. Rozdział ósmy — 107

9. Rozdział dziewiąty — 123

10. Rozdział Dziesiąty — 140

11. Rozdział jedenasty — 161

12.	Rozdział dwunasty	176
13.	Rozdział trzynasty	193
14.	Rozdział czternasty	210
15.	Rozdział piętnasty	227
16.	Rozdział szesnasty	247
17.	Rozdział siedemnasty	264
18.	Rozdział osiemnasty	281
19.	Rozdział dziewiętnasty	296
Dyniowe skony Pip		312
Inne książki autorki Caitlyn Lynch		315

Podziękowania

Ta seria nie mogłaby powstać bez życzliwości ekspertów od koni ze wszystkich obszarów branży, którzy dzielili się ze mną swoją wiedzą, w większości przypadków nie mając bladego pojęcia, dlaczego zadaję te najwyraźniej szalone pytania. Zapewniam, że wszelkie błędy obciążają wyłącznie mnie.

Charlotte, znakomita lekarka weterynarii koni

Caleb, kowal, który ma rozsądne ceny i jest niezawodny (jak złoto!)

Emma, terapeutka metody Mastersona o naprawdę magicznych rękach

Tamara, trenerka koni po torze (OTTB) i instruktorka

Katie Van Slyke, której nie znam osobiście, ale spostrzeżenia z jej mediów społecznościowych podsunęły mi pomysł na przekręt hodowlany w tej książce... choć nie wierzę, by dziś w Australii było to możliwe tak, jak sugeruję w tej książce, bo branża jest teraz naprawdę ściśle uregulowana, a wiele czołowych koni sportowych przechodzi badania DNA. Za wszelkie przyjęte swobody odpowiadam wyłącznie ja.

A także ludziom społeczności jeździeckiej w Elimbah, którzy obecnie walczą o swoje domy z molochem Main Roads, batalii, która stała się inspiracją dla walki o obwodnicę, którą toczą McKenzie'owie.

Rozdział pierwszy

Kostki palców Jake'a Harrisona pobielały na kierownicy, gdy wjechał na szczyt wzgórza, z którego rozciągał się widok na Ridgemont. Poranne słońce odbijało się oślepiająco od przedniej szyby, zmuszając go do mrużenia oczu na widok jednej głównej ulicy ciągnącej się w dole. Spłowiałe sklepy, skąpy ruch, niespieszne tempo wiejskiego Queensland. Dokładnie o to prosił. Nowy start, daleko od komplikacji i błędów w Brisbane.

Spojrzał na zegarek. Piętnaście minut przed czasem na pierwszą służbę, zgodnie z planem.

Miasteczko wyglądało jak setki innych rozsianych po rolniczym krajobrazie Queensland: piekarnia z wyblakłą markizą, pub, którego szyld obiecywał wyblakłymi literami zimne piwo, sklep z zaopatrzeniem rolniczym, gdzie farmerzy w zakurzonych pick-upach ładowali paszę. Prosto. Przewidywalnie. Bezpiecznie. Zupełnie nie jak Brisbane w ostatnich miesiącach.

Za komisariatem, niewielkim ceglanym budynkiem, który swoje już przeszedł, Jake poprawił mundur i przeciągnął dłonią po krótko przyciętych blond włosach. Flaga Australii wisiała bezwładnie w nieruchomym, kwietniowym powietrzu, nawet podmuch wiatru jej nie poruszał.

— Zgodnie z procedurą — mruknął. Ten nawyk dobrze mu służył w akademii i przez lata na służbie. Robić wszystko jak należy, krok po kroku, zachowywać kontrolę. Jego mantra, wykuwana po tym, jak patrzył, jak życie kolegi się rozpada, gdy ten zignorował zasady.

Wnętrze komisariatu odpowiadało zewnętrzu: funkcjonalne, ale przestarzałe. Podłogi z linoleum, recepcja z wysłużonym blatem z drewna przykrytym szybą ochronną, ściany oblepione lokalnymi ogłoszeniami. Klimatyzacja buczała z wysiłkiem, walcząc z porannym upałem.

— Starszy konstabl Harrison. — Z tylnego biura wyszedł krępy mężczyzna z siwiejącymi włosami, wyciągając dłoń. — Sierżant Neil Porter. Witamy na końcu świata.

Uścisk Jake'a był stanowczy. — Dziękuję, panie sierżancie. Cieszę się, że tu jestem.

— Brisbane Central, prawda? Tu jest trochę inaczej. — W oczach Portera błysnęło zrozumienie kogoś, kto widział już niejednego funkcjonariusza przenoszącego się na wieś po kłopotach w mieście.

— Właśnie to mnie kusi, panie sierżancie. — Zaskoczyła go własna szczerość. — Chcę służyć lokalnej społeczności.

Porter skinął, nie drążąc tematu. — Cóż, mamy dla pana prezent powitalny. To wcale nie taki spokojny rewir, jakiego mógł się pan spodziewać. — Wskazał na mały gabinet, gdzie uprzątnięto biurko. — Chodźmy.

Żołądek Jake'a ścisnął się. Prosił o ten przydział właśnie ze względu na niską przestępczość.

Porter z łoskotem rzucił na biurko grubą teczkę z manili. — Kradzieże inwentarza. Konkretnie koni. Nękają okolicę od miesiąca.

Jake otworzył teczkę, zachowując niewzruszoną minę, choć jego ramiona nieznacznie opadły, a napięcie zelżało. Kradzieże inwentarza. Nie narkotykowe rajdy ani taranowanie wystaw kradzionymi autami. Pierwsza strona — raport z Westridge Stock Company: dwie klacze zniknęły z tylnego pastwiska, każda warta 8 000 $. Następna strona opisywała podobną kradzież z mniejszej posiadłości: jedna klacz hodowlana warta 15 000 $ zniknęła bez śladu, razem z cennym źrebakiem pod sercem.

— Ile spraw? — Jake przerzucał plik raportów.

— Siedem posiadłości trafionych w ciągu ostatnich czterech miesięcy. W sumie piętnaście koni, wszystkie wartościowe. Brak śladów forsowania bram, brak śladów opon tam, gdzie nie powinno ich być. Kto to robi, zna się na koniach i zna teren.

Jake skinął, układając papiery w równe stosy, chłonąc informacje. Mapy posesji, zeznania świadków (albo ich brak), wyceny skradzionych zwierząt. Jego umysł automatycznie zaczynał kategoryzować, szukać wzorców. Proceduralne podejście, które zawsze było jego mocną stroną.

— Jakieś tropy? — zapytał neutralnym tonem.

Porter pokręcił głową. — Nic solidnego. Miejscowi robią się nerwowi. To nie tylko pupile, to źródło utrzymania. Konie hodowlane, sportowe. Niektóre warte sześciocyfrowe kwoty, albo byłyby, gdyby je w ogóle wystawić na sprzedaż. Właściciele traktują je jak rodzinę.

— Czy jakieś miejsce zostało uderzone więcej niż raz?

— Jeszcze nie, ale ludzie boją się, że to ich kolej. Montują kamery, śpią w stajniach, pełen pakiet. I nie są zadowoleni z naszych postępów, czyli dokładnie żadnych.

Szczęka Jake'a drgnęła, zanim opanował wyraz twarzy. Chciał cichych ulic, drobnych sporów, może czasem pijanego kierowcy. Problemów z jasnymi procedurami i minimalnym ładunkiem emocji. Zamiast tego wchodził w kociołek oczekiwań społeczności i poważnych stawek finansowych.

Przynajmniej chodzi tylko o zwierzęta, powiedział sobie. *Tu nie ma zagrożenia dla ludzkiego życia.*

— Rozumiem. — Układał dalej papiery w logicznym porządku. — Zajmę się tym priorytetowo. Najpierw zmapuję zdarzenia i poszukam wzorców geograficznych. Potem przesłuchania wszystkich poszkodowanych właścicieli.

Porter wyglądał na umiarkowanie zaskoczonego metodyczną reakcją Jake'a. — Dobrze. Największej posiadłości w okolicy na szczęście jeszcze nie ruszyli. Ridgewater, przy drodze na zachód. Prowadzą ją byli olimpijczycy, państwo McKenzie. Mają jedne z najcenniejszych koni hodowlanych w Queensland. Jeśli tam zaczną znikać konie, będzie piekło.

Jake zanotował. — Złożę im wizytę, ocenię zabezpieczenia.

— Uprzedzam, po uszy walczą z zarządem dróg o planowaną obwodnicę. W tej chwili nie pałają sympatią do przedstawicieli władzy. — Kąciki ust Portera drgnęły, jakby go to bawiło.

— Zanotowane. — Pióro Jake'a sunęło po kartce równymi, powtarzalnymi ruchami.

Gdy Porter zostawił go, by rozstawił się przy biurku, Jake wpatrywał się w stos akt. Znajomy ciężar odpowiedzialności przygniatał go mocniej, niż powinien w przypadku rutynowych kradzieży. Ale nic już nie wydawało się rutynowe, nie od czasu Brisbane. Od kiedy nie rozpoznał oznak zagrożenia, nie uwierzył w lęk pewnej kobiety, nie zapobiegł temu, co potem nastąpiło.

Wydrukował mapę i zaczął zaznaczać miejsca kradzieży precyzyjnymi czerwonymi kropkami, łącząc je prostymi liniami przy pomocy linijki. Znajomy proces wprowadzania porządku w chaos uspokajał mu puls. To było inne niż w Brisbane. To były konie, nie ludzie. Przestępstwa przeciwko mieniu, nie potencjalna przemoc. Z tym mógł sobie poradzić według książki.

Kiedy skończył porządkować akta, miał już wstępny harmonogram zdarzeń i analizę wzorców. Wyrównał krawędzie papierów, idealnie zgrywając je z brzegiem biurka.

— Zajmę się tym priorytetowo — powiedział, gdy Porter wrócił, by go sprawdzić. — Te kradzieże są wyrafinowane i ewidentnie celowane. Natychmiast rozpocznę systematyczne dochodzenie.

Porter skinął, najwyraźniej usatysfakcjonowany. — Dobra robota. Witamy w Ridgemont, Harrison. Mam nadzieję, że znajdzie pan tutaj to, czego pan szuka.

Wyraz twarzy Jake'a pozostał zawodowo neutralny, ale palce mocniej ścisnęły długopis. On również.

Pip Rodriguez-McKenzie cmoknęła cicho językiem, gdy Glitter zarzucił głową, a brązowozłota sierść bułanego kucyka lśniła w porannym słońcu. — Spokojnie teraz — szepnęła, jej głos ledwie niósł się przez okrągły wybieg. Przeniosła ciężar ciała, a uszy kuca od razu drgnęły w jej stronę, przyjmując komendę, choć nie padło ani jedno słowo. To był język, którym Pip posługiwała się najpłynniej: nieme porozumienie człowieka z koniem, które potrafiło skłonić nawet najbardziej uparte zwierzę do ustąpienia i poddania się jej prowadzeniu.

Glitter nagle uskoczył w bok, testując ją, a jego gęsta czarna grzywa opadła na jedno oko, jakby ukrywał psotne zamiary. Mierzył ledwie dziesięć dłoni w kłębie, niewiele większy niż sama Pip. To, czego brakowało jej w centymetrach, nadrabiała jednak obecnością.

— Widzę cię. — W jej głos wplótł się śmiech. Skorygowała pozycję, palcami lekko przypominając wodzami, kto tu podejmuje decyzje. Uszy kuca znów drgnęły i zesztywniał, czekając na następną wskazówkę. To był ich taniec; Glitter naciskał, a Pip odpowiadała niewzruszoną konsekwencją, aż uznał ją za przewodniczkę.

Ścisnęła łydkami jego boki, kładąc nacisk stanowczo, lecz łagodnie. Reakcja była natychmiastowa. Glitter przeszedł z postoju do idealnego kłusa, jego kopyta uderzały o ziemię z rytmiczną precyzją. Uśmiech Pip się rozszerzył. Trzy miesiące temu był praktycznie nie do opanowania, kupiony za grosze na wyprzedaży w Laidley, bo nikt nie chciał wydawać pieniędzy, których potrzebował na skomplikowany zabieg weterynaryjny. Teraz poruszał się jak kuc pokazowy, którym miał się stać.

Zza ogrodzenia okrągłego wybiegu kilka par końskich oczu przyglądało się z ciekawością. Każdy padok mieścił kucyki na innym etapie programu szkoleniowego Pip: jedne były świeżymi nabytkami jak Glitter, inne — gotowym produktem na sprzedaż. Ich błyszcząca sierść i czujne spojrzenia świadczyły o jakości opieki. To nie były byle jakie kucyki; to były marzenia matek, zwycięskie kucyki pokazowe, którym można zaufać nawet z wrzeszczącym brzdącem.

— Idzie mu dziś rewelacyjnie! — zawołała Jemima McKenzie z miejsca, gdzie przysiadła na poręczy ogrodzenia, a jej blond włosy chwytały promienie słońca. Miała osiem lat, a już przejawiała wrodzony koński instynkt rodziny McKenzie. Ponieważ trwały ferie, mianowała się nieoficjalną asystentką Pip. — Mogę odprowadzić go do stajni, kiedy skończysz? Proszę?

— Zobaczymy, jak się zachowa do końca treningu. — Pip nie traciła koncentracji, prowadząc Glittera przez serię przejść. — Ale jeśli będzie tak słuchał, to tak. Pod nadzorem Hany. — Zerknęła na koreańską backpackerkę, która właśnie zgarniała gnój z sąsiedniego padoku. Hana podniosła wzrok i skinęła głową.

Jemima zacisnęła pięść w geście triumfu, po czym szybko spoważniała, próbując naśladować zawodowy spokój Pip. Ten wysiłek wywołał u Pip drżenie kącików ust.

Skupiła się znów w pełni na Glitterze, który zaczął wyprzedzać jej sygnały, a jego uszy nieustannie obracały się, by wychwycić subtelne polecenia. Jak na tak małego kuca miał ogromną prezencję — właśnie to przyciągnęło wzrok Pip na aukcji. Pod skołtunioną sierścią i podejrzliwym nastawieniem krył się kuc o idealnej budowie i naturalnym ruchu, który przyciągnie oko każdego sędziego.

— I stój. — Jej ciało wydało komendę jeszcze przed słowami. Glitter zatrzymał się równo, stojąc spokojnie tam, gdzie wiele młodych kucy by się wierciło. — Dobry chłopiec. — Poklepała go po szyi, czując pod dłonią ciepło sierści.

Bryza niosła zapach siana i końskiego potu, mieszający się z ziemistą wonią świeżo zroszonej ujeżdżalni. Kwiecień w Queensland był przyjemnie ciepły: najgorsze letnie upały minęły, a zimowy chłód jeszcze nie nadszedł. Idealna pogoda do treningu. Poprosiła Glittera o ponowny ruch naprzód, tym razem o płynny galop.

Jej sylwetka poruszała się w doskonałej harmonii z ruchem kuca, czyniąc trudne ćwiczenie pozornie bezwysiłkowym. Lata jako dżokejka dały jej wyjątkowy dosiad, a choć porzuciła wyścigi po śmierci Kita, te umiejętności idealnie przełożyły się na nową karierę.

— Zobacz, jak podciąga kolana! — zachwyciła się Jemima, wskazując, gdy Glitter przy każdym kroku wysoko unosił przednie nogi. — Będzie niesamowity na skokach.

Pip skinęła, już wyobrażając sobie Glittera na ringu. — Ma naturalną elewację. Gdy tylko zacznie pewnie skakać, będzie idealny do klas na uwiązie z maluszkami.

— Będzie gotowy na Easter Show? — Oczy Jemimy zabłysły z oczekiwaniem.

— Nie pod siodłem, to już za tydzień! Ale wezmę go do klasy w ręku, a może do lata będzie gotów do klas pod siodłem. Potrzebuje jeszcze obycia z tłumem i głośnikami. Talent ma, musimy tylko zbudować mu pewność siebie.

Sprowadziła Glittera do kłusa, potem do stępa, schładzając go po wysiłku. Kuc parsknął cicho nozdrzami, wyraźnie z siebie zadowolony. Z sąsiednich padoków kilka kucyków zarżało, może z zazdrości o uwagę, a może z nadzieją, że teraz kolej na nie.

Interes Pip rósł systematycznie przez siedem lat od założenia, przeobrażając się z projektu na przeczekanie w jedną z najbardziej cenionych stajni treningu kuców w Queensland. Lista oczekujących na wyszkolone kucyki sięgała miesięcy, a rodzice byli gotowi płacić niemałe kwoty za zwierzęta, którym mogli powierzyć swoje najdroższe skarby. Bezpieczeństwo finansowe, jakie to dawało, było pociechą, której nie oczekiwała, gdy zaczynała ratować i reedukować kucyki w ramach terapii po utracie męża.

Dźwięk opon na żwirze przyciągnął jej uwagę. Odwróciła się i zobaczyła obcy, luksusowy SUV wspinający się podjazdem. Pip poprawiła marynarkę do jazdy i strząsnęła kurz z bryczesów. Nadjechała nowa potencjalna klientka — zapowiadał się jeszcze lepszy dzień.

SUV zatrzymał się z chrzęstem na żwirowym podjeździe, a jego lśniąca czarna karoseria odbijała późnoporanne słońce. Pip obserwowała pojazd, nie przerywając pracy z Glitterem; dostrzegła logo Porsche i spersonalizowane tablice. Z samochodu wysiadła elegancka kobieta, wygładzając jedwabną bluzkę, po czym cicho domknęła drzwi. Potencjalni kupcy zdradzali się w takich pierwszych chwilach: ostrożni trzymali dystans od koni, zbyt pewni siebie natychmiast próbowali dominować, a poważni najpierw w milczeniu obserwowali, zanim się odezwali. Ta kobieta, z pewnym krokiem i oceniającym spojrzeniem, należała do tej trzeciej kategorii.

— Dzień dobry — zawołała Pip, prowadząc Glittera przez idealną ósemkę. — Zaraz do pani podejdę.

Kobieta skinęła głową, stając w szacownej odległości od bramy. Była wysoka i smukła, w skrojonych na miarę spodniach i butach, które wyglądały na drogie — mundur zamożnych jeźdźców na całym świecie. Jej oczy śledziły ruchy Pip z oczywistym zainteresowaniem, rejestrując precyzję, z jaką obchodziła się ze złotym bułanem.

— Piękne zwierzę — powiedziała z autentycznym uznaniem. — Mieszaniec z walijczykiem?

— Tak sądzę. Dziesięć dłoni. Wciąż w treningu, ale robi świetne postępy. — Pip poklepała Glittera po szyi, po czym płynnym ruchem zsunęła się z siodła.

Brwi kobiety lekko się uniosły, może zaskoczone, jak drobna jest Pip. To częsta reakcja, do której Pip przywykła przez lata. Ludzie wyobrażali sobie, że trener koni to ktoś wysoki, onieśmielający, a nie ktoś, komu nawet w oficerkach do 4 stóp i 10 cali sporo brakuje.

— Pip Rodriguez-McKenzie. Witam w Ridgewater.

— Claire Harrington. — Uścisk kobiety był stanowczy. — Dzwoniłam wczoraj w sprawie ewentualnego zakupu kuca pokazowego dla córki. Ma pani świetną reputację. — Wciąż jednak wyglądała na nieco sceptyczną; głowa Pip nie sięgała jej nawet do ramienia.

Pip uśmiechnęła się. — Mały wzrost ma z kucami swoje zalety. Potrafię jeździć i szkolić kucyki w sposób, w jaki dzieci jeszcze nie potrafią — brakuje im siły i lat doświadczenia. Mogę „zaprogramować" w nich reakcje na delikatne sygnały, które muszą być gotowe, zanim w ogóle dopuści się do nich dziecko.

Jakby na potwierdzenie zrobiła mały krok w bok, zaznaczając przestrzeń, a Glitter natychmiast się cofnął, oddając jej miejsce. Claire skinęła z wyraźnym podziwem.

— Jemimo, weź z Haną Glittera do czyszczenia, dobrze? Dziś spisał się znakomicie.

Jemima podskoczyła radośnie, a Hana ruszyła w bardziej miarowym tempie. — Chodź, Glitter! Będziesz taki przystojniak, jak skończę.

Pip podała uwiąz Jemimie, posyłając Hanie znaczące spojrzenie, które jasno wyrażało oczekiwania co do nadzoru. — Upewnijcie się, że grzywa będzie porządnie rozczesana. I nie zapomnijcie...

— Olejku kokosowego na kopyta, wiem. — Jemima spoważniała. — I dodatkowej marchewki, bo był taki dzielny.

— Jedna mała marchewka. Nie chcemy, żeby się rozpuścił.

Gdy Hana odprowadzała Glittera, a Jemima trajkotała u jej boku, Pip skupiła całą uwagę na Claire. — To co, obejrzymy kilka opcji dla pani córki? Ile ma lat?

— Dziewięć, ale jest dość drobna. Jeździ jednak na kucach szkółkowych od trzech lat i dobrze sobie radzi na lokalnych zawodach. Jesteśmy gotowi zainwestować w coś z prawdziwym potencjałem.

Pip skinęła i poprowadziła wzdłuż szeregu padoków, gdzie kucyki w różnych maściach spokojnie skubały trawę. — Mam kilka kucy w przedziale między 12 a 14 dłoni w kłębie, odpowiednich dla dzieci od ośmiu do czternastu lat, zależnie od wzrostu i wagi. Większość trenuję wszechstronnie, bo z doświadczenia wiem, że dzieci chcą spróbować wszystkiego. Moja siostrzenica Jemima na pewno!

Claire uśmiechnęła się. — Och tak. Emmeline chciała wystartować dosłownie w każdej klasie dla swojego wieku na Woodford Show. Łącznie z biegiem z jajkiem na łyżce i klasą skoków na 80 centymetrów, kiedy wcześniej największa przeszkoda, jaką pokonała, miała 50!

Zatrzymały się przy padoku, gdzie lekko zbudowana, siwa w cętki klacz z falującą grzywą kłusowała wzdłuż ogrodzenia, popisując się naturalnym, lekkim ruchem.

— To Meredith. — Pip patrzyła na śliczną klacz z dumą. — Trzynaście dłoni, siedem lat, na pewno domieszka araba z tym wklęsłym profilem. Ma szczególny talent do ujeżdżenia; piękne chody boczne i potrafi zrobić ładną zmianę nogi w locie. Bardzo delikatnie przyjmuje wędzidło, nadaje się dla pewnej siebie młodej amazonki.

Claire oceniła ruch klaczy fachowym okiem. — Piękna elewacja. Jaki ma dorobek na zawodach?

— Trzy zwycięstwa w klasach ujeżdżenia dla początkujących w tym sezonie, ale stać ją na dużo więcej, jeśli trafi na właściwą parę.

Przeszły dalej obok kilku padoków, a Pip opisywała umiejętności, temperament i osiągnięcia poszczególnych kuców. Zwracała uwagę, przy których uwagach oczy Claire rozbłyskują, i w myślach układała krótką listę potencjalnych kandydatów dla jej córki.

Gdy zbliżyły się do ostatniego padoku w rzędzie, izabelowata klacz o śnieżnobiałej grzywie i ogonie złapała promień słońca, a jej sierść błysnęła jak polerowane złoto. Zauważywszy ich, klacz podkłusowała do ogrodzenia, poruszając się z wdziękiem.

— A to Honey. — Pip nie potrafiła ukryć dumy; Honey była perełką w obecnej stajni. Izabelowata wyciągnęła szyję nad płot, niebieskie oczy miała ciekawe i łagodne.

— Dwanaście dłoni i trzy cale, pięć lat. Świetnie skacze, brałam ją przez 80 centymetrów.

Claire podeszła bliżej, wyraźnie urzeczona urodą klaczy.

— Jest absolutnie piękna. Te niebieskie oczy są niezwykłe.

— Jest tak słodka, jak wygląda. — Pip pogłaskała aksamitny chrap Honey. — Znalazłam ją na wyprzedaży w Laidley rok temu, półzagłodzoną, z sierścią zniszczoną przez deszcz i robaczycą. Naprawdę nie poznałaby jej pani jako tego samego kuca. — Nie wspomniała o 200 $, które zapłaciła; to nie miało znaczenia dla obecnej wartości Honey. Rok ciężkiej pracy i czułej opieki miał się zwrócić, gdy znajdzie się właściwy kupiec.

Klacz szturchnęła znacząco kieszeń Pip, co wywołało śmiech obu kobiet.

— Bez smakołyków teraz, panno. Zachowujemy się profesjonalnie.

— Startowała w zawodach? — Claire przesunęła z uznaniem dłonią po lśniącej szyi Honey.

— Właśnie wygrała dwie klasy na pokazie z Jemimą w siodle. Dziecięcy hack i klasę skoków na 60 centymetrów. Sędziowie bardzo ją polubili i została wicemistrzem ogólnej kategorii hack.

— Wcale się nie dziwię — powiedziała miękko Claire. — Moja córka Emmeline zakochałaby się od razu. Te oczy same w sobie...

Pip skinęła, rozpoznając spojrzenie rodzica, który już widzi swoje dziecko na pięknym kucu zbierającym wstążki. — Honey jest wyjątkowo łagodna i wybaczająca błędy, idealna dla dziecka przechodzącego ze szkółkowych kucyków na pierwszego „poważnego" wierzchowca. Jest absolutnie odporna na bodźce w ruchu ulicznym, przy psach, traktorach — na wszystko.

— Czy Emmeline mogłaby ją wypróbować? — Ton Claire przeszedł z ciekawości w żywe zainteresowanie.

— Oczywiście. Proponuję jutro po szkole? Wtedy przymierzymy kilka kuców, w tym Honey. Zawsze dbam o to, by para pasowała do siebie — kuc i dziecko.

— Idealnie. — Claire rzuciła ostatnie pełne zachwytu spojrzenie na izabelowatą. — O której godzinie pasowałoby pani?

— O czwartej? Będzie jeszcze dużo dziennego światła, a ja przygotuję kilka opcji, które mogłaby wypróbować. — Pip poprowadziła z powrotem w stronę parkingu, omawiając szczegóły doświadczenia jeździeckiego Emmeline i jej cele startowe.

Gdy dotarły do SUV-a Claire, kobieta zawahała się. — Mogę zapytać o widełki cenowe? Konkretnie za Honey?

— Dla właściwego domu Honey kosztowałaby 20 000 $. — Pip powiedziała to bez wahania. To spora suma jak na kucyka, ale uczciwa, biorąc pod uwagę jakość Honey, jej wyszkolenie i potencjał pokazowy.

Zamiast zblednąć na tę kwotę, Claire skinęła ze zrozumieniem. — To mieści się w tym, co planowaliśmy zainwestować w porządnego wierzchowca.

— Dodam, że jest zgłoszona do kilku klas na przyszłotygodniowym Easter Show. Szczerze mówiąc, spodziewam się wrócić z przyczepą pełną wstążek i girland. Potem zainteresowanie na pewno wzrośnie.

— Rozumiem. — Uśmiech Claire był porozumiewawczy; aluzję, że warto się pośpieszyć, odebrała i zrozumiała. — Zobaczymy, co powie Emmeline, ale wezmę ze sobą książeczkę czekową. — Rzuciła spojrzenie na padoki pełne lśniących kuców. — Nie mam wątpliwości, że znajdzie się tu coś, w czym się zakocha!

Ustaliły szczegóły spotkania, a Pip patrzyła, jak Porsche znika po podjeździe, z satysfakcją na twarzy. Honey oczarowała Claire dokładnie tak, jak Pip przewidywała; tych niebieskich oczu i połyskującej, złotej sierści nie dało się zignorować. Jeśli Emmeline jeździ choć przyzwoicie, sprzedaż była niemal pewna.

Pip ruszyła z powrotem do stajni, już w myślach planując, które kucyki przygotować na jutrzejsze jazdy próbne. Przy 20 000 $ sprzedaż Honey byłaby jej największą w tym roku. Te pieniądze pozwolą jej zainwestować w kolejne obiecujące konie z aukcji, podtrzymując cykl, który zbudował jej firmę od zera w jedną z najbardziej cenionych stajni treningu kuców w Queensland.

Gdy mijała padok Honey, izabelowata zarżała cicho na powitanie. Pip zatrzymała się, by pogłaskać ją po szyi. — Jutro bądź po prostu sobą, czarodziejko. Pokaż im, dlaczego jesteś wyjątkowa.

Honey potrząsnęła białą grzywą, jakby doskonale rozumiała, a Pip roześmiała się. Jutro zapowiadało się naprawdę bardzo dobrze.

Rozdział drugi

Jake ułożył zgłoszenia kradzieży w porządku chronologicznym, palcami śledząc wzór, jaki rysował się na mapie przypiętej do tablicy korkowej obok biurka. Dwa tygodnie od rozpoczęcia służby w Ridgemont, a kradzieże koni wciąż pozostawały jego głównym priorytetem. Przestępstwa świadczyły o planowaniu, znajomości terenu i niepokojącej eskalacji wartości. Przepytał większość poszkodowanych właścicieli, ale tropy były mizerne. Spokojny, wiejski przydział, na jaki liczył, okazał się nieoczekiwanie złożony — choć na szczęście bez ofiar w ludziach, które prześladowały go na poprzednim stanowisku.

Z przodu posterunku rozległ się harmider, rozcinając popołudniową ciszę małej placówki. Uspokajający ton recepcjonistki zagłuszył ostry, natarczywy głos kobiety, domagający się natychmiastowej uwagi. Jake podniósł wzrok znad papierów i przez uchylone drzwi dostrzegł uniesione brwi sierżanta Portera.

— Harrison — zawołał Porter, kiwając głową w stronę wejścia. — Trzeba ogarnąć pewną sytuację.

Jake od razu wstał, wygładził służbową koszulę i przeszedł do recepcji. Kobieta przy ladzie miała na sobie markowe dżinsy i jedwabną bluzkę, która zapewne kosztowała więcej niż jego tygodniowa pensja. Jej kasztanowe włosy układały się w nienaganne modelowanie — ani jeden kosmyk nie wysunął się z miejsca mimo ciepłego dnia. Wszystko w niej krzyczało: pieniądze i przekonanie, że otwierają każde drzwi.

— Nie obchodzi mnie, że jest zajęty — mówiła, stukając niecierpliwie wypielęgnowanymi paznokciami w blat. — Żądam natychmiastowych działań.

— Proszę Pani — odezwał się Jake, podchodząc i uprzejmie skinąwszy głową. — Starszy posterunkowy Jake Harrison. W czym mogę Pani pomóc?

Kobieta odwróciła się, oceniając go chłodnymi, zielonymi oczami, które jakby uznały go za nie dość odpowiedniego. — Wreszcie ktoś, kto może faktycznie coś zrobić. Nazywam się Vivienne Ashford. Skradziono kuca mojej córki i wiem dokładnie, kto go ma.

— Rozumiem Pani niepokój, Pani Ashford. Jeśli zechce Pani za mną, spiszemy wszystko należycie — powiedział Jake, wskazując mały pokój przesłuchań i zachowując profesjonalny spokój mimo oczywistej pogardy w głosie kobiety.

— Właściwie to Panna Ashford — poprawiła z napiętym uśmiechem, który nie sięgnął oczu. — I nie powinno to zająć długo. Wiem, kto ukradł, widziałam kuca mojej córki, jak paradował na lokalnej wystawie, i chcę, żeby został odzyskany jeszcze dziś.

Jake skinął głową, przytrzymując jej drzwi. — Musimy wszystko porządnie udokumentować. Kradzieże koni to obecnie poważny problem w okręgu.

Vivienne usiadła na krześle naprzeciwko niego, kładąc na stole drogą, skórzaną torebkę. — Doskonale wiem. W klubie towarzyskim wszyscy o tym trąbią. Ale to nie jest żadna anonimowa szajka. To bezczelna kradzież dokonana przez tę małą Meksykankę w Ridgewater.

Jake zachował neutralny wyraz twarzy, otwierając nowy notes. — Dla jasności, proszę o konkretne szczegóły. Kiedy skradziono kuca i jakie ma Pani dowody, że łączy go cokolwiek z kimś z Ridgewater?

— Kuc mojej córki Charlotte został skradziony około czterech miesięcy temu — oznajmiła Vivienne, wyciągając z torebki teczkę. — Klacz o maści palomino, trzynaście dłoni wzrostu, z charakterystycznymi niebieskimi oczami. Bardzo cenna i nie do zastąpienia. — Przesunęła przez stół kilka błyszczących fotografii. — A w ten weekend widziałam dokładnie tego samego kuca, jak zdobywał wstążki na Mount Dayles Show. Jeździła na nim ta mała McKenzie, ale prowadziła go ich stajenna — Filipinka czy Meksykanka, czy kim ona tam jest. — Dołożyła kolejne zdjęcie.

Jake uważnie obejrzał fotografie. Na pierwszych kilku rudowłosa dziewczynka siedziała na złotej klaczy palomino o spływającej białej grzywie. Ostatnie, najwyraźniej z niedawnej wystawy, przedstawiało zwierzę, które rzeczywiście wyglądało jak ten sam, charakterystyczny kuc, lecz z inną amazonką — jasnowłosą dziewczynką. W tle drugiego zdjęcia stała drobna kobieta trzymająca za wodze, z ciemnymi włosami związanymi w praktyczny warkocz.

— I jest Pani pewna, że to to samo zwierzę? — zapytał Jake, robiąc notatki starannym pismem. — Dla niewprawnego oka palomino potrafią wyglądać podobnie.

Usta Vivienne zacieśniły się. — Proszę mi wierzyć, znam kuca mojej córki, posterunkowy. Tych niebieskich oczu nie da się pomylić. To Celestia, bez dwóch zdań.

— A ta kobieta, o której Pani mówi, to...? — podpowiedział Jake.

— Jakaś Pip-coś-tam. Wyszła za chłopaka z rodziny McKenzie, który zmarł, ale nadal żyje z ich posiadłości, prowadząc jakiś interes na kucach — odparła Vivienne z jadowitą pogardą. — Słyszałam, że skupuje kuce tanio na prowincjonalnych aukcjach. Najwyraźniej niektóre z tych „nabytków" nie są do końca legalne.

Jake zanotował oskarżenie wraz z subtelną pogardą pobrzmiewającą w słowach Vivienne. — Panno Ashford, jakie ma Pani dowody, że ten kuc został skradziony, a nie sprzedany? Ma Pani dokumenty rejestracyjne, dane mikroczipu albo umowę sprzedaży?

Przez twarz Vivienne przemknęła irytacja. — Kuc stał w stajni pensjonatowej. Kierownik poinformował nas, że zniknął w nocy. Ewidentnie kradzież.

— Złożyła Pani wtedy zawiadomienie na policję? — zapytał Jake neutralnym tonem, choć podejrzewał już odpowiedź. W stosie akt nie miał żadnych danych o tym kucu.

— Ja... byliśmy w trakcie przenosin Charlotte do bardziej odpowiedniej szkółki. Było trochę zamieszania, kto ma zająć się papierami — odparła Vivienne z lekceważącym machnięciem ręką. — To mało istotne, skoro kuca już znalazłam.

Jake zrobił kolejną notatkę. — Zgodnie z procedurą musimy potwierdzić własność, zanim padną jakiekolwiek oskarżenia. Ma Pani dokumenty potwierdzające, że kuc jest Pani? Dowód zakupu, kartę leczenia, rejestrację?

— Przecież mam te zdjęcia, prawda? — ton Vivienne nieco się podniósł. — A instruktorka jazdy Charlotte wszystko potwierdzi. Oczekuję, że odzyska Pan jej kuca dzisiaj. Ta kobieta nie ma prawa obnosić się z cudzą własnością.

— Panno Ashford — powiedział Jake ostrożnie — rozumiem Pani frustrację, ale musimy prowadzić postępowanie zgodnie z procedurą. Jeśli ten kuc faktycznie został skradziony, musimy jednoznacznie ustalić właściciela, zanim podejmiemy jakiekolwiek kroki.

Wyraz twarzy Vivienne stwardniał. — Myślę, że nie zdaje Pan sobie sprawy, kim jestem w tej społeczności, posterunkowy Harrison. Mój były mąż to Joseph Ashford, być może najbardziej znany prawnik w okręgu. Oczekuję szybkiego załatwienia sprawy.

— Zapewniam, że zajmę się tym natychmiast — odparł Jake spokojnie, skrywając narastające rozdrażnienie. — Pojadę dziś do Ridgewater, by zapytać o kuca i przejrzeć dokumenty dotyczące jego nabycia.

— Dobrze. Czekam na telefon do wieczora — powiedziała Vivienne, wstając i zbierając torebkę. — Charlotte jest zdruzgotana, odkąd straciła Celestię. Im szybciej to się zakończy, tym lepiej.

Jake również wstał i podał jej wizytówkę. — Skontaktuję się, gdy tylko przeprowadzę wstępne czynności. Dziękuję za zgłoszenie.

Kiedy Vivienne wyszła ze stacji, w powietrzu długo unosił się ciężki zapach jej perfum. Jake z lekkim zmarszczeniem brwi przejrzał notatki. Oskarżenie wpisywało się w toczące się śledztwo w sprawie kradzieży koni, ale coś w opowieści Vivienne mu zgrzytało. Brak zawiadomienia, mętne wyjaśnienia dotyczące stajni pensjonatowej, mimochodem sączony rasizm wobec trenerki z Ridgewater — wszystko to zapaliło ciche lampki alarmowe.

Mimo to procedury są procedurami. Pojedzie do Ridgewater, porozmawia z tą Pip i sprawdzi dokumenty własności klaczy palomino. Cokolwiek podpowiadała mu intuicja, Jake zamierzał iść za dowodami — metodycznie, krok po kroku. Tylko tak można było mieć pewność, że sprawiedliwości stanie się zadość.

Jake prowadził wąską, wiejską drogą do Ridgewater, a oskarżenia Vivienne Ashford krążyły mu po głowie. Wokół rozciągał się krajobraz wiejski, a im bliżej był miejsca, które sierżant Porter określił jako czołowy ośrodek jeździecki w okręgu, tym posiadłości stawały się większe i bardziej zadbane. Rzetelne sprawdzenie każdego zgłoszenia było podstawą pracy policjanta, lecz w historii Vivienne coś go uwierało. Brak zgłoszenia, niejasne odpowiedzi o dokumenty, swobodnie rzucane uprzedzenia. Nic tu nie grało. Jednak zdjęcia pokazywały charakterystycznego kuca palomino o niezwykłych niebieskich oczach — a to wymagało rzetelnego zbadania.

Za zakrętem pojawił się wjazd do Ridgewater, oznaczony spatynowanym, drewnianym szyldem i solidnymi bramami, które stały otworem. Jake skręcił w długą aleję, żwir chrzęścił pod oponami, gdy chłonął widok rozległej posiadłości. Po obu stronach rozciągały się zadbane padoki z końmi różnej wielkości i maści. W oddali dostrzegł okazałe stajnie i coś, co wyglądało na krytą ujeżdżalnię. Porter nie przesadził — to była wyraźnie profesjonalna działalność z poważnym zapleczem.

Zbliżając się do centralnych zabudowań, Jake zauważył ruch na ogrodzonym, okrągłym lonżowniku po prawej. Zaparkował radiowóz i wysiadł, postanawiając najpierw przez chwilę poobserwować, zanim się przedstawi. Na placu były trzy osoby: kobieta i dziewczynka, które, sądząc po czystych, drogich strojach jeździeckich, wyglądały na klientki, oraz drobna kobieta zajmująca się lśniącym kuckiem palomino.

Jake rozpoznał kuca od razu ze zdjęć Vivienne: ten sam złoty włos i uderzająco biała grzywa, te same charakterystyczne niebieskie oczy. Zwierzę poruszało się z gracją i precyzją, odpowiadając na subtelne sygnały drobnej kobiety, która je prowadziła. To musiała być Pip Rodriguez-McKenzie — pomyślał — patrząc, jak przeprowadza kuca przez serię ćwiczeń pokazujących jego wyszkolenie i charakter.

Mimo filigranowej postury Pip panowała nad placem z cichą pewnością. Mogła mieć może 4 stopy i 10 cali wzrostu, przez co kuc wydawał się większy, niż był w rzeczywistości, a jednak prowadziła zwierzę z absolutną pewnością siebie. Jake, mimo celu wizyty, mimowolnie docenił jej fachowość.

— Emmeline, pamiętaj, pięty w dół i plecy proste — mówiła Pip, gdy dziewczynka szykowała się do wsiadania z pomocą wyższej kobiety. — Honey jest bardzo dobrze wyszkolona, ale i tak trochę cię sprawdzi, na ile może sobie pozwolić.

Honey. Imię nie zgadzało się z tym, jak Vivienne nazwała rzekomo skradzionego kuca, ale oczywiście — jeśli był kradziony, raczej nie zostawiliby tej samej nazwy. I nie powinien tu tak po prostu stać i patrzeć, skoro pochodzenie zwierzęcia mogło być wątpliwe. Jake poprawił kurtkę mundurową i podszedł do ogrodzenia, a jego obecność sprawiła, że cała trójka spojrzała w jego stronę. Kuc tylko poruszył uchem, zupełnie niewzruszony.

— Dzień dobry — zawołał, dbając o ton profesjonalny, ale nienachalny. — Nazywam się starszy posterunkowy Jake Harrison z policji w Ridgemont. Pani Rodriguez-McKenzie, czy moglibyśmy porozmawiać na temat tego kuca?

Efekt był natychmiastowy. Twarz wyższej kobiety przeszła od uprzejmej ciekawości do alarmu i szybko położyła dłoń na ramieniu dziewczynki.

— Emmeline, chodź. Jedziemy — powiedziała stanowczo, odciągając dziecko od podestu do wsiadania.

— Ale mamo, jeszcze nawet nie wsiadłam na Honey — zaprotestowała dziewczynka, wyraźnie rozczarowana.

— Nie kupuję koni o wątpliwym pochodzeniu — odparła głośno kobieta. Poprowadziła córkę do stojącego nieopodal drogiego Porsche SUV, rzucając na koniec karcące spojrzenie Pip, po czym obie wsiadły.

Jake patrzył, jak samochód przyspiesza w dół podjazdu, żwir pryskał spod kół w pośpiechu. Gdy odwrócił się z powrotem, Pip stała już przy bramce, trzymała w jednej ręce wodze palomino, a jej wyraz twarzy, mimo drobnej postury, był iście grzmiący.

— Ma Pan pojęcie, ile pieniędzy właśnie odjechało? — warknęła, a ciemne oczy błysnęły gniewem. — Dwadzieścia tysięcy dolarów! Tyle kosztował mnie ten Pana „moment".

Jake zachował profesjonalny spokój, mimo że jej frustracja była zrozumiała. — Pani Rodriguez-McKenzie, przepraszam za przerwanie. Jestem starszy posterunkowy Jake Harrison, niedawno przeniesiony do Ridgemont. Prowadzę postępowanie w sprawie tego kuca.

— W jakiej sprawie? — ucięła Pip ostro, choć Jake zauważył, że jej fachowa ręka ani na moment nie straciła kontroli nad zwierzęciem mimo wyraźnego wzburzenia. Od niechcenia głaskała szyję palomino, uspokajając go, jednocześnie zwracając się do niego.

— Pani Vivienne Ashford twierdzi, że ten kuc, Honey, tak? został skradziony jej córce około czterech miesięcy temu — wyjaśnił Jake, uważnie obserwując reakcję rozmówczyni. — Dostarczyła zdjęcia palomino o charakterystycznych niebieskich oczach, które wydają się odpowiadać temu zwierzęciu.

Wyraz twarzy Pip zmienił się z gniewu w czyste niedowierzanie. — Vivienne Ashford? Utrzymuje, że Honey to skradziony kuc jej córki? — prychnęła krótkim, niewierzącym śmiechem. — To absolutny absurd. Mam Honey od ponad roku. Kupiłam ją na aukcji w Laidley, wyrwałam z zaniedbania i przez miesiące rehabilitowałam oraz szkoliłam.

Jake skinął głową, doceniając konkretne odpowiedzi. — Czy ma Pani dokumenty potwierdzające własność? Umowę zakupu, historię leczenia, tego typu rzeczy?

— Oczywiście, że mam — odparła Pip, a początkowy gniew ustąpił miejsca zdecydowaniu. — Mam umowę sprzedaży, rejestrację mikroczipu na moją firmę, zaświadczenie o szczepieniu przeciwko Hendra podpisane przez dr Webb oraz pełną oś czasu w mediach społecznościowych, pokazującą jej przemianę z półzagłodzonej biedy, którą kupiłam, w kuca wystawowego, którym jest dziś. — Poklepała Honey po szyi. — To kompletne bzdury i chcę to wyjaśnić natychmiast.

— Dziękuję za współpracę — powiedział Jake, odczuwając pewną ulgę na jej pewną odpowiedź. — Czy byłaby Pani skłonna dostarczyć te dokumenty, żebyśmy mogli zamknąć sprawę?

Pip skinęła głową, a jej twarz stężała w postanowieniu. — Muszę podjechać do kliniki weterynaryjnej w Ridgemont po kopie części dokumentów. Ale jutro rano przyniosę wszystko na posterunek. — Zerknęła w stronę podjazdu, gdzie zniknęło Porsche. — A potem chcę, żeby Vivienne Ashford publicznie przeprosiła za to, ile mnie właśnie kosztowała.

— Zacznijmy od ustalenia faktów — zasugerował Jake spokojnie. — Będę na posterunku od ósmej rano.

— Będę — potwierdziła Pip, unosząc lekko podbródek. Choć sięgała Jake'owi może do klatki piersiowej, w jej postawie nie było nic małego — ani w determinacji. — I przyniosę tyle dowodów, że zakończymy to absurdalne oskarżenie raz na zawsze.

Jake patrzył, jak prowadzi Honey w stronę stajni, ze wyprostowanymi plecami i zdecydowanym krokiem. Jego profesjonalny instynkt, wyostrzony latami czytania ludzi w napiętych sytuacjach, podpowiadał, że mówi prawdę. Natychmiastowa konkretność odpowiedzi, pewność co do dokumentów i oburzenie — wszystko wskazywało, że oskarżenia Vivienne są fałszywe.

Mimo to zamierzał trzymać się procedur. To dowody, nie intuicja, miały zdecydować o jego działaniach. Wracając do radiowozu, Jake przyłapał się jednak na tym, że liczy, iż dokumentacja Pip Rodriguez-McKenzie będzie tak kompletna, jak obiecała. Coś w nonszalanckim rasizmie Vivienne pozostawiło w jego ustach niesmak i zaczął podejrzewać, że dał się zmanipulować do przerwania uczciwej transakcji. Szczerze mówiąc, nie miał pojęcia, że kuc dla dziecka może być wart 20 000 dolarów, ale nie miał powodu nie wierzyć Pip.

Jake starannie przygotował małą salę konferencyjną, ustawiając trzy krzesła w równych odstępach wokół stołu i kładąc przy swoim miejscu notatnik oraz długopis. Przyszedł wcześniej, by się przygotować, przeglądając zeznanie Vivienne Ashford i notatki z wizyty w Ridgewater. Choć procedura wymagała, by każde zgłoszenie badać dokładnie, nie potrafił pozbyć się wrażenia, że poranne spotkanie tylko potwierdzi jego narastające podejrzenia wobec oskarżeń Vivienne. Sprawie brakowało cech charakterystycznych dla zorganizowanych kradzieży koni, które nękały okręg; zamiast tego biło od niej zwykłą złośliwością.

Vivienne pojawiła się piętnaście minut przed wyznaczoną godziną, wkraczając na posterunek w kolejnej drogiej stylizacji — tym razem dopasowana marynarka i jedwabne spodnie, które niemal krzyczały nazwiskiem projektanta. Jake zauważył napiętą postawę i lekko opuszczone kąciki ust, gdy co rusz spoglądała na zegarek, emanując aurą osoby o niezwykle cennym czasie. Makijaż miała bez zarzutu, biżuterię dyskretną, ale ewidentnie kosztowną.

— Panno Ashford — przywitał ją Jake, prowadząc do sali konferencyjnej. — Dziękuję, że przyszła Pani dziś rano.

— Założyłam, że kuc Charlotte został już odzyskany — odparła, siadając na krześle i krzywiąc się na widok skromnego wnętrza. — To wydaje się zbędne.

— Jak mówiłem wczoraj, musimy jednoznacznie potwierdzić własność — powiedział Jake tonem neutralnym, lecz stanowczym. — Pani Rodriguez-McKenzie przyniesie dokumenty potwierdzające, że kuc należy do niej.

Brwi Vivienne uniosły się. — Jestem pewna, że świetnie radzi sobie z fabrykowaniem papierów. Ci ludzie zwykle tak mają.

Jake postanowił nie reagować na ledwo skryty rasizm, zamiast tego skierował jej uwagę na zdjęcia, które przyniosła dzień wcześniej i które rozłożył na stole. — Zanim poczekamy, proszę doprecyzować, kiedy dokładnie zniknął Pani kuc i z której stajni pensjonatowej. Bez tych danych nie mogę rzetelnie prowadzić postępowania.

Zanim Vivienne zdążyła odpowiedzieć, lekkie pukanie do drzwi oznajmiło przybycie Pip. Weszła z profesjonalnie wyglądającą teczką, ubrana w schludne, khaki spodnie i granatową koszulę na guziki, z ciemnymi włosami związanymi w praktyczny warkocz. Mimo że była znacznie niższa od Jake'a i Vivienne, niosła się z niezaprzeczalną pewnością siebie.

— Dzień dobry, starszy posterunkowy Harrison — powiedziała uprzejmie, po czym krótko skinęła Vivienne. — Panno Ashford.

— Pani Rodriguez-McKenzie — odparł Jake, wskazując pozostałe krzesło. — Dziękuję, że Pani przyszła. Rozumiem, że ma Pani dokumenty dotyczące kuca palomino o imieniu Honey?

— Tak, mam — potwierdziła Pip, siadając i kładąc teczkę na stole. Zachowywała zawodową powściągliwość, ale Jake zauważył lekkie napięcie wokół oczu, gdy zerkała na Vivienne.

— Nie traćmy czasu — powiedziała Vivienne z przesadną cierpliwością. — Wszyscy mamy lepsze rzeczy do roboty, niż słuchać wymyślnych historyjek o tym, skąd niby wziął się ten kuc.

Pip otworzyła teczkę z rozmyślnym spokojem.

— W faktach udokumentowanych nie ma nic wymyślnego, Panno Ashford. Kupiłam Honey na aukcji w Laidley 18 lutego zeszłego roku. — Przesunęła pierwszy dokument: rachunek sprzedaży z dołączonymi fotografiami przedstawiającymi o wiele chudszą, wyraźnie zaniedbaną wersję złotego kuca. — Jak widać, była w złej kondycji: z grzybicą skóry po deszczach, znaczną utratą masy, przerośniętymi kopytami i silnym zarobaczeniem.

Jake dokładnie przejrzał rachunek, zauważając datę, opis i cenę sprzedaży 200 dolarów. Zdjęcia pokazywały palomino ledwo dające się rozpoznać jako to samo zwierzę — dramatycznie gorszą kondycję, matową sierść, wystające żebra.

— To nawet nie jest ten sam kuc — skwitowała Vivienne lekceważąco.

— Numer mikroczipu Honey to AUST1099284553 — kontynuowała Pip, wyciągając dokument rejestracyjny. — To certyfikat rejestracji mikroczipu, numer figuruje na rachunku sprzedaży i został przepisany na moje nazwisko 20 lutego zeszłego roku, dwa dni po zakupie. Mikroczip został zeskanowany i potwierdzony przez dr Caroline Burnett w Klinice Weterynaryjnej w Ridgemont. Z przyjemnością zaproszę dowolnego wskazanego przez

Panią lekarza weterynarii do Ridgewater, w dogodnym dla mnie terminie, by zeskanował Honey i potwierdził numer wszczepionego mikroczipu.

Jake odnotował oficjalny nagłówek i dane rejestracyjne, porównując je z informacjami z dokumentu sprzedaży.

— Dodatkowo — ciągnęła Pip — tu jest zaświadczenie o szczepieniu Honey przeciwko Hendra ze stycznia tego roku, przed rozpoczęciem sezonu startów, podpisane przez dr Marcusa Webba. — Przedstawiła dokumentację medyczną, każdy wpis opatrzony datą i podpisem oraz z tym samym numerem mikroczipu. — I wreszcie pełna oś czasu w mediach społecznościowych dokumentująca rehabilitację i trening Honey przez ostatnie czternaście miesięcy.

Położyła wydrukowaną kompilację datowanych wpisów, pokazujących przemianę kuca — od zaniedbanego zwierzęcia do lśniącego czempiona ringu. Postępy były nie do przeoczenia, a aktualizacje układały się regularnie od ponad roku.

Jake metodycznie obejrzał każdy dokument, porównując daty, opisy i dane identyfikacyjne. Z dowodów wyłaniał się spójny, nieprzerwany łańcuch własności i opieki.

— Wygląda na to, że wszystko jest w porządku — oznajmił w końcu, unosząc wzrok i zauważając, że cera Vivienne znacznie pobladła od początku spotkania. — Panno Ashford, wspominała Pani, że Pani kuc Celestia zniknął około czterech miesięcy temu. Te dokumenty jednoznacznie potwierdzają, że Pani Rodriguez-McKenzie jest właścicielką Honey od ponad roku.

Vivienne przesunęła się niespokojnie na krześle. — No... ale niebieskie oczy są dość wyjątkowe...

— Niebieskie oczy zdarzają się mniej więcej u jednej na dziesięć palomino — stwierdziła Pip rzeczowo. — Są rzadkie, ale wcale nie unikatowe.

Jake zebrał dokumenty i ułożył je równo. — Na podstawie przedstawionych dowodów uznaję, że kuc o imieniu Honey należy legalnie do Pani Rodriguez-McKenzie i to od ponad roku. Brak jakichkolwiek przesłanek kradzieży czy nieprawidłowego nabycia.

Wyraz twarzy Vivienne stwardniał, gdy zrozumiała, że jej oskarżenie całkowicie się rozsypało. — Cóż, przypuszczam, że pomyłki się zdarzają — powiedziała wymuszoną lekkością. — Muszę jednak przyznać, że niepokoi mnie, iż pewne... egzotyczne przedsięwzięcia zdają się pozyskiwać konie z podejrzanych źródeł. Być może inne jej kuce też należałoby sprawdzić. Problem kradzieży koni w okręgu jest przecież bardzo poważny.

Cierpliwość Jake'a wreszcie się wyczerpała. — Panno Ashford, bezpodstawne oskarżenia oparte na czyimś pochodzeniu są nie na miejscu i potencjalnie zniesławiające. Pani Rodriguez-McKenzie przedstawiła kompletną dokumentację tego zwierzęcia i biorąc pod uwagę kompetencję oraz natychmiastową swobodę, z jaką to zrobiła na moją prośbę, nie mam wątpliwości, że w podobny sposób potwierdziłaby własność każdego innego. Jeśli nie ma Pani konkretnych dowodów dotyczących innych koni, stanowczo odradzam dalsze insynuacje.

Usta Vivienne ścisnęły się w cienką linię. Z namysłem chwyciła torebkę. — Rozumiem. Mam nadzieję, że równie drobiazgowo podchodzi Pan do prawdziwych przestępstw, posterunkowy Harrison. Do widzenia.

Drzwi zamknęły się za nią z nieco większym impetem, niż to było konieczne, zostawiając Pip i Jake'a w chwili niezręcznej ciszy.

— Przepraszam za kłopot, jaki Panią spotkał — powiedział w końcu Jake, oddając Pip dokumenty. — Prowadzi Pani imponująco dokładną dokumentację.

— Kiedy ma się mój wzrost i mój wygląd, człowiek uczy się dokumentować wszystko — odparła Pip z krzywym uśmiechem, który rozjaśnił jej poważną twarz. — Ludzie mają swoje założenia. Australijska branża końska jest bardzo biała, a ja — cóż — nie.

Jake skinął głową, rozumiejąc więcej, niż potrafiłby ubrać w słowa. — Mam nadzieję, że to nie zrujnowało Pani relacji z wczorajszymi potencjalnymi nabywcami.

— Claire Harrington — doprecyzowała Pip. — Skontaktuję się z nią i wyjaśnię sytuację. Jest rozsądną osobą... mam nadzieję. — Zebrała dokumenty i starannie schowała je z powrotem do teczki. — Dziękuję za profesjonalne podejście, starszy posterunkowy. Doceniam, że nie traktowano mnie jak winną, dopóki nie udowodnię niewinności.

— Proszę mówić Jake — zaproponował, sam zaskoczony tą poufałością. — A ja po prostu trzymałem się procedur. Dowody były rozstrzygające.

Uśmiechnęła się szeroko, czym go zaskoczyła. — I tak dziękuję. A jeśli chce Pan znaleźć zaginionego kuca Vivienne, proszę pogadać z Martinem Wattleyem, właścicielem stajni, w której stała Celestia. Skoro Vivienne tak chętnie rzucała mi w twarz insynuacje, nie mam skrupułów, by powiedzieć, że wszyscy tu wiedzą, iż romans Vivienne z Martinem był jedną z głównych przyczyn rozpadu jej małżeństwa. Jej mąż przestał płacić rachunki po rozwodzie, a sądzę, że Martin sprzedał Celestię w zamian za zaległości — całkiem legalnie. Powinien Pan z nim porozmawiać.

Jake'owi opadła szczęka. Nie wiedział, co powiedzieć i w duchu zganił się, że nie nacisnął wcześniej na Vivienne, by wyjaśniła, czemu nie zgłosiła kradzieży od razu. Zachował się jak skończony głupiec.

Pip patrzyła na niego ze zrozumieniem. — Wiem, że jest Pan nowy w mieście — powiedziała z odrobiną współczucia w spojrzeniu. — Nie zna Pan jeszcze wszystkich i trochę potrwa, zanim się Pan wdroży. Więc nie winię Pana, że dał się Pan nabrać na bzdury Vivienne. Ma mnie na celowniku, odkąd pokonałam jej ukochaną Celestię na Ekkce w zeszłym roku kuckiem, którego RSPCA dało mi za darmo.

— Przykro mi — i tak to powiedział. — I mam nadzieję, że uda się Pani dopiąć tę sprzedaż.

— Też mam taką nadzieję, ale nie obwiniam Pana, nawet jeśli się nie uda. Proszę wpaść do Ridgewater w dowolnym momencie — zaproponowała Pip, wyciągając dłoń.

Gdy uścisnęli sobie dłonie, Jake znów zauważył, jak drobna jest jej ręka przy jego, a jednocześnie uścisk był pewny i twardy. Było w Pip Rodriguez-McKenzie coś, co budziło szacunek mimo jej filigranowej postury — kompetencja i godność, tak ostro kontrastujące z roszczeniową postawą Vivienne.

— Chętnie skorzystam — odparł, łapiąc się na tym, że naprawdę cieszy go ta perspektywa. — Kawa na posterunku i tak jest okropna.

Śmiech Pip był niespodziewanie dźwięczny, całkowicie odmienił jej poważną twarz. — W Ridgewater jest dużo lepsza. Może trafią się nawet moje słynne bułeczki z dynią.

Uśmiechnął się do niej szeroko, z każdą minutą lubiąc ją coraz bardziej. — W takim razie na pewno skorzystam.

Rozdział trzeci

Pip siedziała naprzeciwko Jake'a w małym pokoju przesłuchań, a teczka z dokumentacją Honey wciąż leżała na stole między nimi. Ciasna przestrzeń sprawiała, że czuła się jeszcze mniejsza niż zwykle, choć już dawno przestała pozwalać, by wzrost dyktował, jak ma się nosić. Jake odkładał papiery do odpowiednich teczek. Gdy przesunął jeden dokument, coś przykuło jej uwagę — lista skradzionych koni ze szczegółowymi opisami.

— Mogę na to zerknąć? — zapytała, wskazując na kartkę.

Jake zawahał się na moment, jego niebieskie oczy powędrowały od niej do dokumentu. — Toczą się czynności w sprawie — powiedział, choć w jego tonie zabrakło przekonania.

— Mogę dostrzec coś, czego pan nie zauważy — odparła Pip, nie ustępując. Całe życie miała do czynienia z ludźmi, którzy ją nie doceniali; ten wysoki, poważny policjant nie był inny.

Po chwili namysłu Jake wsunął kartkę w jej stronę. — Sądzę, że perspektywa kogoś z branży, stąd na miejscu, nie zaszkodzi.

Pip przyciągnęła dokument bliżej i zaczęła przeglądać listę skradzionych koni. Każdy wpis zawierał wiek zwierzęcia, rasę, umaszczenie i szacowaną wartość. Zmarszczyła brwi, gdy wyłonił się wzór, oczywisty, gdy już się go dostrzeże.

— To wszystkie klacze — powiedziała cicho, podnosząc wzrok i zastając Jake'a, który przyglądał jej się z zaciekawieniem. — Co do jednej.

— To ma znaczenie? — zapytał, pochylając się lekko do przodu.

Pip skinęła głową, stukając palcem w papier. — I więcej niż połowa jest potwierdzona jako źrebna. Proszę spojrzeć: tu i tu są notatki hodowlane. Dwa w cenie jednego, a wymienieni ojcowie tanimi nie są. Ten to ogier z sześciocyfrowymi wygranymi w barrel racing.

Jake chwycił kolejną teczkę i szybko ją przekartkował. — Nie połączyłem tego wątku — przyznał, a jego profesjonalny rezon na moment ustąpił miejsca autentycznej ciekawości.

— Mogę? — Pip wskazała na inne akta równo ułożone na stole. Gdy Jake skinął głową, zaczęła wybierać odpowiednie kartki i układać nowy zestaw, w miarę jak jej teoria się krystalizowała. Jej drobne dłonie poruszały się sprawnie — te same, które potrafiły uspokoić spanikowanego konia lub przeprowadzić żywiołowego kuca przez skomplikowane figury.

— Ktoś prowadzi przekręt hodowlany — stwierdziła, odchylając się, gdy dowody leżały już przed nimi. — W gruncie rzeczy całkiem pomysłowy, choć w kryminalnym sensie.

Jake uniósł brew, nie do końca przekonany. — Skradzione konie są przecież zbyt rozpoznawalne, żeby je sprzedać, i do tego mają mikroczipy?

— Klacze, owszem — przyznała Pip. — Ale nie ich *źrebięta*.

Pochyliła się do przodu, jej postawa zmieniła się w tryb nauczycielski — ten sam, którego używała, tłumacząc opiekę nad kucami zdenerwowanym, początkującym właścicielom.

— Wygląda to tak: kradniesz klacze źrebne albo dobre klacze, które szybko możesz zaźrebić. Trzymasz je w ukryciu do porodu. Źrebięta rodzą się bez rejestracji, bez żadnego śladu w dokumentach. — Znów stuknęła palcem w papier dla podkreślenia. — Potem te młode sprzedaje się jako z domowej hodowli, z podrobionymi papierami. Bez badania DNA, które rutynowo robi się tylko u koni wyścigowych albo bardzo wartościowych koni ciepłokrwistych, praktycznie nie ma jak udowodnić, że pochodzą od skradzionych klaczy.

Wyraz twarzy Jake'a przeszedł od sceptycyzmu ku namysłowi. — A co z samymi klaczami?

— Prawdopodobnie sprzedane do innego stanu albo na rzeź, kiedy tylko odchowają — odparła ponuro Pip. — Albo trzymane w ukryciu przez kilka cykli rozrodczych, jeśli są szczególnie cenne, a złodzieje mają dostęp do porządnego ogiera czy dwóch.

Patrzyła, jak zrozumienie rozjaśnia jego twarz.

— To tłumaczyłoby tak celowane kradzieże — mruknął. — Złodzieje nie biorą pierwszego lepszego konia.

— Dokładnie. Wybierają materiał hodowlany o rynkowych walorach. — Pip wskazała na jeden z wpisów. — Ta jest źrebna po Magnificent Cat, czołowym ogierze do barrel racing. Jej źrebię sprzeda się za minimum piętnaście tysięcy, nawet bez papierów, tylko na słownej zapewnieniu, że to jego potomstwo, a nie brakuje ludzi bez skrupułów, którzy wezmą takiego konia na zawody, zgarną na nim fortunę i będą twierdzić, że to zwierzę z ich rancza. Potem samo staje się cennym ogierem albo klaczą hodowlaną, rozumie pan? To gra na długi dystans, ale potencjalnie bardzo dochodowa.

Jake skinął wolno głową, a zawodowy dystans w jego spojrzeniu ustąpił miejsca uważnemu szacunkowi. — A bez rejestracji...

— Przestępstwo w praktyce znika, gdy tylko źrebię zostanie sprzedane — dokończyła za niego Pip. — Większość kupujących nie sprawdza DNA; nie ma powodu, skoro koń ma być z domowej hodowli — i niby po co? Polegają na papierach i słowie sprzedającego. Co najwyżej zrobią panelowe badanie, żeby sprawdzić nosicielstwo chorób genetycznych — i na tym koniec, tego nie porównuje się z DNA innego konia. Tego się po prostu nie robi, chyba że chodzi o wyścigowego folbluta albo europejskiego konia ciepłokrwistego, a na tej liście nie ma żadnego z nich.

Przesunęła palcem po liście, paznokciem stukając w kilka pozycji. — Te trzy to zwycięskie konie reiningowe, te dwa to konie do konkurencji western, tu są czołowe konie do cuttingu, a ta to barrel racer. Wszystkie cenne, wszystkie z potomstwem wartym sporo, nawet bez formalnych papierów.

— O jakich kwotach mówimy? — zapytał Jake, unosząc długopis nad notesem.

Pip zamyśliła się, licząc w głowie. — Piętnaście skradzionych klaczy? Jeśli wszystkie dadzą żywe i zdrowe źrebięta, mówimy o potencjalnym zysku między dwieście a pięćset tysięcy dolarów, w zależności od linii i tego, czy mają na nie gotowy rynek. — Uśmiechnęła się blado, bez wesołości. — I to tylko pierwsze źrebię od każdej klaczy. Owszem, może minąć trzy, cztery lata, zanim to się zacznie zwracać, bo młode muszą dorosnąć do startów, ale jeśli ktoś ma dużą, odosobnioną posiadłość, żeby je odchować... to może być całkiem zgrabny poboczny interes.

Jake zagwizdał cicho, notując równym pismem. — I uważa pani, że stoi za tym ktoś stąd, z okolicy?

— Musi tak być — odparła Pip z przekonaniem. — Kradzieże wskazują na wiedzę, które konie są wartościowe hodowlanie i kiedy posiadłości są najbardziej podatne. To wymaga lokalnej orientacji i znajomości branży.

Patrzyła, jak Jake chłonie informacje, a jego umysł wyraźnie pracuje za tą spokojną fasadą. Początkowa lekceważąca nuta, którą wyczuła, całkowicie zniknęła, ustępując miejsca skupionej uwadze.

— Zdziwiłabym się — powiedziała, zastanawiając się głośno — gdyby to był jedyny rejon, w który uderzono. To wygląda na dość wyrafinowaną operację. Zgaduję, że koni już tu nie ma, może są przewożone do innego stanu. Tak, ktoś miejscowy jest w to zamieszany, być może, ale podejrzewam, że szefowie siedzą gdzie indziej. A jeśli ta operacja zaczęła celować w ten teren dopiero w tym roku, ale działa już dużo dłużej gdzie indziej... bardzo możliwe, że po zawodach biegają już konie, które nie są tym, za co je się podaje. Na samą myśl Pip zrobiło się lekko niedobrze.

— To daje nam coś konkretnego do sprawdzenia — powiedział wreszcie Jake, spoglądając na całą stronę notatek, które nabazgrał, gdy rozwijała swoją teorię. — Posiadłości z infrastrukturą pozwalającą ukryć kilka koni, powiązania z transportem między stanami albo sprzedażą. I na pewno skontaktuję się z innymi jednostkami w stanie i w całej Australii, żeby sprawdzić, czy są rejony z podobnym schematem kradzieży klaczy. — Spojrzał na nią. — Dziękuję, Pani Rodriguez-McKenzie. Ta perspektywa jest naprawdę cenna.

— Pip — poprawiła go, zaskakując samą siebie tą poufałością. — I proszę bardzo. Wiem, jak to jest, gdy ludzie cię nie doceniają po wyglądzie. Ci złodzieje liczą na to, że policja nie zna się na hodowli na tyle, by połapać się w ich schemacie.

— Zapewniam Panią, że więcej Pani nie zlekceważę — kącik ust Jake'a drgnął w czymś, co mogło być początkiem uśmiechu.

To proste stwierdzenie miało zaskakującą wagę i Pip poczuła przelotne ciepło, niezwiązane ze skwarnym pokojem przesłuchań. Zgarnęła swoją teczkę i wsunęła ją pod ramię.

— Powinnam wracać do Ridgewater — powiedziała, podnosząc się. W pełnej wysokości sięgała Jake'owi ledwie do piersi — dysproporcja, która zwykle ją irytowała, ale przy nim jakby mniej miała znaczyć. — Mam cztery kuce do wytrenowania przed lunchem.

Jake skinął głową i również wstał. — Odprowadzę Panią. I może... — zawahał się na moment — ...wpadnę kiedyś do Ridgewater, żeby wrócić do tej teorii. Gdyby Pani nie miała nic przeciwko podzieleniu się jeszcze swoją wiedzą o branży.

— W każdej chwili — odparła Pip, sama zaskoczona, że naprawdę to ma na myśli. — Naprawdę mamy świetną kawę, obiecuję.

— Czyli uważa Pani, że powinniśmy się przyjrzeć posiadłościom z zapleczem hodowlanym? — zapytał, gdy szli wąskim korytarzem komisariatu. Pip musiała stawiać dwa szybkie kroki na każdy jego długi — nawyk wyrobiony przez całe życie, wykonywany bezwiednie. Rozmowa o kradzieżach klaczy ją ożywiła; nic nie dorównywało układaniu puzzli, zwłaszcza gdy inni przegapili wzór.

— Niekoniecznie ustabilizowanym stadninom — doprecyzowała szeptem, choć byli w korytarzu sami. — Te byłyby zbyt widoczne. Szukałabym posiadłości z ustronnymi kwaterami, podstawowymi wiatami, może świeżo poprawionymi ogrodzeniami. — Gestykulowała drobnymi dłońmi, kreśląc obraz. — Nie potrzebują wyrafinowanej infrastruktury — wystarczy tyle prywatności, by klacze pozostały poza zasięgiem wzroku do wyźrebienia.

Jake skinął głową, notując to w myślach. — I dostęp do transportu, jak rozumiem.

— Dokładnie. Przyczepy do koni, które przyjeżdżają i odjeżdżają, tutaj nikogo nie zdziwią, ale ktoś musi mieć możliwości, by po cichu przewieźć kilka koni naraz. — Pip była tak pochłonięta rozmową, że o mało nie wpadła na Jake'a, gdy ten nagle zwolnił na końcu korytarza.

Podniosła wzrok, podążając za jego spojrzeniem ku wejściu do komisariatu, gdzie znajoma postać studiowała swoje wypielęgnowane paznokcie z udawaną niedbałością. Vivienne Ashford, jej kasztanowe włosy spływały idealnymi falami. Ciężki zapach markowych perfum unosił się ku nim, jakimś cudem wypełniając nawet otwartą przestrzeń recepcji.

Pip powstrzymała uśmiech. Rozpoznała tę pozę, to świadome ustawienie się, by jak najlepiej wyeksponować atuty. To było jak klacz w rui, prezentująca się potencjalnemu ogierowi. I było bardzo jasne, kto jest celem Vivienne.

— Starszy posterunkowy Harrison — zamruczała Vivienne, udając zaskoczenie, gdy podchodzili. Jej spojrzenie ześlizgnęło się po Pip z ledwie skrywaną pogardą, po czym wróciło do Jake'a. — Właśnie czekałam, żeby sprawdzić, czy moglibyśmy wrócić do pewnych... spraw społeczności.

Pip w to powątpiewała. Co najmniej jeden guzik jedwabnej bluzki Vivienne jakimś cudem się rozpiął od momentu, gdy wyszła z pokoju przesłuchań, szminka została odświeżona, podobnie jak więcej niż jedna porcja perfum, które zapewne kosztowały więcej niż tygodniowy budżet spożywczy większości ludzi. Vivienne zastawiała sidła na Jake'a Harrisona.

— Pani Ashford — przywitał ją Jake z zawodową uprzejmością. — Sądzę, że rozwialiśmy już Pani obawy dotyczące kuca Pani Rodriguez-McKenzie.

Vivienne machnęła lekceważąco dłonią. — Och, to nieporozumienie jest już za nami. — Jej uśmiech nie sięgnął oczu, gdy zerknęła na Pip. — Bardziej interesuje mnie szersza kwestia bezpieczeństwa koni w naszej społeczności. To dość niepokojące, prawda?

Czas pojawienia się Vivienne wyraźnie wskazywał, że podsłuchała przynajmniej część ich rozmowy. Pip zachowała spokojny wyraz twarzy, choć w myślach kalkulowała, jak długo Vivienne mogła nasłuchiwać. Oby niezbyt długo, by wyłapać cokolwiek użytecznego z ich teorii o kradzieżach klaczy.

— Robimy postępy w śledztwie — odparł Jake neutralnie, przesuwając się subtelnie tak, by włączyć Pip do rozmowy, zamiast pozwolić Vivienne ją wykluczyć.

Pip doceniła gest, ale wyczuła też moment, by się pożegnać. — Powinnam już wracać do Ridgewater — powiedziała, poprawiając pasek torby na ramię. — Te kucyki same się nie wytrenują.

— Oczywiście, że nie — odparła Vivienne słodkim jak ulepek tonem. — Te małe kucyki muszą panią bardzo zajmować. — Akcent na słowie „małe" jasno sugerował, że praca Pip jest w jej mniemaniu mniej znacząca niż „prawdziwe" operacje końskie.

Pip tylko się uśmiechnęła. Po latach w branży wyścigowej, a potem po zbudowaniu firmy od zera, przezroczyste próby protekcjonalnego tonu ze strony Vivienne spływały po niej jak deszcz po dobrze zaimpregnowanym siodle.

— Owszem. Zwłaszcza że zbliża się Easter Show — odparła uprzejmie. — Panie Starszy Posterunkowy, dziękuję raz jeszcze za pomoc dziś rano. Z przyjemnością przekażę wszelkie dodatkowe informacje, które mogą pomóc w śledztwie dotyczącym kradzieży.

Jake skinął głową, zachowując zawodową postawę, choć Pip dostrzegła lekkie ściągnięcie skóry wokół jego oczu, gdy Vivienne zbliżyła się o krok. — Doceniam Pani spostrzeżenia, Pani Rodriguez-McKenzie. Skontaktuję się.

Gdy Pip odwracała się do wyjścia, zauważyła, jak idealnie zadbana dłoń Vivienne lekko spoczęła na przedramieniu Jake'a, a ciało ustawiło się pod kątem w podręcznikowym geście zainteresowania. Ruch był tak wyrachowany, że aż komiczny.

— Och, Panie Starszy Posterunkowy, skoro już Pana mam — mówiła Vivienne, obniżając głos do bardziej intymnego rejestru — może doradziłby mi Pan w kwestii zabezpieczeń na mojej posiadłości? Może przy kolacji?

Pip nie czekała na odpowiedź Jake'a, choć miała nadzieję, że wysoki policjant będzie miał dość rozsądku, by zapytać Vivienne o Martina Wattleya. Pchnęła drzwi komisariatu i wyszła w jasne słońce Queensland, z ledwie tłumionym uśmiechem. Biedny Jake wyglądał na równie komfortowo czującego się, co kot w pokoju pełnym bujanych foteli. Vivienne mogła być bogata, piękna i zdeterminowana, ale najwyraźniej nie zrozumiała, że Jake Harrison należy do mężczyzn, którzy reagują na autentyczność, a nie na grę pozorów.

Nie żeby to w ogóle było sprawą Pip, rzecz jasna. Miała kucyki do trenowania, firmę do prowadzenia i teraz potencjalnie przydatne informacje o złodziejach koni do przemyślenia. Życie osobiste Jake'a było wyłącznie jego sprawą, choć nie mogła nie poczuć do niego odrobiny współczucia. Vivienne Ashford była przyzwyczajona do dostawania tego, czego chce — a bardzo wyraźnie chciała przystojnego nowego policjanta.

Pip wsiadła do swojego wysłużonego pick-upa, wiernego wozu, który przewiózł niezliczone kucyki na sprzedaże i pokazy. Odjeżdżając spod komisariatu, dostrzegła przez szklane drzwi Jake'a i Vivienne — on wciąż profesjonalny, ale wyraźnie zdystansowany.

Zachichotała pod nosem. Niektórzy drapieżcy są aż nadto oczywiści w swoich zamiarach — czy to złodzieje koni, czy łowczynie mężów. A z jej doświadczenia wynikało, że ci najbardziej oczywiści zwykle byli najłatwiejsi do wyprowadzenia w pole.

Jake patrzył, jak drobna sylwetka Pip znika za drzwiami komisariatu, zabierając ze sobą zarówno cenne wskazówki w sprawie kradzieży koni, jak i komfortowy profesjonalizm, który charakteryzował ich rozmowę. Natychmiast poczuł woń perfum Vivienne Ashford, teraz przytłaczającą po odejściu Pip, oraz ciepło wypielęgnowanych palców na swoim przedramieniu. Kontrast między kobietami nie mógł być bardziej wyrazisty — jedna sięgała mu ledwie do piersi, a jednak potrafiła wypełnić pokój kompetencją; druga wykorzystywała wszelkie atuty wzrostu, majątku i konwencjonalnej urody, by domagać się uwagi.

— Więc kolacja? — ponagliła Vivienne, obniżając głos do tonu, który, jak Jake przypuszczał, miał być uwodzicielski. — Znam wszystkie najlepsze miejsca w Ridgemont, choć to niewiele znaczy. W zasadzie tylko restauracja w klubie golfowym warta jest odwiedzenia.

Jake cofnął się odrobinę, przywracając zawodowy dystans, zachowując jednak neutralny wyraz twarzy. — Doceniam propozycję, Pani Ashford, ale obawiam się, że muszę odmówić. Wciąż wdrażam się w nową funkcję, a przepisy wydziału zniechęcają do kontaktów towarzyskich z osobami związanymi z aktywnymi sprawami.

Jej uśmiech na moment przygasł, po czym z nową determinacją rozbłysł. — Aktywnymi sprawami? Chyba nie ma Pan na myśli tej niedorzecznej pomyłki z kucem? To już chyba wyjaśnione, prawda?

— Śledztwo w sprawie kradzieży koni wciąż trwa — odparł Jake, wskazując ogólnie w stronę swojego biura, gdzie akta leżały rozłożone na biurku. — A ja wolę zachowywać zawodowe granice.

Perfekcyjnie umalowana twarz Vivienne przeszła subtelną przemianę — zza uprzejmej maski wychynęło coś twardszego. Jej palce zsunęły się z jego ramienia, a ona poprawiła designerską torebkę ostrym ruchem.

— Zawodowe granice — powtórzyła, a jej ton wyraźnie się ochłodził. — Jakże to godne podziwu. Choć widzę, że te granice okazały się na tyle elastyczne, by pozwolić na całkiem długą rozmowę z Panią Rodriguez-McKenzie.

Jake zachował spokój, choć poczuł ukłucie irytacji na sugestię zawartą w jej słowach. — Pani Rodriguez-McKenzie przekazała cenne informacje do śledztwa w sprawie kradzieży koni jako profesjonalistka z branży.

— Profesjonalistka z branży. — Vivienne zaśmiała się krótko, twardo. — Tak się teraz przedstawia? Zdaje Pan sobie sprawę, że ona się tylko bawi w trenerkę? Nawet jako dżokej nie była nic warta.

Jake wyprostował się odruchowo, ale głos utrzymał równy. — Jej kompetencje wydają się znaczne.

— Och, z pewnością potrafi sobie poradzić z tymi małymi kucykami — ciągnęła Vivienne, rozkręcając się, ledwie skrywając złośliwość. — Ale nie udawajmy, co się naprawdę dzieje w Ridgewater. Wyszła za Kita McKenziego, jedynego syna Jima i Ingrid, którzy zbudowali to miejsce na coś porządnego. Kiedy Kit zginął w Afganistanie, ona po prostu... została. Przyssała się jak pąkla.

Jake milczał, ale musiało coś odbić się na jego twarzy, bo Vivienne szybko przybrała ton niby zatroskany.

— Och, myślałam, że Pan wie. To było siedem lat temu. Bardzo smutne, rzecz jasna. Ale większość wdów w końcu idzie dalej, znajduje swoje miejsce. Nie Pip —

choć była żoną Kita zaledwie kilka miesięcy, zanim zginął. Urządziła się całkiem wygodnie, prawda? Mieszka na ziemi McKenzie, korzysta z ich infrastruktury, zasadniczo przypadek charytatywny, którego nie mogą się pozbyć.

Wyrachowana okrutność tej oceny sprawiła, że szczęka Jake'a lekko się naprężyła. Pomyślał o skrupulatnej dokumentacji Pip, jej oczywistej biegłości w pracy z kucami, o swobodnej pewności, z jaką poradziła sobie z Honey. Nic w niej nie sugerowało osoby żyjącej z łaski.

— Z tego, co zaobserwowałem — powiedział ostrożnie — Pani Rodriguez-McKenzie prowadzi dochodowy biznes. Jej wytrenowane kucyki cieszą się dużym popytem.

Vivienne machnęła lekceważąco ręką. — Zabawianie się kucykami to nie jest prawdziwy biznes. Bez nazwiska McKenzie i ich posiadłości nie znaczyłaby nic. Wszystko, co ma, zawdzięcza temu małżeństwu. — Jej oczy zwęziły się lekko. — I nawet nie była dobrą partią dla Kita. On wysoki, przystojny, z jednej z najstarszych rodzin w okolicy. A ona... cóż, widział Pan. Malutka cudzoziemka z akcentem.

Jake poczuł przypływ obrzydzenia, które z trudem utrzymał z dala od twarzy. W swoich latach służby spotykał się z wszelkimi przejawami uprzedzeń, ale to nigdy nie przestawało go brzydzić.

— Wzrost i pochodzenie Pani Rodriguez-McKenzie mają się nijak do jej kompetencji zawodowych — odparł tonem chłodniejszym niż wcześniej. — A akcentu nie zauważyłem.

— Cóż, jest tu wystarczająco długo, żeby go zgubić, jak sądzę — przyznała Vivienne niechętnie. — Ale sedno pozostaje: wszystko, co ma, ma dlatego, że żyje na koszt McKenzie. Korzysta z ich ziemi, z ich infrastruktury, z ich reputacji. — Pochyliła się bliżej, zniżając głos do konfidencjonalnego szeptu. — Między nami, słyszałam, że siostry tylko ją tolerują, bo rodzice nalegali. Obowiązek rodzinny i te sprawy.

Jake pomyślał o młodej dziewczynie pomagającej przy kucach, Jemimie, która wyraźnie uwielbiała Pip. W tych relacjach nie było nic z obowiązku, a w sposobie, w jaki Pip wspominała siostry McKenzie, nie było śladu „tolerancji", tylko szacunek i głęboka serdeczność.

— Pani Rodriguez-McKenzie wydaje mi się osobą, która zapracowała na swoją pozycję wiedzą i ciężką pracą — powiedział płasko.

Zielone oczy Vivienne stwardniały jak krzemień. — Szybko staje Pan w obronie osoby, którą ledwie Pan poznał, Panie Starszy Posterunkowy. Mam nadzieję, że to nie świadczy o braku bezstronności w pańskich obowiązkach służbowych.

Ukryta groźba była tak przejrzysta, że Jake o mało się nie roześmiał. Zamiast tego wyprostował i tak nienaganną sylwetkę, wracając do formalnego policyjnego tonu, który dobrze mu służył w trudnych sytuacjach.

— Zapewniam Panią, Pani Ashford, że moje oceny opierają się wyłącznie na obserwowalnych faktach i profesjonalnych kontaktach. A teraz, jeśli Pani pozwoli, mam śledztwo do kontynuowania. — Wskazał w stronę swojego biura, ton był jednoznacznie grzeczną odprawą.

Cera Vivienne lekko poczerwieniała, rumieniec podniósł się plamami na szyi, których drogi podkład nie zdołał ukryć. — Oczywiście — powiedziała przez zaciśnięte usta. — Nie będę Pana odrywać od obowiązków. Chciałam jedynie dostarczyć nieco... lokalnego kontekstu.

— Doceniam głos społeczności — odparł Jake neutralnie, choć oboje wiedzieli, że mówi to pro forma. — Do widzenia, Pani Ashford. Chyba że jest Pani gotowa złożyć porządne zawiadomienie o kradzieży Celestii?

Na twarzy Vivienne wyraźnie odmalowało się zaniepokojenie. — Jestem stanowczo zbyt zajęta, by się tym teraz zajmować. Do widzenia!

Gdy obserwował, jak wychodzi z komisariatu, stukając agresywnie obcasami o linoleum, Jake pomyślał o przeszłości Pip Rodriguez-McKenzie. Nie o jadowitej wersji przedstawionej przez Vivienne, tylko o prawdziwej historii. Dżokejka, która poślubiła żołnierza, a ten zginął w Afganistanie zaledwie kilka miesięcy później. Wdowa, która zbudowała nowe życie, trenując kucyki na ziemi teściów.

Zdecydowanie było w Pip o wiele więcej, niż widać na pierwszy rzut oka, i Jake czuł narastającą ciekawość wobec tej drobnej kobiety o dominującej prezencji, która tak szybko dostrzegła wzorzec w jego sprawach, umykający jemu samemu. Cokolwiek kryło się w jej tle, z pewnością nie była niczyim podopiecznym z litości — i na pewno nie zasługiwała na pogardę Vivienne Ashford.

Wrócił do biurka, przyciągnął akta kradzieży i zaczął je przeglądać na nowo, szukając wzorca z klaczami, który wskazała Pip. Być może pora złożyć w Ridgewater porządną wizytę — zarówno żeby rozwinąć obiecujący trop, jak i zobaczyć Pip Rodriguez-McKenzie w jej żywiole, z dala od dusznej, formalnej przestrzeni komisariatu. Oczywiście wyłącznie z powodów zawodowych.

Przyszło mu do głowy jeszcze coś i sięgnął po telefon. Skontaktuje się z panią Harrington, potencjalną klientką Pip, i wyjaśni, że kwestia pochodzenia Honey została rozstrzygnięta w pełni ku jego zadowoleniu i nie ma żadnych wątpliwości co do statusu prawnego któregokolwiek z kucyków Pip.

To było najmniejsze, co mógł zrobić.

Rozdział czwarty

Jake wjechał krętą aleją głębiej na teren Ridgewater; żwir chrzęścił pod oponami, gdy mijał zadbane padoki, na których konie skubały trawę w późnoporannym słońcu. Od dwóch tygodni, od pierwszych krótkich spotkań z Pip, nosił się z zamiarem, by wpaść tu porządnie, ale trwające śledztwo w sprawie kradzieży i inne policyjne obowiązki trzymały go w biegu. Teraz, w spokojny sobotni poranek, wreszcie składał oficjalną wizytę w czołowym ośrodku jeździeckim okolicy. Potrzeba lepszego zrozumienia działalności była szczera, choć gdy zbliżał się do domu głównego, przyłapał się na tym, że omiata wzrokiem teren w poszukiwaniu drobnej sylwetki Pip.

Dom wyłonił się zza łagodnego zakrętu — klasyczny Queenslander, wzniesiony na palach, z głęboką, okalającą werandą. Białe deski elewacyjne lśniły w słońcu, a blaszany dach odbijał bezchmurne niebo. Jake zaparkował na wyznaczonym miejscu dla gości, notując z uznaniem skrupulatną organizację, która sięgała nawet żwirowych stanowisk oznaczonych bielonymi kamieniami.

Kiedy wysiadł z samochodu, z domu wyszła wysoka kobieta, schodząc po stopniach z wyraźną, rozważną pewnością. Miała na sobie praktyczne dżinsy i koszulkę polo z logo Ridgewater. Jej włosy w kolorze truskawkowego blondu były związane w staranny warkocz, twarz miała opanowaną, ale przyjazną, a zielononiebieskie oczy kryły się nieco za solidnymi oprawkami okularów.

— Starszy posterunkowy Harrison? — zawołała, podchodząc z wyciągniętą dłonią. — Sarah McKenzie. Dzięki, że przyjechałeś.

— Proszę, mów mi Jake — odparł, przyjmując uścisk. Jej dłoń była pewna i zdecydowana. — Doceniam, że znalazłaś czas, żeby mnie oprowadzić.

Sarah skinęła głową i wskazała gestem rozciągającą się przed nimi posiadłość. — Pip wspominała, że chcesz lepiej zrozumieć, jak działamy. Chętnie pomożemy w śledztwie, jak tylko możemy.

Jake zauważył, że Sarah lekko przechyla głowę, gdy mówi, a jej spojrzenie koncentruje się z wyjątkową uwagą. Było w nim coś uważnego, wyważonego, jakby świadomie przetwarzała to, co widzi.

— Zaczniemy od głównych obiektów? — zaproponowała, prowadząc go po starannie zagrabionej ścieżce. — Jesteśmy tu od czasu, gdy moi rodzice kupili posiadłość w 1984 roku, niedługo po tym, jak poznali się na igrzyskach w Los Angeles. Zaczynaliśmy od 200 akrów, teraz mamy 1 200.

Brwi Jake'a powędrowały w górę. — Imponujący rozwój.

— Konieczny do tego, co robimy — odparła rzeczowo Sarah. — Tam jest nasza kryta ujeżdżalnia, w rozmiarze olimpijskim. Tata uparł się, żeby zbudować ją zgodnie z międzynarodowymi standardami.

Ogromna konstrukcja dominowała po wschodniej stronie posiadłości, jej metalowy dach błyszczał w słońcu. Przez otwarte boki Jake widział amazonkę pracującą na siwym koniu.

— To Kate, moja młodsza siostra — wyjaśniła Sarah. — Jej specjalnością jest ujeżdżenie. Celuje w olimpijską shortlistę.

Jake patrzył na wyprostowaną elegancję jeździczyni, która prowadziła konia przez figury wyglądające dla jego niewprawnego oka jak taniec baletowy. — Nie byle osiągnięcie.

— Kate pracuje na to całe życie — w głosie Sarah zabrzmiała niekłamana duma. — Jeździ na Misty, jednej z naszych wychowanek, córce naszego ogiera-założyciela.

Minęli drugą ujeżdżalnię tej samej wielkości, tym razem bez dachu, dwa okrągłe lonżowniki, w których konie chodziły po kołach, a potem niezadaszony parkur z ustawionymi w skomplikowany układ stojakami do skoków.

— To było kiedyś moje królestwo — powiedziała Sarah neutralnym tonem, choć Jake dostrzegł przelotny błysk czegoś na kształt żalu w jej wyrazie twarzy. — Startowałam w WKKW do czasu wypadku parę lat temu.

Jake przypomniał sobie, że Porter wspominał o wypadku jednej z sióstr McKenzie. — Słyszałem, że miałaś na koncie sporo sukcesów.

Uśmiech Sarah był napięty, ale szczery. — Bywały dobre momenty. Niestety, po wypadku pogorszył mi się wzrok i prawie całkowicie straciłam ocenę odległości, więc skoki stały się niebezpieczne nawet na najlepiej wyszkolonych koniach. Teraz skupiam się na hodowli i zarządzaniu ośrodkiem, uczę też kilku uczniów. Mniej w tym adrenaliny niż w startach, ale satysfakcja jest, po prostu inna.

Poprowadziła go w stronę szeregu nienagannie utrzymanych stajni; w powietrzu unosił się intensywny, lecz przyjemny zapach świeżego siana i koni. Na każdych drzwiach boksu widniała mosiężna tabliczka z imieniem, betonowe korytarze były idealnie zamiecione. Pracownicy kiwali im z szacunkiem głowami, gdy przechodzili.

— To nasz główny blok stajenny — wyjaśniła Sarah. — Dwadzieścia cztery boksy, głównie dla koni sportowych i kilku pensjonariuszy, a w następnym jest kolejne dwadzieścia — to stajnia wyźrebień i dla klaczy matek. Stajnia ogierów stoi osobno, tam. — Wskazała bardziej odległy budynek otoczony wyjątkowo wysokim ogrodzeniem. — Legend, nasz ogier-założyciel, mieszka tam. Ma teraz 24 lata, jest na pół-emeryturze, ale wciąż daje znakomite źrebięta.

Jake był szczerze pod wrażeniem skali i profesjonalizmu tego miejsca. — To jeszcze bardziej rozbudowane, niż sądziłem.

— Jesteśmy jednym z największych ośrodków jeździeckich w Queensland — przyznała Sarah bez cienia przechwałek. — Między nami, siostrami, ogarniamy hodowlę, starty, trening i programy rehabilitacyjne. Emma, najmłodsza, specjalizuje się w przyuczaniu byłych koni wyścigowych do nowych zadań. No i oczywiście mamy firmę Pip, która szkoli kucyki.

Jak na komendę, z oddalonego padoku dobiegł śmiech dzieci, a po nim Jake zobaczył, jak wokół krąży kilka małych kucyków pod czujnym okiem drobnej postaci, którą natychmiast rozpoznał. Coś w nim się rozluźniło na widok Pip, której ciemny warkocz kołysał się, gdy demonstrowała dzieciakom jakieś ćwiczenie.

— Pip ma sporą listę oczekujących — zauważyła Sarah, śledząc jego spojrzenie. — Rodzice bezgranicznie powierzają jej swoje dzieci. Najwyższą rekomendacją w świecie kucyków jest określenie Pip-trained.

Jake skinął głową, zapamiętując to. — I mieszka tutaj, na terenie posiadłości?

— Oczywiście — odparła Sarah, a między brwiami pojawiła się lekka zmarszczka. — Pip jest rodziną. Od kiedy poślubiła mojego brata Kita. Jego śmierć tego nie zmieniła.

W głosie Sarah zabrzmiała nuta protekcjonalnej troski, którą Jake od razu uszanował. — Nie sugerowałem niczego innego — wyjaśnił. — Po prostu staram się zrozumieć, jak działacie.

Wyraz twarzy Sarah złagodniał. — Wybacz. Trochę jej bronimy. Znajdą się tacy, którzy lubią sugerować, że nie pasuje, co jest absurdem. Pip jest tak samo McKenzie jak każdy z nas.

Dokończyli obchód zewnętrznych obiektów, a Sarah krótko objaśniała przeznaczenie kolejnych miejsc i specjalizacje poszczególnych członków rodziny. Na jego prośbę wskazała też kamery na domu, obejmujące główną bramę i bloki stajenne. Ponieważ jedyny wjazd prowadził tą aleją, kamery z pewnością uchwyciłyby obraz ewentualnych złodziei. Notatnik Jake'a zapełniał się szczegółami, które mogły okazać się istotne dla śledztwa w sprawie kradzieży, choć coraz bardziej interesowały go też rodzinne zależności stojące za tym imponującym przedsięwzięciem.

— To już większość — stwierdziła Sarah, kiedy wracali w stronę domu. — Kawa? Pip mówiła, że dziś piekła, a jej dyniowe bułeczki to legenda.

Jake zerknął na zegarek. Powinien wracać na komisariat, ale myśl o świeżych bułeczkach i szansa, by dowiedzieć się czegoś więcej, były zbyt kuszące. — Brzmi świetnie, dzięki.

Na werandzie przy dużym drewnianym stole siedziały już dwie kobiety i mała dziewczynka; rozmowa płynęła im lekko i swobodnie.

— Jake, poznaj resztę rodziny — powiedziała Sarah. — Moje siostry Kate i Emma oraz Jemima, córka Emmy.

Kate, wciąż w stroju do jazdy, skinęła krótko głową. Wszystkie trzy siostry miały podobną, atletyczną budowę, a Kate bardzo przypominała Sarah, choć wyróżniała ją blond i bardziej powściągliwy sposób bycia. Emma, wyraźnie najmłodsza, miała jasnobrązowe włosy, piegi na nosie i ciepłe oczy, które marszczyły się, gdy się uśmiechała. Ośmioletnia Jemima, blondynka o niebieskich oczach, patrzyła na niego z nieskrywaną ciekawością, promieniejąc uśmiechem.

— Czy jest Pan naprawdę policjantem? Czy ma Pan kajdanki? Czy zdarzyło się Panu kogoś postrzelić? — wypaliła w jednym tchu.

— Jemima! — zganiła ją Emma, choć kąciki ust drgnęły jej z rozbawienia.

— Tak, tak i nie, na szczęście — odpowiedział Jake, sam zaskoczony, jak łatwo przyszła mu ta swobodna replika. Zwykle trzymał wyraźniejsze granice zawodowe, zwłaszcza w kontekście śledztwa.

Drzwi domu otworzyły się i wyszła Pip z tacą bułeczek. Rozjaśniła się na jego widok. — Starszy posterunkowy Harrison! Cieszę się, że dotarłeś.

— Mów mi po prostu Jake — przypomniał, czując dziwne ciepło na myśl, że ucieszyła się na jego widok. — Dostałem porządne oprowadzenie po ośrodku.

Pip odstawiła tacę. — No to nie da się zwiedzać Ridgewater na pusty żołądek. Sarah pewnie nie dała ci wytchnienia.

Rodzina wpadła w łatwą rozmowę przy stole, a prym w niej wiodła Jemima, z zapałem opowiadając o szkole i swoich ostatnich jeździeckich przygodach. Jake poczuł, jak rozluźnia się na krześle, z przyjemnością chłonąc ciepło słońca na plecach i naturalne przekomarzanki rodziny. Zauważył, jak instynktownie włączają Pip do rozmowy, robią dla niej miejsce, dopowiadają jej historie — ta więź sięgała dużo głębiej niż zwykła tolerancja. Autentyczna czułość między nimi była nie do przeoczenia, przez co insynuacje Vivienne Ashford brzmiały nie tylko złośliwie, ale i absurdalnie.

Jake przyłapał się na uśmiechu nad kubkiem kawy, na moment zapominając o swojej zwykłej zawodowej rezerwie. Dawno nie doświadczał takiego rodzinnego ciepła. Jego mieszkanie w Ridgemont wciąż było głównie zbiorem zapakowanych kartonów, a wieczory upływały mu nad aktami spraw i podręcznikami procedur. To uderzające zestawienie niespodziewanie ścisnęło go w gardle.

— Wszystko w porządku, starszy posterunkowy? — zapytała cicho Pip, zauważając jego nagłe zastygnięcie.

Jake wyprostował się, a zawodowa maska wróciła na miejsce. — W porządku, dzięki. I mów: Jake. Te bułeczki są znakomite.

Ciemne oczy Pip poświęciły mu ułamek sekundy dłużej, jakby dostrzegła coś za jego staranną powściągliwością. Jednak tylko skinęła i podała mu kolejną bułeczkę. — Spróbuj z miodem z buszu. Z naszych uli na terenie posiadłości, choć wszyscy jesteśmy zbyt tchórzliwi, by go wybierać; robi to za nas sąsiad!

Gdy Jake w końcu zerknął na zegarek, ze zdziwieniem stwierdził, że minęła prawie godzina. — Powinienem wracać na komisariat — powiedział, podnosząc się z krzesła. — Dziękuję za oprowadzenie i poczęstunek.

— W każdej chwili — odparła Sarah. — Daj znać, jeśli będziesz potrzebował jeszcze jakiś informacji do śledztwa.

— Odprowadzę cię — zaproponowała Pip, odstawiając kubek.

Na zewnątrz Jake zatrzymał się przy samochodzie, niechętny, by odjechać, mimo że w mieście czekała na niego praca. Pip stanęła obok; sięgała mu ledwie do piersi, a jednak jakimś sposobem wypełniała sobą przestrzeń.

— Dziękuję za zorganizowanie tego — powiedział oficjalnie. — Wycieczka była bardzo pouczająca.

Pip uśmiechnęła się, a wyraz rozjaśnił jej twarz. — Sarah robi najlepsze wycieczki. Precyzja jak w wojsku, ot co.

Jake odwzajemnił uśmiech. — Zauważyłem. Posiadłość robi wrażenie.

— To dom — odparła po prostu Pip. Po chwili, z lekkim przechyleniem głowy dodała: — Wpadnij kiedyś znowu. Tak po prostu. Nie służbowo.

Zaproszenie zawisło między nimi, niespodziewane i dziwnie mile widziane. Jake poczuł, że kiwa głową, zanim zdążył przeanalizować konsekwencje. — Chętnie.

Kiedy odjeżdżał, z wciąż wyczuwalnym smakiem dyniowych bułeczek i świeżym obrazem uśmiechu Pip w głowie, nagle uświadomił sobie, że naprawdę mówi serio. Chciał wrócić do Ridgewater — i to nie tylko ze względu na śledztwo.

— Czy wszystkie zapisy mikroczipów twoich kucyków trzymasz tutaj? — zapytał Jake, stojąc w progu małego biura Pip trzy dni po pierwszym objeździe. ciasną przestrzeń zorganizowano z niezwykłą pieczołowitością — ściany wypełniały teczki oznaczone kolorami, a na tablicy suchościeralnej rozrysowano harmonogramy treningów. Sam sobie powtarzał, że ta wizyta kontrolna jest konieczna dla śledztwa w sprawie kradzieży, choć sierżant Porter uniósł pytająco brew, kiedy Jake wspomniał, że tak szybko wraca do Ridgewater.

— Wszystko jest i cyfrowo, i na papierze — potwierdziła Pip, sięgając na wysoką półkę, gdzie równiutko stały zielone segregatory. Nawet stając na palcach, ledwie musnęła spód półki. — Trzymam kopie zapasowe wszystkiego.

Jake odruchowo podszedł bliżej i bez trudu zdjął teczkę, do której nie mogła dosięgnąć. Gdy podał jej segregator, ich dłonie na moment się dotknęły i uświadomił sobie wyraźnie, jak drobne ma palce przy jego rękach.

— Dzięki — powiedziała z przekornym uśmiechem. — Uroki bycia mikrusem w świecie zbudowanym dla olbrzymów.

— Z przyjemnością pomogę — odparł, świadom czternastocalowej różnicy wzrostu. Pip musiała mocno zadrzeć głowę, by złapać z nim kontakt wzrokowy, a jednak nie było w niej niczego pomniejszającego.

Przez chwilę zawisła cisza, aż Jake chrząknął niezręcznie i cofnął się o krok. — Chciałem cię o coś zapytać. Skontaktowałem się z panią Harrington, wyjaśniłem, że choć musiałem sprawdzić zgłoszenie dotyczące Honey, to jestem całkowicie przekonany, że to nie była wskazana klacz i nie mam żadnych wątpliwości co do pełnej rzetelności twojej działalności. Brzmiała, jakby przyjęła to do wiadomości; czy odezwała się do ciebie?

Szeroki uśmiech Pip rozbłysnął na twarzy. — Tak! Była na Easter Show z córką. Okazało się, że jej córka ma smykałkę do ujeżdżenia, więc kupiły inną klacz, Meredith. Honey wciąż jest na sprzedaż, ale za Meredith dostałam dobrą cenę. Jestem zadowolona z transakcji.

— Bardzo się cieszę — powiedział szczerze Jake. Niesprawiedliwość, że bezpodstawne oskarżenie Vivienne mogło kosztować Pip sprzedaż, uwierała go.

— Dzięki, że do niej zadzwoniłeś. Doceniam to — powiedziała Pip z szczerym spojrzeniem. — Reputacja to w tej branży wszystko, a niektórzy po prostu nie znoszą, gdy komuś się powodzi, zwłaszcza jeśli ten ktoś nie wygląda jak oni. Muszę pracować dwa razy ciężej, żeby uchodzić za w połowie tak dobrą — ale na ringu moje wyniki mówią same za siebie.

Jake skinął głową, rozważając tę wrodzoną niesprawiedliwość, z którą mierzyła się Pip, podczas gdy ona otwierała teczkę i wyciągała stary katalog sprzedażowy, o którym wspominała, że chce mu pokazać — miała wątpliwości co do jednego ze sprzedających, który wystawiał sporo zwierząt. Rozmowa toczyła się dalej, a Jake złapał się na tym, że zostaje znacznie dłużej, niż wymagałaby zwykła wizyta kontrolna.

Tydzień później Jake znów skręcił w aleję prowadzącą do Ridgewater. Zauważył Pip w jednym z lonżowników, pracującą ze krępym kasztanowatym kucem, który wyraźnie testował granice.

Zaparkował i podszedł do ogrodzenia, patrząc, jak kuc kładzie uszy i grozi szczypnięciem. Mimo że była ledwie większa od zwierzęcia, którym się zajmowała, reakcja Pip była natychmiastowa i pewna. Wystarczył drobny ruch postawy, ciche słowo, a uszy kuca znów nastawiły się do przodu — uwaga wróciła na właściwe tory.

— O, tak lepiej — mruknęła, głaszcząc kuca po szyi. — Mniej fochów, więcej słuchania.

Jake oparł się o żerdź ogrodzenia, zafascynowany niemal bezgłośną komunikacją między kobietą a koniem. Gdy Pip go dostrzegła, jej twarz na moment się rozjaśniła, po czym przybrała profesjonalną uprzejmość.

— Starszy posterunkowy. Jeszcze pytania? — zapytała tonem bardziej droczącym się niż zirytowanym.

— Kilka — przyznał. — Ale chętnie poczekam, aż skończysz.

Pip pokręciła głową. — Nie trzeba. Russetowi przyda się przerwa na przemyślenie swoich życiowych wyborów. — Przywiązała kuca do palika i podeszła do ogrodzenia. — Czym mogę dziś pomóc?

Gdy omawiali lokalne hodowle, Jake co chwila rozpraszał się naturalną pewnością Pip. Mówiła z autorytetem o liniach krwi, zapleczu i standardach branżowych, bez wahania korygując jego założenia i uzupełniając luki w wiedzy. Kuc zerkał na nich ze swojego miejsca, co jakiś czas postukując kopytem, jakby nie mógł się doczekać wznowienia treningu.

— Wygląda na bardzo opiniotwórczego — zauważył Jake, kiwając w stronę kuca.

Pip roześmiała się, zaskakująco dźwięcznie jak na tak drobną osobę. — Russet uważa, że wie wszystko. Moim zadaniem jest wybić mu to z głowy, zanim jakieś dziecko ucierpi.

— Jak na swój wzrost jest całkiem mocny — zauważył Jake, zerkając na muskularną sylwetkę kuca.

— Większość kuców taka jest — zgodziła się Pip. — W przeliczeniu na kilogramy są silniejsze od dużych koni i dwa razy sprytniejsze, jeśli chodzi o używanie tej siły. — Jej oczy błysnęły. — Trochę jak niektórzy ludzie.

Słowa zawisły między nimi, a Jake uśmiechnął się w odpowiedzi.

We wtorek Jake znów pojawił się w Ridgewater, tym razem z konkretną aktualizacją w śledztwie dotyczącym kradzieży. Przypadkowa uwaga Pip skierowała go do Biosecurity Queensland z wnioskiem o wgląd w ich bazy danych dotyczące rejestrów przemieszczeń — legalnych dokumentów wymaganych przy transporcie konia między posiadłościami — a stamtąd do Department of Primary Industries w Nowej Południowej Walii po ich zapisy. Odkrył wzór w pozwoleniach na przewóz koni między stanami: zdecydowanie przeważały klacze.

Znalazł Pip na ujeżdżalni treningowej, gdzie pokazywała grupie dorosłych technikę pracy z ziemi. Jej słuchacze w skupieniu przyglądali się, jak kieruje maleńkim siwym kucykiem przez serię precyzyjnych ruchów, używając tylko subtelnego języka ciała.

Jake oparł się o ogrodzenie, zadowolony, że może poczekać do końca pokazu. Jej kunszt widać było w każdym dokładnym geście i jasnym objaśnieniu. Obserwujący dorośli kiwali z uznaniem, robili notatki i zadawali pytania, na które Pip odpowiadała z pewnym autorytetem.

Gdy zajęcia dobiegły końca, Pip dostrzegła Jake'a i przeprosiła grupę. — Drugi raz w tym tygodniu, starszy posterunkowy. Ludzie zaczną gadać — droczyła się, podchodząc.

— Tym razem mam prawdziwą sprawę służbową — zapewnił, choć nie powstrzymał uśmiechu.

Szli razem w stronę jej biura, a Jake mimowolnie skracał krok do jej tempa. Coraz wyraźniej uświadamiał sobie ich fizyczną dysproporcję — nie tylko wzrostu, ale i budowy. Instynkt ochronny, wyostrzony latami pracy w policji, odzywał się niespodziewanie, ilekroć spoglądał w dół na jej drobną sylwetkę. Każdy przejaw jej kompetencji równocześnie wystawiał ten instynkt na próbę, rodząc wewnętrzny konflikt, którego nie potrafił rozstrzygnąć.

— Porozmawiajmy o mikroczipach i rejestrach przemieszczeń — poprosił.

Zatrzymała się w pół kroku, unosząc pytająco brew. — Dobrze...

— Numer mikroczipu konia musi widnieć w dokumentach, prawda? Ale czy ktokolwiek faktycznie sprawdza, czy przewożony koń odpowiada temu numerowi?

— Cóż... nie. Zwykle skanery mają tylko weterynarze. My co prawda mamy swój, bo zarówno Emma, jak i ja lubimy sprawdzić konie na sprzedaż, żeby się upewnić, że kupujemy tego, którego opisano. — Oczy Pip nagle się rozszerzyły. — O! Tak to robią! Tylko skąd biorą te inne konie i co z nimi potem robią?

Mrugnął na nią zaskoczony; wykonała jakiś logiczny skok, którego nie pojął. Uśmiechnęła się szerzej na jego minę. — Wejdź i usiądź, wyjaśnię. Ktoś gra w trzy kubki... i myślę, że w grę wchodzi rzeźnia. Wykorzystują mikroczipy koni przeznaczonych na ubój... i twierdzą, że te konie wcale nie są zaczipowane.

Następnego ranka Jake podjechał do Ridgewater z dwoma kawami na wynos z małej kawiarni w miasteczku. Zastał Pip w biurze, otoczoną papierami, z ciemnymi włosami wymykającymi się z zwykle nienagannego warkocza. Podniosła wzrok ze zdziwieniem, kiedy zapukał w otwarte drzwi.

— Ofiara pojednawcza — powiedział, unosząc kubek. — Muszę znów popytać o firmy transportowe.

Twarz Pip rozjaśniła się na widok kawy. — Wybaczę ci każde przesłuchanie, jeśli to jest to, o czym myślę.

Jake podał jej kubek, uważając, by nie rozlać. — Flat white, dodatkowy shot.

— Zapamiętałeś — odparła, szczerze zadowolona.

Kiedy Pip z uznaniem upiła kawy, Jake łapał się na rejestrowaniu detali, na które nie miał żadnego zawodowego powodu zwracać uwagi: maleńkich zmarszczek w kącikach oczu, gdy się uśmiechała, sposobu, w jaki za ucho wsunęła niesforne pasmo włosów, tego, jak trzymała kubek obiema dłońmi.

Ich rozmowa o firmach transportowych szybko przerodziła się w szerszą dyskusję o sprawie. Jake opowiadał więcej, niż było to stricte konieczne, ceniąc sobie spostrzeżenia Pip i jej znajomość branży. Słuchała uważnie, zadając celne pytania, które często prowadziły go do perspektyw, o których nie pomyślał.

Rozdział piąty

Wizyty w kolejnych dniach nabrały pewnego schematu. Jake zjawiał się z uzasadnionym pytaniem albo aktualizacją, lecz coraz częściej znajdował powody, by zostać dłużej. Przyglądał się Pip w rozmaitych sytuacjach: jak z nieskończoną cierpliwością uczy dzieci, jak z bystrym wyczuciem interesu negocjuje sprzedaże, jak z Sarah omawia strategie hodowlane technicznym językiem, którego nie był w stanie w pełni śledzić.

Każdy kontakt umacniał rosnący szacunek dla jej kompetencji, a jednocześnie wcale nie osłabiał instynktu opiekuńczego, który odzywał się za każdym razem, gdy stawał obok niej i przypominała mu się ich dramatyczna różnica wzrostu. Ta sprzeczność go frustrowała i łapał się na tym, że analizował ją za każdym razem, kiedy wyjeżdżał z Ridgewater z ukłuciem żalu, które usilnie próbował stłumić.

Ta wewnętrzna debata trwała w najlepsze, gdy pewnego popołudnia Jake zajechał do Ridgewater i zobaczył Emmę McKenzie, która z przyczepy wyprowadzała trzęsącego się gniadego konia. Oczy zwierzęcia błyszczały bielą ze strachu, chrapy się rozszerzały, a ono nerwowo tańczyło na rampie.

— Spokojnie, chłopcze — mówiła Emma, jej głos był opanowany mimo napięcia, które zdradzał układ ramion. — Już prawie jesteśmy na miejscu.

Koń nagle prychnął, spłoszony brzękiem wiadra, i gwałtownie się wspiął. Emma straciła uchwyt na uwiązie, a spanikowane zwierzę cofnęło się jeszcze bardziej, po czym znieruchomiało, rozglądając się w sposób, który Jake odczytał jako preludium do ucieczki. Odruchem ruszył, by pomóc, lecz zanim zdążył zrobić krok, Pip pojawiła się jak spod ziemi.

Choć ważyła pewnie nie więcej niż jedną dziesiątą tego, co koń, Pip weszła prosto w jego przestrzeń. Jej głos poniósł się wyraźnie po podwórzu; nie był ani podniesiony, ani ostry, ale niósł niepodważalny autorytet.

— Wystarczy — powiedziała po prostu.

Głowa konia zwróciła się w jej stronę, uszy drgnęły z nagłym zainteresowaniem. Pip utrzymała stały kontakt wzrokowy, a jej mowa ciała emanowała spokojną pewnością. W ciągu kilku sekund oddech zwierzęcia się uspokoił, a postura stopniowo się rozluźniła.

— No proszę — mruknęła Pip, sięgając, by pogładzić go po szyi i chwycić zwisający uwiąz. — Tylko nerwy pierwszego dnia, prawda?

Emma wypuściła z ulgą powietrze. — Dzięki, Pip. Na placu sprzedaży wchodził bez problemu, ale chyba przestraszył się w trakcie jazdy.

— Nowe miejsca też potrafią być straszne — zgodziła się Pip, mówiąc tyleż do konia, co do Emmy. Z wprawą przesunęła drobnymi dłońmi po nogach i tułowiu zwierzęcia, sprawdzając, czy nie ma urazów. — Wygląda na zdrowego, tylko przestraszonego. Zaprowadźmy go, niech się oswoi.

Jake patrzył, jak Pip bez wysiłku prowadzi teraz spokojnego konia do stajni, a zwierzę zaskakująco potulnie podąża za jej drobną sylwetką. Emma wychwyciła wyraz jego twarzy i uśmiechnęła się szeroko.

— Robi wrażenie, prawda? — powiedziała Emma. — Nie daj się zwieść opakowaniu. Pip ma więcej końskiego rozumu w małym palcu niż większość trenerów w całym ciele.

Jake skinął głową, a w jego spojrzeniu zaszła subtelna zmiana. Instynkt opiekuńczy pozostał, głęboko zakorzeniona reakcja na drobną posturę Pip, której nie potrafił po prostu wyłączyć. Ale obok niego rósł głęboki szacunek dla jej umiejętności i świadomość, że jej fizyczny rozmiar jest być może najmniej istotnym aspektem tego, kim jest.

Gdy patrzył, jak Pip pewnie prowadzi konia, który ważył od niej o ponad pół tony więcej, Jake uświadomił sobie, że jego troska o jej bezpieczeństwo mówi więcej o jego własnych uprzedzeniach niż o rzeczywistych możliwościach Pip. To była myśl krępująca — i taka, nad którą należało się jeszcze zastanowić.

— Te zezwolenia transportowe zdecydowanie wskazują na powiązanie między stanami — powiedział Jake, rozkładając dokumenty na biurku Pip. Zrobił znaczące postępy w sprawie, w niemałej mierze dzięki branżowym wskazówkom Pip, choć sam przed sobą przestał udawać, że jego częste wizyty w Ridgewater są wyłącznie służbowe.

— Ta sama firma składała wnioski o zezwolenia w

ciągu czterdziestu ośmiu godzin od trzech oddzielnych kradzieży.

Pip pochyliła się, palcem śledząc daty na dokumentach. — I wszystkie dotyczą przewozu klaczy do Nowej Południowej Walii. Idealnie pasuje to do naszej teorii o przekręcie hodowlanym. — Uniosła wzrok na Jake'a, a jej ciemne oczy błyszczały ekscytacją z układania dowodów w całość. — Skontaktował się Pan z policją NSW?

— Wczoraj — potwierdził Jake. — Sprawdzają znane ośrodki hodowlane w pobliżu adresów docelowych. Jeśli uda się ich złapać z kradzionymi klaczami w posiadaniu...

— Miałby ich Pan jak na dłoni — dokończyła Pip, kiwając głową. — Zwłaszcza z zapisami mikroczipów od pierwotnych właścicieli.

Jake przyłapał się na uśmiechu, który pojawiał się coraz częściej w ich swobodnym porozumieniu. W ostatnich tygodniach ich współpraca rozwinęła się niemal do bezszwowego poziomu, każde z nich przewidywało myśli drugiego. To było zupełnie inne niż jakakolwiek jego dotychczasowa zawodowa kooperacja, zwłaszcza z osobą spoza służb.

Odgłos opon na żwirze przerwał rozmowę. Przez okno biura Jake dostrzegł lśniącego czarnego Range Rovera podjeżdżającego obok placu treningowego, gdzie Kate McKenzie szykowała się do popołudniowej lekcji.

— O nie — mruknęła Pip, a jej twarz nagle spoważniała.

Jake podążył za jej spojrzeniem i zobaczył Vivienne Ashford wysiadającą z samochodu; jej rude włosy falowały na wietrze. Miała na sobie bryczesy i skrojony na miarę żakiet, który krzyczał drogim gustem, dzięki czemu praktyczny strój jeździecki wyglądał jak modowa deklaracja. Z miejsca pasażera wysiadła drobna rudowłosa dziewczynka, ściskając kask jeździecki.

— Charlotte ma z Kate lekcje w czwartkowe popołudnia — wyjaśniła Pip ostrożnie neutralnym głosem. — Vivienne zwykle tylko ją podwozi.

Jake skinął głową, przypominając sobie ich wcześniejsze spotkanie z Vivienne na komisariacie. Kobieta nie wysunęła już nowych oskarżeń o skradzione kucyki, ale też nie przeprosiła za fałszywe zarzuty, które o mało nie kosztowały Pip znaczącej sprzedaży.

— Pewnie powinniśmy pójść się przywitać — powiedziała Pip z wyraźną niechęcią. — Zawodowa grzeczność i te sprawy.

Wyszli z biura w ciepłe popołudniowe słońce. Kate już witała Charlotte, pomagając podekscytowanemu dziecku poprawić kask, podczas gdy Vivienne stała obok i z gospodarczym zadęciem lustrowała teren. Gdy spostrzegła Jake'a idącego u boku Pip, jej postawa natychmiast się zmieniła: na znudzonej twarzy pojawił się olśniewający uśmiech.

— Starszy posterunkowy Harrison! — zawołała, machając, jakby byli starymi znajomymi. — Jaka miła niespodzianka.

Jake zachował zawodowy spokój, kiedy podeszli bliżej. — Pani Ashford. Dzień dobry.

— Proszę, Vivienne — nalegała, stawiając krok naprzód i ustawiając się wprost przed nim, skutecznie wycinając Pip z rozmowy. — Nie miałam pojęcia, że policja składa wizyty domowe przy okazji lekcji jazdy. Może powinnam częściej zgłaszać podejrzane aktywności.

Flirtujący ton wprawił Jake'a w dyskomfort, zwłaszcza w zestawieniu z jej wcześniejszymi fałszywymi oskarżeniami. — Jestem tu służbowo, w związku z prowadzonym dochodzeniem w sprawie kradzieży — doprecyzował, robiąc lekki krok w bok, by włączyć Pip do kręgu rozmówców. — Pani Rodriguez-McKenzie dostarcza cennej wiedzy branżowej.

— Jak fascynująco — odparła Vivienne, choć ton sugerował wszystko, tylko nie szczere zainteresowanie. Jej spojrzenie pobieżnie prześlizgnęło się po Pip i natychmiast wróciło do Jake'a. — Chociaż na pewno są bardziej... tradycyjni eksperci, z którymi mógłby się Pan skonsultować. Rodzina Thornley od pięciu pokoleń hoduje konie w Queensland, wie Pan. Bardzo szanowani. Mogę Pana przedstawić, jeśli Pan chce.

Insynuacja zawisła w powietrzu, jednoznaczna w przekazie. Jake zacisnął szczęki, ale zachował profesjonalny wyraz twarzy. — Fachowość Pani Rodriguez-McKenzie okazała się nieoceniona. Jej znajomość praktyk hodowlanych i wzorców w branży znacząco posunęła śledztwo naprzód.

Uśmiech Vivienne nie zblakł, choć coś w jej oczach stwardniało. — Oczywiście. Jestem pewna, że jej... zagraniczna perspektywa daje unikalny punkt widzenia. — Zwróciła się do Pip z przesadną uprzejmością. — Jak się ma Pani mały biznesik z kucykami? Wciąż znajdujecie domy dla tych uratowanych przypadków?

— Bardzo dobrze, dziękuję — odparła Pip z zawodowym uśmiechem, który nie sięgał oczu. — Przygotowujemy zgłoszenia na Royal Queensland Show i mamy listę oczekujących na letnie terminy treningów.

— Jakże uroczo — powiedziała Vivienne tonem sugerującym coś dokładnie odwrotnego. — Charlotte, skarbie, idź teraz z panią Kate. Mamusia musi omówić sprawy społeczności ze starszym posterunkowym.

Dziewczynka, która kręciła się w pobliżu, skinęła głową i pomaszerowała z Kate w kierunku placu. Jake zauważył, że Charlotte zerknęła z ciekawością na Pip, zanim poszła za instruktorką; na jej twarzy nie było ani śladu matczynej pogardy.

— Taka słodka dziewczynka — westchnęła Vivienne, gdy tylko Charlotte oddaliła się na tyle, by nie usłyszeć. — Cieszę się, że jest teraz pod opieką Kate. Dzieci potrzebują solidnych podstaw.

Jake niemal czuł tuż obok siebie kontrolowany oddech Pip. Wiedział z rozmów, że Pip jest równie dobrze przygotowana do nauczania jak Kate, a pewnie nawet bardziej, jeśli chodzi o małe dzieci na kucach — Kate zazwyczaj uczyła dorosłych zaawansowanego ujeżdżenia.

— Metody szkoleniowe Pip dają znakomite rezultaty — odparł spokojnie. — Lista oczekujących do jej programu mówi sama za siebie.

Vivienne machnęła lekceważąco ręką. — Och, jestem pewna, że dla małych kucyków to zupełnie wystarczające. Mówię o poważnych przedsięwzięciach jeździeckich. — Zrobiła krok bliżej Jake'a, znów ustawiając się między nim a Pip. — A skoro o tym mowa, starszy posterunkowy, Ridgemont Country Club organizuje w przyszłym tygodniu spotkanie społeczności w sprawie obwodnicy. Jako nowy członek naszej społeczności mundurowej naprawdę powinien Pan się pojawić. To świetna okazja, by poznać właściwych ludzi, i z pewnością wszyscy docenimy aktualizację w sprawie Pana dochodzenia dotyczącego kradzieży koni.

Nacisk na właściwych ludzi niósł wyraźne sugestie co do tego, kogo Vivienne uważa za godnego zawodowej uwagi Jake'a. On pozostał bez wyrazu, choć w środku wzburzała go protekcjonalność skierowana do Pip.

— Z przyjemnością przekażę oficjalne informacje o postępach dochodzenia — odparł neutralnie.

— Cudownie! — Uśmiech Vivienne się rozszerzył. — Moglibyśmy omówić spotkanie przy kolacji. Restauracja klubowa ma doskonały wybór win.

Zaproszenie padło z taką pewnością, że Jake uświadomił sobie, iż Vivienne po prostu zakładała jego zgodę. Za jej plecami dostrzegł starannie opanowany wyraz twarzy Pip, której oczy utkwione były w odległym punkcie. Czy drgnęły jej usta? Jemu też chciało się śmiać.

— Dziękuję za zaproszenie, ale wolę sprawy zawodowe załatwiać w warunkach służbowych — odparł Jake.

Uśmiech Vivienne na moment przygasł, po czym powrócił z nową determinacją. — Oczywiście, jest Pan oddany pracy. Godne podziwu. — Pochyliła się bliżej, ściszając głos konfidencjonalnie. — Ale między nami, ktoś o tak oczywistym potencjale nie powinien zbytnio zawężać kręgów towarzyskich. Awans zawodowy w dużej mierze zależy od właściwych koneksji, zwłaszcza w regionach.

Sugestia była jasna: kontakty z takimi osobami jak Pip mogą mu zaszkodzić. Jake poczuł falę niesmaku, ale zachował neutralny wyraz twarzy.

— Uważam, że profesjonalne kompetencje mówią same za siebie — odparł spokojnie.

— W idealnym świecie może i tak — powiedziała Vivienne z znającym życie śmiechem, który działał mu na nerwy. — Ale żyjemy w prawdziwym, prawda? Tam, gdzie to, kogo znasz, liczy się równie mocno, jak to, co wiesz. — Spojrzała znacząco na Pip, po czym znów na Jake'a. — W Pana położeniu powinno się pielęgnować relacje z ugruntowanymi członkami społeczności.

Jake w swojej karierze nie raz spotykał ludzi takich jak Vivienne — przekonanych, że bogactwo albo pozycja społeczna uprawniają do specjalnego traktowania czy wpływów. Nigdy nie miał do tego cierpliwości i teraz tym bardziej.

— Doceniam troskę o moją karierę — powiedział tonem zawodowo uprzejmym, ale wyraźnie chłodniejszym. — Jednak relacje zawodowe buduję na podstawie meritum i ich związku z prowadzonymi dochodzeniami.

Uśmiech Vivienne naprężył się w kącikach. — Cóż, mam nadzieję, że Pana śledztwo skorzysta na tych... konsultacjach. — Zerknęła na zegarek, ewidentnie drogi, który mignął w słońcu. — Muszę dać Charlotte znać, że odbierze ją ojciec. Spotkanie zaczyna się w przyszły czwartek o szóstej. Poproszę, żeby zarezerwowali Panu miejsce z przodu.

Po tym odwróciła się i ruszyła w stronę placu; jej buty dudniły po ubitej ziemi.

Jake zwrócił się do Pip, której twarz pozostała starannie opanowana, choć dostrzegł napięcie w linii szczęki. — Przepraszam Panią za to — powiedział cicho.

Pip pokręciła głową, jej zawodowa maska trwała niewzruszenie. — Nie ma potrzeby. Jestem do tego przyzwyczajona.

Fakt, że była do tego przyzwyczajona, tylko spotęgował dyskomfort Jake'a. W policji spotykał się z uprzedzeniami, ale było coś szczególnie drażniącego w tej gładkiej, społecznie akceptowalnej wersji w wydaniu Vivienne, opakowanej w uśmiechy i insynuacje, a nie w otwarte obelgi.

— Niezależnie od tego, czy się Pani do tego przyzwyczaiła, to jest nie do przyjęcia — odparł.

Na krótką chwilę szczery uśmiech zastąpił napięty wyraz twarzy Pip. — Dziękuję. Ale naprawdę, przestałam pozwalać, by osoby takie jak Vivienne Ashford robiły mi przykrość, już lata temu. — Zerknęła w stronę placu, gdzie Kate pomagała teraz Charlotte wsiąść na łagodnego gniadego kuca. — Poza tym jej córka jest naprawdę urocza i utalentowana. Staram się o tym pamiętać.

Jake znów skinął z uznaniem dla klasy Pip pod presją. Miała pełne prawo się złościć, a jednak zachowywała profesjonalizm i potrafiła znaleźć współczucie dla Charlotte. To mówiło o niej o wiele więcej niż jakiekolwiek insynuacje Vivienne.

Pip patrzyła, jak Vivienne zmierza w stronę placu, ramiona spięte jak u generała dokonującego przeglądu wojsk. Siedem lat w Ridgewater nauczyło ją przewidywać schematy Vivienne: ta kobieta nigdy nie przywoziła Charlotte i po prostu nie odjeżdżała. Zawsze miała jakiś plan, zwykle związany z próbą podważenia pozycji albo kompetencji Pip. Wzięła równy oddech, szykując się na to, co nadejdzie. Przynajmniej obecność Jake'a mogła nieco złagodzić zachowanie Vivienne, choć jego dyskomfort był wyczuwalny. Biedak wyglądał, jakby wolał być gdziekolwiek indziej.

— Wrócimy do biura? — zaproponowała Jake'owi, licząc, że zdołają się wymknąć, zanim Vivienne wróci.

Gdzie tam. Vivienne już zmierzała z powrotem, a jej uśmiech przełączył się na wyraz, który Pip znała aż nadto dobrze — minę zapowiadającą albo komplement z zastrzeżeniami, albo prośbę z haczykami.

— Charlotte wygląda całkiem pewnie na tym gniadym kucu — zawołała Vivienne, podchodząc. — Kate mówi, że robi wspaniałe postępy.

— Ma wrodzony talent do jazdy — zgodziła się szczerze Pip. Bez względu na jej uczucia wobec Vivienne, Charlotte była naprawdę utalentowanym dzieckiem, które kochało konie. — Ma świetną równowagę i delikatną rękę.

Vivienne wypięła się z dumą po komplementach dla córki. — Tak, jest naprawdę uzdolniona. Co prowadzi mnie do kwestii, o której chciałam z Panią porozmawiać. — Jej ton przeszedł w to, co Pip w myślach nazywała biznesowym głosem: sztucznie ciepły, ale wyrachowany. — Charlotte kompletnie zakochała się w tamtym Pani kucu palomino. W tym o nietypowo niebieskich oczach.

Żołądek Pip się ścisnął. — Honey?

— Tak, właśnie ta — potwierdziła Vivienne machnięciem wypielęgnowanej dłoni. — Charlotte nie przestaje o niej mówić. Pomyślałam, że mogłybyśmy porozmawiać o kupnie.

Pip zachowała zawodowy wyraz twarzy, choć w środku natychmiast włączyła czujność. Honey była warta każdego centa z 20 000 dolarów ceny wywoławczej, a Vivienne wiedziała to z jeździeckiej poczty pantoflowej. Ta rozmowa raczej nie miała zakończyć się przyjemnie.

— Honey to jeden z moich czołowych kuców pokazowych — wyjaśniła ostrożnie Pip. — Jest w pełni wyszkolona we wszystkich dyscyplinach i gotowa do startów. Wygrała wiele klas na Easter Show, w tym tytuł Supreme Champion Pony, a planowałam wystawić ją na kilku pokazach w Nambour... a może nawet zabrać na Ekkę. Żeby zaprezentować się kupującym z innych stanów. — Gdyby zabrała Honey na Royal Queensland Show, doliczyłaby co najmniej 5 000 dolarów do ceny.

Vivienne skinęła tak, jakby właśnie tego się spodziewała.

— Tak, wygląda na całkiem grzeczną. Oczywiście Charlotte przy jej poziomie potrzebuje czegoś absolutnie nie do wystraszenia, ale z tego, co widziałam, kuc wydaje się odpowiedni.

Celowe umniejszenie treningu Honey sprawiło, że Pip na moment zacisnęła zęby. „Nie do wystraszenia" to było absolutne minimum dla wierzchowca dziecka. Honey była wyjątkowa, zdolna wygrywać na najwyższym poziomie w odpowiednich rękach. Jej wyszkolenie oznaczało setki godzin pracy Pip, która z zaniedbanego zwierzęcia uczyniła czempionkę.

— Honey to znacznie więcej niż „grzeczna" — skorygowała uprzejmie Pip. — Z powodzeniem startowała w klasach wielodyscyplinowych, zarówno pod siodłem, jak i w ręku, konsekwentnie plasując się w pierwszej trójce; jest też świetną skoczkinią i pony do konkurencji szybkościowych. Ma doskonały ruch i pokrój, a jej temperament jest całkowicie godny zaufania.

— Tak, tak — ucięła Vivienne z lekceważeniem. — Choć wyobrażam sobie, że spora część tych sukcesów wynika z treningu w takim ośrodku jak ten. — Zakreśliła ręką szeroki gest, obejmując nienaganne tereny Ridgewater. — Ma Pani do dyspozycji naprawdę wyjątkowe zasoby.

Insynuacja, że sukces Pip wynika z zasobów rodziny McKenzie, a nie z jej umiejętności i pracy, ukłuła jak zawsze. Miała ostrą świadomość obecności Jake'a, który był świadkiem tej wymiany zdań, i walczyła, by zachować neutralny wyraz twarzy.

— Mam szczęście pracować w świetnych warunkach — przyznała Pip, dobierając słowa z rozwagą. — Ale trening Honey to efekt mojego autorskiego programu, wypracowanego przez lata doświadczeń.

Uśmiech Vivienne nie sięgnął oczu. — Oczywiście. Przejdźmy do ceny... Wiem, że zwykle żąda Pani dość wysokich kwot za swoje kucyki, ale skoro ma ich Pani tak dużo, a Charlotte bardzo na tym zależy... — Zawiesiła głos. — Pomyślałam, że osiem tysięcy będzie rozsądne. W końcu trafiłaby do bardzo dobrego domu.

Pip poczuła, jak twarz oblewa jej rumieniec na tę obraźliwie niską ofertę. Honey była warta ponad dwa razy tyle według wszelkich standardów, a Vivienne doskonale o tym wiedziała. Sugestia, by przyjęła mniej niż wartość rynkową, bo „ma tak dużo kucyków", była i protekcjonalna, i obraźliwa.

— Obawiam się, że wartość Honey jest znacznie wyższa — odparła Pip spokojnym głosem mimo wewnętrznego wzburzenia. — Jej cena to dwadzieścia tysięcy, co jest uczciwą stawką rynkową za kuca o takiej jakości i poziomie wyszkolenia.

Brwi Vivienne uniosły się w przesadnym zdziwieniu. — Dwadzieścia tysięcy za kuca po przejściach? To brzmi dość ambitnie.

— Pochodzenie nie umniejsza jej obecnej wartości — odparła stanowczo Pip. — Jest profesjonalnie wyszkolona, ma udokumentowane wyniki pokazowe i jest gotowa na natychmiastowe sukcesy w konkurencjach. Obecnie mam innych poważnych kupujących zainteresowanych na tym poziomie cenowym.

To nie było do końca prawdą, nie po tym, jak Claire Harrington kupiła innego kuca, ale Pip nie zamierzała zdradzać tej słabości.

— Cóż — powiedziała Vivienne, z wydumanym chichotem, od którego Pip cierpły zęby — przypuszczam, że jeśli mieszka się za darmo na cudzej posesji, można sobie pozwolić na wybrzydzanie przy cenach.

Ukłucie trafiło w punkt, dokładnie jak planowała Vivienne. Pozycja Pip była okupiona latami udowadniania swojej wartości — najpierw Harry'emu Kittredge'owi, który ją uczył, później w siodle jako dżokejka, a na końcu jako samodzielna bizneswoman. Sugerowanie, że „mieszka za darmo", sprowadzało całą tę pracę i prawdziwe rodzinne więzi do pasożytnictwa.

Kątem oka Pip zauważyła, jak Jake niespokojnie się porusza, a jego twarz tężeje na słowa Vivienne. Jego reakcja tylko potęgowała upokorzenie — to, że ten zawodowy mężczyzna był świadkiem, jak traktuje się ją jak podopieczną z łaski.

— Płacę stawki komercyjne za boksy i padoki — powiedziała cicho, lecz twardo Pip. — A Honey jest warta każdego centa swojej ceny.

Uśmiech Vivienne stwardniał. — Jestem pewna, że Pani w to wierzy. Jednak obie wiemy, że bez nazwiska McKenzie za plecami Pani biznesik z kucykami nie osiągałby takich cen. — Westchnęła teatralnie. — Taka szkoda dla Charlotte. Będzie bardzo zawiedziona.

Manipulacja była przejrzysta — próba wzbudzenia w Pip poczucia winy za to, że nie przyjęła obraźliwej oferty. Lata obcowania z trudnymi właścicielami i targowania się na aukcjach uodporniły Pip na takie zagrania, ale publiczny charakter tej wymiany, w obecności Jake'a, utrudniał zignorowanie jej bardziej niż zwykle.

— Przykro mi to słyszeć — odparła Pip, trzymając zawodową maskę. — Jeśli budżet wzrośnie albo jeśli byłaby Pani zainteresowana jednym z moich młodszych projektów w niższej cenie, proszę dać znać. Choć nawet najtańsze konie, po których nie spodziewam się sukcesów ringowych ze względu na mniej efektowną urodę, zaczynają się od dziesięciu tysięcy. Bezpieczeństwo dzieci jest bezcenne, zgadza się Pani?

Wyraz Vivienne zauważalnie się ochłodził. — Wezmę to pod uwagę. Chociaż podejrzewam, że do Ekki Charlotte przejdzie już do lepszych rzeczy. — Z przesadną uwagą sprawdziła godzinę. — Powinnam już iść. Starszy posterunkowy, do zobaczenia w przyszłym tygodniu w klubie.

Z ostatnim uśmiechem, który nie sięgał oczu, Vivienne odwróciła się i wróciła do Range Rovera, niosąc się godnością osoby „zranionej" niepowodzeniem negocjacji, których nigdy nie zamierzała prowadzić uczciwie.

Pip stała nieruchomo, oddychając równo przez dobrze znane pieczenie po szpilkach Vivienne. To nie był pierwszy raz i nie ostatni. Świat jeździecki bywał brutalnie elitarny, a jako Filipinka z Australii, Pip na każdym kroku musiała walczyć z uprzedzeniami.

— To było skrajnie nieprofesjonalne z jej strony — powiedział cicho Jake, gdy samochód Vivienne zniknął na podjeździe. — Złożyć ofertę niższą niż połowa wartości rynkowej, a potem zasugerować...

Urwał niezręcznie, wyraźnie niechętny do powtarzania insynuacji Vivienne. Pip doceniła intencje, ale wolałaby, żeby w ogóle nie odnosił się do tej wymiany. Samo to, że był świadkiem upokorzenia, wystarczało; roztrząsanie tylko je pogarszało.

— Nic się nie stało — ucięła żwawo, przyklejając uśmiech, który wydawał się zbyt napięty. — W tej branży to norma. Ludzie myślą, że można się targować jak na garażowej wyprzedaży.

Jake pokręcił głową, a jego niebieskie oczy pociemniały troską. — Poradziła sobie Pani z tym bardzo profesjonalnie. Byłem pod wrażeniem.

Choć komplement był szczery, sprawił, że Pip poczuła się jakoś mniejsza. Oczywiście, że poradziła sobie profesjonalnie. Radziła sobie w takich sytuacjach całe życie, wcześnie ucząc się, że okazywanie bólu czy złości tylko utrwala stereotypy o „emocjonalnych" kobietach albo „obcych temperamentach". Rywalizujące dżokejki mówiły jej w ferworze wyścigów o wiele gorsze rzeczy.

— Dzięki — odparła lekko, kierując się już do biura. — Wróćmy do tych dokumentów przewozowych. Zdaje się, że trafiliśmy na coś ważnego.

Gdy wracali, Pip trzymała na twarzy wypracowany latami spokój. W środku jednak słowa Vivienne odbijały się boleśnie. Nie dlatego, że była w nich prawda, lecz dlatego, że symbolizowały walkę, którą Pip toczyła od chwili, gdy jako ośmiolatka przyjechała do Australii z owdowiałą matką; obie wciąż opłakiwały jej ojca. Nieustanną potrzebę udowadniania swojej wartości, pracowania dwa razy ciężej za połowę uznania, uśmiechania się mimo przytyków i stereotypów, podczas gdy budowała życie i biznes na własnych zasadach.

Jake nigdy tego nie zrozumie, pomyślała, zerkając na jego wysoką, pewną postawę. Ze swoim wzrostem, pewnością ruchów, zawodowymi uprawnieniami poruszał się po świecie z lekkością, której Pip nigdy nie zaznała. Dobrze mu życzył, kiedy nieporadnie próbował ją pocieszyć, ale sama jego konsternacja wobec zachowania Vivienne zdradzała jego przywilej. Dla niego to było coś niezwykłego, warte wzmianki. Dla Pip — po prostu wtorek.

Dotarli do biura, a Pip z premedytacją skupiła się na dokumentach transportowych. Praca była odpowiedzią — jak zawsze. Sukces to najlepsza zemsta, a Pip miała go już pod dostatkiem, osiągniętego na własnych warunkach, niezależnie od tego, co sądziły takie osoby jak Vivienne Ashford.

Rozdział szósty

Zachodzące słońce rzucało długie cienie na padoki Ridgewater, gdy Pip kończyła rozdzielać paszę ostatnim swoim kucykom. Zaciągnęła pustą taczkę z powrotem do paszarni, mięśnie przyjemnie zmęczone po pracowitym dniu treningów. Kiedy właśnie odkładała taczkę, telefon w kieszeni zawibrował natarczywie. Na ekranie mignęło imię Melody Carter — nietypowe jak na dzień powszedni, kiedy przyjaciółka zwykle kończyła pracę we własnej stajni, trzydzieści kilometrów stąd.

— Melody? Wszystko w porządku? — Pip przycisnęła telefon między ucho a ramię, ryglując drzwi paszarni.

— Wcale, do diabła, nie — w głosie Melody pobrzmiewała rozpacz. — Pip, ktoś zabrał moje klacze. Cinnamon i Hot Pepper, obie zniknęły.

Dłoń Pip zastygła na zasuwie. Melody Carter była czołową zawodniczką wyścigów wokół beczek, wygrywała nagrody w całym kraju, a te klacze były warte co najmniej sześciocyfrowe kwoty każda. — Co się stało? Kiedy?

— Musiało się to stać po południu, kiedy byłam w pracy — głos Melody zadrżał. — Wróciłam, żeby je nakarmić, i zobaczyłam przecięty tylny płot. Po prostu... przepadły. Przeszukałam wszystko.

— Dzwoniłaś na policję? — Pip odsunęła się od paszarni, już kierując się w stronę domu.

— Oczywiście, ale wiesz, jacy są. Policjant, który przyjechał, coś zanotował i odjechał. Powiedział tylko, że się tym zajmą — w głosie Melody aż gęsto było od goryczy. — Pip, to nie są byle jakie konie. Cinnamon jest źrebna po High Rollerze, a Pepper to moja najlepsza klacz startowa.

Żołądek Pip się ścisnął. High Roller był czempionem w wyścigach wokół beczek ze Stanów; opłata za import nasienia musiała kosztować Melody ładnych kilkadziesiąt tysięcy. Źrebię z jego linii po jednej z topowych klaczy Melody byłoby warte fortunę.

— Wiem, że rozmawiałaś z tym nowym policjantem o kradzieżach koni — podjęła Melody. — Tym wysokim? Pomyślałam, że może mu to wspomnisz. To nie są przypadkowe kradzieże, Pip. Ktoś dokładnie wiedział, które konie zabrać. Mam tu szesnaście koni, a zabrali tylko dwie najcenniejsze.

— Zadzwonię do niego od razu — obiecała Pip, myśl już jej pędziła. — Podaj mi szczegóły. Kiedy dokładnie ostatni raz je widziałaś?

Gdy Melody przedstawiała ramy czasowe, telefon Pip zapiszczał z kolejnym połączeniem. — Mel, możesz poczekać? Dzwoni Diane Wells, to może być ważne.

Przełączyła rozmowę, odbierając telefon od innej właścicielki koni, z posesji oddalonej zaledwie o pięć kilometrów od domu Melody.

— Pip, dzięki Bogu — zwykle opanowany głos Diane drżał. — Ktoś ukradł Firecracker. Mój płot jest przecięty i jej nie ma. Jest źrebna po Stevie Ray Von!

Pip wstrzymała oddech. — Kiedy?

— Dziś, kiedy byłam w pracy. Zorientowałam się, że zniknęła, gdy przyszłam na karmienie.

Pip na moment przymknęła oczy. — Diane, przed chwilą dzwoniła do mnie Melody Carter z tą samą historią. Też zniknęły dwie jej klacze.

— Co? — głos Diane podskoczył o ton. — Ale... ona jest niedaleko mnie!

— Wiem — odparła ponuro Pip. — I wszystkie trzy to cenne klacze sportowe w stylu western, dwie potwierdzone jako źrebne. To idealnie wpisuje się w schemat.

Po obietnicy, że będzie informować Diane na bieżąco, Pip wróciła do Melody i połączyła fakty. Kiedy zakończyła obie rozmowy, niebo zdążyło już mocno pociemnieć, ale myśli Pip były krystalicznie jasne. To nie był przypadek. To była przemyślana, celowa kradzież określonego materiału hodowlanego, dokładnie według wzorca, który omawiała z Jake'em.

Nie fatygując się przebieraniem z zakurzonych roboczych ubrań, Pip ruszyła prosto do swojego pick-upa. Wysłała krótką wiadomość do Sarah, że wychodzi, po czym przekręciła kluczyk w stacyjce. Silnik warknął i ożył, w takt determinacji rosnącej w jej piersi. Miała informacje, które Jake musiał usłyszeć dziś wieczorem, nie jutro, a on sam tego ranka mówił, że ma wieczorną zmianę i będzie na komisariacie do dziesiątej. Jeśli złodzieje właśnie przerzucali konie, mogło się trafić okno, by ich dopaść, zanim klacze znikną w transporcie między stanami.

Droga do Ridgemont zajęła dwadzieścia minut, podczas których Pip porządkowała w głowie wszystko, co wiedziała o kradzieżach. Skradzione klacze idealnie pasowały do ich hipotezy o przekręcie hodowlanym. Kradną bardzo cenne, najlepiej źrebne klacze, trzymają je w ukryciu do wyźrebienia, potem sprzedają źrebięta z fałszywymi papierami, a klacze pozbywają albo kryją ponownie. To było wyrafinowane, wymagało branżowej wiedzy i wykorzystywało fakt, że większości źrebiąt nie bada się DNA, chyba że mają iść do wyścigów.

Komisariat tonął w jasnym świetle, gdy Pip wjechała na parking. Przez okno widziała Jake'a przy biurku, z pochyloną głową nad papierami. Pospieszyła do środka, skinęła krótko dyżurnemu sierżantowi.

— Czy jest dostępny starszy konstabl Harrison? To pilne.

Sierżant ledwie uniósł wzrok. — Kończy raporty. Korytarzem w dół.

Pip ruszyła prosto do biurka Jake'a. — Musimy porozmawiać. Znów doszło do kradzieży. Właściwie do dwóch. Trzy konie.

Jake podniósł wzrok i Pip natychmiast zauważyła zmianę w jego zachowaniu. W Ridgewater stopniowo się przy niej rozluźniał, postura miękła, spod profesjonalnej maski wyglądało suche poczucie humoru i szczere zainteresowanie. Tutaj, na komisariacie, był w pełni funkcjonariuszem policji: niebieskie oczy czujne, lecz zdystansowane, sylwetka wyprostowana jak struna.

— Pani Rodriguez-McKenzie — powiedział oficjalnie, prostując papiery na biurku. — O jakich kradzieżach Pani mówi?

Formalność zabolała po tygodniach „Pip" i swobodnych rozmów, ale odsunęła to na bok, skupiając się na sednie. — Dwie różne posesje uderzone dziś. Trzy klacze z górnej półki zabrane, gdy właścicielki były w pracy. Wszystkie to cenny materiał, dwie potwierdzone jako źrebne po czempionach.

Wyraz twarzy Jake'a się zmienił, choć ton pozostał rzeczowy i urzędowy. — Zgłoszone na komisariat?

— Tak, ale u dwóch różnych funkcjonariuszy. Wątpię, żeby zdążyli jeszcze skończyć notatki — Pip pochyliła się, mówiąc pośpiesznie. — Jake, to dokładnie ten wzorzec, o którym rozmawialiśmy. To nie są kradzieże z okazji, tylko celowe uderzenia. Obie właścicielki dorabiają w miasteczku; ktoś obserwował te posesje i śledził ich rozkład dnia, a zabrane konie to najcenniejsze klacze, jakie mają. Złodzieje dokładnie wiedzieli, które konie wziąć i kiedy to zrobić.

Zauważyła błysk zrozumienia w jego oczach, choć twarz pozostała starannie kontrolowana.

— Jedna z tych klaczy jest źrebna po Stevie Ray Von, a żeby dać Ci skalę, nieujeżdżony, niesprawdzony trzylatek po nim poszedł niedawno w USA za 1,7 *miliona* dolarów. I to dolarów amerykańskich.

Jego wyraz twarzy drgnął, dłoń na moment zastygła, zanim znów zaczął pisać.

— Liczy się timing — mówiła dalej, zbyt zaangażowana w swoją teorię, by dać się zbić z tropu jego formalnością.

— Trzy klacze zabrane tego samego dnia oznaczają, że aktywnie przemieszczają stado. Jeśli trzymają się dotychczasowego schematu, te konie jutro będą już w transporcie międzystanowym.

Jake robił notatki równym pismem, twarz nie zdradzała nic z jego myśli. Pip naciskała dalej.

— Śledziliśmy te firmy transportowe, prawda? Te z podejrzanymi wnioskami o zezwolenia? Jeśli pojedziemy teraz, możemy ich złapać z tymi klaczami, zanim się ich pozbędą — pochyliła się, opierając drobne dłonie o jego biurko. — To może otworzyć sprawę na oścież.

Jake uniósł wzrok i po raz pierwszy, odkąd weszła, naprawdę spojrzał jej w oczy. Coś przemknęło mu po twarzy, zanim profesjonalna maska znów opadła. — My?

— Tak, my — nalegała Pip. — Potrafię rozpoznać te klacze od pierwszego spojrzenia i dam sobie z nimi radę, jeśli je znajdziecie. Wiem, na co patrzeć, jakie pytania zadawać. W tej branży jestem swojakiem — ludzie mówią do mnie inaczej niż do policji.

Widziała subtelne ściągnięcie ust, niemal niedostrzegalne wyprostowanie i tak już nienagannej sylwetki. To nie był Jake, który siadywał na werandzie Ridgewater z kawą, zadając wnikliwe pytania o praktyki hodowlane. To był starszy konstabl Harrison — zgodnie z procedurą, zza muru profesjonalizmu.

— Doceniam te informacje, Pani Rodriguez-McKenzie — powiedział, wstając. W tym ruchu urósł nad nią jeszcze bardziej niż zwykle i Pip musiała odchylić głowę, by utrzymać kontakt wzrokowy. — Skontaktuję się z funkcjonariuszami, którzy przyjęli zgłoszenia, i natychmiast zajmę się tym tropem.

— Świetnie — kiwnęła Pip, już kalkulując w głowie. — Ja prowadzę. Wiem, gdzie większość firm transportowych trzyma nocą ciężarówki.

Szczęka Jake'a niemal niedostrzegalnie się napięła. — Miałem na myśli, że zajmę się tym tropem właściwymi kanałami. Z innymi funkcjonariuszami.

Pip wpatrzyła się w niego, aż dotarło do niej, o co chodzi. — Wycinasz mnie?

— Wcale nie — odparł równym tonem, choć coś w jego oczach zdradzało, że te słowa kosztują go wysiłek. — Postępuję zgodnie z procedurą. To aktywne postępowanie policyjne, a Pani dostarczyła cennych informacji, na podstawie których natychmiast podejmiemy działania.

— Ale mogę pomóc — upierała się Pip, czując, jak pod mostkiem narasta frustracja. — Znam te konie, tych ludzi. Wychwycę rzeczy, które wam mogą umknąć.

Jake utrzymał jej spojrzenie i przez ułamek sekundy Pip pomyślała, że widzi w nim konflikt, zanim jego twarz znów stwardniała, a on odezwał się płasko: — I tę wiedzę doceniam, dlatego konsultowałem się z Panią przez całą tę sprawę. Ale konfrontowanie podejrzanych posiadających skradzione mienie wymaga udziału wyłącznie przeszkolonych funkcjonariuszy.

Pip poczuła, jak policzki robią się gorące — z mieszaniny frustracji i czegoś jeszcze, czegoś, co niepokojąco mignęło, gdy spojrzała w jego poważne, niebieskie oczy. — Nie proponuję, że będę wyważać drzwi, Jake. Oferuję, że pomogę zidentyfikować skradzione zwierzęta, jeśli je znajdziecie.

— Co uczyniłoby z Pani potencjalnego świadka w ewentualnym postępowaniu karnym — odparł gładko. — Pani zeznania mogłyby być podważone, gdyby brała Pani bezpośredni udział w samym procesie dochodzeniowym.

Używał procedury jak tarczy, zrozumiała Pip. Dokładnie tak, jak wspominał, że robi, kiedy czuje się w defensywie. Ta świadomość wcale nie była mniej irytująca.

— Rozumiem, że chce Pani pomóc — powiedział Jake ciszej, łagodniej, co w jakiś sposób było gorsze, nie lepsze. To był ten ton, którym tłumaczy się coś dzieciom. Fakt, że Pip musiała zadzierać głowę, bo górował nad nią, tylko potęgował poczucie bycia pomniejszoną. — Ale to może być niebezpieczne. Ci złodzieje są zorganizowani, profesjonalni. Nie mogę ryzykować udziału cywilów.

Pip poczuła, jak fala gorąca uderza jej do twarzy. — Udział cywilów? Od tygodni jestem w tę sprawę zaangażowana. To moje informacje pomogły wam w ogóle dostrzec wzorzec.

— I jestem za to wdzięczny — odparł Jake tonem tak miarowym, że Pip miała ochotę krzyknąć. — Ale jest różnica między konsultacją z ekspertem branżowym a włączaniem tej osoby w aktywną operację policyjną.

— Na co dzień ogarniam półtonowe zwierzęta z własnym zdaniem — powiedziała Pip, krzyżując ramiona i piorunując go wzrokiem. — Myślę, że dam radę posiedzieć w radiowozie i wskazać skradzione konie, jeśli je znajdziemy.

Szczęka Jake'a poruszyła się, zanim odparł: — Tu nie chodzi o Pani umiejętności, których nie kwestionuję. Chodzi o procedury i bezpieczeństwo.

— Procedury — powtórzyła Pip płasko. Słowo zawisło między nimi, ciężkie od znaczeń. Zauważyła, jak często Jake chował się za tą tarczą, gdy było mu niewygodnie — jak prostował i tak już prostą postawę i cytował przepisy jak święty tekst.

— Tak, procedury — potwierdził, choć w oczach przemknęło coś nie do pary z twardym tonem.

— Dochodzenia muszą przebiegać według ustalonych protokołów, żeby zapewnić i skuteczne oskarżenie, i bezpieczeństwo wszystkich zaangażowanych.

Pip zrobiła krok bliżej, odmawiając ulegania przewadze jego wzrostu. — I te protokoły nie przewidują udziału kogoś, kto natychmiast rozpozna skradzione zwierzęta, zna branżę od podszewki i myśli o tej sprawie tyle co ty?

— Przewidują przekazanie tych informacji funkcjonariuszom prowadzącym — doprecyzował Jake, nie cofając się mimo jej bliskości. Głos nieznacznie mu zgrubiał. — Co Pani zrobiła — i za co dziękuję.

Jego ton zmiękł, ciepło przebiło się przez profesjonalną powłokę, wywołując w piersi Pip niechciane drżenie, choć frustracja wciąż narastała. To było niedorzeczne. Nie była rozkochaną nastolatką, którą rozpraszają niebieskie oczy i szczęka, która mogłaby ciąć szkło. Była profesjonalistką odsuwaną na boczny tor w sprawie, do której wniosła ogromny wkład.

— Czyli po prostu będziesz jeździł po bazach transportowych, licząc, że wypatrzysz konie, których nigdy wcześniej nie widziałeś? — rzuciła wyzywająco.

— Skonsultuję się z właścicielkami w sprawie zdjęć, opisów i cech identyfikacyjnych — odparł Jake, lecz bez dawnej pewności w głosie. — A jeśli znajdziemy podejrzane zwierzęta, skontaktujemy się z nimi do identyfikacji.

— Co może potrwać godzinami — odcięła Pip. — Godzinami, w trakcie których te konie znów mogą zostać przestawione. Potrzebujesz kogoś, kto potrafi zrobić rozpoznanie od ręki.

Jake westchnął — pierwszy prawdziwy wyłom w jego profesjonalnej postawie. Przeciągnął dłonią po włosach, burząc zwykły, nienaganny porządek. — Pip, rozumiem Pani frustrację. Ale mam obowiązek trzymać się protokołu. Tu nie chodzi o wątpienie w Pani umiejętności.

To, że znów użył jej imienia po całym tym „Pani Rodriguez-McKenzie", nie powinno było na nią działać, a jednak zmiękczyło coś w jej piersi, choć umysł pozostawał zirytowany.

— To o co chodzi? — zapytała ciszej, ale z nie mniejszą intensywnością.

Jake zawahał się i przez moment Pip miała wrażenie, że widzi pod profesjonalną maską coś osobistego. Jego oczy przebiegły po jej twarzy i aż wstrzymała oddech na widok tego konfliktu. — Chodzi o to, żeby robić wszystko jak należy. Zgodnie z książką. Żeby, kiedy ich złapiemy, sprawa była nie do ruszenia — zawiesił głos, obniżając ton. — I tak, chodzi też o to, żeby nie narażać cywilów, bez względu na to, jak bardzo są kompetentni.

I było — ten instynkt ochronny, który już wcześniej u niego zauważyła, ten, który jednocześnie ją irytował i, na przekór, przyspieszał puls. Przez całe życie Pip walczyła z byciem niedocenianą przez wzrost, udowadniała się w zdominowanym przez mężczyzn świecie wyścigów, zbudowała firmę z niczego po stracie Kita. Traktowanie jej jak kogoś, kogo trzeba chronić, kłuło w sprzeciw wszystkiego, w co wierzyła.

A jednak coś w wyrazie twarzy Jake'a mówiło jej, że nie chodzi o jej wzrost, płeć ani pochodzenie. Chodziło o jego własne, sztywne trzymanie się zasad, potrzebę porządku i procedur. Widziała, jak organizował akta, jak pisał w idealnie prostych liniach, jak starannie ważył słowa. Dla

Jake'a procedury nie były tylko sposobem, by wykonać pracę jak należy — były ramą, na której polegał.

Mimo to zrozumienie jego motywacji wcale nie czyniło wykluczenia łatwiejszym do przełknięcia.

— Czyli to już wszystko — powiedziała w końcu. — Weźmiesz moje informacje, ale nie moją pomoc.

— Korzystam z Pani pomocy — nalegał Jake, a jego twarz złagodniała i spoważniała. — Ten trop jest bezcenny. Ale realizacja musi przebiegać zgodnie z procedurą.

Ramiona Pip lekko opadły. Wiedziała, kiedy trafia na mur, a Jake Harrison w trybie pełnych procedur był właśnie takim murem. — Dobrze. Ale kiedy będziesz się gapił na padok pełen gniadych klaczy i będziesz się zastanawiał, które mogą być kradzione, nie mów, że nie proponowałam rozwiązania.

Jake skinął głową, a jego wyraz twarzy odrobinę złagodniał. — Będę Panią na bieżąco informował o wszelkich postępach.

— To rób tak — odparła Pip, nie potrafiąc powstrzymać ostrej nuty w głosie. Odwróciła się do drzwi, po czym zawahała się i obejrzała. — Te klacze są dla ludzi ważne, Jake. To nie tylko numery spraw czy skradziona własność. To partnerki, źródło utrzymania, *rodzina*. Niektóre są z właścicielami od źrebięcia; wszystkie są wynikiem pokoleń przemyślanej hodowli.

— Rozumiem — powiedział cicho, a w jego głosie było coś, co kazało jej uwierzyć, że naprawdę rozumie. — I obiecuję, że zrobimy wszystko, co możliwe, by odzyskać je bezpiecznie.

Pip skinęła raz głową, po czym wyszła, pozwalając, by drzwi zatrzasnęły się za nią z być może większą siłą, niż to było konieczne. Na korytarzu wzięła głęboki oddech, próbując uspokoić kłębiącą się w piersi mieszaninę frustracji i czegoś bardziej skomplikowanego. Wiedziała, że Jake jest funkcjonariuszem trzymającym się książkowych zasad, widziała jego metodyczne podejście do wszystkiego. Dlaczego oczekiwała, że nagiąłby przepisy właśnie dla niej?

Na zewnątrz, na parkingu, wieczorne powietrze wyraźnie się ochłodziło. Pip stanęła obok swojego pickupa, kluczyki w dłoni, nagle kompletnie wyczerpana. Adrenalina po odkryciu i późniejszej sprzeczce całkowicie z niej zeszła. Powinna wracać do domu, zrobić sobie kolację, spróbować zasnąć, wiedząc, że te skradzione klacze są z każdą godziną wywożone coraz dalej od swoich domów.

Dźwięk opon na żwirowym parkingu komisariatu przyciągnął jej uwagę. Lśniący czarny Range Rover zamruczał, wślizgując się na miejsce blisko wejścia, a reflektory na moment oślepiły Pip, zanim zgasły. Nawet w nikłym wieczornym świetle Pip natychmiast rozpoznała sylwetkę za kierownicą, perfekcyjnie ułożone rude włosy, celowo niedbałą elegancję, która potrafiła sprawić, że wieczorna wizyta na komisariacie wyglądała jak towarzyskie wyjście.

Vivienne Ashford.

Oczywiście. Kiedy Pip była służbowo zbywana, Vivienne zostanie przyjęta z jej „troską o społeczność" i cienko zawoalowanym flirtem. Ta niesprawiedliwość paliła, choć Pip wiedziała, że nie powinna się tym przejmować. Życie osobiste Jake'a nie było jej sprawą — tak samo jak, najwyraźniej, jej kompetencje nie były istotne dla jego dochodzenia.

Pip wgramoliła się do pickupa i odpaliła silnik, celowo nie patrząc w stronę Range Rovera, gdy odjeżdżała. Miała kuce do opieki, firmę do prowadzenia i zero czasu na sztywnych policjantów ani na bywalczynie salonów z osobistymi vendettami. Niezależnie od tego, jakie nieproszone uczucia próbowały właśnie zapuścić korzenie w jej piersi.

Odwołana lekcja dała Pip rzadki luksus niespiesznej porannej kawy przy kuchennym stole. Klient zadzwonił godzinę wcześniej, gorąco przepraszając za nagłą jelitówkę u dziecka. Zwykle Pip wypełniłaby niespodziewanie wolną godzinę dodatkowym treningiem albo papierologią, ale dziś postanowiła po prostu pooddychać, bezmyślnie przewijając telefon, podczas gdy z kubka unosiła się para. Ta decyzja okazała się błędem w chwili, gdy na ekranie pojawił się najnowszy post Vivienne Ashford w mediach społecznościowych.

"Zaniepokojona trwającymi kradzieżami koni w naszej społeczności," napisała Vivienne, a na zdjęciu profilowym widniała jej nienagannie umalowana twarz. *"Szczególnie martwią mnie praktyki niektórych osób polegające na szybkim obrocie końmi z wątpliwą dokumentacją. Może nasze organy ścigania powinny przyjrzeć się bliżej temu, co dzieje się na własnym podwórku? #HorseTheftAwareness #ProtectOurCommunity"*

Kawa w ustach Pip stała się nagle gorzka. Sam post był skrojony pod wygodne wyparcie się winy — bez nazwisk — ale komentarze pod nim nie pozostawiały wątpliwości, kogo Vivienne obrała na cel.

"Czy to chodzi o tę drobną cudzoziemkę z Ridgewater?" zapytał ktoś, a Vivienne odpisała: *"Nie mogę się wypowiadać,"* dodając mrugającą emotikonę.

Reszta dołączyła do nagonki: *"Zawsze myślałem, że to podejrzane, jak ona kupuje te kuce za grosze i sprzedaje za fortunę"* *"Obce elementy w naszej społeczności przynoszą ze sobą przestępczość"* *"Ktoś powinien zbadać, skąd TAK NAPRAWDĘ pochodzą te kuce"*

Dłonie Pip zaczęły się trząść — nie ze strachu, lecz z wściekłości. Przewinęła dalej i wśród tej żółci znalazła też wiele głosów wsparcia: *"Serio? Pip Rodriguez-McKenzie to jedna z najuczciwszych trenerek w Queensland!"* *"To obrzydliwe, Vivienne. Wszyscy wiedzą, że to twoja osobista vendetta."* *"Pip wyszkoliła kuca mojej córki i przedstawiła pełną dokumentację jego historii. Przestań szerzyć kłamstwa."*

Caroline Burnett, lokalna lekarka weterynarii i bliska przyjaciółka, skomentowała krótko: *"Ten post jest zniesławiający i zostanie tak potraktowany."*

Ale szkoda już się rozlewała. Dziesiątki udostępnień, komentarze od ludzi, którzy nigdy nie poznali Pip, nigdy nie byli w Ridgewater, a chętnie podłapywali insynuacje o *„obcych elementach"* i *„wątpliwych praktykach"*. Rasistowskie podteksty były aż nadto czytelne.

Pip ostrożnie odłożyła telefon, jakby miał zaraz wybuchnąć, i wstała. Miała ściśniętą pierś, płytki oddech. Z uprzedzeniami mierzyła się całe życie — od szkolnych docinków, kiedy dopiero przyjechała do Australii, po kpiny działaczy wyścigowych i innych dżokejów, którzy zakładali, że nie poradzi sobie z „prawdziwymi" końmi. Ale to było coś innego — celowy atak na jej zawodową reputację, mogący mieć druzgocące skutki dla jej firmy.

— Co za wstrętna jędza — warknęła Pip, krążąc po kuchni. — Złośliwa, rasistowska, mściwa...

Ugryzła się w język i wzięła głęboki oddech. Wyklinanie nie rozwiąże problemu. Działanie — tak. Vivienne przekroczyła granicę, przechodząc od osobistych przytyków do publicznego zniesławiania, co trafnie zauważyła Caroline. I choć Pip potrafiła znieść ataki na siebie, nie zamierzała pozwolić, by Vivienne rujnowała biznes, który budowała latami ciężkiej pracy i poświęcenia, ani by rzucała cień na renomę całego Ridgewater.

Nagle, ze zdumiewającą jasnością, sięgnęła znów po telefon i przewinęła kontakty. Były mąż Vivienne, miejscowy prawnik Joe Ashford, pomagał McKenziem w sprawach związanych z obwodnicą i zawsze był nienagannie profesjonalny. Co ważniejsze, był ojcem Charlotte — miał więc interes w tym, by Vivienne nie kompromitowała się publicznie. Choć Pip była niemal pewna, że Vivienne zignoruje wszystko, co powie Pip, a może nawet spróbuje jej wmówić, że nie widzi oczywistych faktów, Joe był znacznie bardziej pragmatyczny.

Na szczęście Joe był w kancelarii, a nie z klientem; sekretarka szybko połączyła Pip.

— Joe, z tej strony Pip Rodriguez-McKenzie. — Gdy odebrał, świadomie utrzymała ton równy i profesjonalny. — Dzwonię w sprawie dzisiejszych postów Vivienne w tej lokalnej grupie społecznościowej, którą prowadzi.

W słuchawce rozległo się ciężkie westchnienie. — Nie widziałem. Co znowu zrobiła?

— Publicznie sugeruje, że mogę mieć związek z kradzieżami koni — odparła wprost Pip. — Z masą cienko ukrytych, rasistowskich uwag o „obcych elementach" w społeczności. To jest zniesławiające, szkodzi mojej firmie i musi natychmiast zniknąć.

Zapadła chwila ciszy, zanim Joe odpowiedział głosem napiętym, jakby ledwo panował nad gniewem. — Rozumiem. Przykro mi, Pip. To jest... kompletnie nie do przyjęcia.

— Zgadzam się — odparła Pip, stukając palcami w kuchenny blat. — Dzwonię z zawodowej uprzejmości, zanim sięgnę po kroki prawne. Vivienne ma usunąć ten post wraz ze wszystkimi komentarzami i opublikować publiczne sprostowanie, inaczej następnym telefonem będzie telefon do innego prawnika — bo oczywiście nie mogę prosić pana, żeby reprezentował mnie przeciw pańskiej byłej żonie.

— Doskonale rozumiem — powiedział Joe i Pip usłyszała szelest papierów, jakby już robił notatki. — Porozmawiam z nią natychmiast. To nie tylko zniesławiające, ale może też ingerować w toczące się policyjne dochodzenie.

— Właśnie — potwierdziła Pip. — I szkodzi mojej reputacji wśród klientów i potencjalnych kupców.

— Zajmę się tym — obiecał Joe tonem, który nie pozostawiał wątpliwości co do jego determinacji. — Vivienne usunie post jeszcze dziś i przeprosi. Upewnię się, że rozumie konsekwencje prawne, jeśli tego nie zrobi.

Ramiona Pip odrobinę się rozluźniły. — Dziękuję. Nie chcę tego eskalować, ale nie pozwolę, żeby niszczyła mój biznes fałszywymi oskarżeniami.

— W ogóle nie powinna się Pani z tym mierzyć — powiedział Joe ze szczerą skruchą w głosie. — Jeśli to coś znaczy, naprawdę mi przykro. Zachowanie Vivienne jest... cóż, niewybaczalne.

W tym miejscu rozmowa powinna się zakończyć, ale Joe zawahał się, a cisza trwała wystarczająco długo, by zrobiło się niezręcznie, zanim odezwał się ponownie.

— Pip, wiem, że to fatalny moment, ale... od jakiegoś czasu chciałem zapytać, czy może miałaby Pani ochotę wybrać się kiedyś na kolację? Nie w związku z tą sytuacją, oczywiście. Po prostu... kolacja.

To pytanie kompletnie ją zaskoczyło. Joe Ashford był atrakcyjny, odnosił sukcesy i, według wszelkich relacji, był porządnym facetem mimo kiepskiego wyboru byłej żony. W innych okolicznościach Pip może by to rozważyła. Ale zaproszenie, złożone właśnie teraz, było nie na miejscu w sposób, którego nie potrafiła od razu nazwać.

— Doceniam propozycję, Joe — powiedziała ostrożnie — ale nie sądzę, żeby to był dobry pomysł. Naprawdę nie muszę dawać Vivienne kolejnego powodu, by mnie nie znosiła.

Chichot Joe nie zdradzał urazy, tylko gorzkie zrozumienie. — Słuszne. Mam nadzieję, że nie będzie mi Pani miała za złe, że spróbowałem. I tak zajmę się sprawą Vivienne, ma Pani moje słowo.

— Dziękuję — odparła Pip, szczerze wdzięczna za jego profesjonalizm. — Doceniam to.

Po zakończeniu rozmowy Pip stała w cichej kuchni; poranne słońce wlewające się przez okna kłóciło się z burzą emocji w jej wnętrzu. Gniew na Vivienne pozostał, ale teraz łagodziła go pewność, że Joe zajmie się sytuacją. Niespodziewanie za to utrzymywała się jej reakcja na jego zaproszenie na kolację.

A potem, jak brakujący element, który wskakuje na miejsce, przyszła jej do głowy inna możliwość. A jeśli zainteresowanie Joe jej osobą było dokładnie tym, co roznieciło vendettę Vivienne? Jeśli w trakcie małżeńskich problemów albo już po rozwodzie Joe wspomniał, że Pip mu się podoba, zasugerował, że zrobi dokładnie to, co właśnie zrobił — i zaprosi ją na randkę?

Od tej myśli żołądek Pip ścisnął się boleśnie. W relacjach z Joe zawsze była nieskazitelnie profesjonalna, nigdy nie dawała mu żadnej zachęty poza uprzejmością. Ale Vivienne nie słynęła z racjonalnego myślenia, gdy chodziło o domniemane zagrożenia dla jej terytorium. Wystarczyła sugestia, że jej były mąż interesuje się inną kobietą, by wywołać tę kampanię nękania, sprowokować jej pierwotne oskarżenie, że Pip ukradła jej kuca.

— Cudownie — mruknęła Pip do pustej kuchni. — Po prostu cudownie.

To wyjaśniałoby tak wiele w zachowaniu Vivienne: szczególny jad kierowany do Pip, którego nie okazywała innym przedsiębiorcom, osobisty charakter ataków. Jeśli Vivienne podejrzewała albo wiedziała, że Joe uważa Pip za atrakcyjną, każdy sukces, każde miłe słowo od klientów, każda zdobyta wstążka musiały brzmieć jak osobista obelga. A fakt, że Jake — którym Vivienne wyraźnie się interesowała — nie pozwolił jej wykorzystać się do zastraszania Pip, stanął po stronie Pip i jej słuchał... zadziałał jak płachta na już rozjuszonego byka.

Nie muszę dawać Vivienne kolejnego powodu, by mnie nienawidziła.

To był powód praktyczny, wręcz logiczny. Ale gdy Pip wpatrywała się w stygnącą kawę, uświadomiła sobie, że nie dlatego odmówiła Joe. Prawdziwy powód nie miał nic wspólnego z Vivienne, a wszystko — z wysokim, poważnym policjantem, który ostatnio zajmował coraz większą część jej myśli.

— O nie — wyszeptała. — Nie, nie, nie.

Ale to uświadomienie nie dawało się odsunąć. Gdzieś pomiędzy kłótniami o wzorce kradzieży klaczy a patrzeniem, jak niezręcznie próbuje zbić z tropu natarczywe zaloty Vivienne, Pip nabrała uczuć do Jake'a Harrisona. Do Jake'a, który do wszystkiego podchodził proceduralnie, trzymał bezpieczny dystans, a jego niebieskie oczy czasem miękły, gdy na nią patrzył — zanim przypominał sobie o zawodowych granicach.

Do Jake'a, który stanowczo wykluczył ją z dochodzenia, do którego wniosła znaczący wkład, powołując się na procedury i ochronę.

Do Jake'a, który był prawdopodobnie najgorszą możliwą osobą, by Pip mogła się w nim zakochać, biorąc pod uwagę jej niezależną naturę i jego opiekuńcze odruchy.

A jeśli jej teoria o Joe była trafna — do Jake'a, który być może już mierzył się z konsekwencjami zazdrości jednej kobiety o Pip. Ostatnią rzeczą, jakiej potrzebował, były dalsze komplikacje w życiu zawodowym.

Pip opadła z powrotem na krzesło i zakryła twarz dłońmi. Spośród wszystkich komplikacji, których teraz nie potrzebowała, ta plasowała się w ścisłej czołówce. Siedem lat po śmierci Kita spędziła, skupiając się na budowaniu firmy, na udowadnianiu swojej wartości w branży, która nazbyt często ją nie doceniała. Romans był ostatnią rzeczą, o jakiej myślała.

A jednak oto była — serce przyspieszało na samą myśl o rzadkim uśmiechu Jake'a, o tym, jak jego formalna maniera czasem pękała, odsłaniając suchy dowcip i szczerą życzliwość. Oto odrzuciła kolację z obiektywnie odpowiednim mężczyzną, bo jej serce najwyraźniej postanowiło, bez konsultacji z rozumem, że chce zamiast tego skomplikowanego policjanta.

— To absurd — oznajmiła pustemu pokojowi. — Kompletny absurd.

Ale wypowiedzenie tego na głos wcale nie czyniło tego mniej prawdziwym. A gdzieś pod paniką i praktycznymi zastrzeżeniami cichy głosik szeptał, że może wcale nie jest to takie absurdalne.

Rozdział siódmy

Pierwsze blade smugi świtu malowały wschodnie niebo, gdy Pip kierowała się w stronę padoków dla kuców, a kubek termiczny z kawą ogrzewał jej dłonie w porannym chłodzie. Te ciche chwile, zanim dzień naprawdę się zacznie, były bezcenne — tylko ona i konie witające razem poranek. Wzięła głęboki oddech, wciągając znajomy zapach trawy nasiąkniętej rosą i słodkiego siana, pozwalając, by spokój obmył ją przed czekającym ją pracowitym dniem.

Zatrzymała się przy padoku Honey, spodziewając się zobaczyć, jak złota sierść palomino chwyta pierwsze promienie słońca. Klacz o tej porze zawsze czekała przy ogrodzeniu, błękitne oczy roziskrzone i pełne oczekiwania na poranny posiłek.

Padok był pusty.

Kubek wypadł Pip z palców, kawa chlapnęła na jej buty. — Honey? — zawołała, choć cisza, która odpowiedziała, powiedziała jej wszystko. Serce zaczęło jej walić, gdy wzrokiem omiatała pustą przestrzeń, wypatrując charakterystycznej złotej sylwetki klaczy.

Wtedy to zobaczyła. Tylne ogrodzenie, częściowo ukryte przez kępę eukaliptusów, miało ziejącą dziurę. Pip puściła się biegiem, jej krótkie nogi niosły ją przez padok z prędkością, która zaskoczyłaby każdego, kto nie znał jej dobrze. Z bliska uszkodzenia nie budziły wątpliwości: brakowało dwóch sztachet, a przewód elektryczny był równo przecięty. To nie było uszkodzenie po burzy ani próba ucieczki spanikowanego konia. To było celowe działanie.

Ziemia za ogrodzeniem dopowiadała resztę historii. Odciski kopyt w miękkiej glebie pokazywały, że Honey została odprowadzona — nie pędzona na oślep, tylko spokojnie prowadzona przez kogoś. Ślady wiodły ku tylnym ścieżkom łączącym się z terenem publicznym, całkowicie omijając główną bramę z kamerami.

— Nie, nie, nie — wyszeptała Pip, oddech przyspieszał, gdy adrenalina rozlewała się po jej drobnym ciele. Śledziła trop aż do miejsca, gdzie znikał w zaroślach, po czym obróciła się gwałtownie, lustrując wzrokiem sąsiednie padoki. Może Honey jakimś cudem została przeniesiona na inne pastwisko? Rzuciła się do najbliższego padoku, gdzie pasło się kilka gniadych kucy, potem do następnego i następnego.

Ani złotej sierści. Ani błękitnych oczu. Ani Honey.

Zorganizowane kradzieże, które tropili od tygodni, dotarły do Ridgewater — przyszli po jej kochaną Honey. Dwadzieścia minut coraz bardziej desperackich poszukiwań potwierdziło to, co już wiedziała: Honey zniknęła.

Zamiast paniki przyszła złość, gdy Pip wróciła do przerwanego ogrodzenia, a jej dłonie drżały z wściekłości i strachu. Wyjęła z kieszeni telefon, przewinęła numery, mijając komisariat, aż do prywatnego numeru Jake'a. Wymienili się numerami tygodnie temu na potrzeby śledztwa, ale jeszcze nigdy do niego nie dzwoniła.

Telefon zadzwonił trzy razy, zanim odezwał się jego niski, lekko zaspany głos. — Harrison.

— Zniknęła — powiedziała Pip, a jej głos się załamał. — Honey została skradziona. Płot jest przecięty, są ślady prowadzące na tylne szlaki. Zabrali ją, Jake.

Przez chwilę panowała cisza, potem dało się słyszeć ruch. — Już jadę — odparł, teraz całkiem przytomny. — Nie dotykaj niczego przy ogrodzeniu. Dzwoniłaś na komisariat?

— Nie, najpierw zadzwoniłam do ciebie — przyznała Pip, sama zaskoczona prawdą. Mimo ich rozbieżnych zdań w sprawie śledztwa, mimo skomplikowanych uczuć, to do Jake'a instynktownie sięgnęła w kryzysie.

— Dobrze. Będę za piętnaście minut.

Jak powiedział, tak zrobił — samochód Jake'a pojawił się na końcu podjazdu dokładnie czternaście minut później. Pip patrzyła z boku, przy przerwanym płocie, jak parkuje i szybkim krokiem zmierza ku niej, odnotowując mimochodem, że miał na sobie dżinsy i granatową koszulę, a nie mundur. Włosy miał lekko potargane, jakby ubierał się w pośpiechu, i coś w tej kruchości sprawiło, że ścisnęło ją w gardle.

— Pokaż — powiedział krótko, gdy do niej dotarł.

Pip wskazała przecięty płot, brakujące sztachety, ślady prowadzące dalej. — Wiedzieli dokładnie, co robią. Honey jest warta dwadzieścia tysięcy, a ostatnio była na każdym pokazie w okolicy. Nie jest źrebna, ale przy takim umaszczeniu... palomino zawsze są droższe; jeśli mają ogiera kremello, żeby ją do niego pokryć, mogą zagwarantować pożądany, wartościowy kolor. Ktoś nas obserwował, planował to.

Jake przyklęknął, by obejrzeć ogrodzenie, a jego wyraz twarzy przesunął się od zawodowej oceny ku prawdziwej trosce, gdy spojrzał na nią. — Kiedy widziałaś ją ostatni raz?

— Wczoraj wieczorem, około dziewiątej. Zrobiłam ostatni obchód wszystkich kuców przed pójściem spać — przełknęła ślinę. — Było dobrze, wszystko było normalnie.

Jake skinął głową, błękitne oczy złagodniały ze zrozumieniem, po czym wrócił do oględzin. — Przyszli przygotowani z narzędziami. — Wskazał wzruszoną ziemię. — Co najmniej dwie osoby na podstawie tych śladów. Jedna prowadziła konia, druga niosła sprzęt.

Wstał, strzepując ziemię z dłoni, i omiótł wzrokiem granicę posesji. — Celowo ominęli twoje kamery przy głównej bramie. Potrzebujesz więcej kamer na te tylne ścieżki, mocniejszego ogrodzenia, może nawet nocnych obchodów.

Pip nastroszyła się, prostując plecy, choć ledwie sięgała mu do klatki piersiowej. — Zajmuję się końmi jeszcze zanim dostałeś odznakę!

— Nie kwestionuję twojego zarządzania — odparł Jake, choć zmarszczone brwi sugerowały co innego. — Ale ci złodzieje to profesjonaliści. Celują w konkretne konie i są w tym dobrzy.

— A co właściwie policja z tym robi? — rzuciła Pip wyzywająco, rozstawiając nogi, gdy Jake zrobił krok bliżej. — Znaleźliście wczoraj coś podejrzanego?

Przez twarz Jake'a przemknął cień żalu. — Nic konkretnego. Odwiedziliśmy trzy bazy transportowe, ale nie było śladu skradzionych klaczy.

— Więc pewnie już przekroczyli granicę stanu — odparła Pip płasko, czując, jak serce jej opada. — Honey mogła być ich ostatnim punktem trasy; teraz mogą już być w Nowej Południowej Walii.

Jake temu nie zaprzeczył, co tylko potwierdziło jej obawy. — Powiadomiliśmy służby w innych stanach i wszystkie miejsca sprzedaży w promieniu 500 kilometrów. Jeśli spróbują przeprowadzić ją oficjalnymi kanałami, będziemy wiedzieć.

— Ale nie spróbują, prawda? — głos Pip przycichł, złość odpłynęła, zostawiając jedynie pustkę. — Podrobią papiery i przewiozą ją tak, żeby nie wzbudzić podejrzeń, jak w przypadku innych.

— Możliwe — przyznał Jake. Zawahał się, po czym dodał: — Zwiększyliśmy nadzór nad podejrzanymi nieruchomościami na podstawie twojej teorii i moich ustaleń w dokumentacji transportowej. To solidna robota, Pip.

Odwróciła wzrok, niezdolna czerpać pocieszenia z zawodowej pochwały, gdy myślała tylko o Honey, samotnej i przestraszonej, w obcych rękach. Klacz ufała jej bezgranicznie, podążała za nią z taką pewnością. Myśl, że to zaufanie zostało zdradzone, przyprawiała ją o mdłości.

— Musimy sfotografować miejsce zdarzenia — powiedział łagodnie Jake, wyrywając ją z zamyślenia. — I będę potrzebował dokładnego opisu Honey, aktualnych zdjęć, numeru czipu, wszystkiego, co pomoże w identyfikacji.

Pip skinęła głową, wreszcie przebijając się przez emocje do zawodowego trybu. — Mam całą jej dokumentację w biurze. Zdjęcia też. — Zerknęła na przecięty płot, na pusty padok za nim. — Myślisz... myślisz, że ją znajdziemy?

Pytanie zawisło między nimi, obciążone czymś więcej niż służbową troską. Jake zrobił krok bliżej, tak że Pip musiała unieść głowę, by spojrzeć mu w oczy.

— Obiecuję ci, zrobię wszystko, żeby ją odzyskać — powiedział cicho i z naciskiem. — Wszystko.

Coś w jego tonie sprawiło, że mu uwierzyła, mimo złych rokowań. Mimo dziesiątek koni, które przepadły bez wieści. Pip skinęła krótko głową, po czym odwróciła się w stronę biura. — Przyniosę te akta.

Gdy szli ramię w ramię, Pip zauważyła, jak Jake odruchowo skraca krok, by dopasować się do jej tempa — zaczął robić to już tygodnie temu, bez słowa. To drobiazg, ale teraz uspokoił ją bardziej niż jakiekolwiek obietnice.

Oboje wiedzieli, że okno, w którym mogli znaleźć Honey, kurczy się z każdą godziną. Ale na razie to, że Jake był przy niej, a jego zawodowe skupienie idealnie zgrało się z jej osobistą potrzebą, wystarczało, by powstrzymać całkowitą rozpacz.

Kilka godzin później Pip opadła na krzesło w kuchni, członki miała ołowiane ze zmęczenia po godzinach przeszukiwania granic posiadłości i składania zeznań. Telefon stał się jednocześnie lifeline'em i udręką — był jej największą nadzieją na wieści i przypomnieniem, że z każdą mijającą godziną maleją szanse na odnalezienie ukochanej klaczy.

Jake odjechał krótko po południu, wezwany na komisariat, by dokończyć papierkową robotę, ale obiecał, że jeśli będzie miał jakiekolwiek wieści, zadzwoni do niej osobiście. Jego zatroskane spojrzenie zatrzymało się na jej twarzy, zanim wyszedł, a Pip poczuła się jednocześnie pocieszona i poirytowana tą oczywistą troską. Nie potrzebowała współczucia; potrzebowała wyników, potrzebowała Honey bezpiecznej w swoim padoku, tam, gdzie jej miejsce.

Pip przetarła piekące oczy; zmęczenie osiadało w ciele niczym fizyczny ciężar. Zadzwoniła już do wszystkich swoich kontaktów w branży, opisując charakterystyczną złotą sierść Honey i jej niezwykłe błękitne oczy. Wysłała zdjęcia do domów aukcyjnych i handlarzy, zamieściła apele w grupach jeździeckich, ale pusta dziura w piersi mówiła jej, że to może nie wystarczyć. Profesjonalni złodzieje dobrze ukryją Honey, dopóki wstępne poszukiwania nie przycichną.

Westchnęła, znów sięgnęła po telefon, sprawdzając, czy są jakieś aktualizacje od Jake'a lub branżowych kontaktów. Przewijając powiadomienia, zauważyła alert z Ridgemont Community Group. To nie była grupa, w której regularnie się udzielała — wolała profesjonalne fora jeździeckie od lokalnych plotek — ale Sarah zasugerowała, by wszystkie dołączyły, żeby mieć oko na dyskusje o planowanej obwodnicy, która mogła dotknąć Ridgewater.

Post miał już dziesiątki komentarzy, choć minęła zaledwie godzina. Pip stuknęła, a żołądek podszedł jej do gardła, gdy przeczytała starannie sformułowany atak:

Tak nam przykro z powodu kolejnej kradzieży konia w naszej społeczności. Można się zastanawiać, jak to możliwe, że pewne trenerki liczą na opiekę nad cennymi końmi klientów, skoro nie potrafią ochronić własnego stada. Być może ci, którzy rozważają powierzenie dzieci i ich ukochanych kucyków takim ośrodkom, powinni dwa razy się zastanowić? W końcu, jeśli bezpieczeństwo jest tak luźne, że cenne zwierzęta po prostu znikają w nocy, co to mówi o całym zarządzaniu? #CommunityAwareness #ProtectYourInvestments

Post był anonimowy, nazwa konta — zwykłe „RidgemontResident", ale Pip natychmiast wiedziała, kto to napisał. Starannie odmierzona protekcjonalność, precyzyjny cel ataku w jej model biznesowy, timing zaledwie kilka godzin po kradzieży Honey — to była robota Vivienne Ashford, bez dwóch zdań.

Pip wpatrywała się w telefon, widząc w przygaszonym ekranie własną twarz pod warstwą świecącego tekstu, rysy zniekształcone przez gniew i ból. Jej odbicie wyglądało na małe, jakby umniejszone — dokładnie tak, jak Vivienne chciała. Znajome gorąco wstydu i wściekłości wspięło się jej po szyi — to samo, z którym walczyła od dzieciństwa, gdy rówieśnicy kpiąco komentowali jej akcent albo wzrost. To samo, które pchnęło ją do nieustannego udowadniania swojej wartości najpierw w świecie wyścigów, potem jako wdowa po Kicie, a w końcu jako samodzielna bizneswoman.

Palce zaczęły jej drżeć, gdy przewijała komentarze. Niektóre były wspierające:

To wygląda bardziej na osobisty atak niż troskę o społeczność.

Kradzież może się zdarzyć wszędzie, to obwinianie ofiary.

Ale inne dołączały do chóru:

Zawsze uważałem, że te dziewczyny McKenzie i tak biorą za dużo.

Zauważyłem, że dużo kuców przyjeżdża i wyjeżdża z tego miejsca. Daje do myślenia.

Obce metody zarządzania mogą nie trzymać australijskich standardów.

Przy tym ostatnim Pip aż zacisnęła telefon tak mocno, że pobielały jej kostki. Była w Australii od ósmego roku życia, zbudowała reputację dzięki nieustannej pracy i udokumentowanym wynikom. A mimo to, po tylu latach, ktoś taki jak Vivienne w jednej anonimowej uwadze potrafił ją sprowadzić do *obca*.

Kciuki zawisły jej nad klawiaturą. Mogła odpowiedzieć, mogła się bronić, mogła napisać, że zemsta Vivienne wzięła się stąd, iż Pip odmówiła sprzedania Honey za obraźliwie niską cenę. Mogła wspomnieć, że złodzieje ewidentnie przez dni studiowali rytm Ridgewater, zanim uderzyli — trudno to nazwać „luźnym zarządzaniem". Mogła przypomnieć wszystkim o swoim bezbłędnym rekordzie bezpieczeństwa dzieci i kuców, o liście oczekujących klientów, którzy z radością płacą ceny premium za Pip's Perfect Ponies.

Pierwsze słowa ułożyły się w głowie: *Jako ta pewna trenerka, do której ten post wyraźnie nawiązuje...*

Nie. Pip wzięła głęboki oddech, potem drugi. Odpowiedź tylko nadałaby atakowi rangę, wciągnęłaby ją w publiczną pyskówkę, kiedy musiała skupić się na odnalezieniu Honey. Jej zawodowa część, ta, która przeszła przez bezwzględny świat wyścigów i od zera zbudowała firmę, rozpoznała pułapkę.

Zamknęła okno komentarza, nie pisząc ani słowa, i ostrożnie odłożyła telefon ekranem do dołu na stół, mimo drżących palców. Vivienne chciała reakcji, chciała, by Pip wyglądała na defensywną albo nieprofesjonalną. Nie da jej tej satysfakcji.

Zamiast tego Pip zrobi to, co zawsze: pozwoli, by mówiła za nią praca. Jej kucyki zdobywają rozetki. Klienci wracają rok w rok. Jej metody treningowe dają stałe, ponadprzeciętne wyniki. Anonimowa kampania oszczerstw w social mediach nie zmaże tych faktów.

Ale sama świadomość tego nie koiła bólu w piersi ani nie powstrzymywała napływających łez wściekłości. Honey wciąż była zaginiona. Jej reputacja znalazła się pod ostrzałem. I choć była zdeterminowana, by to zignorować, słowa Vivienne trafiły w sedno jej najgłębszych niepewności dotyczących przynależności, tego, czy naprawdę zasługuje na miejsce w Ridgewater.

Telefon zawibrował na stole, aż podskoczyła. Przez krótką, szaloną chwilę Pip miała nadzieję, że to wieści o Honey. Zamiast tego przyszedł SMS od Jake'a:

Wciąż sprawdzam firmy transportowe. Nie trać nadziei. Daję znać, gdy tylko coś będę miał.

Coś w tej prostej wiadomości ją uspokoiło. Jake widział miejsce kradzieży, wiedział, że nie była zaniedbana. Jego opinia, oparta na dowodach, a nie uprzedzeniach, znaczyła więcej niż anonimowe ataki.

Tylne drzwi trzasnęły, gdy do kuchni weszła Sarah, za nią Emma i Kate. Ich twarze, naznaczone rutynowym zmęczeniem, natychmiast zmieniły wyraz na zatroskany, gdy dostrzegły Pip siedzącą samotnie przy stole, z nietkniętą kawą, która już wystygła, obok telefonu. Siostry wymieniły spojrzenia — nieme porozumienie ludzi, którzy dorastali razem — zanim Sarah postawiła czajnik, a Emma wsunęła się na krzesło obok Pip.

— Są jakieś wieści o Honey? — zapytała łagodnie Emma, kładąc pocieszająco dłoń na ramieniu Pip.

Pip pokręciła głową, nie potrafiąc wydobyć z siebie słowa przez zaciśnięte gardło. Szukały przez cały dzień — cała ekipa Ridgewater wsiadła w siodła i podzieliła posiadłość oraz okolicę na sektory, wypatrując jakiegokolwiek śladu klaczy albo złodziei.

— Jake mówi, że powiadomił przewoźników w całej wschodniej Australii — zdołała w końcu wyszeptać. — Ale same wiecie, jak to bywa. Jeśli to profesjonaliści, ukryją ją, dopóki pierwsza fala poszukiwań nie opadnie.

Kate oparła się o blat, jej smukła sylwetka była napięta. — Znajdziemy ją, Pip. Cała społeczność jeździecka patrzy. Nie przewiozą jej tak, żeby nikt nie zauważył.

Pip skinęła głową, choć pusta dziura w piersi sugerowała co innego. Zerknęła na telefon, wciąż leżący ekranem do dołu, i poczuła świeżą falę złości. — Jest jeszcze coś — powiedziała cicho. — Coś, co powinnyście zobaczyć.

Odwróciła telefon, odnalazła anonimowy post i podała go Emmie. Sarah i Kate pochyliły się bliżej, czytając przez ramię Emmy. Pip patrzyła, jak ich twarze zmieniają się z zaciekawienia w niedowierzanie, a potem w oburzenie.

— Chyba żart — mruknęła Sarah, głosem niskim i groźnym. — To jawne zniesławienie.

Piegi Emmy pociemniały od napływu krwi. — To znowu Vivienne, prawda? Timing, dobór słów, nacisk na zaufanie klientów, którzy powierzają ci dziecięce kucyki... to tak oczywiście jej styl.

— I chowa się za anonimowym kontem — dodała Kate z niesmakiem w głosie. — Zbyt tchórzliwa, żeby podpisać się nazwiskiem. Albo zbyt przestraszona, po tym jak Joe kazał jej wczoraj usunąć tamto świństwo.

Szybkie, bezwarunkowe wsparcie trzech sióstr poluzowało coś, co dotąd zaciskało się w piersi Pip. Nie pytały, czy zaniedbała bezpieczeństwo Honey, nie sugerowały, że post może mieć sens. Ich lojalność była natychmiastowa i absolutna.

— Ktoś odpowiedział? — spytała Sarah, biorąc telefon, by przewinąć komentarze.

— Ja nie — odparła Pip. — Lepiej się nie wdawać. Ona chce reakcji.

Kate nagle się wyprostowała, a na jej twarzy gniew zastąpiła chłodna determinacja. Ta przemiana przypomniała Pip, dlaczego Kate jest tak groźną rywalką w ujeżdżeniu, gdzie liczą się precyzja i kontrola.

— Charlotte jest nadal mile widziana na lekcjach — oznajmiła Kate krótko, stanowczym, władczym tonem — ale Vivienne ma zakaz wstępu do Ridgewater. Charlotte może być wysadzana przy bramie albo przywieziona przez ojca, ale Vivienne nie postawi tu nawet stopy. Nigdy więcej.

Bezpośredniość decyzji Kate, podjętej bez wahania i dyskusji, na moment wprawiła Pip w osłupienie. Emma natychmiast przytaknęła, a Sarah zastanowiła się przez ułamek sekundy, po czym dodała: — Trzeba zadzwonić do niej teraz, nie czekać do następnej lekcji Charlotte. Postawić sprawę absolutnie jasno.

— Ja zadzwonię — powiedziała Kate, już wyciągając swój telefon. — Musi zrozumieć, że to nie prośba ani negocjacja. To fakt.

Pip patrzyła, jak Kate przewija kontakty. — Jesteś pewna? — zapytała cicho. — Charlotte kocha te lekcje, a Vivienne może ją wycofać, jeśli się wystarczająco wścieknie.

— Niech wycofa — odparła twardo Kate. — Polecę Charlotte trzech innych trenerów, ale nie zniosę tej kobiety na naszej ziemi, jeśli atakuje moją siostrę. — Słowo „siostra" mimo wszystko rozgrzało Pip, jak zawsze. Niebieskie oczy Kate na moment złagodniały, gdy spojrzała na Pip. — Poza tym Joe nie pozwoli Vivienne przerwać treningu Charlotte. On jest rozsądny, nawet jeśli ona nie.

Kate włączyła głośnik i położyła telefon na środku stołu. Siostry pochyliły się nad nim razem — jednolity front nawet w tym drobnym geście. Pip poczuła przypływ wdzięczności tak silny, że aż ją zatkało.

Vivienne odebrała przy czwartym sygnale, jej głos brzmiał sztucznie wesoło. — Kate! Co za miła niespodzianka.

— To nie towarzyska rozmowa, Pani Vivienne — odparła Kate zawodowo chłodnym tonem. — Dzwonię, by poinformować Panią, że choć Charlotte jest nadal mile widziana na lekcjach, Pani nie ma wstępu na teren Ridgewater, ze skutkiem natychmiastowym.

Zapadła chwila osłupiałej ciszy, zanim rozległ się niewierzący głos Vivienne. — Słucham? Chyba nie mówi Pani serio.

— Jak najbardziej poważnie — kontynuowała spokojnie Kate. — Charlotte można wysadzić przy bramie albo przywieźć z Joe, ale Pani nie postawi tu nogi, inaczej zgłoszę wtargnięcie.

— To skandal! — głos Vivienne gwałtownie się podniósł. — Na jakiej podstawie podjęła Pani tę absurdalną decyzję?

— Cyberprzemoc i zniesławienie — odparła równym tonem Kate. — Naprawdę sądzi Pani, że anonimowy post sprawi, że nie zorientujemy się, że to Pani? Atakowanie Pip mniej niż dwanaście godzin po kradzieży Honey jest podłością poniżej wszelkiej krytyki.

— Nie mam pojęcia, o czym Pani mówi — upierała się Vivienne, choć w jej głos wkradła się nuta niepewności. — Cokolwiek Pani ma na myśli, na pewno tego nie napisałam.

— Czy jest Pani gotowa przekazać telefon Joe i pozwolić mu przejrzeć historię Pani aktywności w mediach społecznościowych, żeby to udowodnić? — wtrąciła się Sarah, pochylając się bliżej telefonu. — Jest całkiem zaniepokojony potencjalnymi konsekwencjami prawnymi zniesławienia.

Przez głośnik dobiegł ostry wdech, po którym nastąpiło kilka sekund milczenia. Gdy Vivienne znów się odezwała, jej ton przeszedł z defensywnego w jadowity.

— Jesteście nie do wiary. Nic tylko wspieram tę społeczność, a tak mnie traktujecie? Przez jakąś... jakąś obcą, która przykleiła się do waszej rodziny?

Twarz Kate stwardniała niebezpiecznie. — Ta obca jest moją bratową i ma więcej przyzwoitości w małym palcu, niż Pani pokazała przez cały czas, odkąd Panią znam. Cyberprzemoc jest przestępstwem, Vivienne. Tu się kończy.

— Jeszcze tego pożałujecie — syknęła Vivienne. — Jeszcze będziecie żałować, że nie okazałyście mi większego szacunku. Mam kontakty, o jakich nie macie pojęcia.

— Kontakty nie pomogą Pani uniknąć pozwu, który Panią czeka, jeśli to będzie trwać — odparła niewzruszenie Kate. — Zakaz obowiązuje. Charlotte jest mile widziana. Pani — nie. Do widzenia, Pani Vivienne.

Kate rozłączyła się, zanim Vivienne zdążyła odpowiedzieć. W kuchni na moment zapadła cisza, po czym Emma cicho zagwizdała.

— No, załatwione — mruknęła, a kąciki ust drgnęły w uśmiechu. — Miałam wrażenie, że z telefonu naprawdę buchała para. — Uniosła telefon Pip. — A proszę, post właśnie zniknął. Nie zanim zrobiłam zrzuty ekranu.

Mimo wszystko Pip poczuła, jak na jej twarzy pojawia się cień uśmiechu. Absolutna furia w głosie Vivienne, gdy stanęła z tym twarzą w twarz, była niezaprzeczalnie satysfakcjonująca. Ale jeszcze bardziej poruszyło ją niewzruszone wsparcie sióstr McKenzie, ich natychmiastowa i zajadła ochrona — trafiło w nią bardzo głęboko.

— Dziękuję — powiedziała cicho, patrząc po kolei na każdą z sióstr. — Wszystkim wam.

— Za co? — zdziwiła się szczerze Sarah. — Za to, że stajemy w obronie przed babą-bullyingiem? Od tego jest rodzina, Pip.

Rodzina. To słowo uderzyło w strunę, która rozbrzmiała pod starannie utrzymywaną powściągliwością Pip. Minęło siedem lat od śmierci Kita — ponad dziesięć razy dłużej, niż była rzeczywiście żoną ich brata — a te kobiety ani razu nie potraktowały jej jak kogoś mniej niż siostrę. Przez żałobę i odbudowę, przez wyzwania związane z tworzeniem własnej firmy — były jej stałym oparciem. Jej rodziną.

I nagle, przy zaginionej Honey, jadowitym ataku Vivienne i ciężarze całego dnia, to uświadomienie przebiło wreszcie jej obronę. Wyrwał jej się szloch, zanim zdołała go powstrzymać, potem kolejny; łzy spłynęły po policzkach, gdy emocje, które cały dzień trzymała w ryzach, w końcu ją zalały.

— Och, Pip — mruknęła Emma, obejmując ją ramieniem.

— Nie mogę jej stracić — wydusiła Pip przez szloch, już nawet nie próbując ukrywać łez. — Ufa mi, a ja ją zawiodłam.

— Nie zawiodłaś jej — powiedziała stanowczo Sarah, klękając przy krześle Pip i patrząc jej prosto w oczy. — Profesjonalni złodzieje ją wybrali. To nie twoja wina.

— Znajdziemy ją — dodała Kate, a rywalizacyjna determinacja brzmiała w każdym słowie. — A kiedy to zrobimy, Vivienne Ashford będzie miała jeszcze więcej powodów do przeprosin.

Otoczona przez siostry Pip wreszcie pozwoliła sobie poczuć pełny ciężar strachu i żalu. Honey była czymś więcej niż cennym kucem; uosabiała wszystko, co Pip zbudowała na własnych zasadach — świadectwo jej umiejętności i wizji. Jej utrata była jak utrata cząstki siebie.

Ale gdy łzy stopniowo zaczęły ustawać, pod żalem zaczęło twardnieć coś solidnego: determinacja. Z siostrami McKenzie u boku i Jake'iem pracującym oficjalnymi kanałami odnajdzie Honey. A Vivienne Ashford pożałuje, że uczyniła z tej rodziny wroga.

Rozdział ósmy

Jake poprawił kołnierz munduru, wchodząc do sali spotkań w Ridgemont Country Club; ogólny szmer rozmów spłynął na niego falą. Tłum był większy, niż się spodziewał, twarze na moment odwracały się, rejestrując jego oficjalną obecność, po czym wracały do rozmów. Omiatał salę spojrzeniem, jak zawsze, gdy trafiał w nowe miejsce, i od razu porządkował w myślach frakcje według miejsc: rolnicy i lokalni przedsiębiorcy skupieni z przodu, deweloperzy i inwestorzy z tyłu, a grupa McKenzie pośrodku; drobna sylwetka Pip półskryta między wyższymi Sarah i Kate, a na końcu rzędu narzeczony Sarah, weterynarz Marcus Webb.

Jego obecność nie była bezwzględnie wymagana, ale sierżant Porter zasugerował, by przedstawiciel policji pojawił się, żeby „być na bieżąco z obawami społeczności".

Jake podejrzewał, że Porter po prostu chciał się wymigać, ale to zadanie dawało mu uzasadniony powód, by obserwować przebieg spotkania bez budzenia pytań.

Zajął nierzucające się w oczy miejsce przy tylnej ścianie, profesjonalnie kiwając głową tym, którzy łapali z nim kontakt wzrokowy. Zatrzymał wzrok na Pip dłużej, niż wypadało. Siedziała wyprostowana jak struna, ciemne włosy miała starannie zaplecione, twarz uważnie opanowana mimo szeptów, które snuły się za nią od czasu kradzieży Honey. Cztery dni bez tropów, a Jake czuł tę porażkę jak osobisty ciężar.

W sali ucichło, gdy Vivienne Ashford podeszła do mównicy; jej kasztanowe włosy spływały w idealnych falach po usztywnionych ramionach żakietu, który prawdopodobnie kosztował więcej niż miesięczna pensja Jake'a. Zapukała w mikrofon wypielęgnowanym paznokciem, uśmiech miała wyćwiczony i olśniewający.

— Dobry wieczór, przyjaciele i sąsiedzi — zaczęła, głosem modulowanym z precyzją kogoś, kto długo ćwiczył. — Dziękuję, że dołączyliście, by omówić krytyczną kwestię stojącą przed naszą społecznością. Proponowana obwodnica zagraża nie tylko wartościom naszych nieruchomości, ale i samemu naszemu stylowi życia.

Jake patrzył, jak omiata salę wzrokiem, świadomie nawiązując kontakt z kluczowymi członkami społeczności. Jej umiejętności prezentacyjne były niezaprzeczalne — budowała więź pauzami w idealnych momentach i doskonale odmierzonymi gestami. Publiczność odpowiadała skinieniami głowy i pomrukami aprobaty.

— Ta obwodnica przetnie najlepsze ziemie uprawne, naruszy ugruntowane posiadłości i sprowadzi niepożądane elementy prosto pod nasze drzwi — ciągnęła Vivienne, a w jej głos wkradła się zatroskana nuta. — A skoro o niepożądanych elementach mowa, sądzę, że musimy uznać szersze kwestie bezpieczeństwa, z którymi mierzy się nasza okolica.

Ten subtelny zwrot natychmiast przykuł uwagę Jake'a. Jej wyraz twarzy się zmienił; oczy nieco się zwęziły, gdy pochyliła się do przodu.

— Mam na myśli, rzecz jasna, niepokojącą falę kradzieży koni nękającą nasz rejon. Cenne zwierzęta znikają z zabezpieczonych posiadłości, w tym z niektórych najbardziej renomowanych ośrodków jeździeckich.

Jake poczuł, jak napinają mu się ramiona. Tego punktu nie było w porządku obrad, a tak celowy dygresyjny atak nie mógł być przypadkowy. Zerknął w stronę Pip i zauważył, że całkiem zastygła, twarz miała jak starannie nałożoną maskę.

— Te kradzieże oznaczają nie tylko straty finansowe, ale przede wszystkim naruszenie zaufania w naszej społeczności — mówiła dalej Vivienne tonem zatroskania, który w uszach Jake'a brzmiał na pamięć wyuczony. — Musimy sobie zadać pytanie, co w ostatnich latach się zmieniło, że przyciąga taką przestępczość. Jakie... wpływy mogą mieć związek z tymi niepokojącymi zdarzeniami.

Akcent na słowie wpływy zawisł w powietrzu jak nabity pistolet. Kilka głów odwróciło się nieznacznie w stronę Pip, której twarz pozostała lodowato neutralna, choć pobielały jej kłykcie na zaciśniętej na notesie dłoni.

— Dość znamienne wydaje się, że pewne działalności o, powiedzmy, nietradycyjnym rodowodzie rozszerzyły swoją obecność dokładnie wtedy, gdy nasiliły się kradzieże — powiedziała Vivienne, nie tracąc uśmiechu, choć oczy jej stwardniały. — Być może nasza policja powinna najpierw przyjrzeć się bliżej temu, co mamy pod nosem, zanim obce elementy przyniosą naszej społeczności dalsze zakłócenia.

Jej wzrok ześlizgnął się znacząco ku Pip, a sugestia była aż nadto czytelna. Przez salę przeszedł falujący, nieprzyjemny pomruk. Jake dostrzegł, jak prostuje się kręgosłup Kate McKenzie; położyła dłoń ochronnie na ramieniu Pip. Twarz Sarah stała się lodowata, a Emma szybko wystukiwała coś na telefonie, najpewniej dokumentując słowa Vivienne na przyszłość.

Jake poczuł, jak pod kołnierzem narasta mu gorąco. Atak Vivienne był przebiegle skonstruowany — formalnie bez bezpośrednich oskarżeń, ale ze wskazaniem celu bez cienia wątpliwości. Widział już tę technikę u bogatych sprawców, biegłych w chodzeniu po cienkiej linii legalności. Szkolenie proceduralne nakazywało ostrożność, zachowanie zawodowego dystansu. Ale coś głębszego, co narastało przez tygodnie obserwowania fachowości Pip, jej determinacji, spokoju pod presją, zaczęło pchać się ponad tę ostrożność.

— I choć rozumiem, że starszy posterunkowy Harrison skrupulatnie bada wszystkie tropy — ciągnęła Vivienne, odnajdując go wzrokiem na końcu sali — to może wnikliwsze spojrzenie na niektórych nowych przybyszy w naszej społeczności jeździeckiej przyniosłoby efekty. W końcu musimy chronić nasze tradycje przed ingerencjami z zewnątrz...

W sali zrobiło się niezręcznie cicho. Kilku uczestników wierciło się nieswojo — niechętni, by otwarcie przeciwstawić się oczywistej ksenofobii Vivienne, ale wyraźnie nią poruszeni. Jake pomyślał o skrupulatnych zapisach Pip, jej encyklopedycznej wiedzy o liniach krwi, o delikatnych dłoniach uspokajających przerażone konie. O tym, jak rozświetla jej się twarz, gdy mówi o swoich kucykach. O godności, z jaką znosiła ciągłe uszczypliwości Vivienne.

Zanim w pełni ułożył odpowiedź, Jake sam poczuł, że występuje naprzód, a jego głos przecina pomruki.

— Skoro temat kradzieży koni został poruszony, pozwolę sobie do niego odnieść — powiedział tonem neutralnym, ale pełnym urzędowego autorytetu, niepotrzebującym nagłośnienia, by przyciągnąć uwagę. Sala zamilkła, wszystkie spojrzenia zwróciły się ku niemu.

— Śledztwo trwa i jest prowadzone odpowiednimi kanałami. Wszystkie tropy są weryfikowane na podstawie dowodów, a nie spekulacji.

Wyszedł na środek sali, świadomie ustawiając się między Vivienne a miejscem, gdzie siedziała Pip.

— Pragnę doprecyzować, że pani Rodriguez-McKenzie jest dla nas nieocenionym wsparciem — dostarcza wiedzy branżowej, która znacząco posunęła do przodu nasze rozumienie schematu kradzieży. Jej znajomość praktyk hodowlanych i standardów dokumentacji jest wyjątkowa, podobnie jak jej reputacja w profesjonalnym środowisku jeździeckim.

Jake spojrzał Vivienne prosto w oczy; wyraz twarzy miał zawodowo rzeczowy, ale sens był jasny. — Zdecydowanie odradzam formułowanie bezpodstawnych oskarżeń czy insynuacji, które mogłyby zakłócać toczące się postępowanie policyjne lub naruszać dobre imię szanowanych członków naszej społeczności. Kontynuowane, takie wypowiedzi mogą skutkować konsekwencjami prawnymi.

Cisza w sali nabrała innego odcienia — zaskoczenie mieszało się z czymś na kształt szacunku. Kątem oka Jake dostrzegł wyraz twarzy Pip: mieszankę zdumienia i czegoś łagodniejszego, czego nie potrafił nazwać.

— A teraz może wróćmy do deklarowanego celu spotkania: proponowanej trasy obwodnicy — zakończył, cofając się na swoje miejsce pod ścianą.

Przedstawiciel rady, wyraźnie uradowany zmianą tematu, pospiesznie podszedł do mównicy. Vivienne pozostała na boku z uśmiechem zamarłym na twarzy, choć wysokie rumieńce wypłynęły jej na kości policzkowe.

Reszta spotkania przebiegła bez incydentów, choć Jake zauważył, że spojrzenie Vivienne wielokrotnie do niego wracało — zamiast kokieterii pojawiła się chłodna kalkulacja. Po zakończeniu podszedł do Pip, akurat gdy zbierała swoje rzeczy.

— Odprowadzę Panią — powiedział cicho.

Skinęła głową, wciąż zachowawcza w wyrazie, ale w oczach migotało ciepło, którego wcześniej nie było. Gdy ruszyli ku wyjściu, Jake zauważył, że Joe Ashford zatrzymuje Vivienne; miał posępną minę, gdy odciągał ją na bok. Nawet z daleka Jake widział napięcie w jego sylwetce i surowy zarys ust, kiedy półgębkiem beształ byłą żonę.

— Dziewczyny zostają, żeby porozmawiać o obwodnicy z kilkoma rolnikami — wyjaśniła Pip, gdy wyszli w chłodne wieczorne powietrze. — Ale ja mam dość „działania na rzecz społeczności" jak na jedną noc i mówiłam, że zrobię nocny obchód.

Jake skinął głową, przyglądając się jej w miękkim blasku świateł parkingu. Wyglądała na mniejszą niż zwykle, lecz wcale nie mniej odporną — jak stare drzewo, które przetrwało niejedną burzę, bo potrafi się ugiąć, zamiast się złamać.

— Nie musiał Pan mnie tak bronić — powiedziała w końcu, otwierając swój samochód. — Ale dziękuję.

— Podałem tylko fakty — odparł Jake, choć oboje wiedzieli, że poszło o coś więcej. — Czy ma Pani coś przeciwko, żebym pojechał za Panią do Ridgewater? Chciałbym sprawdzić zabezpieczenia, w świetle ostatnich wydarzeń.

Pip uniosła na niego wzrok; nareszcie na jej opanowanej twarzy pojawił się mały uśmiech. — To byłoby... pomocne. Dziękuję.

Gdy Jake patrzył, jak wsiada do pickupa, wiedział, że przekroczył granicę między zawodowym dystansem a osobistym zaangażowaniem. I co dziwne, mimo zwyczajowej wierności procedurom, nie potrafił tego żałować.

Reflektory Jake'a odbiły się blaskiem od tylnej lampy Pip, gdy jej pickup turlał się żwirowym podjazdem Ridgewater; posiadłość była pogrążona w ciemności, poza światłami zabezpieczającymi na głównej stodole i domu. Jechał w rozsądnym dystansie, wciąż układając sobie w głowie wydarzenia ze spotkania. Jego interwencja była profesjonalna i technicznie w granicach, ale nie mógł zaprzeczyć osobistej motywacji. Gdy widział, jak Vivienne bierze na cel Pip, jak na jej twarzy utrzymuje się ostrożny spokój podczas kolejnego publicznego ataku, obudziło się w nim coś opiekuńczego — coś, co wykraczało poza rolę funkcjonariusza prowadzącego sprawę.

Zaparkował obok jej pickupa, a silnik postukiwał, stygnąc w nocnym powietrzu. Pip już wysiadła i wyciągała latarkę zza siedzenia.

— Z nas zawsze ktoś robi nocny obchód przed snem — wyjaśniła, podając mu drugą latarkę. — Po Honey zwracamy jeszcze większą uwagę.

Jake skinął głową i włączył światło. Snop przeciął ciemność, oświetlając ścieżkę do najbliższego bloku stajennego. — Dobra praktyka. Wiele kradzieży działo się między północą a czwartą rano, kiedy posiadłości są najcichsze.

Szli ramię w ramię; różnica wzrostu tworzyła dziwną bliskość. Jake musiał się lekko schylać, by słyszeć jej ciche objaśnienia układu terenu, a ona odchylała głowę, by spotkać jego spojrzenie, gdy się zatrzymywali. Strumienie latarek tworzyły nałożone na siebie kręgi światła, w których czasem mignęły końskie oczy z zaciemnionych padoków.

— Wymieniliśmy zamki we wszystkich bramach — powiedziała Pip, demonstrując ciężką kłódkę. — A

Sarah zamówiła dodatkowe kamery; obejmą większą część zewnętrznego obwodu, zwłaszcza fragment graniczący z terenem państwowym, przez który wyprowadzono Honey. Powinny dotrzeć za kilka dni i od razu je zamontujemy.

— Dobrze — pochwalił Jake, oglądając zamek. — A patrole nocne? Ma ktoś obchodzić teren przez całą noc?

— Zmieniamy się — odparła Pip, na moment kładąc drobną dłoń na poręczy ogrodzenia. — Któraś z nas robi obchód co dwie godziny. Na dłuższą metę nie do utrzymania, ale dopóki nie będziemy mieć lepszych zabezpieczeń...

Nie musiała kończyć. Jake rozumiał lęk popychający do takich środków i potrzebę ochrony tego, co najcenniejsze. Widział to niezliczoną ilość razy w swojej pracy, choć rzadko z tak cichą determinacją, jaką miała Pip.

Na myśl, że ona albo któraś z sióstr McKenzie mogłyby w nocy natknąć się same na złodziei koni, poczuł jednak nieprzyjemne napięcie.

— Ma Pani broń? — zapytał.

Pip odwróciła się gwałtownie i spojrzała na niego zaskoczona. — Co?

— Broń. Wiele osób tutaj ją ma, to okolica wiejska.

— Mamy — powiedziała powoli, wciąż mu się przyglądając. — Karabin, ale trzymamy go w sejfie na broń... i nie umiem się nim posługiwać. A Sarah nie może, przez wzrok. Kate i Emma mają pozwolenia.

— Może powinna się Pani nauczyć i wyrobić pozwolenie — zaproponował łagodnie. — A Kate i Emma niech zabierają go na obchód przynajmniej czasem. Gdyby zobaczyły, no nie wiem, dzikiego psa.

— Dzikiego psa? — powtórzyła, po czym, wolniej: — Ach... rozumiem.

— Podczas kradzieży Honey było co najmniej dwóch mężczyzn — powiedział Jake. — Myśl o tym, że któraś z was mogłaby się na nich natknąć w ciemności... — urwał.

— Wspomnę o tym Kate i Emmie — powiedziała w końcu Pip. — I dziękuję. — Snop latarki musnął krawędzie jej twarzy, podkreślając kości policzkowe i zacięty wyraz szczęki. — Za to i za to, co Pan powiedział dziś wieczorem. Nie musiał Pan stawać między mną a jadem Vivienne.

Jake zawahał się, szukając słów, które nie przekroczą zbyt daleko zawodowych granic. — Jej insynuacje były uprzedzające i potencjalnie naruszały dobre imię. Zabrać głos było po prostu słuszne.

— A jednak — nalegała Pip, łagodząc głos — większość ludzi by tego nie zrobiła. Utrzymaliby tę swoją tzw. zawodową neutralność.

Szli dalej, metodycznie sprawdzając kolejne padoki. Jake coraz wyraźniej odczuwał obecność Pip obok: spokojną pewność, z jaką podchodziła do każdego konia, i ciche słowa, którymi je uspokajała. Poruszała się jak ktoś całkowicie osadzony we własnym ciele, mimo drobnej postury — bez wahania i bez niepewności.

— Przywykłam walczyć o siebie — odezwała się znowu, gdy zbliżyli się do ostatniej stajni. — Od ośmiu lat. Ale było... miło... że ktoś dla odmiany stanął po mojej stronie.

Kruchość tej zwierzenia zaskoczyła Jake'a. Widział, jak Pip radzi sobie z trudnymi klientami, jak opanowuje wystraszone konie, jak odpiera ataki Vivienne — wszystko z niewzruszonym spokojem. To zajrzenie pod zawodową zbroję było rzadkim przywilejem.

— Nie mogłem stać bezczynnie i tego słuchać — przyznał, jak do spowiedzi. — Nie kiedy wiem, jak cenne są Pani kompetencje dla tego śledztwa. Nie kiedy widziałem, jak Pani pracuje i jak troszczy się Pani o te zwierzęta.

Zatrzymali się przed stajniami; księżyc wyszedł spoza chmur i zalał podwórze srebrem. Pip odwróciła się do niego całkiem, a Jake poczuł, że pochyla się niżej, wciągnięty w jej orbitę.

— Czy to jedyny powód? — zapytała cicho.

Pytanie zawisło między nimi, ciężkie od możliwości. Jake znał odpowiedź służbową — tę, która utrzymuje właściwy dystans między funkcjonariuszem a świadkiem w toku postępowania. Ale stojąc tu w księżycowym świetle i patrząc, jak ciemne oczy Pip szukają jego twarzy, te granice wydawały się coraz bardziej umowne.

— Nie — powiedział wreszcie, niższym głosem, niż zamierzał. — To nie jedyny powód.

Coś zmieniło się w wyrazie Pip — zmiękły jej oczy, usta lekko się rozchyliły. Jake był boleśnie świadom każdego centymetra różnicy wzrostu — tego, jak musiała odchylać głowę, by utrzymać z nim kontakt wzrokowy, i jak jego szerokie ramiona jakby same pochylały się ku niej, jakby ciągnęła je grawitacja.

— Powinnam dokończyć obchód koni — wyszeptała, choć nie zrobiła kroku w tył.

— Tak — zgodził się Jake, równie nieruchomy.

Księżyc połyskiwał w jej włosach, zamieniając ciemne pasma na krawędziach w srebro. Zanim zdążył to przemyśleć, Jake pochylił się bardziej; jedna dłoń spoczęła lekko na jej ramieniu. Pip wspięła się na palce, redukując dystans centymetr po centymetrze.

Ich usta spotkały się nieśmiało — dotyk był lekki, lecz elektryzujący. Jake poczuł jej drobną dłoń na swojej piersi, ciepło przebijające przez kurtkę. Przez moment śledztwo, zawodowe granice, wszystkie komplikacje zniknęły — została tylko ta więź, krucha i nowa.

Wtedy ciszę przeciął głęboki jęk, zbolały odgłos ze środka stajni. Pip odskoczyła natychmiast, a jej twarz w ułamku sekundy zmiękła i znów stężała w czujności.

— To Queenie — powiedziała i już biegła w stronę dźwięku, snop latarki podskakiwał przy każdym kroku. — Ma się wyźrebić lada dzień.

Jake ruszył szybko za nią, patrząc, jak odsuwa drzwi stajni i wpada do środka. W boksie na końcu korytarza duża gniada klacz pełnej krwi krążyła niespokojnie, boki unosiły jej się ciężko od wysiłku. Nawet dla niewprawnego oka Jake'a było jasne, że coś się dzieje.

— Ma skurcze — potwierdziła Pip, spokojna, lecz pilna, szybko oceniając sytuację. — Wcześniej, niż sądziłyśmy. — Chwyciła Jake'a za rękę; jej palce były drobne, ale mocne. — Proszę zadzwonić do Sarah i reszty — są pięć minut stąd. Proszę powiedzieć, że Queenie się źrebi.

Jake miał już w dłoni telefon, ale następne słowa Pip sprawiły, że zawahał się na sekundę.

— Nawet jeśli wyjdą od razu, nie wiem, czy zdążą. Źrebię przychodzi na świat teraz.

W jej głosie brzmiała pilność, ale i pewność. Cokolwiek stało się między nimi chwilę wcześniej, zostało odłożone na bok — Pip była teraz w pełni skupiona na potrzebach klaczy. Ta jej spokojna kompetencja uspokoiła Jake'a, nawet gdy wybierał numer do Sarah palcami, które dalej mrowiły od dotyku Pip.

W stajni panował półmrok; pojedyncza żarówka nad głową rzucała długie cienie na słomianą posadzkę. Jake przycisnął telefon do ucha — Sarah potwierdziła, że już jadą — a jego oczy nie odrywały się od Pip. W sekundę się zmieniła: stanęła przy klaczy, mówiła do niej łagodnie, głaskała po głowie, po czym ostrożnie przesunęła się ku tyłowi zwierzęcia.

— Wyszły z klubu i są pięć minut stąd — zameldował Jake, chowając telefon. — Potrzebuje Pani, żebym coś zrobił?

Pip zerknęła na niego; mimo pośpiechu twarz miała spokojną. — Proszę tylko być cicho i ruszać się powoli. Pana obecność jej nie zaniepokoi, ale gwałtowne ruchy — tak.

— Będziemy musieli... jej pomagać? — zapytał niepewnie Jake, nie znając procedur przy końskich porodach.

— Tylko jeśli to absolutnie konieczne — odparła Pip, rzucając krótkie spojrzenie pod ogon klaczy, po czym wróciła do jej głowy. — Konie źrebią się bez ludzkiej pomocy od milionów lat. My tu jesteśmy głównie na wszelki wypadek. Zbyt wiele ingerencji może narobić więcej szkody niż pożytku.

Stanęła przy Queenie, mrucząc uspokajająco i gładząc ją po szyi. Klacz przylgnęła do jej dotyku, jakby czerpała z niego otuchę mimo wyraźnego dyskomfortu skurczów. Kontrast między drobną kobietą a masywnym koniem uderzył Jake'a na nowo, a jednak nie było wątpliwości, kto tu panuje nad sytuacją.

— Odeszły wody — szepnęła Pip. — To znaczy, że jesteśmy blisko. Pierwiastki czasem potrzebują więcej czasu, ale Queenie już to przerabiała.

Jake pokiwał głową, zafascynowany mimo nerwów. Jego policyjna kariera zetknęła go z porodem tylko raz — chaotyczny przypadek na poboczu, gdzie zdążył na tyle, by podać ratownikom sprzęt. To było zupełnie inne — bardziej pierwotne, a jednocześnie dziwnie spokojne.

Queenie nagle opadła na kolana, po czym z ciężkim jękiem przewróciła się na bok w słomie. Pip skinęła z aprobatą i ustawiła się za klaczą.

— Idealnie. Doskonale wie, co robić.

Jake patrzył jak zaczarowany, gdy boki Queenie wyraźnie falowały w skurczach. Pip pozostawała blisko, lecz bez dotyku — czujna, ale rozluźniona, ufając instynktowi klaczy. Kontrast między jej drobną sylwetką a ogromem konia wcale nie śmieszył — przeciwnie, wydawał się właściwy, jak zgodna harmonia celu, która przekracza fizyczną skalę.

— O, jest — wyszeptała Pip, wskazując.

Jake pochylił się lekko i zobaczył coś jakby mały biały woreczek wyłaniający się z klaczy. Po chwili mógł już wyraźnie dostrzec dwa maleńkie kopytka, ujęte w błonę.

— To przednie nogi — wyjaśniła Pip. — Idzie prawidłowo. Gdyby wyszło jedno kopyto albo, co gorsza, ogon, musiałybyśmy interweniować.

Kopytka poruszały się lekko przy każdym skurczu, przesuwając się w świat z każdą potężną falą. Jake złapał się na tym, że wstrzymuje oddech; niespodziewane wzruszenie ścisnęło mu klatkę piersiową, gdy patrzył, jak ten odwieczny proces się spełnia.

— Patrz — mruknęła Pip. — Jest i nosek.

Pojawił się mały pysk, wciąż zamknięty w worku płodowym, ale twarz źrebięcia była już nie do pomylenia. Widok był zarazem obcy i głęboko znajomy — nowe życie wyłaniające się na świat centymetr po centymetrze. Jake zerknął na Pip i zobaczył na jej twarzy cichą radość mimo zawodowego skupienia. Coś w tym wyrazie trafiło go niespodziewanie mocno — jak rozpoznanie wspólnego zachwytu, które przekraczało różnice między nimi.

Queenie naparła potężnie i nagle głowa oraz barki źrebięcia stały się w pełni widoczne. Jake wypuścił powietrze, nie zdając sobie sprawy, że je wstrzymywał. Następny skurcz przyszedł szybko i jednym, ostatnim, mocnym pchnięciem całe źrebię ześlizgnęło się w świat wraz z pluskiem płynów, miękko lądując w słomie.

— Idealnie — wyszeptała Pip, uśmiechając się szeroko, szczerze. — Absolutnie idealnie.

Jake wpatrywał się w mokre, wiotkie stworzenie, które leżało teraz nieruchomo w słomie, i przeraził go brak ruchu. Pip jednak była spokojna, uważnie obserwowała, nie ingerując.

— Czy z nim... wszystko w porządku? — spytał cicho.

— Tylko łapie oddech — uspokoiła go Pip. — Pępowina jest jeszcze podłączona, więc dostaje tlen. Proszę patrzeć.

Jak na komendę, drobny tułów rozszerzył się pierwszym oddechem, a przez mokre ciało przebiegł dreszcz. Błona wokół głowy pękła w ostatnich chwilach porodu, odsłaniając delikatny pyszczek o zamkniętych oczach i niewiarygodnie długich rzęsach. Queenie uniosła głowę, odwróciła się ku potomstwu, po czym zaskakująco sprawnie podniosła się na nogi jak na zwierzę tuż po porodzie.

Delikatnymi ruchami zaczęła lizać źrebię, zmywając płyny płodowe i pobudzając krążenie. Pępowina, wciąż łącząca matkę z dzieckiem, pulsowała wyraźnie, przekazując ostatnie składniki odżywcze, zanim naturalnie się przerwie.

— Robi wszystko idealnie — powiedziała Pip ciepło. — Pierwiastki czasem potrzebują wsparcia, ale Queenie doskonale wie, czego potrzebuje jej dziecko. Jest świetną matką.

Źrebię drgnęło, uniosło na moment głowę i znów opuściło ją na słomę — wyraźnie zbierało siły do następnej próby. Jake uderzyło to połączenie kruchości i determinacji — jak coś tak bezbronnego może mieć tak potężną wolę życia.

Pip ruszyła naprzód, ostrożnie obchodząc klacz. Queenie zerknęła na nią, ale nie zaprotestowała, gdy Pip szybko obejrzała źrebię. Jej dłonie poruszały się z łagodną pewnością — sprawdziła nogi, klatkę piersiową i pyszczek, po czym się cofnęła.

— Zdrowa klaczka — oznajmiła z wyraźną satysfakcją w głosie. — Dobre pokrój i tętno. Wstanie w ciągu godziny, a zaraz potem zacznie ssać.

Jake patrzył, jak Pip się odsuwa, zostawiając matce i dziecku przestrzeń do dalszego budowania więzi. Klacz dalej energicznie wylizywała małą, odzywając się cichym, miękkim pomrukiem, jakiego Jake nigdy wcześniej nie słyszał — bezbłędnie macierzyńskim, choć wydanym przez zwierzę.

— Niesamowite — powiedział w końcu, odzyskując głos. — Jak szybko to się dzieje, a jednak jak... doskonały to proces.

Pip skinęła, wciąż patrząc na parę. — Natura wie, co robi. Nasza rola to głównie nie przeszkadzać, chyba że coś pójdzie nie tak. — Zerknęła na Jake'a z jasnym uśmiechem i oczami pełnymi zachwytu. — I nigdy się nie nudzi, choćbym widziała to setny raz.

Drzwi stajni otworzyły się, wpuszczając chłodniejsze powietrze i szmer podekscytowania — wpadły Sarah, Kate i Emma, a tuż za nimi Marcus z torbą weterynaryjną. Ich twarze odrobinę zrzedły na widok już urodzonego źrebięcia, ale zaraz znów rozpromieniły się zachwytem; ustawili się przy boksie, komentując z entuzjazmem.

— Przegapiłyśmy! — pożaliła się Emma, choć już uśmiechała się do noworodka.

— Dosłownie o kilka minut — potwierdziła Pip, cofając się, by zrobić siostrom miejsce. — Jest idealna. Poród jak z podręcznika.

— Dobra robota, glino — Marcus klepnął Jake'a po ramieniu. — Zmieniasz fach? Wygląda na to, że masz talent na końskiego położnika.

— Tylko świadek — odparł Jake z uśmiechem do weterynarza.

Gdy Marcus wszedł sprawdzić klacz i źrebię, a siostry McKenzie ścieśniły się przy boksie, rozpływając się nad umaszczeniem i pokrojem malucha, Jake stał odrobinę z boku — patrzył jednak nie na noworodka, tylko na Pip. Intymność, którą podzielili się przed jękiem Queenie, pozostała niewyjaśniona — ten pocałunek wisiał między nimi jak pytanie, na które żadne z nich jeszcze nie odpowiedziało. A jednak wspólny udział w narodzinach nowego życia pogłębił ich więź w sposób, którego Jake nie umiał ubrać w słowa.

Pip podniosła wzrok i uchwyciła jego spojrzenie. W miękkim świetle, z cudem narodzin wciąż świeżym między nimi, jej twarz łączyła spokojną kompetencję, którą zdążył tak uszanować, z czymś cieplejszym, bardziej osobistym. Jake poczuł ścisk w piersi — rozpoznanie, że to, co właśnie się między nimi zaczęło, nie da się łatwo zaszufladkować ani zamknąć w zawodowych ramach. Jak źrebię, które próbuje stanąć na nogi po raz pierwszy — kruche, a zaskakująco zdeterminowane.

Rozdział
dziewiąty

Jake siedział wyprostowany jak struna na krześle naprzeciwko biurka sierżanta Portera, trzymając na kolanach teczkę z przygotowaną propozycją. Przez okno gabinetu widział funkcjonariuszy krzątających się po komisariacie w Ridgemont, wykonujących poranne czynności z typową dla małomiasteczkowej jednostki spokojną regularnością. Ale jego dzisiejsza misja nie miała w sobie nic z codziennej rutyny. Prośba, z którą zamierzał wystąpić, wykraczała poza standardowe procedury, i Jake spędził pół nocy, dopracowując argumenty, przewidując zastrzeżenia i gromadząc dowody na poparcie swojego wniosku.

Sierżant Porter odchylił się na oparciu krzesła, a skóra zaprotestowała skrzypnięciem. W przeciwieństwie do nienagannie wyprasowanego munduru Jake'a, koszula Portera o dziewiątej rano miała już wygniecenia, a na krawacie widniała plama po kawie. Gabinet sierżanta odzwierciedlał właściciela: funkcjonalny, ale pozbawiony porządku i organizacji, które Jake tak cenił — akta piętrzyły się w chwiejnych wieżach, a dyplomy za pracę na rzecz społeczności wisiały na ścianie lekko przekrzywione.

— Więc, Harrison — powiedział Porter, gestykulując kubkiem kawy — chciał pan porozmawiać o śledztwie w sprawie kradzieży koni?

Jake skinął głową, otwierając teczkę. — Tak jest, panie sierżancie. Uważam, że musimy włączyć do sprawy konsultantkę cywilną ze specjalistyczną wiedzą. Konkretnie, chciałbym oficjalnie dołączyć panią Rodriguez-McKenzie do zespołu dochodzeniowego.

Brwi Portera powędrowały w górę. — Ta drobna kobietka z Ridgewater? Ta, której też ukradli konia?

— Pani Rodriguez-McKenzie wniosła do tych spraw bezcenne spostrzeżenia — odparł Jake, utrzymując równy ton mimo lekkiego ukłucia irytacji słyszalnego w sposobie, w jaki Porter ją określił. — Jej znajomość praktyk hodowlanych, linii krwi i lokalnego środowiska jeździeckiego przyniosła nam najcenniejsze tropy — jedyne, jakie mamy, muszę dodać.

Porter upił łyk kawy, lustrując Jake'a znad brzegu kubka. — Udział cywilów w aktywnych dochodzeniach rodzi problemy odpowiedzialności, Harrison. Pan to wie. Zwłaszcza jeśli chodzi o kogoś bezpośrednio dotkniętego przestępstwem.

— Rozumiem pańskie obawy, panie sierżancie — powiedział Jake, wyjmując z teczki starannie spięty plik dokumentów. — Dlatego przygotowałem zestawienie kwalifikacji pani Rodriguez-McKenzie oraz konkretnych korzyści, jakie wnosi do tej sprawy.

Podał dokument Porterowi, który rzucił na niego okiem z rezygnacją człowieka, mającego nadzieję uniknąć papierkowej roboty o tak wczesnej porze.

— Jej przeszłość zawodowej dżokejki dała jej rozległe kontakty w branży wyścigowej — ciągnął Jake. — Utrzymała te relacje, rozwijając jednocześnie swój biznes szkolenia kuców. Rozpoznaje linie krwi od pierwszego wejrzenia, widzi wzorce hodowlane i ma encyklopedyczną wiedzę o transferach własności w regionie.

Porter przekładał strony z narastającym zainteresowaniem. — Pisze pan, że to ona zauważyła schemat dotyczący klaczy zanim pan?

Jake skinął głową, przełykając drobne ukłucie zawodowej dumy. — Tak jest, panie sierżancie. Natychmiast rozpoznała, że złodzieje celują w konkretne, cenne klacze, zwłaszcza te źrebne po czempionach. Ta wskazówka całkowicie zmieniła kierunek naszego śledztwa. — Pochylił się nieznacznie. — Bez jej fachowej wiedzy nadal traktowalibyśmy to jako przypadkowe kradzieże z okazji.

— I jest pan pewien, że kradzież jej własnego konia nie podważyła jej obiektywizmu? — zapytał Porter, odkładając papiery.

— Jeśli już, to zwiększyła jej determinację, by rozwiązać tę sprawę — odparł Jake. — Podchodzi do dochodzenia z zawodowym dystansem, ale wnosi pasję i insiderską wiedzę, której nam w formacji po prostu brakuje.

Porter przez dłuższą chwilę przyglądał się Jake'owi. — To do pana niepodobne, Harrison. Zazwyczaj to pan wyciąga mi na stół podręcznik procedur, a nie lobbuje za udziałem cywila.

Jake poczuł ciepło pod karkiem, ale z wysiłkiem zachował spokój. Ostatnie tygodnie pracy z Pip rzeczywiście coś w nim poruszyły, jeśli chodzi o sztywne trzymanie się procedur. Jej praktyczne, „zrób to" podejście zaskakująco dobrze uzupełniało jego metodyczność. I tak, było tam coś więcej, coś osobistego, co się między nimi rodziło, ale to nie miało znaczenia dla niniejszej, zawodowej prośby.

— Podręcznik procedur przewiduje możliwość korzystania z konsultantów cywilnych w sprawach wymagających wiedzy specjalistycznej — zauważył Jake. — Rozdział 23, paragraf 4 szczegółowo opisuje tryb nadania tymczasowego statusu konsultanta.

Porter parsknął śmiechem. — Oczywiście, że zna pan dokładny przepis. — Pochylił się, a jego wyraz twarzy spoważniał. — Proszę posłuchać, nie sprzeciwiam się korzystaniu z wiedzy pani Rodriguez-McKenzie. Bóg świadkiem, że potrzebujemy wszelkiej pomocy przy tych kradzieżach. Ale muszę mieć pewność, że zachowa pan tu zawodowe granice.

Jake skinął głową, prostując się jeszcze bardziej. — Oczywiście, panie sierżancie. Wszystko zgodnie z zasadami. Pani Rodriguez-McKenzie podpisze wymagane klauzule poufności, a ja zapewnię właściwą dokumentację wszystkich konsultacji i ustaleń.

Oczy Portera nieco się zwęziły. — Widziałem, jak Vivienne Ashford na pana patrzy, i słyszałem plotki o jej kampanii przeciw pani Rodriguez-McKenzie. Małe miasteczka, wielkie gadanie. Jest pan pewien, że potrafi pan to rozegrać bez dokładania sobie kłopotów?

Jake zacisnął szczękę na dźwięk imienia Vivienne. — Osobiste wendetty pani Ashford nie mają żadnego znaczenia dla tego dochodzenia, panie sierżancie. Jasno dałem jej do zrozumienia, że bezpodstawne oskarżenia wobec członków społeczności nie będą tolerowane... oraz że nie jestem zainteresowany relacją osobistą z jej udziałem.

— Mhm — mruknął Porter, nie dając się przekonać ani zbić z tropu. — Proszę tylko uważać. Vivienne ma przyjaciół w radzie, a jej ojciec to szycha w Brisbane. Trzeba to prowadzić delikatnie.

— Zrozumiałem, panie sierżancie — odparł Jake, choć w środku aż go zagotowało na myśl, że towarzyskie koneksje Vivienne miałyby wpływać na procedury policyjne.

Porter westchnął ciężko, po czym sięgnął po wydruk, który Jake zawczasu przygotował. — Dobrze, Harrison. Upoważnię panią Rodriguez-McKenzie jako konsultantkę cywilną na trzydzieści dni. — Podpisał formularz zamaszystym ruchem. — Ale chcę codziennych raportów i jeśli wyczuję choć cień niestosowności czy naruszenia procedur, natychmiast odcinam tlen.

— Dziękuję, panie sierżancie — powiedział Jake, przyjmując podpisany dokument z starannie skrywanym uczuciem ulgi. — Nie pożałuje pan tej decyzji.

Porter wręczył mu upoważnienie z wymownym spojrzeniem. — Oby nie. I jeszcze jedno, Harrison? Proszę pamiętać: konsultanci doradzają, a nie prowadzą dochodzenia. To pan tu dowodzi, bez względu na to, ile końskiego wyczucia wniesie do stołu.

Jake skinął głową i wsunął upoważnienie do teczki. Gdy opuszczał gabinet Portera, poczuł w piersi niespodziewaną lekkość. Profesjonalna część jego natury była usatysfakcjonowana — zapewnił śledztwu cenne kompetencje. Osobista część, ta, którą coraz bardziej pociągała cicha siła i bystry umysł Pip, cieszyła się na bliższą współpracę — wprawdzie w oficjalnej roli, jak stanowczo sobie przypomniał.

Pozostało tylko przedstawić tę propozycję samej Pip — a on, ku własnemu zaskoczeniu, denerwował się jej odpowiedzią. Czy przyjmie oficjalną funkcję z zadowoleniem, czy potraktuje to jako próbę kontrolowania jej zaangażowania?

Był tylko jeden sposób, żeby się przekonać.

Jake wjechał radiowozem na wysypany żwirem parking Ridgewater i od razu dostrzegł Pip w okrągłym wybiegu pięćdziesiąt metrów dalej. Pracowała z tym małym bułanym kucem, którego widział przy niej pierwszego dnia; jej drobna sylwetka poruszała się z płynną pewnością, którą zdążył u niej podziwiać. Kuc, najwyraźniej młody i testujący granice, potrząsnął łbem i odwrócił do niej zad, grożąc kopnięciem, lecz Pip pozostała spokojna i wycentrowana pośrodku wybiegu, kierując zwierzę subtelnymi ruchami małej chorągiewki na końcu długiego kijka, który trzymała. Nawet z tej odległości Jake widział skupienie w jej postawie, bezdyskusyjną władzę, jaką roztaczała, mimo że była ledwie ułamkiem wielkości konika.

Podszedł powoli, uważając, by nie zakłócić treningu. Teczka z upoważnieniem od Portera wydawała się zaskakująco ciężka w jego rękach. Było w tym coś niemal uroczystego — sformalizowanie współpracy, która już i tak działała naturalnie — i Jake niespodziewanie denerwował się, jak Pip przyjmie tę propozycję.

Pierwszy zauważył go kuc; jego uszy drgnęły do przodu na widok nowego człowieka, po czym znów skupiły się na Pip. Ona podążyła spojrzeniem za zwierzęciem i dostrzegła Jake'a przy ogrodzeniu. Coś mignęło jej na twarzy, krótkie zmiękczenie rysów, szybko jednak zastąpione zawodową powściągliwością.

— Zmiana kierunku, Glitter — zawołała do kuca, przekładając chorągiewkę do drugiej ręki i dając nią znak. Mały bułanek zareagował natychmiast, zmieniając kierunek i ruszając kłusem w przeciwną stronę wokół wybiegu. Dopiero wtedy Pip skinęła Jake'owi głową. — Za minutkę. Kończymy.

Jake oparł się o żerdź ogrodzenia, zadowalając się rolą obserwatora. Pip pracowała oszczędnie, bez zbędnych gestów i sygnałów. Kuc, mimo wcześniejszych prób, poruszał się teraz z rosnącą uważnością; jego mowa ciała przesuwała się z oporu w skupienie. To było jak oglądanie rozmowy prowadzonej w całości przez sygnały niewerbalne — język, który Jake rozumiał jako o wiele subtelniejszy, niż mógł w pełni docenić nieprzeszkolonym okiem.

W końcu Pip zatrzymała kuca na środku wybiegu, nagradzając go małym smakołykiem z kieszeni i podrapaniem za uchem, po czym przypięła uwiąż do kantara. — Dobry chłopak, Glitter — mruknęła, po czym zwróciła się do Jake'a: — Oficjalna wizyta? — zapytała, zerkając na jego mundur i teczkę w ręce.

— Półoficjalna — odparł Jake, otwierając jej bramkę, gdy wyprowadzała kuca. — Mam coś, o czym chciałbym z tobą porozmawiać.

Pip przypięła Glittera do słupka, a potem napełniła wiadro wodą. Jej ruchy były sprawne, lata pracy z końmi widoczne w każdym geście. — Brzmi poważnie — powiedziała, wreszcie poświęcając Jake'owi całą uwagę.

— Rozmawiałem z sierżantem Porterem o kradzieżach koni — zaczął Jake. — Biorąc pod uwagę złożoność sprawy i potrzebę wiedzy specjalistycznej, wystąpiłem o zgodę i dostałem upoważnienie, by włączyć cię jako oficjalną konsultantkę cywilną.

Pip znieruchomiała, a jej ciemne oczy nieznacznie się rozszerzyły, gdy przetwarzała jego słowa. — Konsultantkę? To znaczy... oficjalnie w składzie zespołu?

Jake skinął głową, otwierając teczkę, by pokazać dokumenty. — Twoje spostrzeżenia są bezcenne, Pip. Wzorzec dotyczący klaczy, powiązania hodowlane, dokumentacja transportowa... bez twojej wiedzy nie osiągnęlibyśmy połowy tego, co już mamy. Ja sam nawet nie wiedziałbym, od czego zacząć, gdyby nie twoje rady.

Po twarzy Pip przemknęła skomplikowana gama emocji, zbyt szybka, by Jake potrafił je nazwać wszystkie. Duma — owszem. Ostrożność — zdecydowanie. I coś jeszcze, być może przyjemność z uznania jej wkładu.

— Nie... nie wiem, co powiedzieć — przyznała, ocierając dłonie o dżinsy, zanim przyjęła teczkę. — To spory awans po naszych kawowych rozmowach o pozwoleniach transportowych.

— To tylko formalizuje to, co już robimy — wyjaśnił Jake, uważnie obserwując, jak zaczyna czytać formularze. — Ale daje ci też oficjalny status w dochodzeniu, dostęp do informacji niejawnych i... wynagrodzenie za czas.

Brwi Pip podskoczyły na wzmiankę o płatności. — Departament naprawdę jest skłonny zapłacić za moją ekspertyzę? Cuda się zdarzają. — Czytała dalej, a jej twarz poważniała, gdy chłonęła szczegóły. — Sporo tu zasad, starszy konstablu.

— Standard — zapewnił ją Jake. — Klauzule poufności, procedury zachowania ciągłości dowodowej, zrzeczenia odpowiedzialności. Nic, co przeszkodziłoby ci w pracy merytorycznej.

Pip podniosła wzrok znad papierów, patrząc na niego wprost i oceniająco. — A na czym dokładnie polegałaby moja rola? Ponad to, co już robię?

Jake przewidział to pytanie. — Jeździłabyś ze mną na oględziny, pomagała rozmawiać z właścicielami skradzionych koni, oglądała dowody fachowym okiem i współtworzyła materiał przeciwko sprawcom. — Zawahał się odrobinę, po czym dodał: — Szczególnie ważna jest twoja wiedza o liniach krwi i wartości hodowlanej. Musimy zrozumieć, dlaczego na cel biorą właśnie te klacze i kto mógł mieć wiedzę, żeby pokierować złodziejami.

Pip wolno skinęła głową, wracając do dokumentów. Jake patrzył, jak czyta, zauważając, że lekko przygryza dolną wargę, gdy się koncentruje. Słońce połyskiwało w jej ciemnych włosach, wydobywając głębokie, kasztanowe refleksy, zwykle niewidoczne. Chwila miała w sobie dziwną intymność — stali na cichym podwórzu, a jedynym dźwiękiem był odgłos przesuwających się po żwirze kopytek Glittera.

— Te zrzeczenia odpowiedzialności są rozbudowane — zauważyła Pip, przewracając na trzecią stronę. — Cóż, trudno się dziwić.

— To standardowa ochrona i dla ciebie, i dla jednostki — wyjaśnił Jake. — Będziemy bywać na miejscach czynów, w sytuacjach potencjalnie niebezpiecznych.

— Jasne — mruknęła Pip, przewracając na ostatnie strony. — Procedura.

Jake poczuł znane napięcie między swoim szkoleniem a rosnącym szacunkiem dla bardziej intuicyjnego podejścia Pip. Całą karierę opierał się na protokołach i regulaminach, znajdując w ich jasnych granicach poczucie bezpieczeństwa — zwłaszcza odkąd w Brisbane wszystko poszło katastrofalnie źle ten jeden raz, gdy procedur nie dopilnował. Pip działała inaczej: ufała instynktowi i doświadczeniu bardziej niż podręcznikom i wytycznym. A jednak połączenie ich stylów okazało się zaskakująco skuteczne.

Wreszcie Pip oderwała wzrok od papierów. — Jak długo ma trwać ta funkcja?

— Na początek trzydzieści dni — odpowiedział Jake. — Z możliwością przedłużenia, jeśli śledztwo będzie tego wymagało.

Pip skinęła głową, a decyzja wyraźnie dojrzewała w jej spojrzeniu. Sięgnęła po długopis, który podał jej Jake; jej mała dłoń musnęła na moment jego większą — dotyk nie powinien mieć znaczenia, a jednak miał. Szybkimi, zdecydowanymi ruchami podpisała kolejne strony; jej podpis był zaskakująco śmiały jak na tak drobną osobę.

— Tylko doprecyzujmy — powiedziała, oddając mu długopis i zerkając mu w oczy — jestem konsultantką, a nie kimś, komu możesz wydawać rozkazy.

W jej głosie brzmiało wyzwanie, ale i nuta humoru. Jake skinął głową, rozumiejąc wagę wyznaczonych granic.

— Zrozumiano — odparł formalnie, choć nie zdołał całkiem powstrzymać uśmiechu. — Departament ceni twoją wiedzę, nie posłuszeństwo.

— Dobrze — rzuciła Pip, podając mu wypełnione dokumenty. — Bo z tym drugim bywa u mnie krucho. — Potem, z nieco łagodniejszym wyrazem twarzy, dodała: — Dzięki, że o to zawalczyłeś, Jake. Wiem, że wciąganie cywilów do dochodzeń nie jest twoją pierwszą opcją.

Jake starannie wsunął podpisane formularze do teczki. — Ta sprawa wymaga nieszablonowych środków. Twoja wiedza jest zbyt cenna, by ją omijać w imię upodobań proceduralnych.

Między nimi przemknęło ciche porozumienie — uznanie, że zaszła zmiana nie tylko w ich zawodowej relacji, ale i w samym Jake'u. Człowiek „podręcznika" uczył się, że najcenniejsze wskazówki czasem przychodzą spoza manuala.

— Kiedy zaczynamy? — zapytała Pip, już odwracając się, by odwiązać Glittera.

— Może jutro rano? — zaproponował Jake. — Jest kilka posesji, do których chciałbym wrócić. Ty możesz — najpewniej będziesz — mieć pytania, na które mnie by nawet nie wpadło.

Pip skinęła głową, kładąc dłoń na szyi kuca. — Będę gotowa. — A potem, z figlarnym błyskiem w oczach, dodała: — To znaczy, że dostanę odznakę?

— Zdecydowanie nie — odparł Jake, choć uśmiech sam cisnął mu się na usta. — Ale mogę załatwić oficjalną kartę konsultantki.

— Też może być — oznajmiła Pip, prowadząc Glittera w stronę stajni. — Do jutra, starszy konstablu.

Gdy Jake patrzył, jak odchodzi, a kuc podąża za nią potulnie mimo wcześniejszej buntowniczości, znowu poczuł w piersi niespodziewaną lekkość. Ich partnerstwo zostało oficjalnie przypieczętowane, ale prawdziwą wartość miało to, co niewypowiedziane: rodząca się między nimi nić porozumienia, komplementarny balans podejść i perspektyw, dzięki któremu byli razem silniejsi niż każde z osobna.

Jake wjechał radiowozem na żwirowy podjazd posiadłości Melody Carter; za samochodem uniósł się kurz, gdy zbliżali się do skromnego domostwa. Obok niego Pip przeglądała notatki; drobna sylwetka ginęła w fotelu pasażera. Ubrała się praktycznie: dżinsy i zapinana koszula z logo Ridgewater na kieszeni — profesjonalnie, ale w sam raz do pracy w terenie.

— Melody od ponad dekady startuje w barrel racingu — powiedziała Pip, wsuwając notes do kieszeni. — Te klacze to lata selekcji i treningu. Hot Pepper wygrała pięć tysięcy na rodeo w Caboolture w zeszłym miesiącu i ponad dwadzieścia tysięcy w tym roku.

Jake skinął głową, parkując obok zadbanego pick-upa z doczepioną przyczepą dla koni. — I obie klacze zniknęły w dzień, kiedy była w pracy?

— Tak, tego samego dnia, kiedy ukradli klacz Diane — potwierdziła Pip. — Zbyt skoordynowane, by był to przypadek.

Przy bramie przywitała ich sama Melody Carter — szczupła, jasnowłosa kobieta o ogorzałej skórze i żylastej sile kogoś, kto codziennie pracuje fizycznie. Jej wyraz twarzy był czujny, ale pełen nadziei, gdy rozpoznała Pip.

— Pani Carter, jestem starszy konstabl Harrison — zaczął Jake formalnie. — Dziękuję, że nas pani przyjęła. Jak ustaliliśmy przez telefon, pani Rodriguez-McKenzie została włączona do dochodzenia jako oficjalna konsultantka ze względu na swoją wiedzę jeździecką.

Oczy Melody błysnęły zainteresowaniem. — W końcu policja sprowadziła kogoś, kto naprawdę zna się na koniach — powiedziała, kiwając głową do Pip. — Są jakieś wieści o moich dziewczynach?

— Jeszcze nie — odparł Jake — ale podążamy kilkoma tropami. Chcielibyśmy ponownie obejrzeć miejsce kradzieży z udziałem pani Rodriguez-McKenzie, jeśli to nie problem.

— Oczywiście — zgodziła się Melody, już ruszając w stronę padoków. — Tędy.

Gdy szli, Jake zauważył, że uwaga Pip przeskakuje między układem posesji a relacją Melody o dniu, w którym zniknęły klacze. Doszli do dużego padoku; ogrodzenie naprawiono, ale nowa część wyraźnie odcinała się od zwietrzałych słupów. Brama była zabezpieczona grubymi łańcuchami i potężną kłódką, taką, której nie ruszy żaden nożycowy obcinak; trzeba by było szlifierki kątowej. Jake wiedział już, że łańcuchy nie były nowe — należały do stałych zabezpieczeń Melody.

— Klacze były tutaj, kiedy wychodziłam do pracy o siódmej — wyjaśniła Melody, wskazując naprawioną część. — Kiedy wróciłam o czwartej, ogrodzenie było rozebrane i zniknęły.

Jake zaczął robić notatki, a Pip od razu podeszła do linii ogrodzenia.

— Zauważyła pani coś nietypowego w dniach poprzedzających kradzież? — zapytał Jake, wchodząc w znajomy rytm formalnej rozmowy. — Jakieś obce pojazdy albo osoby na posesji lub w pobliżu?

Gdy Melody się zastanawiała, Pip uklękła przy słupie, przesuwając palcami po drewnie. — Te słupy są skręcane, a nie gwoździowane, Melody, wszystkie masz tak zrobione? — zawołała.

— Tak, każdy jeden, na czterocalowych, ocynkowanych, ciężkich wkrętach — odpowiedziała Melody. — Trzymają dużo dłużej niż gwoździe.

— I nie były połamane... tylko odkręcone — wskazała Pip. — Przywieźli wiertarkę i bity.

Jake zanotował tę obserwację, pod wrażeniem szczegółu, który Pip wychwyciła od razu. — Przywiezienie takiego sprzętu wskazuje na planowanie i fachowość — skomentował. — Wiedzieli, że łatwiej i szybciej będzie zdjąć żerdzie niż ciąć łańcuchy czy kłódkę.

— Na pewno nie przypadek — zgodziła się Pip, przechodząc do oględzin gruntu za ogrodzeniem. Przykucnęła nisko, badając coś, co dla Jake'a z jego pozycji było niewidoczne. — Przyszli przygotowani.

Melody zaczęła opisywać białego pick-upa, którego zauważyła zaparkowanego przy drodze dwa dni przed kradzieżą, a Jake skrzętnie zapisywał szczegóły, jednym okiem zerkając na Pip. Przesunęła się dalej wzdłuż ogrodzenia, podążając jakby za ledwie widocznymi śladami w suchej ziemi.

— Klacze nie były poganiane — zawołała Pip, a jej głos wyraźnie niósł się przez padok. — Te ślady pokazują, że prowadzono je, po jednej. — Wskazała na wgłębienia w ziemi. — Widzisz? Odstępy między kopytami są równe, niezbite ani rozrzucone. I to jest stęp, nie kłus czy galop. Te konie szły chętnie.

Jake podszedł bliżej z notesem w ręku. Ślady były dla jego niewprawnego oka niemal niewidoczne, ale gdy Pip wskazała wzór, zaczął rozumieć. — Jak sprawili, że poszły tak spokojnie?

— Konie Melody mogą być demonami prędkości na arenie, ale wiem, że w ręku są dość spokojne i dobrze ułożone. — Pip posłała przyjaciółce uśmiech. — Jeśli złodzieje przynieśli trochę słodkiej paszy albo lukrecji, bardzo możliwe, że klacze same do nich podeszły po smakołyki. Kantary na głowę i w drogę.

Jake obserwował, jak Pip odtwarza przebieg kradzieży z precyzją, której żaden policjant by nie zapewnił. Jej rozumienie końskich zachowań i technicznych aspektów pracy z końmi sprawiło, że obraz miejsca przestępstwa nabrał ostrości.

— Ktokolwiek to zrobił, zna się na koniach — podsumowała Pip, wracając do Jake'a i Melody. — I celuje w konkretne linie krwi. To nie były przypadkowe cele. Hot Pepper i Cinnamon to czempionki barrel racingu o genetyce wartej dziesiątki tysięcy, a Cinnamon jest źrebna po High Rollerze, więc jej wartość jest jeszcze wyższa.

— Ile taki źrebak byłby wart? — zapytał Jake, łącząc kropki. — Załóżmy, że znalazłby się nieuczciwy kupiec, któremu nie zależy na możliwości reklamowania linii krwi.

— Czterdzieści, może pięćdziesiąt tysięcy jako roczniak — odparła Pip bez wahania. — Więcej, jeśli pokaże potencjał sportowy.

Brwi Jake'a nieznacznie powędrowały w górę. Wartości znacznie przewyższały jego początkowe szacunki, czyniąc kradzieże jeszcze poważniejszymi, niż przypuszczał.

Po zakończeniu rozmowy z Melody i obejrzeniu reszty posesji w poszukiwaniu dodatkowych śladów ruszyli na farmę Diane Wells, zaledwie kilka minut drogi dalej. Podobieństwa między miejscami kradzieży były widoczne od razu, gdy tylko zjechali na teren posiadłości.

— Ten sam modus operandi — zauważył Jake, gdy podeszli do padoku z kolejnym naprawionym odcinkiem ogrodzenia. — Tyle że tu ogrodzenie elektryczne, przecięte w środku dnia, gdy właścicielki nie było.

Diane Wells, kobieta po sześćdziesiątce o ciemnych, przenikliwych oczach i włosach ze srebrnymi pasmami, przywitała ich przy bramie. Jej twarz rozjaśniła się na widok Pip; od razu ujęła drobniejsze dłonie kobiety w swoje.

— Pip, dzięki Bogu, że policja wreszcie traktuje to poważnie — wyrzuciła z siebie, mówiąc szybko. —

Słyszałaś coś o Firecracker? Ma termin za trzy miesiące, a stres związany z transportem może wywołać komplikacje.

— Robimy wszystko, co możemy, Diane — zapewniła ją Pip; jej zawodowy ton nieco złagodniał przy wyraźnie zrozpaczonej właścicielce. — Starszy konstabl Harrison oficjalnie włączył mnie do pomocy przy dochodzeniu.

Jake zauważył natychmiastowe zaufanie, jakim Diane darzyła Pip — poziom więzi, którego sam nie zbudowałby tak szybko. Potwierdziło to, że prośba do Portera była słuszną decyzją.

Podczas oględzin miejsca kradzieży Pip szybko wskazała ten sam schemat: precyzyjne naruszenie ogrodzenia, ślady użycia słodkiej paszy jako przynęty i odciski świadczące o tym, że klacz wyprowadzono, a nie popędzono.

— Tu też podeszli od zawietrznej — zauważyła Pip, oglądając linię drzew za ogrodzeniem. — I wybrali najbardziej ustronną część posesji, z dala od drogi i sąsiadów.

Wskazała słabe punkty zabezpieczeń, których Jake nigdy by nie zauważył, wyjaśniając, jak położenie padoku i rozmieszczenie drzew dały złodziejom idealną osłonę.

— Firecracker jest źrebna po Stevie Ray Vonie, amerykańskim ogierze, którego potomstwo osiąga spektakularne ceny — tłumaczyła Pip Jake'owi, gdy obchodzili ogrodzenie. — Złodzieje celują w ciężarne klacze z czempionackimi liniami krwi. Budują zaplecze hodowlane, a nie tylko kradną konie na sprzedaż. — Zamyśliła się. — Ciekawa jestem, czy mają już kupione porcje nasienia, żeby wszczepiać pozostałym, nieźrebnym klaczom? Miałoby to sens. Jakby nie patrzeć, to często linia ogiera jest tą, na którą ludzie polują. Mogliby twierdzić, że matka to tylko OTT... podczas gdy tak naprawdę po obu stronach byliby czempioni. Właściciele ogierów zwykle chcą wiedzieć, dokąd trafiają ich porcje, ale niewielu ma coś przeciwko klaczom OTT — to skrót od off the track Thoroughbred, czyli koń pełnej krwi po karierze wyścigowej. A krzyżówki Quarter Horse'ów z pełnej krwi wciąż można rejestrować jako Quarter Horse'y. Kurczę, to byłoby naprawdę sprytne.

Jake patrzył, jak Pip krąży, niemal dyskutując sama ze sobą, dopracowując szczegóły możliwego procederu hodowlanego. Jej rozumienie zarówno kryminalnego schematu, jak i technicznych niuansów hodowli koni dawało wgląd, którego żadne standardowe szkolenie policyjne nie zastąpi. Jej wiedza techniczna uzupełniała jego metodykę dochodzeniową w sposób zaskakująco naturalny.

— Precyzja tych kradzieży wskazuje na organizację i fachowość — zauważył Jake, gdy wracali do samochodu. — To nie jest przypadkowa akcja.

— Zdecydowanie nie — zgodziła się Pip, dopasowując swój drobny krok do jego celowo skróconego. — Dokładnie wiedzą, które klacze dają maksymalną wartość, kiedy właścicieli nie ma, i jak podejść, by nie spłoszyć koni. To ktoś świetnie obeznany z jeździeckim światem — i z zawodnikami oraz hodowcami mieszkającymi w tej okolicy.

Jake skinął głową, otwierając jej drzwi od strony pasażera bardziej z przyzwyczajenia niż z namysłu. — Twoje spostrzeżenia już znacząco popchnęły śledztwo — przyznał, gdy usiedli w aucie. — Rzeczy, których zupełnie bym nie wychwycił.

Pip zerknęła na niego, a kąciki jej ust drgnęły uśmiechem. — Po to mnie wziąłeś, prawda? Dla mojego fachowego oka i ujmującej osobowości?

Nutka droczenia w jej głosie wywołała u Jake'a krótki śmiech. — To pierwsze — owszem — odparł, uruchamiając silnik. — To drugie to miły bonus.

Gdy odjeżdżali, Jake pomyślał, jak bardzo ich współpraca okazała się skuteczniejsza niż jego samotne działania. Ekspertyza Pip wypełniała kluczowe luki w jego rozumieniu, a jego metodyczność dawała strukturę do porządkowania i dokumentowania jej wniosków. Razem mieli realną szansę dorwać złodziei i odzyskać skradzione klacze — w tym Honey.

Rozdział Dziesiąty

Pip zmrużyła oczy przed południowym słońcem, oglądając skromne stajnie Martina Wattleya. W odróżnieniu od nienagannych obiektów Ridgewater czy nawet dobrze utrzymanej posesji Melody Carter, u Wattleya wszystko miało wyraźnie obszarpany charakter, który natychmiast uruchamiał jej zawodowe instynkty. Poidła wymagały czyszczenia, paśniki stały puste, a kilka koni widocznych na padokach miało matową sierść — jak u zwierząt, o które dbano dostatecznie, ale na absolutnym minimum. Nigdy nie lubiła przywozić tu kucyków, żeby Martin sprzedawał je w komis, jednak położenie jego stajni przy dużym węźle autostradowym czyniło go wygodnym pośrednikiem dla niektórych kupujących. Dziś jednak była

tu służbowo, jako konsultantka przy policyjnym śledztwie
— rola nowa i wciąż nieco niewygodna po zaledwie dwóch
dniach.

— Do standardów Ridgewater to temu daleko —
skomentował cicho Jake, gdy zbliżali się do głównej
stodoły.

— Nawet w przybliżeniu nie — przytaknęła
Pip, zauważając urwany skobel w drzwiach boksu,
prowizorycznie związany sznurkiem do bel. — Martin tnie
koszty, gdzie tylko się da. Dlatego rok temu przestałam
korzystać z jego usług jako agenta.

Znała Martina Wattleya od czasu, gdy wyszła za Kita
i przeprowadziła się do Ridgewater — wystarczająco
długo, by wiedzieć, jaką ma opinię. Przeciętny
jeździec o wygórowanych ambicjach, po nieudanych
próbach zakwalifikowania się do poważniejszych zawodów
wykreował się na trenera i pośrednika sprzedaży. Jego
klientelę stanowili głównie rodzice, którzy nie wiedzieli,
na co patrzeć: posyłali dzieci na lekcje, bo był najtańszym
trenerem w okolicy, a potem kupowali im pierwsze kucyki,
nie rozpoznając oznak kiepskiej jazdy i złych nawyków.

Z obory wyszedł Martin, a jego pokaźny brzuch napinał
polo z napisem Wattley Equestrian. Rzednące włosy miał
zaczesane do tyłu mimo upału, a uśmiech nie sięgnął oczu,
gdy dostrzegł Pip, przenosząc wzrok obok niej na Jake'a. —
Policja, świetnie. Zgłosiłem uszkodzenie ogrodzenia trzy
dni temu.

Pip zauważyła, jak Martin celowo zwraca się do Jake'a, a
nie do niej, choć znał ją od lat. Typowe. Spotykała się z tym
zachowaniem niezliczoną ilość razy, zwłaszcza u mężczyzn,
którzy nie potrafili pogodzić jej kompetencji z drobną
posturą i pochodzeniem etnicznym.

— Starszy Konstabl Harrison — przedstawił
się formalnie Jake. — Pani Rodriguez-McKenzie
współpracuje z nami przy śledztwie w sprawie ostatnich

kradzieży koni. Rozumiem, że zgłosił Pan uszkodzenie ogrodzenia w tylnym padoku?

Martin skinął głową i poprowadził ich wokół podniszczonej stodoły w kierunku tylnego pola. — Znalazłem to wczoraj rano. Cięcie czyste, dokładnie jak w tych reportażach o skradzionych klaczach. Pomyślałem, że będziecie chcieli wiedzieć, zwłaszcza że ostatnio tyle tych obcych elementów robi kłopoty.

Pip poczuła, jak kręgosłup sztywnieje na ten znajomy dogmatyczny podtekst, ale zachowała profesjonalny wyraz twarzy. Dawno temu nauczyła się, że reakcja daje takim jak Martin tylko satysfakcję.

Uszkodzenie ogrodzenia było widoczne już z kilku metrów: odcinek drutu równo przecięty między dwoma słupkami.

— Czy w tym padoku były trzymane jakieś konie, Panie Wattley? — zapytał Jake, gdy Pip podeszła obejrzeć ogrodzenie.

— W tej chwili nie — odparł Martin, kołysząc się na piętach. — Pusty od około tygodnia. Planowałem przenieść tu konie klientów w przyszły weekend.

Pip przyjrzała się ziemi wokół ogrodzenia, nie znajdując żadnych charakterystycznych śladów z miejsc faktycznych kradzieży. Zamiast tego dostrzegła coś dziwnego w samym cięciu.

— Te końcówki drutu nie pasują do pozostałych kradzieży — powiedziała cicho do Jake'a. — U Diane cięcia były czyste, profesjonalne. Tutaj są lekko postrzępione, jakby zrobione zwykłymi kombinerkami, a nie porządnymi narzędziami do ogrodzeń.

Zanim Jake zdążył odpowiedzieć, ich uwagę przyciągnął charakterystyczny pomruk drogiego silnika. Po żwirowym podjeździe podjechał lśniący czarny Range Rover, za którym mimo dość wolnej jazdy unosił się obłok kurzu.

Pip mimowolnie ścisnęło się w żołądku. Rozpoznałaby ten samochód wszędzie. I rzeczywiście — z auta wysiadła

Vivienne Ashford niczym aktorka wchodząca na scenę. Rudy blask włosów kaskadowo spływał jej idealnie na ramiona czegoś, co wyglądało na zupełnie nowy strój jeździecki: białe bryczesy i wysokie oficerki ujeżdżeniowe z — Pip ledwo wierzyła własnym oczom — błyszczącymi kryształkami na górnych brzegach cholewek. Same te buty kosztowały pewnie więcej niż miesięczne rachunki Pip za paszę, a ich lśniąca skóra nie nosiła śladu realnego kontaktu z końmi. Z tego, co wiedziała Pip, Vivienne nigdy nawet nie siedziała w siodle. Wyglądała śmiesznie.

— No oczywiście — mruknęła pod nosem Pip, tylko na tyle głośno, by Jake usłyszał. — Jakby ten dzień nie był już dość skomplikowany.

Cała postawa Martina się zmieniła; wypiął pierś i ruszył przywitać Vivienne. — Nie musiała Pani fatygować się aż tutaj — zawołał, choć zadowolony wyraz twarzy sugerował co innego.

— Daj spokój, Martin — odparła Vivienne, drobiąc w tych komicznych oficerkach i ściskając skórzaną teczkę. — Gdy wspomniałeś, że policja wreszcie prowadzi dochodzenie, wiedziałam, że powinnam przynieść moje materiały osobiście.

Zawiesiła spojrzenie na Jake'u, a na starannie umalowanej twarzy rozkwitł wyćwiczony uśmiech. Potem przeniosła oczy na Pip i uśmiech zauważalnie stwardniał w kącikach.

— Starszy Konstabl Harrison — przywitała się ciepło, po czym dodała z wyraźnie mniejszym entuzjazmem: — oraz Pani Rodriguez-McKenzie. Jakże... interesująco widzieć Panią tutaj.

Pip skinęła zawodowo, choć w duchu odliczała wstecz od dziesięciu — sztuczka, której nauczyła ją mama na trudnych ludzi. — Pani Ashford.

Vivienne znów zwróciła się do Jake'a, umyślnie stając między nim a Pip. — Martin zadzwonił do mnie w sprawie uszkodzenia ogrodzenia, wiedząc, że gromadzę informacje o podejrzanych zdarzeniach w naszej okolicy. Kiedy usłyszałam, że Pan dziś przyjeżdża, pomyślałam, że mogę się przydać. — Potrząsnęła wymownie teczką, a jej perfumy uniosły się nad wiejskim powietrzem niczym niewidzialna chmura. — Sporządziłam listę *podejrzanych* osób w okolicy.

Akcent położony na słowie „podejrzanych" sprawił, że szczęka Pip nieznacznie się zacisnęła. Już wcześniej słyszała od Vivienne ten konkretny sygnał, zawsze z jasną implikacją, ale nigdy dość dosłowną, by dało się to wprost wytknąć. Dla kogoś nieobeznanego z tym schematem mogło to brzmieć jak szczera troska o społeczność. Pip wiedziała swoje.

— Jakże uprzejmie — powiedziała, nie do końca potrafiąc stłumić suchość tonu. Spojrzała na Martina, którego mina potwierdziła jej podejrzenia, że to skoordynowana akcja. Uszkodzenie ogrodzenia, punktualne pojawienie się Vivienne z jej „materiałami"... nic tu nie wyglądało na przypadek. Była przy tym niemal pewna, że żadne z nich nie spodziewało się, iż Pip będzie towarzyszyć Jake'owi.

Jake zachował profesjonalny spokój, choć Pip dostrzegła lekkie napięcie wokół jego oczu. — Jeżeli ma Pani informacje istotne dla sprawy, istnieją właściwe kanały, żeby je przekazać.

Vivienne machnęła niedbale zadbana dłonią. — Och, to zbyt ważne na papierologię i biurokrację. Od jakiegoś czasu sprawdzam hodowle, które ruszyły w ostatnich latach, zwłaszcza te o... nietradycyjnym tle. — Jej wzrok znacząco mignął w kierunku Pip. — Tak ważne jest, by chronić nasze ugruntowane jeździeckie tradycje przed zewnętrznymi wpływami, które mogą nie podzielać naszych wartości.

Implicytna sugestia zawisła w powietrzu, a cel był oczywisty. Pip poczuła, jak policzki delikatnie jej płoną, ale wyraz twarzy pozostał neutralny — lata praktyki.

Taktyka Vivienne była znajoma: nigdy dość jawna, by nazwać ją rasizmem, zawsze z zachowaniem wiarygodnego zaprzeczenia, a jednak na tyle czytelna, by przekaz trafił do zamierzonego odbiorcy.

Martin z zapałem pokiwał głową. — Vivienne pilnuje, kto się wprowadza. Bardzo prospołeczna postawa.

— Bardzo — zgodziła się Pip bezbarwnie, łapiąc na moment spojrzenie Jake'a — niemą wymianę porozumienia. Oboje wiedzieli, z czym mają do czynienia: próbą wykolejenia śledztwa i być może skierowania podejrzeń na samą Pip lub innych, których Vivienne uznała za „obcych".

Vivienne ustawiła się bliżej Jake'a, ciałem częściowo wykluczając Pip z rozmowy. Pip widziała to setki razy na zawodach i spotkaniach społeczności — subtelny sposób budowania hierarchii. W świecie Vivienne Pip powinna stać na obrzeżu, a nie ramię w ramię z wysokim, budzącym respekt policjantem.

— Myślę, że moje obserwacje okażą się dla Pana szczególnie cenne — ciągnęła Vivienne, mówiąc wyłącznie do Jake'a i niemal ignorując obecność Pip. — Mam kontakty w jeździeckiej elicie, które mogą być bardzo pomocne w Pańskim dochodzeniu.

Pip zachowała zawodowy spokój mimo prowokacji i skupiła się na dalszych oględzinach ogrodzenia. Wzór cięcia był zdecydowanie niezgodny z innymi miejscami kradzieży, a ona podejrzewała, że całą tę scenę zaaranżowano, by zmarnować im czas i potencjalnie odwrócić uwagę od prawdziwych sprawców, którzy kradli cenne klacze.

Najbardziej nie niepokoiły ją przezroczyste próby Vivienne zepchnięcia jej na margines, lecz to, że takie odwracanie uwagi mogło opóźnić odnalezienie Honey i pozostałych skradzionych klaczy. Z każdym dniem szanse na odzyskanie malały, a Pip nie mogła pozwolić, by małostkowe gierki Vivienne przeszkadzały w śledztwie.

Dlatego nie odezwała się ani słowem, konsekwentnie badając ślady, podczas gdy Vivienne trzepotała designerskimi rzęsami do Jake'a, a Martin kręcił się obok bez pożytku. Jej matka nie wychowała jej po to, by marnowała energię na ludzi pokroju Vivienne Ashford. Miała konie do odnalezienia i pracę do wykonania, a żadne drogie perfumy ani markowe oficerki nie odciągną jej od tego celu.

— Doceniam Pani troskę o lokalną społeczność, Pani Ashford — powiedział Jake tonem profesjonalnie uprzejmym, choć Pip wychwyciła w jego postawie to charakterystyczne usztywnienie, które zdołała już rozpoznać jako oznakę dyskomfortu. — Muszę jednak doprecyzować, że to oficjalne postępowanie policyjne prowadzone według ustanowionych procedur. — Wskazał subtelnie, lecz wyraźnie na Pip — gest, który nie umknął jej uwadze. — Pani Rodriguez-McKenzie została oficjalnie włączona do zespołu śledczego jako konsultantka ze względu na szczególne kompetencje w sprawach końskich.

Uśmiech Vivienne pozostał na miejscu, choć Pip dostrzegła lekkie napięcie wokół oczu. — Oczywiście, i jestem pewna, że posiada ona wielką... wiedzę w pewnych zakresach. — Przeniosła ciężar ciała, znów przysuwając się bliżej Jake'a. — Jednak sądzę, że moje kontakty w ugruntowanym środowisku jeździeckim mogą dać wgląd z bardziej *tradycyjnej* perspektywy.

Akcent na słowo „tradycyjnej" aż prosił się o przewrócenie oczami, ale lata mierzenia się z takimi kuksańcami doskonale wyćwiczyły zawodową maskę Pip. Dalej oglądała ogrodzenie, w myślach katalogując rozbieżności względem miejsc prawdziwych kradzieży, i jednocześnie słuchała rozmowy.

— Z moich ustaleń wynika, że w regionie w ciągu ostatnich trzech lat powstało kilka nowych hodowli — ciągnęła Vivienne, otwierając teczkę z drobiazgowo uporządkowanymi dokumentami. Jej dłoń musnęła ramię

Jake'a, gdy wskazała listę nazwisk. — Niektóre o dość wątpliwym tle i zaskakująco szybkim pozyskaniu cennego materiału hodowlanego.

Pip natychmiast rozpoznała metodę. Vivienne nikogo nie oskarżała wprost, zachowując pozory i jednocześnie zasiewając podejrzenia. To ten sam zabieg, co w jej wpisach w mediach społecznościowych — starannie skonstruowanych tak, by uniknąć jawnej ksenofobii, a mimo to całkiem czytelnych dla docelowego odbiorcy.

— Ma Pani jakieś konkretne dowody łączące te hodowle z kradzieżami? — zapytał Jake, odsuwając się nieco, by zachować zawodowy dystans.

Uśmiech Vivienne na moment przygasł, nim się pozbierała. — Cóż, sama zbieżność czasowa rodzi pytania, prawda? Te konkretne działalności — stuknęła znacząco w kartkę — zaczęły się mniej więcej wtedy, gdy kradzieże nasiliły się. Poza tym prowadzą je osoby bez ugruntowanej historii w naszej społeczności.

Czyli, mówiąc jej językiem: nie są białymi Australijczykami ze starych pieniędzy, pomyślała Pip, uparcie skupiając się na ogrodzeniu. Z takim rodzajem uprzedzeń mierzyła się od dzieciństwa w Australii: założeniem, że jej „obce" pochodzenie z definicji czyni ją podejrzaną lub mniej „prawdziwą". Nawet po uzyskaniu obywatelstwa, nawet po ślubie z członkiem jednej z najstarszych okolicznych rodzin, nawet po zbudowaniu dochodowego biznesu, dla ludzi pokroju Vivienne wciąż pozostawała „obca" — i zawsze nią będzie — przez kolor skóry.

— Z pewnością przejrzę wszystkie informacje, które mogą być istotne — odparł Jake, utrzymując neutralny ton. — Nasze dotychczasowe ustalenia sugerują jednak, że za kradzieżami stoi zorganizowana grupa z konkretną wiedzą o cennym materiale hodowlanym — szczególnie o klaczach źrebnych po ogierach-czempionach.

Pip uniosła wzrok, na moment łapiąc spojrzenie Jake'a. Jego subtelny skinieniem potwierdził to, co podejrzewała: nie dał się nabrać na próbę przekierowania uwagi przez Vivienne.

— Właśnie o to mi chodzi — podchwyciła Vivienne, znów przysuwając się bliżej mimo wyraźnego dyskomfortu Jake'a z taką bliskością. — Te nowe hodowle skupiają się konkretnie na programach rozrodu. Potrzebują cennych linii, żeby się uwiarygodnić — a czy jest szybsza droga niż po prostu wziąć to, czego chcą?

Martin obok niej kiwał głową tak energicznie, że aż podskakiwał. — Dokładnie to mówiłem Vivienne. Te obce elementy nie szanują praw własności tak jak starzy, porządni Australijczycy.

Pip przygryzła wnętrze policzka, skupiając się na ogrodzeniu zamiast dać się sprowokować. Drut w ogrodzeniu Martina wyraźnie przecięto innymi narzędziami niż tam, gdzie doszło do prawdziwych kradzieży. Brak resztek słodkiej paszy czy śladów kopyt tylko utwierdził ją w przekonaniu, że ta scena została ustawiona — najpewniej przez samego Martina, gdy usłyszał o innych kradzieżach.

— Nasze śledztwo opiera się na dowodach, Panie Wattley — powiedział Jake stanowczo. — I nie formułujemy założeń na podstawie pochodzenia właścicieli koni.

Uśmiech Vivienne jeszcze bardziej się naprężył. — Oczywiście, Panie Starszy Konstablu. Sugeruję jedynie, że nowsze działalności bez wyrobionej renomy mogą zasługiwać na dokładniejsze przyjrzenie się. — Jej dłoń znów dotknęła ramienia Jake'a, tym razem na dłużej. — Może omówilibyśmy moje materiały przy kolacji? Country club ma znakomitego szefa kuchni, a mogłabym przedstawić Panu kilku prominentnych członków naszej społeczności, którzy podzielają moje obawy.

Pip zachowała starannie neutralny wyraz twarzy, choć nie uszło jej uwagi, jak Jake odsunął się od dotyku, utrzymując zawodowe granice mimo coraz bardziej oczywistych zalotów Vivienne.

— Dziękuję za propozycję, Pani Ashford, ale ściśle oddzielam obowiązki zawodowe od spotkań towarzyskich — odparł Jake, uprzejmie, lecz twardo. — Jeśli ma Pani informacje istotne dla sprawy, proszę przekazać je oficjalnymi kanałami na komisariacie.

Na perfekcyjnych rysach Vivienne przemknęła irytacja, nim przykryła ją kolejnym wyćwiczonym uśmiechem. — Cóż, może innym razem, kiedy nie będzie Pan tak... zajęty sprawami służbowymi. — Jej wzrok ześlizgnął się po Pip z lekceważeniem, po czym wrócił do Jake'a. — Mam nadzieję, że rozważa Pan wszystkie możliwe kierunki, nie tylko te najbardziej oczywiste.

— Postępujemy zgodnie z procedurą i za dowodami — zapewnił ją Jake, a jego ton wyraźnie się ochłodził. — A teraz, jeśli Pani pozwoli, Pani Rodriguez-McKenzie i ja musimy dokończyć oględziny tego miejsca.

Odprawa była uprzejma, ale nie do pomylenia z czymś innym. Postawa Vivienne lekko stężała, a uśmiech stał się kruchy na krawędziach. Przez moment Pip sądziła, że Vivienne jeszcze spróbuje naciskać, lecz najwyraźniej nawet ona poznała, kiedy dotarła do granicy tego, co mogła osiągnąć.

— Oczywiście — powiedziała, zatrzaskując teczkę z większą siłą, niż było trzeba. — Nie chciałabym przeszkadzać właściwej procedurze. — Zwróciła się do Martina z przesadnym westchnieniem. — Zostawię ci materiały, żebyś je przekazał. Może poważniej się je potraktuje, kiedy przedstawi je ktoś inny.

Wymowne spojrzenie, jakie posłała Pip, mówiło jasno, że odmowa Jake'a musi wynikać z wpływu Pip, a nie z jego własnego profesjonalnego osądu. Tak przewidywalne, że Pip prawie zrobiło się jej żal. Prawie.

Odejście Vivienne było równie teatralne, co jej przyjazd: silnik Range Rovera zawył bez potrzeby, gdy perfekcyjnie wykonała manewr zawracania na trzy, po czym zniknęła na podjeździe w chmurze kurzu. Martin chwilę się jeszcze miotał, mruknął coś o sprawdzeniu koni i uciekł w stronę stodoły.

Gdy zostali sami, Jake odwrócił się do Pip z lekko skrzywioną miną. — Przepraszam za to zakłócenie.

Pip pokręciła głową, a na jej ustach, mimo woli, zatańczył cień uśmiechu. — To nie Pana wina. Vivienne robi to, co Vivienne robi.

— Mimo wszystko — upierał się Jake — jej komentarze były nie na miejscu i mogły utrudnić śledztwo.

Pip doceniała, że właściwie odczytał sytuację, ale dawno nauczyła się nie rozpamiętywać takich spotkań. — Jestem przyzwyczajona do takich ludzi — stwierdziła krótko, wracając do ogrodzenia. — Ciekawsze jest to uszkodzenie. Nie zgadza się z naszymi miejscami kradzieży, zwłaszcza że nic nie zniknęło i w tym padoku nawet nie było koni. Szczerze mówiąc, wątpię, by miał tu klacz wartą więcej niż kilka tysięcy dolarów — nic, co opłacałoby się złodziejom. To wygląda na ustawkę, najpewniej zaaranżowaną przez samego Martina, kiedy usłyszał o innych kradzieżach w wiadomościach.

— Ale dlaczego? — zapytał Jake, kucając obok niej, by z bliska obejrzeć przecięty drut.

— Dla rozgłosu? Wyłudzenie odszkodowania? Albo po prostu próba wciśnięcia się w głośne śledztwo — zasugerowała Pip. — Martin zawsze miał o sobie wyższe mniemanie, niż na to zasługuje. Spojrzała w stronę stodoły, w której zniknął Martin. — Choć podejrzewam, że to Vivienne namówiła go, żeby do Pana zadzwonił, dając jej pretekst, by pojawić się ze swoim rzekomym opracowaniem.

Wyraz twarzy Jake'a nieco pociemniał. — Wykorzystywanie zasobów policji do prywatnych celów jest nie do przyjęcia.

— Oto urok polityki małych miasteczek — odparła Pip z krzywym uśmiechem. — Tu prywatne i zawodowe nigdy się do końca nie rozdziela. Ta hodowla, przed którą próbowała Pana ostrzec? Rodzina jest z RPA... a żona nie jest biała.

— I czemu mnie to ani trochę nie dziwi? — rzucił Jake retorycznie.

— To wspaniali ludzie. Kupili od Emmy kilka byłych folblutów z toru i hodują oraz trenują konie do polo, na które zawodowcy bardzo polują. Nie mam wątpliwości, że potrafią udokumentować każdego konia w swojej stajni równie dobrze jak ja, ale chętnie Pana z nimi zapoznam, jeśli Pan chce.

— Tylko jeśli Pani uważa, że mogą mieć informacje istotne dla naszego śledztwa. Stracili jakieś klacze?

— Jeszcze nie, nie na ile wiem. Możliwe, że złodzieje nie mają odbiorców w środowisku polo. — Pip wzruszyła ramionami. — Ale... konie do polo i, powiedzmy, konie do reiningu? To bardzo specyficzny typ, z wieloma wspólnymi cechami. Zadzwonię może do Tony'ego i Mairy. Ostrzegę ich, żeby trzymali klacze blisko — zwłaszcza te źrebne.

— Dobry plan — przytaknął Jake. — I proszę ich poprosić, żeby pilnowali kamer. Niech dadzą nam znać, jeśli zauważą w okolicy kogoś podejrzanego.

Zakończyli dokumentowanie miejsca zdarzenia, a Jake sfotografował zniszczenia. Mimo prób ingerencji Vivienne Pip zdała sobie sprawę, jak łatwo ona i Jake wrócili do swojego roboczego rytmu. Cenił jej spostrzeżenia bez zastrzeżeń, włączał jej wiedzę do swojego metodycznego procesu bez tej zwłoki, z jaką często spotykała się u innych funkcjonariuszy.

Gdy wracali do radiowozu, Jake zerknął w stronę stodoły, gdzie Martin udawał zajętego. — Czy Pani zdaniem powinniśmy oficjalnie go ostrzec przed składaniem fałszywych zawiadomień?

Pip rozważyła pytanie, ważąc satysfakcję z oglądania, jak Martin się wierci, przeciwko praktycznej korzyści z utrzymania dostępu do jego posiadłości i kontaktów. — Jeszcze nie — zdecydowała. — Może mieć naprawdę przydatne informacje, nawet jeśli to konkretne zgłoszenie było zmyślone. Na razie lepiej, żeby pozostał skłonny do współpracy.

Jake skinął głową, przyjmując jej ocenę bez dyskusji. To drobiazg, ale Pip poczuła ciepły przypływ wdzięczności za szacunek dla jej osądu. Po latach, gdy jej kompetencje kwestionowano lub zbywano, praca z kimś, kto po prostu uznawał jej wiedzę za wartościową, okazała się zaskakująco pokrzepiająca.

— Wracamy na komendę? — zapytał Jake, gdy dotarli do pojazdu.

— Tak — zgodziła się Pip. — Myślę, że powinniśmy zaktualizować analizę schematu kradzieży i wykluczyć to miejsce. To tylko rozprasza właściwe śledztwo.

Gdy odjeżdżali z posiadłości Wattleya, Pip złapała się na tym, że rozmyśla o tym, jak rozwinęła się ich współpraca mimo prób Vivienne, by ją podkopać. Między nimi była teraz swoboda, naturalny rytm dawania i brania, który czynił ich partnerstwo zaskakująco skutecznym. Proceduralna drobiazgowość Jake'a uzupełniała jej praktyczną wiedzę, tworząc pełniejsze podejście do dochodzenia, niż każde z nich osiągnęłoby osobno.

A jeśli pod ich zawodową współpracą kiełkowało coś jeszcze, coś, co przyspieszało jej puls, gdy przypadkiem musnęły się ich dłonie albo gdy bez wahania prosił o jej zdanie — to był kłopot na inny dzień. Teraz musieli odnaleźć klacze i złapać złodziei, a Pip nie zamierzała pozwolić, by cokolwiek, a już zwłaszcza drobne machinacje Vivienne Ashford, odciągało ich od tego celu.

Pip czuła się zupełnie nie na miejscu w sali konferencyjnej posterunku policji w Ridgemont, otoczona jarzeniówkami i urzędniczymi meblami zamiast zwyczajowych, pachnących sianem stajni i otwartych padoków. Duża tablica z materiałem dowodowym dominowała jedną ścianę, a akta spraw i fotografie przykrywały centralny stół, przy którym Jake metodycznie układał ustalenia z dzisiejszych oględzin. Mimo początkowego dyskomfortu w tym formalnym otoczeniu Pip złapała rytm pracy, gdy porządkowali śledztwo. Popołudnie spędziła, tworząc złożony wykres rodowodów i wartości hodowlanych skradzionych klaczy, przekładając swoją specjalistyczną wiedzę na format, który pomoże policji zrozumieć, dlaczego to właśnie te konie stały się celem.

— Te powiązania są imponujące — skomentował Jake, przeglądając jej wykres. — Ustaliła Pani wyraźne schematy, których sam bym nie dostrzegł.

Pip skinęła głową, z zawodową dumą oglądając swoją pracę. — Złodzieje nie zabierają przypadkowo cennych koni. Celują konkretnie w klacze z czempionackimi rodowodami, zwłaszcza te źrebne po uznanych ogierach. — Stuknęła palcem w fragment wykresu. — Te trzy klacze noszą źrebięta, które byłyby warte setki tysięcy nawet na czarnym rynku, nie licząc już wartości samych matek.

Jake zaczął układać wzdłuż górnej krawędzi tablicy zdjęcia miejsc kradzieży, każde opisane precyzyjnymi danymi o datach, godzinach i zastosowanych metodach. Jego sposób organizacji był drobiazgowy — każdy element trafiał na miejsce z dbałością o chronologię i znaczenie. Pip patrzyła z cichym uznaniem, dostrzegając, jak jego uporządkowana metodologia dopełnia jej bardziej intuicyjne skojarzenia.

— Musimy dodać te powiązania hodowlane w górnej części — powiedziała, zbierając papiery. Tablica sięgała niemal sufitu, a jej najwyższy rząd był zdecydowanie poza zasięgiem Pip.

Nie mówiąc nic, Pip przysunęła pobliskie krzesło i wspięła się na nie z wykresami w dłoniach. Bardziej poczuła, niż zobaczyła, że Jake podchodzi bliżej — zapewne gotów ją przytrzymać — ale celowo nie spojrzała w jego stronę. Lata pracy z końmi wielokrotnie większymi od niej samej nauczyły ją zaciętej samodzielności w radzeniu sobie ze swoimi ograniczeniami.

— Dam radę — uprzedziła, wyciągając się, by przypiąć wykres rodowodów obok osi czasu Jake'a. Krzesło lekko się zachwiało, ale utrzymała równowagę.

— Nie zamierzałem ingerować — odparł Jake, choć w jego głosie słychać było uśmiech. — Tylko obserwowałem zawodową skrupulatność.

Pip zerknęła na niego w dół i dostrzegła, że jego niebieskie oczy były cieplejsze niż zwykle, a pod zawodową powściągliwością mignął cień podziwu. Coś zadrżało jej w piersi z przyczyn niezwiązanych z balansowaniem na krześle, ale szybko wróciła do zadania.

Gdy wykres rodowodów trafił na miejsce, tablica śledcza nabrała pełniejszej struktury. Metodyczna oś czasu kradzieży Jake'a połączyła się z analizą wartości hodowlanych i rodowodów Pip z boku, tworząc wizualną reprezentację ich uzupełniających się podejść.

— Teraz musimy zmapować schematy transportu — powiedziała, schodząc z krzesła i wyciągając kolejny wykres, który przygotowała. — Terminy tych kradzieży odpowiadają międzystanowym zezwoleniom transportowym składanym przez trzy konkretne firmy.

— Jake skinął głową, robiąc miejsce na stole na nowy diagram. — Wystąpiłem o pełne rejestry zezwoleń z ostatnich sześciu miesięcy.

Pip złapała się na tym, że podziwia, jak szybko przekuwa jej specjalistyczną wiedzę w konkretne kroki dochodzeniowe. W przeciwieństwie do wielu urzędników, których spotykała, Jake nigdy nie kwestionował ważności jej ekspertyzy ani nie zbywał jej uwag jako błahych. Jego szacunek dla jej zawodowej wiedzy był orzeźwiająco partnerski.

Drzwi sali konferencyjnej otworzyły się i wszedł sierżant Porter, z krawatem już poluzowanym, choć była dopiero czwarta po południu. Obejrzał ich pracę z uniesionymi brwiami.

— Imponujący układ — skomentował, podchodząc bliżej, by obejrzeć tablicę. — To bardziej uporządkowane niż większość śledztw w sprawach poważnych przestępstw, które widziałem.

— Starszy konstabl Harrison ma wyjątkowy system — odparła Pip, doceniając metodyczny wpływ Jake'a na strukturę tablicy.

— A pani Rodriguez-McKenzie dostarczyła kluczowego kontekstu do zrozumienia wzorca — dodał płynnie Jake. — Jej analiza rodowodów pokazała, dlaczego na cel wzięto właśnie te klacze.

Porter skinął głową, wydymając policzki na widok długiego szeregu zer przy szacunkowych wycenach Pip.

— Rozumiem, czemu chciał ją pan w zespole, Harrison. Solidna robota. — Zwrócił się do Pip, jego wyraz twarzy był bardziej pełen szacunku niż rano. — Pani wiedza jest niewątpliwie cenna dla tego śledztwa, Pani Rodriguez-McKenzie.

— Dziękuję, panie sierżancie — odparła Pip, dziwnie ucieszona oficjalnym uznaniem, choć już dawno przestała go szukać. — Posuwamy się naprzód, ale czas jest kluczowy, skoro w grę wchodzą klacze źrebne.

— Proszę mnie informować na bieżąco — powiedział Porter, kierując się ku drzwiom. — I dobra decyzja, by uznać uszkodzenie ogrodzenia u Wattleya za niezwiązane. Zdecydowanie inny modus operandi. — Zawahał się, zerkając między nimi z lekko znaczącym wyrazem twarzy. — Wy dwoje chyba dobrze ze sobą współpracujecie.

Gdy Porter wyszedł, dalej dopracowywali swoją analizę, a popołudnie płynnie przechodziło w wieczór. Ktoś z recepcji przyniósł kawę na wynos, którą przyjęli z wdzięcznością. Pip objęła kubek drobnymi dłońmi; ten znajomy rytuał pomagał jej osadzić się w obcym otoczeniu.

— Musimy dokładniej sprawdzić te firmy transportowe — stwierdziła, studiując mapę potencjalnych tras przewozu koni między stanami. — Jeśli używają legalnych przedsiębiorstw jako przykrywek, gdzieś muszą być niespójności w dokumentacji.

— Jake skinął głową, upijając kawy. — Wystąpiłem o zatwierdzenie nakazu na dostęp do pełnej dokumentacji. Powinien przejść jutro rano.

Pip poczuła przypływ optymizmu. W zaledwie jeden dzień oficjalnej współpracy znacząco posunęli śledztwo naprzód, tworząc spójne ramy zrozumienia kradzieży, których żadne z nich nie zdołałoby zbudować samodzielnie.

— Tworzymy dobry zespół — zauważył cicho Jake, wyrażając jej myśli.

Pip uniosła wzrok, dostrzegając, że jego wyraz twarzy był bardziej otwarty niż zwykle, a sztywna profesjonalność złagodniała wyraźną sympatią. — Lepszy, niż się Pan spodziewał? — drobnie zażartowała.

— Inny — przyznał z lekkim uśmiechem. — Pani podejście uzupełnia moje w sposób, którego się nie spodziewałem.

Chwila przeciągnęła się między nimi, nabrzmiała czymś więcej niż zawodowym szacunkiem. Pip poczuła, że policzki lekko jej płoną pod jego stałym spojrzeniem, a wspomnienie ich krótkiego pocałunku w Ridgewater nagle stało się żywe, mimo że starała się zachować zawodowe skupienie.

Ostry dzwonek telefonu przerwał moment. Jake odebrał z zawodową zwięzłością, a jego wyraz twarzy subtelnie się zmienił, gdy rozpoznał rozmówczynię.

— Tak, pani Ashford, rozumiem, że uważa Pani, iż ma pilne informacje — powiedział, a jego ton wyraźnie się ochłodził.

Pip mimowolnie się spięła na dźwięk imienia Vivienne, szykując się na kolejną rundę ledwie maskowanych oskarżeń. Ku jej zaskoczeniu Jake nacisnął przycisk głośnomówiący, pozwalając, by głos Vivienne wypełnił salę konferencyjną.

— Naprawdę muszę nalegać na rozmowę na osobności, starszy konstablu — mówiła Vivienne miodowym, lecz natarczywym tonem. — Te informacje są wyjątkowo wrażliwe i powinny być omawiane bez... pewnych osób.

Oczy Jake'a spotkały się z oczami Pip ponad stołem, a między nimi przemknęło milczące porozumienie. — Pani Ashford, pani Rodriguez-McKenzie jest oficjalną konsultantką w tym postępowaniu i ma pełne uprawnienia. Wszelkie informacje dotyczące sprawy mogą być przekazywane nam obojgu.

Pip poczuła niespodziewane ciepło, gdy tak jawnie ją włączył. Mógł bez trudu przyjąć rozmowę prywatnie, utrzymując dystans, na którym wyraźnie zależało Vivienne, a jednak wybrał podkreślenie ich partnerstwa.

— Cóż — głos Vivienne wyraźnie spochmurniał — jeśli taka jest Pana wola. Miałam jednak nadzieję omówić to przy kolacji, gdzie moglibyśmy przejrzeć moje ustalenia w bardziej... komfortowych okolicznościach.

— Jak już wspominałem, ściśle rozdzielam obowiązki zawodowe od spotkań towarzyskich — odparł stanowczo Jake. — Jeśli ma Pani informacje istotne dla śledztwa, proszę je złożyć właściwą drogą na komendzie w godzinach pracy.

Cisza, która zapadła, wyraziła niezadowolenie Vivienne wyraźniej niż słowa. Gdy odezwała się ponownie, w jej tonie nie było już cienia ciepła.

— Rozumiem. Cóż, być może gdy będzie Pan miał więcej czasu, by rozważyć implikacje mojego opracowania, dostrzeże Pan jego wartość. Dobrego wieczoru, starszy konstablu.

Połączenie zostało przerwane, zanim Jake zdążył odpowiedzieć. Odstawił słuchawkę, a jego wyraz twarzy był dla większości nieczytelny, choć Pip zaczęła już rozpoznawać subtelne zmarszczenie wokół oczu oznaczające frustrację.

— Przepraszam za to — powiedział, wracając do notatek. — Pani Ashford wydaje się zdeterminowana, by wcisnąć się w to śledztwo.

— I przy okazji nas rozdzielić — dodała Pip z przekąsem. — Choć chyba powinnam się czuć pochlebiona, że widzi we mnie wystarczające zagrożenie, by tak się starać.

Jake uniósł wzrok; przez jego twarz przemknęło coś niemal opiekuńczego, nim wróciła profesjonalna maska. — Jej taktyki są przejrzyste i niestosowne. To śledztwo będzie się toczyć w oparciu o dowody i kompetencje, nie o koneksje towarzyskie.

Stanowczość w jego głosie rozgrzała Pip bardziej, niż powinna. Całe życie walczyła o to, by oceniano ją za zasługi, a nie za pochodzenie czy znajomości, i niezachwiane przywiązanie Jake'a do tej zasady czuła jak rzadkie i cenne zestrojenie.

— Skoro mowa o dowodach — powiedziała, przywracając im śledcze skupienie — uważam, że powinniśmy zestawić te zezwolenia transportowe z rejestrami sprzedaży z międzystanowych aukcji. Jeśli przerzucają skradzione klacze przez granice stanów, mogą używać fałszywej dokumentacji, by sprzedać źrebięta po ich urodzeniu, choć podejrzewam, że to mniej prawdopodobne... Sądzę, że mają kontakty, które tylko czekają, żeby przejąć te młode konie.

— Jake skinął głową, od razu wracając do trybu zawodowego. — To wciąż wątek, który powinniśmy sprawdzić. Musimy skoordynować działania z policją Nowej Południowej Walii, żeby uzyskać rejestry z domów aukcyjnych.

Pracowali dalej długo po godzinach, dopracowując analizy i planując kolejne kroki dochodzenia na następny dzień. Sala konferencyjna cichła, gdy inni funkcjonariusze wychodzili, zostawiając ich w bańce skupionej koncentracji, przerywanej tylko sporadyczną uwagą lub pytaniem.

Gdy wreszcie zebrali materiały do wyjścia, Pip poczuła dziwną niechęć do zakończenia dnia. Mimo formalnego otoczenia komendy znalazła niespodziewany komfort we wspólnym celu i uzupełniających się metodach. Było coś głęboko satysfakcjonującego w łączeniu jej życiowej wiedzy jeździeckiej z umiejętnościami dochodzeniowymi Jake'a, by stworzyć coś skuteczniejszego, niż każde z nich mogłoby osiągnąć osobno.

— Jutro o tej samej porze? — zapytał Jake, gdy szli w stronę parkingu, a jego wysoka sylwetka automatycznie skracała krok do jej mniejszych.

— Będę — potwierdziła Pip, łapiąc się na tym, że mimo okoliczności czeka na to z niecierpliwością. — Chcę dziś wieczorem sprawdzić kilka zapisów rodowodowych, zobaczyć, czy zidentyfikuję inne potencjalne cele pasujące do wzorca.

— Jake skinął głową, a jego wyraz twarzy w przygaszonym świetle parkingu nieco złagodniał. — Pani zaangażowanie w to śledztwo robi wrażenie. Niewielu weszłoby tak głęboko w sprawę, zwłaszcza jako konsultantka.

— To dla mnie nie tylko sprawa — odparła po prostu Pip. — To konie, które znam, ludzie, z którymi jeździłam od lat. A gdzieś tam jest Honey, czekająca, aż ktoś ją znajdzie.

Osobisty ton jej głosu zaskoczył nawet ją samą — pęknięcie w zawodowej powłoce, którą przez cały dzień starannie utrzymywała. Wyraz twarzy Jake'a odpowiedział na to zmianą; coś ciepłego, niemal czułego mignęło mu na rysach, nim skinął z cichym zrozumieniem.

— Znajdziemy ją — powiedział, prosto, ale ze słyszalnym osobistym zobowiązaniem, które wykraczało poza zawodowy obowiązek. — I wszystkie pozostałe.

Gdy Pip wsiadła do swojego pickupa, pomyślała o nieoczekiwanym charakterze ich partnerstwa. Na początku widziała w Jake'u uosobienie sztywnej procedury — samych zasad i regulaminów, bez elastyczności czy intuicji. Teraz rozumiała, że jego metodyczność daje idealną strukturę dla jej bardziej intuicyjnych połączeń, tworząc równowagę, której żadne z nich nie osiągnęłoby w pojedynkę.

A jeśli między nimi rodziło się coś więcej, coś, co przyspieszało jej tętno, gdy ich spojrzenia spotykały się ponad stołem konferencyjnym albo gdy tak naturalnie włączał ją w swój zawodowy świat — cóż, na razie nie była gotowa tego roztrząsać. W tej chwili wystarczało, że działają skutecznie, ich partnerstwo jest oficjalnie usankcjonowane i z każdą nową zbieżnością danych dowodzi swojej wartości.

Jutro przyniesie nowe wyzwania, świeże dowody do analizy i kolejne potyczki z takimi jak Vivienne Ashford. Ale po raz pierwszy od kradzieży Honey Pip poczuła prawdziwą nadzieję. Razem mogą rzeczywiście osiągnąć to, czego żadnemu z nich samotnie by się nie udało — odnaleźć nie tylko skradzione konie, ale być może także coś, czego żadne z nich nie szukało, gdy ich ścieżki po raz pierwszy się skrzyżowały.

Rozdział jedenasty

 przedniej szyby, rysując delikatne, krystaliczne wzory mimo sporadycznych porywów ogrzewania. Pip skuliła się głębiej w kurtce, obserwując, jak jej oddech zamienia się przed twarzą w chmurkę. Siedzieli tu już trzy godziny, zaparkowani w cieniu naprzeciw tylnego placu Mackay Transport, i nic podejrzanego nie przerwało monotonii. Tylko od czasu do czasu któreś światło z czujnikiem ruchu włączało się według programatora, a gdzieś w strefie przemysłowej zawył odległy pies.

— Coś w kamerze termowizyjnej? — zapytała, bardziej, żeby przerwać ciszę, niż z realnym oczekiwaniem.

Jake pokręcił głową, jego profil rozświetlała bladozielona poświata sprzętu obserwacyjnego. — Nic, poza ochroniarzem, który obchodził teren dwadzieścia minut temu.

Pip skinęła głową, przesuwając się na siedzeniu, by rozprostować zesztywniałe nogi. Siedzenie w bezruchu nigdy nie przychodziło jej naturalnie, zwłaszcza że jej dni zwykle mijały na nieustannym bieganiu między padokami, okrągłymi lonżownikami i stajniami, oraz na wsiadaniu na kucyki i zsiadaniu z nich, żeby z nimi pracować. Minęły trzy tygodnie od zniknięcia Honey, a ich największym przełomem było odkrycie podejrzanego wzorca międzystanowych pozwoleń tej firmy transportowej, pokrywającego się z datami kradzieży.

A wczoraj skradziono kolejne dwa konie, z posesji pod Laidley. Ten sam schemat, ta sama precyzja. Źrebne klacze z cennymi liniami, zabrane, gdy właścicieli nie było na miejscu. Metodyczny rytm kradzieży przypominał Pip taktykę wyścigową — starannie wyliczone tempo, które ma doprowadzić do jakiegoś finału. Podejrzewała, że za tym tempem i timingiem kryje się dobry powód — w ciągu najbliższych tygodni wiele klaczy miało zacząć się wyźrebiać. A kiedy źrebięta już się urodzą, zostaną odstawione od matek i sprzedane dalej, pewnie nie będzie jak ich odzyskać. Nigdy.

— Powinnaś spróbować się zdrzemnąć — powiedział cicho Jake, jego głos brzmiał przytłumionym tonem w ciasnym wnętrzu auta. — Ja popatrzę.

— Nie zasnę — odparła Pip, wyjmując termos spomiędzy stóp. Kawa w środku wystygła, ale i tak ją sączyła, wdzięczna, że może czymś zająć ręce. — Na nocnych obchadach podczas wyścigów też nigdy nie mogłam. Harry, mój dawny szef, mawiał, że mam krew kolibra.

Jake uśmiechnął się blado, nie odrywając oczu od placu po drugiej stronie ulicy. — Twój szef w stajni wyścigowej?

— Mhm — Pip skinęła głową, a wspomnienia nieoczekiwanie wypłynęły na wierzch. — Harry Kittredge. Wziął mnie pod swoje skrzydła, gdy po przeprowadzce z Manili mieszkałyśmy z mamą u niego. Mama sprzątała mu dom, a ja siedziałam i gapiłam się na jego zdjęcia z wyścigów. W końcu zaczął mnie uczyć jeździć. — Zawiesiła głos, czując ciepło termosu między drobnymi dłońmi. — Tak trafiłam do wyścigów. I tak właściwie poznałam Kita.

Coś w wyrazie twarzy Jake'a się zmieniło, subtelne złagodnienie, które zachęciło ją, by mówiła dalej. Przez całą tę sprawę rozmawiali o tylu rzeczach — od wzorców hodowlanych po przepisy transportowe — ale rzadko zagłębiali się w sprawy osobiste. Ciemność samochodu i wspólna nuda zasadzki stworzyły dziwną intymność, jakby istnieli w bańce odciętej od reszty świata.

— Jechałam na Eagle Farm, dość drugorzędne zawody. Nie jakaś wielka pula, ale dano mi szansę na porządnym koniu. — Pip uśmiechnęła się na to wspomnienie, widząc je przed oczami jak na ciemnej szybie. — Wygrałam, ledwo, o łeb. Kit był tam z kolegami z wojska, maszerowali w pokazie przed wyścigami. Potem powiedział, że postawił na mnie, bo — jak to ujął — ta mała wyglądała, jakby miała coś do udowodnienia.

Cichy śmiech Jake'a ocieplił przestrzeń między nimi. — Trafna ocena?

— Zawsze miałam coś do udowodnienia — przyznała Pip. — Chyba nadal mam. — Przekręciła zakrętkę termosu, wspominając. — Czekał przy wejściu dla dżokejów po wyścigu. Wysoki, przystojny w wyjściowym mundurze i zupełnie bezpośredni. Zero udawania, zero gierek. Po prostu zapytał, czy pójdę z nim na kolację.

— I powiedziałaś tak?

— Właściwie to powiedziałam nie — zaśmiała się cicho Pip. — Powiedziałam, że mam jeszcze dwie gonitwy tego dnia i obowiązki wobec właścicieli po nich. Ale on czekał. Sześć godzin, tylko po to, żeby zapytać jeszcze raz.

Wspomnienie było żywe: Kit oparty o ścianę, cierpliwy i nienachalny, obserwujący jej pracę z cichym uznaniem, zamiast próbować ją zaimponować. Tak inny od mężczyzn, którzy podchodzili do niej przez lata z niezręcznymi komentarzami o jej wzroście albo protekcjonalnym zdziwieniem jej umiejętnościami.

— Pobraliśmy się trzy miesiące później — ciągnęła, a jej głos zmiękł. — Zawrót głowy to za mało powiedziane. Miał zostać wysłany do Afganistanu i żadne z nas nie chciało czekać. Jego rodzice, Jim i Ingrid, zorganizowali w Ridgewater przepiękny ślub w zaledwie dwa tygodnie.

Zamilkła, pamiętając ten dzień z krystaliczną ostrością: jak Ridgewater wyglądało w popołudniowym świetle, Ingrid krzątającą się przy jej sukni, Jima w roli świadka Kita, z dumnymi łzami w oczach. Trzy córki McKenzie'ów jako druhny, choć ledwie je znała, Jemima jako urocza malutka dziewczynka sypiąca płatki. Harry Kittredge ryczał jak bóbr, prowadząc ją do ołtarza.

— Rzuciłam wyścigi. I tak już do tego dojrzewałam; wiedziałam, że nie przebiję się na najwyższym poziomie, a w Ridgewater widziałam dla siebie życie. Ich rodzina po prostu... wchłonęła mnie — powiedziała Pip, czując znajome ściskanie w piersi. — Bez pytań, bez osądzania. Ingrid powiedziała kiedyś, że miłość w rodzinie się nie dzieli, tylko mnoży. — Głos lekko jej zadrżał przy kolejnych słowach. — Kit nigdy nie wrócił. Nie byliśmy małżeństwem nawet pięć miesięcy, a razem spędziliśmy ledwie kilka tygodni, sumując wszystko.

Jake skinął głową, milcząc z szacunkiem, a nie z oczekiwaniem.

— Kiedy Kit zginął, myślałam, że stracę i ich — Pip wpatrywała się przez oszronioną szybę, widząc nie plac transportowy, lecz Ridgewater w dniu, gdy przyjechali kapelani wojskowi z poważnymi twarzami i formalnymi słowami. — Byłam na to prawie przygotowana. Spakować się, wyjechać, zacząć od nowa gdzie indziej.

Jej oddech zamglił powietrze między nimi, gdy powoli wypuściła powietrze. — Ale nie pozwolili mi. Ingrid posadziła mnie dzień po pogrzebie i powiedziała, że zostaję, że jestem teraz McKenzie, że wybrałam ich, a teraz oni wybierają mnie. — Na jej ustach pojawił się mały, smutny uśmiech. — Wtedy zrozumiałam, co naprawdę znaczy rodzina. Nie tylko dzielenie dobrych chwil, lecz niesienie się nawzajem przez najgorsze.

Cisza, która zapadła, była naładowana, krucha. Pip nie mówiła o tym nikomu od lat, schowała te wspomnienia jak cenne, łatwo tłukące się rzeczy.

— Czasem tak się boję, że ich stracę — wyszeptała, jakby wyznanie wydobyto z jakiegoś głębokiego, ukrytego miejsca. — Że będę musiała znowu zacząć od zera, sama. Dlatego tak cisnę z moim biznesem z kucykami, dlatego nie znoszę, gdy Vivienne próbuje mnie dyskredytować. Tu nie chodzi tylko o moje utrzymanie, lecz o moje miejsce. O przynależność.

Jake odwrócił się od okna, jego spojrzenie odnalazło jej oczy w mroku. W jego oczach nie było litości, tylko ciche zrozumienie, które pozwalało jej zachować godność nawet w chwili odsłonięcia.

— McKenzie'owie nie należą do ludzi, którzy porzucają rodzinę — powiedział miękko. — Każdy to widzi.

— Wiem — Pip skinęła głową, mrugając, by powstrzymać pieczenie pod powiekami. — Logicznie to wiem. Ale strach nie zawsze jest logiczny, prawda?

— Nie — zgodził się Jake łagodnym tonem. — Rzadko bywa.

Między nimi zapadła kojąca cisza, gdy Pip zbierała się w sobie, otulając się z powrotem opanowaniem jak znajomym płaszczem. Nie zamierzała tak wiele ujawniać, pozwalać, by te stare rany oddychały w chłodnym nocnym powietrzu. A jednak nie żałowała. Spokojna obecność Jake'a obok była bezpieczna, a jego uważność — rodzajem akceptacji, której nie oczekiwała, gdy zaczynali współpracę.

— Ruch przy wschodniej bramie — powiedział nagle Jake, prostując się i sięgając po lornetkę. — Włączyło się światło z czujnikiem.

Pip natychmiast spoważniała, odkładając na bok osobiste zwierzenia, gdy oboje skupili się na placu. Chwila kruchości minęła, ale coś się między nimi przesunęło — głębsze zrozumienie, które miało zostać, nawet gdy wrócą do ról zawodowych.

Światło z czujnikiem mrugnęło raz jeszcze, po czym mrok znów przejął władzę nad placem transportowym. Jake opuścił lornetkę, jego ramiona napięły się pod kurtką. Fałszywy alarm, wiatr albo bezpański kot. Zerknął na Pip, zauważając, jak po emocjonalnym wyznaniu znów się wyprostowała, a jej maska opanowania wróciła na miejsce. Kruchość, którą przed chwilą pokazała, poruszyła w nim coś — świadomość, że ich partnerstwo wykroczyło już poza czysto zawodowe ramy. Obdarzyła go zaufaniem, powierzając mu swoje lęki i przeszłość. Być może pora, by on zrobił to samo.

— Chyba tylko kot — powiedział, odkładając lornetkę na deskę rozdzielczą.

Pip skinęła głową, jej profil zarysował się na tle ciemności. Cisza między nimi była teraz inna, naładowana resztkami jej wyznania.

Palce Jake'a zacisnęły się na kierownicy — nawyk z wczesnych lat patroli, gdy potrzebował czegoś stałego, żeby się uziemić. Nigdy nie był dobry w zwierzeniach, wolał klarowność procedur i protokołów od bałaganu emocji.

Ale coś w tym zimnym aucie i cichej sile Pip sprawiło, że chciał odwzajemnić jej szczerość.

— Zanim tu trafiłem, służyłem w Brisbane — zaczął, słowa wyszły sztywniej, niż zamierzał. — Wydział do spraw poważnych przestępstw, sekcja przemocy domowej.

Pip lekko się do niego odwróciła, jej uwaga w mroku była niemal namacalna. Nie żądała, nie oczekiwała — po prostu była.

— Była sprawa — ciągnął Jake, czując znajome napięcie szczęki, które zawsze towarzyszyło tym wspomnieniom. — Kobieta o nazwisku Claire Donovan. Przychodziła trzy razy w ciągu dwóch miesięcy, zgłaszając groźby ze strony byłego męża.

Zielonkawy blask z deski rozdzielczej rzucał cienie na jego dłonie, podkreślając biel kłykci, gdy ściskał kierownicę.

— Jej były był policjantem. Mark Jennings. Jedenaście lat w służbie, dwukrotnie odznaczony za odwagę. — Jake przełknął ślinę, nagle zaschło mu w gardle. — Znałem go. Rok wcześniej pracowaliśmy razem w zespole zadaniowym. Był... lubiany. Szanowany.

Jake przerwał na moment, świadom niezmąconego spojrzenia Pip. Wspomnienia wypłynęły z bolesną ostrością: Claire Donovan naprzeciw niego przy biurku, ciemne kręgi pod oczami, gasnący siniec częściowo skryty pod kołnierzem. Jak kurczowo ściskała torebkę, z białymi ze stresu kłykciami.

— Mówiła, że groził, iż ją zabije, jeśli nie wycofa wniosku o opiekę nad synem. Że ją śledzi, zostawia wiadomości. — Głos Jake'a zgrubiał, profesjonalny ton podmyła fala żalu. — Przyjąłem zawiadomienie, sporządziłem raport. Ale nie... nie nadałem temu odpowiedniej rangi.

To wyznanie miało gorzki smak. Poruszył się na siedzeniu, a ciasne wnętrze auta nagle wydało się klaustrofobiczne.

— Powiedziałem jej, że się tym zajmiemy. Ale zasugerowałem też, że może przesadza i reaguje na typowe napięcia po rozwodzie. — Na to wspomnienie skrzywił się, w piersi zapiekł wstyd. — Widziałem się z Markiem zaledwie kilka dni wcześniej na spotkaniu służbowym. Wydawał się zupełnie normalny, mówił, że idzie dalej, wspomniał nawet o nowej dziewczynie.

Pip milczała, ale czuł jej niezmienną uwagę.

— Trzy dni później Mark włamał się do domu Claire, gdy spała — głos Jake'a stłumił się niemal do szeptu, słowa drapały gardło. — Zastrzelił ją, potem ich ośmioletniego syna, a na końcu podpalił dom. Nie wiem, czy planował z tego wyjść. Nie zdążył. Znaleźli go zaraz przy drzwiach wejściowych.

Samochód jakby się skurczył, ciężar tych śmierci napierał na jego pierś. Na zewnątrz noc była zimna i obojętna, gwiazdy ginęły za zbierającymi się chmurami.

— Śledztwo wykazało, że planował to od tygodni. Były notatki, nagrania. Mówił kumplowi od kieliszka, że wolałby widzieć ich martwych niż stracić opiekę. — Dłoń Jake'a bezwiednie powędrowała do łuku brwiowego, pocierając starą bliznę, której zawsze dotykał w stresie. — Wszystkie czerwone lampki były zapalone. Po prostu nie chciałem ich widzieć, bo znałem jego, bo bardziej zaufałem koledze po fachu niż ofierze.

Po wszystkim komenda popękała, tam, gdzie była solidarność, pojawiły się uskoki. Jedni oficerowie zwarli szyki wokół pamięci Marka, sugerując, że to Claire go do tego doprowadziła, że system zawiódł jego, nie ją. Inni domagali się rozliczeń, reform, sprawiedliwości dla ofiar.

— Zeznawałem na rozprawie przed koronerem — ciągnął Jake, jego głos nabrał teraz stabilności mimo ucisku w piersi. — Przyznałem, że nie zbadałem należycie jej zgłoszeń, że pozwoliłem, by osobista znajomość wpłynęła na mój osąd zawodowy. Złożyłem wszystkie maile, każdy raport, w którym bagatelizowałem jej obawy.

Koroner podziękował mi za szczerość. Inni nie byli tak otwarci.

Pamiętał potem komendę: chłodne traktowanie od niektórych, niezręczne wsparcie od innych. Szepty idące za nim korytarzami, wymowna cisza w kuchni socjalnej, gdy wchodził.

— Komendant zarządził przegląd wydziału. Restrukturyzację. Połowę zespołu przeniesiono — usta Jake'a wykrzywiły się w pozbawionym humoru uśmiechu. — W tym mnie. Placówka na prowincji, nowy start. Zalecany profesjonalny dystans.

Zamilkł, wyznanie dobiegło końca. Ta historia leżała teraz między nimi, ciężka w znaczenia. Każda procedura, której się trzymał, każdy przepis, na który się powoływał, każda granica zawodowa, którą utrzymywał, brały się z tamtej jednej, katastrofalnej porażki osądu.

— Dlatego tak kurczowo trzymasz się procedur — powiedziała cicho Pip, przerywając ciszę. — Dlatego to jest dla ciebie takie ważne.

Jake skinął głową, wpatrzony w ciemny plac transportowy. — Gdy ignorujesz procedury, ludzie mogą zginąć. Gdy pozwalasz, żeby emocje przysłoniły osąd, przeoczysz to, co masz przed oczami. — Jego głos odzyskał zawodową równowagę, choć pod spodem nadal tliło się coś surowego. — Tego błędu już nie powtórzę.

— Jest różnica między wyciąganiem wniosków z błędów a karaniem się w nieskończoność — zauważyła Pip, brzmiąc jakoś łagodnie, ale bez cienia litości.

Jake spojrzał na nią, uderzony prostą mądrością jej słów. Światła na desce rozdzielczej musnęły kontury jej twarzy, podkreślając cichą siłę. Nie widział w jej wyrazie potępienia, tylko zrozumienie.

— Teoretycznie to wiem — przyznał. — Praktyka jest trudniejsza.

Pip skinęła głową, po czym z rozmysłem sięgnęła przez konsolę i położyła dłoń na jego ramieniu. Dotyk był lekki, ledwie wyczuwalny przez kurtkę, a jednak rozszedł się w nim jak rezonans kamertonu uderzonego o kamień. Prosty gest połączenia, wspólnego zrozumienia.

— Dziękuję — powiedziała cicho. — Że mi powiedziałeś.

Jake skinął głową, niezdolny przepchnąć słowa przez niespodziewany ucisk w gardle. Jej dłoń wciąż spoczywała na jego ramieniu, ciepła i stała, przerzucając most nad przestrzenią między nimi. Przez lata trzymał wszystkich w bezpiecznej odległości, profesjonalnie i z dystansem. Ale tu, w tym zimnym samochodzie, z wzorami szronu rozpełzającymi się po szybach i ich oddechem zamglającym powietrze, ta odległość skurczyła się niemal do zera.

Ta świadomość powinna była uruchomić w nim alarmy, odskok w stronę proceduralnego bezpieczeństwa. Zamiast tego Jake odwrócił dłoń odrobinę, muskając palcami jej palce w niemym potwierdzeniu. Cokolwiek się między nimi rodziło — przyjaźń czy coś bardziej skomplikowanego — miało korzenie we wzajemnym szacunku i zrozumieniu. Może dlatego było to bezpieczne, a może wręcz przeciwnie — bardziej ryzykowne. W tej chwili, patrząc na jej twarz w półmroku, Jake'owi było wszystko jedno.

Pierwszy ślad świtu pojawił się jako ledwie dostrzegalne jaśnienie na wschodnim niebie, subtelne przejście od absolutnej ciemności do najgłębszego granatu. Jake zauważył je, gdy po raz setny tej nocy omiatał wzrokiem plac transportowy — obietnicę poranka po długich, zimnych godzinach czekania. Obok Pip ucichła po wymianie zwierzeń, ale nie była to cisza krępująca. Między nimi osiadło coś, wzajemne zrozumienie wykraczające poza słowa.

Ich odsłonięte słabości wisiały w powietrzu nie jako oznaki kruchości, ale jak nici, które związały ich ciaśniej. Jake stał się nadmiernie świadomy jej obecności obok: lekkich poruszeń, gdy zmieniała pozycję, rytmu jej oddechu. Powiedział jej rzeczy, o których nie mówił od lat, odsłonił winę, którą nosił w piersi jak kamień. A zamiast go osądzić, dała mu zrozumienie — perspektywę, na którą sam sobie nie pozwalał.

— Niebo się zmienia — zauważyła cicho Pip, jej głos łagodnie zabrzmiał w ciszy auta.

Jake skinął głową, obserwując, jak głęboki granat ustępuje stopniowo miękkiemu odcieniowi, a czarne sylwetki dalekich budynków wyraźniej odcinają się od jaśniejącego horyzontu. Tuż przed świtem zimno się nasiliło, szron zgrubiał na szybach wszędzie tam, gdzie ich oddech nie zostawił małych przeźroczystych kółek.

— Pięknie — powiedział, sam siebie zaskakując. Piękna zwykle nie komentował, a już na pewno nie podczas akcji. Ale powolna przemiana świata z mroku w światło miała w sobie ciche czary, które warto było zauważyć.

Pip odwróciła się ku niemu, a jej twarz uchwyciła pierwszy subtelny blask nadchodzącego świtu. Zimno zaróżowiło jej policzki, a ciemne oczy odbijały zmieniające się światło. Coś w jej wyrazie ścisnęło Jake'owi pierś — uczucie i niewygodne, i dziwnie mile widziane.

— Zawsze kochałam tę porę dnia — powiedziała miękko. — Na farmie wtedy wszystko wydaje się najbardziej możliwe. Zanim problemy dnia zdążą się w pełni uformować.

Niebo dalej się przeobrażało: głęboki granat przechodził na brzegach w lawendę, potem w delikatne różowe złoto, które rozświetlało oszroniony krajobraz. Plac transportowy wyłaniał się z mroku w ostrzejszym konturze, pusty i spokojny w porannym świetle.

Jake zerknął na zegarek i z lekkim zdumieniem odnotował godzinę. — Jest 06:00. Oficjalny koniec naszego okna obserwacji.

Procedura nakazywała teraz odjazd, złożenie raportu na komisariacie, przejście do kolejnego etapu śledztwa. Ciężarówki, które mieli nadzieję zaobserwować, nie przyjechały; ich teoria dotycząca tego konkretnego placu transportowego okazała się błędna — przynajmniej tej nocy. Regulamin podpowiadałby, że to ślepy zaułek, pora iść innym tropem.

Żadne z nich się nie poruszyło.

Rosnące światło wyraźniej rysowało Pip — zdeterminowany zarys jej szczęki, inteligencję w oczach, siłę widoczną w drobnej sylwetce. Jake przyłapał się na tym, że patrzy na nią uważniej niż wymagałaby tego praca, zwracając uwagę na to, jak grube, miękkie włosy opadają jej na ramię, na łuk warg, gdy spoglądała na jaśniejący świat.

Odwróciła się i pochwyciła jego spojrzenie, a między nimi przemknęła iskra. Granice zawodowe, które dotąd definiowały ich relację, jakby rozmyły się w miękkim świetle świtu, zostawiając jedynie dwoje ludzi, którzy podzielili się głębokimi prawdami i odnaleźli w sobie nawzajem coś nieoczekiwanego.

— Pewnie powinniśmy wracać — powiedział Jake, choć w jego głosie brakło przekonania.

— Pewnie — zgodziła się Pip, nie sięgając jednak po swoje rzeczy.

Samochód jakby skurczył się jeszcze bardziej, przestrzeń między nimi naładowała się niewypowiedzianymi możliwościami. Jake stał się boleśnie świadomy każdego centymetra, który ich dzielił, i tego, jak łatwo byłoby ten dystans zamknąć. Szkolenie nakazywało ostrożność, przypominało o właściwych zasadach dotyczących relacji zawodowych. Ale mężczyzna pod mundurem, ten, który spędził godziny z tą niezwykłą kobietą w zimnym samochodzie, dzieląc się życiowymi błędami i cichym zrozumieniem, pragnął czegoś zupełnie innego.

Ich spojrzenia znowu się spotkały i Jake zobaczył w jej oczach swoje własne wahanie. Pożądanie walczące z ostrożnością, przyciąganie z odpowiedzialnością zawodową. Światło świtu musnęło jej twarz, wydobywając subtelną zmianę, gdy podjęła jakąś decyzję.

— Jake — powiedziała po prostu, a jego imię uniosło i pytanie, i zaproszenie.

Ten dźwięk zerwał w nim coś ostatniego, ostatnią cumę ostrożności. Pochylił się przez konsolę, unosząc dłoń, by delikatnie ująć jej policzek. Wyszedł mu naprzeciw, podniosła się nieco z siedzenia, a jej oczy trzymały jego, aż do ostatniej chwili przed tym, jak się zamknęły.

Ich usta spotkały się najpierw miękko, niepewnie mimo napięcia, które prowadziło ich do tej chwili. Potem coś między nimi zapłonęło, wahanie ustąpiło głodowi. Jej dłoń wczepiła się w jego kurtkę, przyciągając go bliżej mimo niezgrabnego kąta nad konsolą. Palce Jake'a wsunęły się w jej włosy, podtrzymując tył głowy, gdy pocałunek się pogłębił.

Miała smak kawy i czegoś tylko jej właściwego, ciepła i żywa, mimo zimna, które otaczało ich całą noc. Jake zagubił się w tym doznaniu, w cichym dźwięku, jaki wydobył się z jej ust, w tym, jak mocniej zacisnęła palce na jego kurtce. Ta część jego umysłu, która żyła przepisami i procedurami, tym razem zamilkła, przytłoczona prostą słusznością trzymania jej blisko.

Pocałunek wydłużył się poza czas — słodki, naglący, odsłaniający. Całe napięcie, które narastało między nimi przez tygodnie współpracy, całe niewypowiedziane przyciąganie i rosnący szacunek skrystalizowały się w tym jednym punkcie połączenia. Jake poczuł, jak coś w piersi się poluzowuje, jakby wreszcie odwinęła się ściśnięta sprężyna.

Wtedy rozległ się nie do pomylenia dźwięk odpalającego silnika, mechaniczny pomruk, który rozciął ciszę wczesnego poranka. Odsunęli się od siebie, instynkt i szkolenie natychmiast wróciły na stanowiska. Głowa Jake'a szarpnęła w stronę placu, skąd zza głównego budynku wyjechała ciężarówka, a jej reflektory przecięły poranną mgłę.

— Ruch — powiedział, jego głos natychmiast odzyskał profesjonalny ton, mimo że na ustach wciąż czuł jej ciepło. — Wschodni wjazd.

Pip już sięgała po lornetkę, jej ruchy były szybkie i skupione. — Numer rejestracyjny?

Jake chwycił notes, zapisując tablicę, gdy kształt ciężarówki wyostrzał się w rosnącym świetle. Powrót do ról zawodowych zajął sekundy — bezszwowy i konieczny. A jednak między nimi zaszła fundamentalna zmiana, przekroczono linię, której nie da się cofnąć.

Gdy śledzili ruchy ciężarówki, notując godziny i kierunki, Jake poczuł, jak wolna dłoń Pip na moment dotyka jego dłoni — przelotny kontakt, który niósł zrozumienie. Powrót do obowiązków nie wymazał tego, co zaszło. Jedynie odłożył na później nieuchronne rozliczenie.

Ciężarówka wytoczyła się na główną drogę, kierując się na wschód ku autostradzie. Jake uruchomił auto, gotów ruszyć w dyskretnym odstępie; wkrótce jakiś oznakowany radiowóz zatrzyma ją i przeprowadzi pozornie rutynową kontrolę dokumentów kierowcy. Obok Pip nadała przez radio ich pozycję i dane ciężarówki, jej głos był czysty i profesjonalny. Lecz gdy na moment ich spojrzenia spotkały się nad konsolą środkową, wymienione spojrzenie zawierało potwierdzenie wszystkiego, co zmieniło się podczas tej długiej, zimnej nocy wyznań i zbliżenia.

Cokolwiek miało nastąpić, zmierzą się z tym inaczej niż zaczynali — już nie tylko współpracownicy połączeni wspólnym celem, ale dwoje ludzi, którzy zobaczyli nawzajem swoje najgłębsze słabości i sięgnęli po siebie, mimo wszystkich racjonalnych powodów, by tego nie robić.

Rozdział
dwunasty

ZNAJOMY ZAPACH SŁODKIEJ PASZY i skórzanych wyrobów otulił Pip jak stary przyjaciel, gdy weszła do Ridgemont Produce. Przeszła po zakurzonym betonowym podłożu, skinęła głową parze oglądającej w rogu ogłowia, trzymając w ręku listę suplementów, już uporządkowaną według rozmieszczenia w sklepie. Za ladą Nate Burnett uniósł wzrok znad inwentarzowej podkładki z klipsem; jego zwykle pogodny wyraz twarzy przybrał bardziej złożony odcień, gdy ją dostrzegł.

— Dzień dobry, Pip — zawołał tonem tej wymuszonej pogody ducha, której używa się, kiedy ma się do przekazania złe wieści. — Chłodno dziś na zewnątrz.

— Nic, z czym porządna kurtka by sobie nie poradziła — odparła, sięgając po wózek sklepowy. Coś w wyrazie twarzy Nate'a ścisnęło jej żołądek, ale odepchnęła to uczucie. Po bezsennej nocy na obserwacji z Jakiem, a potem całym dniu treningu kuców, jechała na kofeinie i determinacji. Cokolwiek trapiło Nate'a, musiało zaczekać, aż zgromadzi niezbędne zapasy dodatków paszowych i preparatów na stawy.

Ruszyła znajomymi alejkami, wybierając pojemniki z elektrolitami i witaminą E, specjalną mieszankę wapniową dla klaczy źrebnych oraz suplementy na kopyta dla roczniaków. Rutyna była kojąca — normalne zadanie w tygodniu, który nie był wcale normalny. Jej palce musnęły duże wiadro suplementu na kopyta i sierść, tego samego, który podawała Honey, zanim...

Pip się powstrzymała, wciągnęła oddech. Nie pomaga teraz brnąć tą ścieżką. Dorzuciła suplement do wózka mimo to, zdeterminowana, by być przygotowaną, kiedy Honey wróci. Nie jeśli. Kiedy.

Gdy zbliżała się do lady, zauważyła, że w sklepie zrobiło się ciszej. Para przy ogłowiach odsunęła się, choć czuła na sobie ich wzrok. Starszy mężczyzna w alejce z paszami nagle z ogromnym zainteresowaniem zaczął czytać skład na worku karmy dla kur.

— To już wszystko na dziś? — zapytał Nate, sięgając po jej koszyk. Broda nie zdołała ukryć napięcia w szczęce.

— Powinno być — odparła Pip, szybko zerkając na listę. — Jak się mają Caroline i maleństwo?

— W porządku. Marissa wreszcie przesypia noce. — Uśmiechnął się szczerze, ale na krótko. Zaczął skanować jej zakupy z nienaturalną koncentracją, unikając jej spojrzenia.

Pip oparła się lekko o ladę. — Nate, cokolwiek to jest, po prostu mi powiedz.

Jego szerokie ramiona odrobinę opadły. — Miałem nadzieję, że już wiesz. — Rozejrzał się po sklepie, po czym ściszył głos. — Vivienne gada. Dużo. O tobie. Już nie w mediach społecznościowych, więc nie ma śladu, ale...

Napięcie w brzuchu Pip się wzmogło. — Daj zgadnąć, znowu jej gadanie o rzekomych obcych wpływach?

Wyraz twarzy Nate'a potwierdził, że jest gorzej. — Wczoraj musiałem upomnieć Hendersonów, żeby przestali — przyznał, pochylając się nad ladą. — Powtarzali tu bzdury, że niby nie stosujesz właściwych procedur bezpieczeństwa, że twoje rzekomo obce metody narażają dzieci. Mówili, że usłyszeli to od Vivienne na jakiejś zbiórce.

Palce Pip zacisnęły się na liście zakupów, papier zachrzęścił głośno w cichym sklepie. — To zniesławienie — powiedziała głosem starannie kontrolowanym. — Ona doskonale wie, co robi.

— To nie wszystko — ciągnął niechętnie Nate. — Sugeruje — nie wprost, jest na to zbyt sprytna — że te kradzieże koni mogą mieć związek z, no, ludźmi, którzy rzekomo nie szanują australijskiego prawa własności tak, jak trzeba. — Skrzywił się, powtarzając te słowa.

Gorąco wspięło się po szyi Pip, gniew i upokorzenie ścierały się o pierwszeństwo. Skrupulatnie utrzymywana równowaga pękła na tyle, że musiała spuścić wzrok, udając, że czegoś szuka w torebce, by się pozbierać. Po tylu latach, po wszystkich sukcesach, w oczach takich jak Vivienne nadal była sprowadzana do „obcej".

— Jeszcze bardziej to podkręciła po tym, jak twój policyjny znajomy uciął jej występ na tym zebraniu mieszkańców — dodał Nate, ze zbyt wielką uwagą skanując ostatnią rzecz. — A do tego ma towarzystwo z country clubu, które wszystko nagłaśnia. Słyszałem, jak pani Collins mówiła komuś, że niby nie masz prawdziwych kwalifikacji do uczenia, bo szkoliłaś się za granicą... co jest bzdurą, jak zauważyłem. Robiłaś Instruktora razem z Emmą, tu na miejscu!

Pip skinęła głową, nie ufając głosowi od razu. Z uprzedzeniami mierzyła się już wcześniej, rzecz jasna. Świat wyścigów nie przyjął z otwartymi ramionami drobnej Filipinki-Australijki. Ale to było inne: celowe, zaplanowane i wymierzone dokładnie w to, co najważniejsze — jej firmę, reputację, pozycję w społeczności, którą obrała za dom.

— Doceniam, że mi to mówisz — powiedziała w końcu, spokojniej, niż się czuła. — I że mnie bronisz.

Nate machnął ręką na jej podziękowania. — Bzdury, wszystko. Każdy, kto cię zna, wie swoje. — Zawahał się, po czym dodał: — Ale Vivienne ma zasięgi. Ta jej śmietanka towarzyska — wszystkim dzieci chodzą na jazdę albo mają konie w treningu.

— Moi potencjalni klienci — przetłumaczyła sucho Pip. — Albo potencjalni klienci moich sióstr.

— No. — Nate skończył pakować zakupy i podał jej rachunek do podpisu. — Słuchaj, Caro mówi, żebyś wszystko dokumentowała. Zrzuty ekranu postów, zapisuj, co ludzie mówią, że słyszeli, daty, godziny. Na wypadek, gdyby było to potrzebne. — Ściszył głos jeszcze bardziej. — I Jake też po cichu wypytuje. Nieoficjalnie, tylko... ma ucho przy ziemi.

Na wzmiankę o Jake'u ciepło niespodziewanie rozlało się w piersi Pip, zaraz jednak przykryte bardziej złożonym uczuciem, którego nie była gotowa roztrząsać. Ich pocałunek w samochodzie obserwacyjnym wisi między nimi, nieuznany w świetle dnia, gdy śledzili ciężarówkę i składali raporty. Oboje nie wspomnieli o tym od tamtej pory, cofając się do zawodowych granic.

— Tak zrobię — obiecała, biorąc torby. — Dzięki, Nate.

Kiedy odwróciła się, by wyjść, aż nazbyt wyraźnie poczuła obecność innych klientów. Para, która oglądała ogłowia, stała teraz odwrócona tyłem. Kobieta, która właśnie weszła, szeptała coś do towarzyszki; obie zerkały w stronę Pip, by zaraz szybko odwrócić wzrok. Nawet nastolatek wykładający towar nagle z zapałem skupił się na pracy, unikając kontaktu wzrokowego.

To byli ludzie, których znała od lat. Tacy, którzy widzieli ją na zawodach, obserwowali, jak buduje firmę od zera po śmierci Kita. Rodzice dzieci, które uczyła bezpiecznej jazdy, właściciele koni, które szkoliła cierpliwie i z wyczuciem. A teraz patrzyli na nią jak na obcą, albo gorzej — zagrożenie.

Pip wyprostowała plecy, uniosła lekko podbródek i ruszyła w stronę drzwi. Nie będzie się garbić ani uciekać, jakby się wstydziła. Niech widzą ją dokładnie taką, jaka jest: profesjonalną, kompetentną i mającą pełne prawo stać właśnie tu.

— Powiedz Caroline, że wpadnę w przyszłym tygodniu — zawołała do Nate'a, jej głos wyraźnie niósł się po nienaturalnie cichym sklepie. — Mam tego łagodnego kuca, o którym rozmawialiśmy, dla Marissy na przyszłość. Ma dopiero rok, ale kiedy będzie gotowy do zajeżdżenia, Marissa też będzie na niego gotowa.

— Przekażę — odparł Nate, tym razem uśmiechając się szczerze. — Będzie zachwycona.

Dopiero gdy dotarła do swojego pickupa, włożyła zakupy na pakę i usiadła za kierownicą, pozwoliła, by starannie utrzymywany wyraz twarzy się zachwiał. Jej drobne dłonie zacisnęły się na kierownicy tak mocno, że pobielały kostki; wpatrywała się przez przednią szybę w nicość, zaciśnięta szczęka bolała już w kościach policzkowych.

Vivienne podkręcała działania, przechodząc od kąśliwości w mediach społecznościowych do czynnej próby zniszczenia reputacji. I to działało. Pip widziała to w odwróconych spojrzeniach, czuła w szeptach, które towarzyszyły jej po sklepie. Społeczność, której częścią była przez większość życia, była zatruwana przeciwko niej, kropla po kropli, celowo i metodycznie.

Uruchomiła silnik, zbierając się w sobie z dyscypliną kogoś przyzwyczajonego do walki pod górę. Vivienne może i miała pieniądze i znajomości, ale Pip miała po swojej stronie prawdę. A co ważniejsze — miała McKenzie'ów, miała klientów, którzy znali jej pracę z autopsji, i najwyraźniej miała też Jake'a.

To będzie musiało wystarczyć.

Pip zaparkowała pickupa przy magazynie pasz, żeby rozładować zakupy; znajome otoczenie Ridgewater dziś jednak nie dawało wiele otuchy. Zbudowała reputację na profesjonalizmie, cierpliwości i rezultatach, a Vivienne najwyraźniej potrafiła spruć lata pracy kilkoma uwagami rzuconymi we właściwych uszach. Niedorzeczne. A jednak, gdy Pip szła do biura, nie potrafiła pozbyć się supełka niepokoju pod żebrami.

To biuro kiedyś było siodlarnią, gdy ta stajnia była jedyna — wciąż unosiła się tu nuta skóry i mydła do siodeł, pod którą kryły się już współczesne zapachy tuszu do drukarki i kawy. Pip szybko i sprawnie je odmieniła: wzdłuż jednej ściany stanęły szafy na akta, biurko ustawiła tak, by przez szerokie okno mieć widok na lonżowniki. Na ścianie za krzesłem wisiały dyplomy i certyfikaty — namacalny dowód kwalifikacji, które dla Vivienne Ashford najwyraźniej nic nie znaczyły.

Odłożyła suplementy do późniejszego rozdzielenia i usiadła w fotelu, włączając komputer z zamiarem uzupełnienia kart treningowych przed popołudniowymi lekcjami. Znajoma rutyna powinna była działać kojąco, ale ostrzeżenia Nate'a wciąż wypływały na wierzch, rozpraszając uwagę.

Gdy załadowała się poczta, supeł w żołądku zaciągnął się mocniej. Cztery nowe wiadomości, wszystkie z wariacjami słowa „Rezygnacja" w temacie. Kliknęła pierwszą — od kobiety, której córka od prawie roku brała u niej cotygodniowe lekcje.

"Po namyśle zdecydowaliśmy się wybrać dla Maddie inny program szkoleniowy. Dziękujemy za poświęcony czas i dotychczasowe nauczanie."

Bez wyjaśnienia. Bez uwag co do jakości nauki. Tylko uprzejme, bezosobowe wycofanie. Następny e-mail miał ten sam schemat, choć ten rodzic dodał: *"Słyszeliśmy wspaniałe rzeczy o jeździe w stylu western i chcemy spróbować czegoś bardziej tradycyjnie australijskiego."*

Szczęka Pip się zacisnęła. Styl western jest amerykański, nie australijski, ale wątpiła, by rodzic docenił sprostowanie. Doskonale potrafi też tego uczyć; tyle że powiedzenie tego nic by nie zmieniło. Trzecia rezygnacja przynajmniej była szczera: *"Mój mąż uważa, że powinniśmy spróbować kogoś z bardziej ugruntowanymi lokalnymi kontaktami. Bez urazy."*

Bez urazy. Jakby uprzedzenie owinięte w grzeczność mniej bolało.

Czwarta wiadomość uderzyła najmocniej — kupujący wycofał się z zakupu Sapphire, obiecującej klaczy pokazowej, którą szkoliła od miesięcy. Klacz miała potencjał czempionki, z płynnymi, sprężystymi chodami i inteligentnym, chętnym charakterem. Pip odrzuciła już dwie inne oferty, czekając na tego konkretnego kupca, który miał zasoby i kontakty, by właściwie prowadzić klacz na ringach.

"Po rozmowach ze znajomymi z kręgu wystaw postanowiliśmy rozejrzeć się za innymi opcjami. Kilka osób wyraziło obawy co do potencjalnych problemów z podejściem treningowym Sapphire. Życzymy powodzenia przy dalszej sprzedaży."

Potencjalne problemy. Znajomi z kręgu. Ostrożny, zaszyfrowany język wpływów Vivienne pulsował w każdym zdaniu.

Pip wpatrywała się w ekran, szybko licząc. Sprzedaż Sapphire pokryłaby dwa miesiące kosztów operacyjnych. Teraz miała perfekcyjnie wyszkoloną klacz jedzącą drogą paszę i żadnego kupca na horyzoncie, a pogłoski rozsiewane przez Vivienne utrudnią odsprzedaż. Cztery odwołane lekcje oznaczały utratę stałego dochodu, który uwzględniła w kwartalnych prognozach.

Zadźwięczało powiadomienie, ściągając jej uwagę na zakładkę z mediami społecznościowymi, które prowadziła dla firmy. Kliknęła i wstrzymała oddech, przewijając zalew nowych komentarzy. Anonimowe konta zostawiły serię ledwie zawoalowanych ataków:

"Słyszałem, że te obce metody szkoleniowe mogą być niebezpieczne dla dzieci. Rodzice, uważajcie!"

"Czy wszystkie konie są właściwie udokumentowane? Przy tych wszystkich kradzieżach trudno dziś odróżnić, co jest legalne..."

"Australijskie dzieci zasługują na australijskich trenerów, którzy rozumieją nasze wartości!"

Wymowa była jasna; każdy komentarz skrojony tak, by uniknąć wprost wypowiedzianych oszczerstw, a jednak zasiać ziarna wątpliwości. Dłonie Pip lekko się trzęsły, gdy przeszła do ustawień i wyłączyła komentarze na wszystkich platformach. Powinna to udokumentować, zanim ludzie zaczną kasować wpisy — tak, jak radził Nate. Zrobić zrzuty ekranu wszystkiego.

Zadzwonił telefon, wesoła melodia kłuła przy ściśniętej piersi. Identyfikator pokazał kolejną klientkę, matkę dziesięciolatki, która robiła świetne postępy w skokach.

— Dzień dobry, Pani Kingsley — odezwała się Pip, jej głos brzmiał spokojnie i profesjonalnie mimo wszystkiego. — Jak się Pani dziś miewa?

— Dziękuję, dobrze — padła odpowiedź, nieco zbyt formalna. — Dzwonię w sprawie lekcji Amber.

Pip przymknęła na moment oczy, już przeczuwając, co nastąpi. — Tak?

— Zrobimy sobie przerwę na jakiś czas. Mąż uważa, że Amber mogłaby skorzystać na innym stylu nauczania.

— Rozumiem — powiedziała Pip, sięgając po notes z danymi klientów. — Czy Amber zgłaszała jakieś uwagi do zajęć? Coś, w czym czułaby się niepewnie albo potrzebowałaby dodatkowego wsparcia?

— Och nie, nic z tych rzeczy. Ona Panią uwielbia. — Kobieta zawahała się, a w pauzie słychać było poczucie winy. — Po prostu... dotarły do nas pewne niepokojące rzeczy, a przy obecnych cenach lekcji...

— Rozumiem — odparła Pip, choć wcale nie. — Amber jest u mnie zawsze mile widziana. Ma prawdziwy talent, Pani Kingsley.

— Dziękuję. Przekażę jej.

Rozmowa się skończyła, a Pip bardzo ostrożnie odłożyła telefon, jakby mógł pęknąć pod zbyt dużym naciskiem. Potem, nagle wyłamując się ze zwykłej kontroli, walnęła otwartą dłonią w blat; ostry dźwięk przeciął ciszę biura jak bat. Ból przeszył ramię, ale fizyczne wrażenie było niemal ulgą wobec bezsilnej wściekłości palącej w piersi.

Pięć rezygnacji jednego poranka. *Pięć*. Po latach bez ani jednej skargi.

Pip wyjęła z szuflady biurka swoją księgę rozliczeń i przekartkowała do miesięcznych prognoz, które prowadziła z pedantyczną starannością. Z mechaniczną precyzją zaczęła przeliczać wszystko od nowa, obniżając szacowane przychody i odnotowując wpływ dłuższego niż planowała zatrzymania Sapphire. Liczby mówiły jasno: jeśli trend się utrzyma, za dwa miesiące będzie działała ze stratą.

Jej wzrok powędrował do kalendarza wiszącego obok biurka, pełnego godzin lekcji i treningów. Ile z nich jeszcze zniknie? Jak długo minie, zanim nawet najwierniejsi klienci zaczną się zastanawiać, czy dym nie oznacza ognia?

Ruch na zewnątrz przykuł jej uwagę. Przez okno widziała dwunastoletnią Lucy, która na siwym kucyku ćwiczyła skoki na placu pod okiem Emmy. Twarz dziewczynki była skupiona, a jej drobne ciało poruszało się w idealnej harmonii z koniem, gdy pokonywali niewysoki krzyżak. Matka Lucy stała przy ogrodzeniu, z ciepłą, dumną miną.

One nie odwołały. Tak samo Thompsonowie, których syn pokonał lęk przed końmi dzięki uważnemu prowadzeniu Pip. I Wilsonowie, którzy kupili od Pip kucyka, a ich córka zdobywała z nim wstążki na prawo i lewo; mieli być za godzinę.

Wciąż byli ludzie, którzy dostrzegali jej wartość i bardziej ufali jej fachowości niż szeptanym insynuacjom. Ale czy to wystarczy? Czy jej biznes przetrwa, jeśli choć połowa bazy klientów wyparuje?

Pip patrzyła, jak Lucy bierze kolejny skok; twarz dziewczynki rozjaśnił zachwycony uśmiech, gdy poklepała kucyka po szyi na znak radości. To się liczyło: te chwile więzi i małych zwycięstw. To właśnie Vivienne próbowała zniszczyć swoją jadowitą nagonką.

I po co? Bo Pip odmówiła sprzedaży Honey za obraźliwie niską cenę? Bo utrzymała swoje miejsce w Ridgewater, choć nie urodziła się w tej rodzinie? Bo uosabiała coś, czego Vivienne nie mogła kontrolować ani zastraszyć? A może to zwykła zazdrość — że były mąż Vivienne lekkomyślnie dał jej do zrozumienia, iż coś go do Pip ciągnie... i że Jake wyraźnie przedkładał jej towarzystwo nad inne?

Pip wróciła do księgi, rysując pod obliczeniami linię z taką siłą, że grafit w ołówku pękł. Już raz zbudowała wszystko od zera — gdy odeszła od wyścigów — a potem podniosła się z absolutnego dna, kiedy zmarł Kit. Jeśli trzeba, zrobi to znowu. Ale najpierw będzie walczyć o to, co stworzyła, o swoje miejsce tutaj, o prawdę.

Vivienne Ashford wybrała niewłaściwą kobietę na cel.

Jake stał przy tylnej ścianie Ridgemont Community Hall, a mundur sprawiał, że był jednocześnie widoczny i odrębny wobec mieszkańców zajmujących składane krzesła. Spotkanie w sprawie obwodnicy przyciągnęło większą niż zwykle frekwencję — proponowane zmiany w przebiegu drogi dotykały wartości nieruchomości i codziennych dojazdów, a takie kwestie gwarantują lawinę opinii. Ze swojego miejsca widział Pip siedzącą z siostrami McKenzie mniej więcej w dwóch trzecich sali; jej drobna sylwetka niemal ginęła między wyższymi Sarah i Emmą. Nawet z drugiego końca sali dostrzegał napięcie w jej ramionach i ostrożną neutralność wyrazu twarzy, która nie do końca maskowała stres, jaki dojrzał wcześniej na posterunku.

Ich krótka, popołudniowa rozmowa była czysto zawodowa — przeglądali dokumenty firmy transportowej, jakby pocałunek w samochodzie obserwacyjnym w ogóle się nie wydarzył. Ale Jake widział twarde kreski wokół jej oczu, to, że częściej niż zwykle zerkała na telefon, i lekkie zawahanie, zanim wspomniała, że musi wrócić do Ridgewater wcześniej, niż planowała. Coś było nie tak — ponad trwające śledztwo i ich skomplikowaną sytuację osobistą — a biorąc pod uwagę szepty w miasteczku, był prawie pewien, co. Szybko odkrył, że sklep rolniczy jest centrum wiejskiej poczty pantoflowej, a Nate, jego kierownik, po cichu napomknął o kilku rozmowach, które podsłyszał, gdy Jake wpadł po drodze.

Przewodniczący rady, siwowłosy mężczyzna w okularach do czytania niepewnie osadzonych na końcu nosa, stuknął w mikrofon na stole prezydialnym. — Proszę wszystkich o zajęcie miejsc — zawołał ponad pomruk rozmów. — Mamy dziś kilka punktów w porządku obrad, zaczynając od oceny oddziaływania na środowisko planowanej obwodnicy.

Jake omiótł salę nawykowo czujnym spojrzeniem, zauważając znajomy podział wspólnoty na frakcje: po lewej skupili się rolnicy i wieloletni mieszkańcy, po prawej nowsi osadnicy i przedsiębiorcy. Rodzina McKenzie zajmowała środek — dosłownie i w przenośni — szanowana przez obie strony za głębokie korzenie i postępowe podejście.

Vivienne Ashford siedziała wyeksponowana w pierwszym rzędzie; jej rudobrązowe włosy lśniły w jarzeniówkach, a firmowy strój był uderzająco formalny jak na zebranie mieszkańców. Po bokach miała dwie kobiety, które Jake kojarzył z country clubu; co chwila pochylały głowy, szepcząc komentarze. Joe Ashford siedział kilka rzędów za byłą żoną, z miną mówiącą, że wolałby być gdziekolwiek indziej, ale uznał, że powinien tu być.

Spotkanie toczyło się przez techniczne prezentacje o natężeniu ruchu i badaniach spływu wód; mieszkańcy co jakiś czas wstawali, by zadawać pytania albo zgłaszać uwagi. Jake skupiał się bardziej na sali niż na treści — był tu służbowo, przede wszystkim po to, by pilnować porządku. Zdarzało się, że takie zebrania się rozgrzewały, choć rzadko wymagały realnej interwencji.

Wzrok Jake'a raz po raz wracał do Pip — zauważał, jak pochyla się, by słuchać specjalisty od ochrony środowiska, jak jej koncentracja pozostaje absolutna mimo osobistych trosk. Miała dar obecności: potrafiła być w pełni tu i teraz, bez względu na okoliczności. Zauważył to już podczas ich śledztwa — umiała odsunąć na bok wszystko zbędne, gdy skupiała się na dowodach czy przesłuchaniach.

W połowie podsumowania wariantów finansowania przez przewodniczącego rady Vivienne wstała z miejsca z teatralnym gestem, unosząc dłoń. Nie czekając na udzielenie głosu, wyszła na środkową alejkę.

— Uważam, że umyka nam tu coś kluczowego — oznajmiła, a jej głos niósł się wyraźnie bez mikrofonu. — W kółko rozmawiamy o szczegółach technicznych, nie poruszając kwestii tego, kto wpływa na te decyzje.

Przewodniczący poprawił okulary. — Pani Ashford, proszę poczekać na udzielenie głosu i wrócić na miejsce, mamy określoną procedurę zgłaszania uwag.

Vivienne zignorowała go, stawiając kolejny krok naprzód. — Uważam, że mieszkańcy mają prawo do przejrzystości w sprawie pewnych interesów sprzeciwiających się tej obwodnicy. Niektórzy ludzie o wątpliwych praktykach biznesowych wydają się bardzo zaangażowani w blokowanie postępu.

Po sali przebiegła fala skrępowania. Jake oderwał się od ściany, natychmiast wyczuwając zmianę nastroju. Wzrok Vivienne przemknął po zebranych, po czym osiadł wymownie na Pip.

— Osoby, które w ogóle stąd nie pochodzą, nie powinny mieć takiego samego wpływu na przyszłość naszej społeczności — ciągnęła, przybierając ton niby zatroskanej moralistki, który ledwie maskował złośliwość. — Jedni z nas mają tu pokolenia zaangażowania, a inni po prostu wykorzystują to miejsce dla własnej korzyści.

Insynuacja zawisła w powietrzu, nie do przeoczenia. Jake widział, jak twarz Pip pozostaje starannie neutralna, choć siedząca obok Kate wyraźnie się usztywniła i położyła dłoń ochronnie na jej ramieniu. Sarah szeptała coś do Marcusa; oboje mieli zatroskane miny.

— Pani Ashford, to nie ma związku z omawianym punktem porządku obrad — próbował przewodniczący, ale Vivienne dopiero się rozpędzała.

— Moim zdaniem jak najbardziej ma — odparła gładko — skoro rozmawiamy o tym, kto powinien podejmować decyzje w naszej społeczności. Musimy się zastanowić, co znaczy utrzymanie standardów, ochrona wartości, które uczyniły Ridgemont tym, czym jest. Gdy wpływy zyskują przybysze bez właściwego zrozumienia naszych tradycji, ryzykujemy utratę tożsamości.

Jake poczuł, jak w piersi narasta mu zimna złość, gdy rozpoznał ten chwyt. Vivienne była zbyt wyrafinowana, by użyć wprost rasistowskich słów, ale sens był krystalicznie jasny — i dla osoby, do której celowała, i dla wszystkich na sali. Nieswój wyraz wielu twarzy mówił, że oni też to widzą, a jednak nikt jej nie przerywał.

Cisza po słowach Vivienne dobitnie przypomniała Jake'owi inne pomieszczenie, inny moment, kiedy krzywdzące słowa pozostały bez odpowiedzi. Claire Donovan siedząca naprzeciw jego biurka, tłumacząca, że były mąż jej groził, a Jake kiwał profesjonalnie głową i nie zrobił nic zasadniczego. Jego bierność przyczyniła się wtedy do tragedii. To nie była ta sama sytuacja, ale schemat — pozwalanie uprzedzeniom pozostać bez reakcji, bo konfrontacja jest niewygodna — był boleśnie znajomy.

— Co więcej — podjęła w niezręcznej ciszy — uważam, że powinniśmy się zastanowić, czy osoby, które nie potrafią nawet porządnie zabezpieczyć własnego mienia, powinny wpływać na decyzje dotyczące bezpieczeństwa publicznego. Kiedy cenne mienie znika pod czyimś nadzorem, rodzi to pytania o ocenę sytuacji, prawda?

Aluzja do kradzieży Honey była nie do przeoczenia. Jake zobaczył, jak dłonie Pip zacisnęły się w jej kolanach, choć wyraz twarzy z wielkim wysiłkiem pozostał spokojny. W sali ludzie wiercili się nieswojo; jedni lekko kiwali głowami, inni wbijali wzrok w podłogę, jakby chcieli zdystansować się od tej brzydoty, a jednocześnie pozwalali, by trwała.

Coś w Jake'u pękło. Tak wyglądało współudział poprzez milczenie — tak samo czuło się to w Brisbane, gdy odwrócił wzrok i wybrał zawodowy dystans zamiast moralnej jasności. Nigdy więcej.

Odepchnął się od ściany i wszedł naprzód; ruch natychmiast ściągnął spojrzenia. Mundur sam w sobie budził uwagę, gdy wchodził na środek sali, stając tak, by każdy dobrze go widział i słyszał.

— Jako policyjny przedstawiciel obecny na sali — powiedział głosem, który niósł się autorytetem bez podnoszenia tonu — czuję się w obowiązku odnieść do kilku niepokojących stwierdzeń, które właśnie padły.

Wyraz twarzy Vivienne na moment się zachwiał — najwyraźniej nie spodziewała się takiej interwencji.

— Po pierwsze, insynuacje pani Ashford dotyczące rzekomego związku pani Rodriguez-McKenzie z kradzieżami koni są całkowicie bezpodstawne i potencjalnie zniesławiające — ciągnął Jake profesjonalnie spokojnym tonem, który nie pozostawiał pola do dyskusji. — Pani Rodriguez-McKenzie współpracuje z policją jako oficjalna konsultantka w tej sprawie, wnosi cenną wiedzę, która znacząco posunęła nasze śledztwo naprzód.

Po tłumie przeszedł szmer. Jake utrzymał skupienie, spotykając spojrzenia w różnych częściach sali.

— Po drugie — i może ważniejsze — uważam, że rasistowskie uwagi nie mają miejsca w obradach naszej społeczności. Sugestia, że miejsce urodzenia czy pochodzenie etniczne powinny umniejszać czyjąś pozycję wśród nas, stoi w sprzeczności z wartościami, które naprawdę czynią Australię silną.

Samo określenie rasistowski spadło jak kamień w spokojną wodę, wywołując kręgi reakcji wśród zebranych. Niektórzy drgnęli, inni wyprostowali się na krzesłach, ale nikt nie przerwał, gdy Jake mówił dalej.

— Pani Rodriguez-McKenzie jest obywatelką Australii, szanowaną właścicielką firmy i cenioną członkinią tej społeczności. Jej kompetencje w sprawach jeździeckich są uznawane w skali kraju. Próba zdyskredytowania jej na podstawie miejsca urodzenia i koloru skóry, zamiast merytorycznej rozmowy o różnicach zdań, jest nie na miejscu i, szczerze mówiąc, poniżej standardów, których ta społeczność powinna przestrzegać. Co więcej, sugerowanie, że o wadze głosu ma decydować długość zamieszkiwania rodziny w danym miejscu, jest dyskryminujące i niedemokratyczne. A tak na marginesie — o ile wiem, sama przeprowadziła się pani tutaj z Brisbane zaledwie kilka lat temu, prawda, pani Ashford?

Vivienne purpurowo spłonęła, gdy cios trafił w punkt. Jake omiótł salę wzrokiem, zauważając, jak na kilku twarzach pojawił się rumieniec wstydu. Joe Ashford lekko kiwał głową, z miną łączącą zakłopotanie z rezygnacją. Przewodniczący rady wyglądał jednocześnie na ulżonego i podenerwowanego — wyraźnie wdzięczny, że ktoś zareagował, ale niepewny, co z zakłóceniem porządku obrad.

— Wierzę, że możemy kontynuować to spotkanie, z szacunkiem omawiając rzeczywiste kwestie — zakończył Jake. — I ufam, że osobiste ataki i dyskryminujący język nie będą elementem procesu decyzyjnego w naszej społeczności.

Cofnął się, wracając na swoje miejsce przy ścianie. Cisza, która nastąpiła, była inna niż przedtem — naładowana zrozumieniem, nie współudziałem. Kilka osób kiwało teraz głowami, a parę nawet mruknęło cicho: słusznie.

Vivienne zastygła w przejściu, z twarzą płonącą gniewem i zażenowaniem; misterna towarzyska maska pękała, odsłaniając wściekłość pod spodem. Przez moment wyglądało, jakby miała odpowiedzieć, ale zamiast tego z rozmysłem chwyciła markową torebkę, unosząc brodę w geście buntu.

— Skoro ta społeczność woli poprawność polityczną od uczciwej dyskusji nad uzasadnionymi obawami, nie widzę sensu dalszego uczestnictwa — oznajmiła, choć w jej głosie zabrakło już pewności. Odwróciła się na pięcie i ruszyła ku wyjściu, a jej znajome z country clubu, po chwili wyraźnego wahania, pospiesznie podążyły za nią.

Gdy drzwi zamknęły się za nimi, napięcie w sali wyraźnie opadło. Przewodniczący wykorzystał okazję, by skierować obrady z powrotem na temat obwodnicy; w jego głosie brzmiała ulga, gdy udzielał głosu rolnikowi z pytaniem o drogi dojazdowe do pól.

Wzrok Jake'a odnalazł Pip po drugiej stronie sali. Patrzyła prosto na niego, a w jej ciemnych oczach kryła się złożona mieszanka wdzięczności, szacunku i czegoś głębszego, czego nie umiał nazwać. Jej usta musnął lekki, lecz szczery uśmiech, a w jego piersi rozlało się odpowiadające mu ciepło.

Ta chwila zawisła między nimi niczym niewidzialna nić, spinająca ich ponad tłumem, zanim Pip znów skupiła uwagę na zebraniu. Jake uczynił to samo, wracając do roli służbowego obserwatora. Ale coś się przesunęło — i między nimi, i w nim samym — o krok w stronę człowieka, którym chciał być, a nie tego, którego ukształtowały jego błędy.

Rozdział trzynasty

TELEFON PIP WYRWAŁ JĄ ze snu, ostry dzwonek rozciął przedświtową ciemność sypialni. Kiedy niezdarnie przyłożyła aparat do ucha, głos Jake'a zabrzmiał wyraźnie i pilnie.

— Znaleźliśmy je. Nieruchomość w północnej Nowej Południowej Walii. Dasz radę być gotowa za piętnaście minut? Jadę po ciebie.

Serce tłukło jej o żebra, gdy usiadła jak rażona piorunem, a sen zniknął w jednej chwili. Po tygodniach ślepych zaułków, fałszywych tropów i narastającej rozpaczy te proste słowa roznieciły iskierkę nadziei, którą uważała za dawno wygasłą.

— Tak. Tak, będę gotowa — odparła, już zsuwając nogi z łóżka. — Co mam zabrać?

— Skaner do mikrochipów, zdjęcia zaginionych koni i ubrania, których nie szkoda pobrudzić. Przed nami długa droga, a miejsce wygląda dość parszywie.

Połączenie urwało się, zanim zdążyła zadać kolejne pytania. Pip ruszyła w pośpiechu, wciągając dżinsy i znoszony sweter, potem wsunęła stopy w buty przy drzwiach i pobiegła do stajni, żeby z biura przynieść skaner do mikrochipów. Zawahała się, bojąc się zapeszyć, po czym mruknęła — A niech to — i chwyciła kantar Honey, który wisiał nad biurkiem, odkąd Honey została skradziona. Wolała mieć go i nie potrzebować, niż nie mieć, kiedy będzie potrzebny.

Wpadłszy z powrotem do domu, wepchnęła do torby kilka pełnych butelek wody.

— Co się dzieje? — Sarah stanęła w progu kuchni, wyglądając na czujną mimo wczesnej pory.

— Policja z NSW twierdzi, że znalazła skradzione konie — wyjaśniła Pip, znajdując w spiżarni nieotwarte pudełko batoników musli i dorzucając je do butelek z wodą. — Muszę jechać.

— My tu wszystkiego dopilnujemy — powiedziała natychmiast Sarah. — Powodzenia! — zawołała, gdy Pip wybiegła, a drzwi z siatką zatrzasnęły się głośno za nią.

Policyjny samochód Jake'a podjechał, gdy tylko dobiegła na dół schodów, reflektory przecinały mrok. Wyglądał, jakby nie spał; oczy miał podkrążone ze zmęczenia.

— To rejestry firmy transportowej — wyjaśnił, gdy wsiadła, skinąwszy na stos papierów na tylnym siedzeniu. — Zweryfikowaliśmy je z obrazami satelitarnymi nieruchomości, które przyjmowały dostawy pasujące do naszego schematu kradzieży. To miejsce pojawiło się trzy razy. Miejscowi nie mają o właścicielu dobrego zdania, a facet ma na koncie kradzieże. To tylko pół godziny na południe od granicy.

Jechali na południe, gdy świtało, a krajobraz rozmywał się za oknami, bo Jake trzymał się granicy prędkości. Pip ściskała skaner jak talizman, a jej myśli krążyły w kółko. Czy Honey tam będzie? Czy będzie cała? Pytania zapętlały się bez końca, gdy mijały kilometry, a żadne z nich prawie się nie odzywało, pogrążone we własnych myślach.

— Rozstawili posterunek dowodzenia pół kilometra od nieruchomości — powiedział Jake, gdy minęli granicę między Queensland a Nową Południową Walią. — Policja NSW prowadzi sprawę, bo to ich jurysdykcja, ale zatwierdzili mnie jako obserwatora, a ciebie — jako konsultantkę do tej operacji.

Pip skinęła głową, wdzięczna za jego przezorność w dopięciu jej oficjalnego udziału. — Czego mam się spodziewać?

— Standardowego nalotu. Najpierw zabezpieczą perymetr, potem wejdą do budynków. Twoim zadaniem będzie identyfikacja odzyskanych koni, potwierdzenie mikrochipów, jeśli to możliwe. Ale — głos mu stwardniał — trzymasz się mnie przez cały czas. Nie wiemy, co zastaniemy.

Posterunek dowodzenia wyłonił się jako skupisko radiowozów zaparkowanych za grzbietem wzgórza, ukryte przed wzrokiem z nieruchomości. Funkcjonariusze w oporządzeniu taktycznym poruszali się sprawnie i cicho, sprawdzając broń i łączność. Gdy zaparkowali, podeszła do nich kobieta w średnim wieku o krótkich siwych włosach w mundurze inspektora policji NSW.

— Starszy konstabl Harrison? — Wyciągnęła dłoń najpierw do Jake'a, potem do Pip. — Inspektor Dawson z Sekcji ds. Zwierząt Gospodarskich. Dziękuję za informacje. Obserwujemy posiadłość od 04:00.

Jake przedstawił Pip, podkreślając jej doświadczenie i status konsultantki. Inspektor Dawson skinęła energicznie.

— Dobrze, że pani z nami, pani Rodriguez-McKenzie. Przejdźmy do odprawy.

Poszli za nią do rozkładanego stołu, na którym rozłożono mapy i zdjęcia lotnicze. Pip czuła się boleśnie świadoma swoich cywilnych ubrań pośród morza mundurów; jej drobna postura potęgowała wrażenie nie na miejscu. Odsunęła to uczucie, skupiając się na zdjęciach satelitarnych.

— Nieruchomość jest prawie nieużywana od lat — wyjaśniała inspektor Dawson, wskazując zrujnowany dom otoczony kilkoma budynkami gospodarczymi. — Leży na terenie zalewowym, dom zalało podczas powodzi w 2011 roku i został wyłączony z użytkowania. Właściciel wynajął to facetowi, który rzekomo mieszka w tej przyczepie kempingowej i wypasa bydło na ziemi... ale nie widać tu żadnej krowy.

Jake pochylił się nad mapami, palcem kreśląc drogi dojścia. — Te płaskie pastwiska dają zbyt dużą widoczność. Jaka jest strategia podejścia?

Gdy omawiali szczegóły taktyczne, Pip podeszła do krawędzi grzbietu, gdzie na statywie ustawiono lornetkę. Przez szkła widziała nieruchomość rozciągającą się w płytkiej dolinie nad szeroką rzeką, a poranne słońce obnażało jej zaniedbanie. Duże, lecz wyblakłe stodoły z łuszczącą się farbą stały na straży kwater oddzielonych zardzewiałymi bramami i zwisającymi ogrodzeniami. Miejsce miało pusty, bezduszny wyraz porzucenia, a jednak przy jednej ze stodół stała droga przyczepa kempingowa, a przed nią nowiutki pick-up.

Pip wyostrzyła obraz, skanując widoczne pastwiska. Nie było widać bydła, ale i koni też nie. Dłonie lekko jej drżały, gdy opuszczała lornetkę. Jeśli Honey jest tutaj, w jakim stanie będzie po tygodniach w rękach złodziei?

Jake stanął u jej boku. — Ruszamy za dziesięć minut. Trzymaj się blisko mnie.

Skinęła głową, gardło miała zbyt ściśnięte, by odpowiedzieć. Wokół nich funkcjonariusze po raz ostatni sprawdzali radiostacje i sprzęt; ruchy mieli oszczędne, wyćwiczone. Ktoś podał jej kamizelkę kuloodporną, która niemal ją pożarła, sprawiając, że wyglądała jak dziecko bawiące się w przebieranki. Jake pomógł wyregulować paski, a jego palce musnęły jej ramiona z nieoczekiwaną delikatnością.

— Jeśli cokolwiek będzie wyglądało niebezpiecznie, natychmiast padaj na ziemię — powiedział cicho. — Obiecaj.

— Obiecuję — odparła, rozumiejąc troskę kryjącą się za zawodowym tonem.

Atmosfera zgęstniała, gdy funkcjonariusze zajęli pozycje, wszelkie swobodne rozmowy ustały. Pip jeszcze raz sprawdziła skaner, przekartkowała teczkę ze zdjęciami koni — cokolwiek, by zająć ręce, podczas gdy adrenalina buzowała w żyłach.

Trzask radiostacji przerwał ciszę. — Wszystkie jednostki na pozycjach.

Głos inspektor Dawson był zdecydowany. — Wykonać na mój znak.

Operacja rozwinęła się z choreograficzną precyzją. Zespoły ruszyły jednocześnie z kilku kierunków, błyskawicznie zabezpieczając perymetr.

Pip stała z Jake'em, drżąc od pragnienia, by iść, ale świadoma możliwego zagrożenia. Patrzyli, jak policjanci wchodzą do przyczepy kempingowej, po chwili wyciągając stamtąd klnącego mężczyznę w samych spodniach dresowych, zakuwając go w kajdanki i wsadzając do radiowozu. Dopiero wtedy Pip i Jake dostali znak, by podejść do drzwi największej stodoły, gdzie zbierali się funkcjonariusze.

— Ruch w środku — zameldował jeden z policjantów. — Brzmi jak kilka dużych zwierząt.

Puls Pip przyspieszył. Konie. Teraz i ona je słyszała — charakterystyczne przesuwanie kopyt i ciche rżenie zdenerwowanych zwierząt.

— Bądź gotowa — szepnął jej Jake, gdy funkcjonariusze szykowali się do otwarcia drzwi stodoły.

Metal zaskrzypiał o beton, gdy siłą rozsunięto duże drzwi. Słońce zalało ogromne wnętrze, rozświetlając widok, od którego Pip zabrakło tchu. Konie. Dziesiątki. Stłoczone w prowizorycznych boksach zbudowanych ze spiętrzonych okrągłych bel siana i podstawowych paneli z rur stalowych, niektóre ledwie większe niż same zwierzęta.

Zapach uderzył w nią natychmiast — znajoma woń końskiego nawozu i siana, podszyta czymś niepokojącym: kwaśnym odorem przesiąkniętej moczem ściółki, której nie sprzątano codziennie. Zawodowa ocena włączyła się automatycznie; oczy skanowały zwierzęta widoczne od wejścia.

Wszystkie konie, jakie widziała, były klaczami, co potwierdzało przypuszczenia o hodowli. Wyglądały na ogół zadbane, miały dobrą kondycję i dostęp do siana, ale były stłoczone i patrzyły na ludzi wchodzących do stodoły z lękiem w oczach.

— Czysto! — zawołał policjant z drugiego końca stodoły. — Brak ludzi.

Jake odwrócił się do Pip, a jego wyraz twarzy złagodniał, tracąc taktyczne napięcie. — Jest bezpiecznie. Rób, co trzeba.

Skinęła głową, wyjmując skaner z etui drżącymi lekko dłońmi. Funkcjonariusze zaczęli dokumentować miejsce, fotografować warunki i sporządzać notatki, inni wciąż przeszukiwali pozostałe budynki.

Pip podeszła do pierwszego boksu, gdzie gniada klacz patrzyła na nią czujnie. Nie jedna z poszukiwanych, które rozpoznawała, ale z pewnością czyjś ukochany koń, skradziony i uwięziony tutaj. Mruczała ciche uspokojenia, skanując mikrochip, dyktowała numer funkcjonariuszowi z notatnikiem, po czym przechodziła do kolejnego boksu.

Po kolei przeszukiwała stodołę, metodycznie skanując każdą klacz, a Jake trzymał się blisko, na zmianę przyglądając się jej pracy i konsultując z innymi funkcjonariuszami przebieg działań. Znajoma rutyna sprawdzania koni uziemiała ją pośrodku chaosu policyjnej operacji; zawodowe skupienie stanowiło tarczę przed przytłaczającymi emocjami, które groziły, że przebiją się na wierzch.

Niektóre konie uchylały się przed jej podejściem, inne łaknąco przyciskały się do jej dłoni, spragnione delikatnego ludzkiego dotyku. Mówiła do każdej, cicho i kojąco, tłumacząc, co robi, choć nie mogły zrozumieć jej słów. Jake z uznaniem obserwował jej pracę, czasem pomagając uspokoić wyjątkowo nerwowe zwierzę albo zapisując informacje, które jej dyktowała.

— Firecracker! — Rozpoznała klacz Diane Wells od razu po charakterystycznej, łezkowatej, białej plamce między nozdrzami. — Jake, tę znam! — Nie musiała skanować mikrochipu, ale i tak to zrobiła, a ulga zalała ją na widok wciąż wyraźnej ciąży klaczy. Jeszcze tydzień, dwa i niektóre z tych klaczy będą się źrebić, co bardzo skomplikowałoby sytuację. Oby Firecracker udało się bezpiecznie wrócić do domu, zanim przyjdzie źrebak. Pip pogłaskała klacz po chrapach, szepcząc obietnicę, że wkrótce wróci do domu, po czym ruszyła dalej, wkrótce znajdując także Cinnamon i Hot Pepper.

— Tylko mi teraz nie pisz do Melody ani Diane — ostrzegł łagodnie Jake, podchodząc do niej.

— Wiem, to nie moja rola — Pip poklepała szyję Hot Pepper. — Ale już nie mogę się doczekać ich min.

Jednak z każdą klaczą, która nie była Honey, Pip czuła jednocześnie rozczarowanie i nadzieję. Rozczarowanie, że jeszcze nie znalazła swojej klaczy, i nadzieję, że w następnym boksie zobaczy znajomą maść palomino i ufne błękitne oczy. Stodoła zdawała się ciągnąć bez końca, boks za boksem, koń za koniem — poszukiwania były jednocześnie nieskończone i zbyt szybkie.

W trzeciej, najmniejszej stodole w oko Pip wpadł błysk złota; znajomy odcień, który podniósł jej serce do gardła. Zmrużyła oczy w półmroku, mijając rząd gniadych klaczy, w stronę małego, prowizorycznego boksu częściowo zasłoniętego spiętrzonymi belami siana. Maść palomino, przygaszona brudem i zaniedbaniem, ale nie do pomylenia dla oczu, które ponad rok patrzyły, jak lśni na słońcu. Skaner zadźwięczał o ziemię, gdy zapomniała o procedurach i profesjonalizmie, rzucając się biegiem.

— Jake — zawołała, a imię załamało się jej w gardle. — Jake, znalazłam Honey!

Miała mgliste poczucie jego kroków za sobą, świadomość, że funkcjonariusze odwracają się, by patrzeć, jak pędzi alejką, ale jej uwaga zwęziła się do tej złotej sierści i niczego więcej. Zatrzymała się w poślizgu przy boksie, palcami szamocząc się ze skręconym drutem spinającym panele, dysząc krótko już nie ze zmęczenia, a z emocji.

— Daj — powiedział cicho Jake, sięgając nad jej ramieniem, by uwolnić drut i odsunąć ciężki panel.

Honey stała z nisko spuszczoną głową, biała grzywa skołtuniona od brudu i — o zgrozo — zaschniętej krwi. Niegdyś lśniąca sierść zmatowiała na ciele, na którym widać było zbyt wiele żeber, a wściekle czerwone ślady ciągnęły się po szyi i bokach. Nie podniosła głowy na wejście Pip, nie przywitała jej zwyczajowym cichym rżeniem; tylko nieznacznie przeniosła ciężar, jakby nawet ten ruch był zbyt dużym wysiłkiem.

— Och, maleńka — wyszeptała Pip, gardło jej się ścisnęło. — Co oni ci zrobili?

Podeszła powoli, mrucząc miękkie, bezsensowne zdania, których używała od pierwszego dnia Honey w Ridgewater. Uszy klaczy nieznacznie drgnęły w rozpoznaniu, ale pozostała nieruchoma jak posąg, jakby oszczędzała każdą porcję energii. Z bliska szkody były jeszcze bardziej widoczne. Skupiska śladów zębów na szyi i łopatkach, place wytartej sierści tam, gdzie ocierała się o chropowate drewno, niepokojąca opuchlizna na lewej tylnej pęcinie.

Dłonie Pip drżały, gdy Jake podał jej upuszczony skaner. Przejęła go i przesunęła po szyi Honey w miejscu, gdzie powinien być mikrochip. Znajomy sygnał i seria cyfr na wyświetlaczu potwierdziły to, co serce już wiedziało.

— To ona — powiedziała, a głos jej zadrżał, gdy spojrzała na Jake'a stojącego z szacunkiem przy wejściu do boksu. — Na pewno Honey.

Odwróciła się z powrotem do klaczy; łzy cicho spływały jej po twarzy, gdy zaczęła badanie. Jej dłonie poruszały się delikatnie, sprawdzając parametry życiowe, oceniając urazy, wszystko katalogując z dokładnością, jaką przykładała do każdego konia w swojej opiece. Ale to nie był byle koń. To była Honey, która trafiła do niej wychudzona i przerażona, która pod jej opieką rozkwitła w championkę, której zaufanie zdobywała miesiącami cierpliwości. Honey, skradziona z bezpiecznego Ridgewater i poddana temu.

— Jak myślisz, co spowodowało te obrażenia? — zapytał cicho Jake, wskazując na wzór ran na szyi i bokach Honey.

Szczęka Pip stężała. — Wpuścili ją do ogiera — wyjaśniła. — Sądząc po rozmieszczeniu i głębokości, zaatakował ją, kiedy nie chciała go przyjąć. Te ślady tutaj, na kłębie i bokach, to klasyczna agresja przy kryciu, od jego zębów. A te to uderzenia kopyt... nawet nie założyli mu butów na kopyta, żeby ją chronić.

Przesunęła delikatnie dłoń po najgorszych cięciach, czując, jak Honey lekko się wzdryga pod dotykiem.

— Klaczy nie wrzuca się po prostu do ogiera bez odpowiedniego przygotowania, zwłaszcza tak małej i delikatnej jak Honey — w jej głos wdarła się złość. — Zrobił to ktoś, kto albo nie zna właściwych zasad hodowlanych, albo ma je gdzieś. Najpewniej jedno i drugie.

Wyraz twarzy Jake'a pociemniał. — Dodamy znęcanie się nad zwierzętami do zarzutów — powiedział nisko, z trudem panując nad gniewem. — Czego potrzebuje teraz?

— Najpierw wody — odparła Pip, a zawodowe skupienie znów przejęło ster. — Jest silnie odwodniona. Potem dokładne badanie przez weterynarza. Myślę, że te rany zagoją się bez blizn, jeśli zapewni się odpowiednią opiekę i czas, ale szkody psychiczne... — urwała, po czym wyprostowała się z determinacją. — Już raz wyciągnęłam ją na prostą. Zrobię to znowu.

Jake skinął i zniknął, wrócił po chwili z wiadrem czystej wody. Razem ustawili je tak, by Honey łatwo dosięgała. Klacz długo patrzyła na wodę, potem opuściła głowę i zaczęła pić powoli, miarowymi łykami. Dłoń Pip spoczęła delikatnie na jej szyi, palce ostrożnie rozplątywały kołtuny, omijając bolesne ślady po zębach.

— Dobra dziewczynka — wyszeptała, a głos jej zadrżał. — Moja dzielna, kochana dziewczynka.

Gdy Honey piła, Pip znów uświadomiła sobie ruch wokół: funkcjonariusze dokumentowali warunki, weterynarze przybywali, by sprawdzać inne konie; zorganizowany chaos trwającej operacji. Ale tutaj, w tym boksie, czas jakby zwolnił, kurcząc się do niej, Honey i stałej obecności Jake'a tuż obok.

Przykucnęła, by obejrzeć spuchniętą pęcinę Honey; jej małe dłonie były delikatne, lecz dokładne, gdy sprawdzała ciepłotę, reakcję bólową i zakres ruchu. Staw był ciepły, ale nie gorący; spuchnięty, ale bez alarmu. Prawdopodobnie kopnięcie od innego konia, może podczas próby krycia, ale nic, co nie zagoi się przy właściwej opiece.

— Jak źle? — zapytał Jake, ściszonym głosem, tylko dla niej.

— Niezbyt. Lekkie skręcenie, może. Potrzebuje odpoczynku, właściwego żywienia i czasu — odpowiedziała Pip, podnosząc się, by stanąć obok niego. Zawodowa powłoka lekko pękła, gdy dodała: — Musi wrócić do domu.

Mimo drobnej postury w tamtej chwili nie było w Pip nic małego. Łzy wciąż znaczące jej policzki nie kłóciły się z wyprostowanym kręgosłupem i zaciśniętą, zdeterminowaną szczęką. Jake, wyższy od niej o głowę, zdawał się rozpoznawać siłę ukrytą w jej bólu, wspierając, ale nie przejmując steru.

— Sprowadzimy ją do domu — obiecał, kładąc lekko dłoń na jej ramieniu. — Ciężarówki do przewozu koni już są w drodze, jest też miejscowy weterynarz specjalizujący się w koniach, choć wiem, że będziesz chciała, żeby Marcus zobaczył ją jak najszybciej.

Pip skinęła, odwracając się do Honey, która skończyła pić i teraz stała z głową uniesioną odrobinę wyżej, uszami zwróconymi ku Pip — pierwszy znak prawdziwego rozpoznania. Pogłaskała delikatnie chrapy klaczy, jej dotyk był obietnicą.

— Ufała mi, że ją ochronię — powiedziała miękko, ledwie słyszalnie. — Nie zawiodę jej drugi raz.

Dłoń Jake'a na jej ramieniu na moment się zacisnęła. — Nie zawiodłaś jej za pierwszym razem — przypomniał. — Ale dopilnujemy, żeby każdy odpowiedzialny za to poniósł konsekwencje.

Pip spojrzała na niego, z zaciekłością w oczach i śladami łez na policzkach. — Musimy zabrać ją do domu — powiedziała po prostu. Te wszystkie złożone emocje — ulga, wściekłość i zawodowa ocena — skupiły się w tej jednej konieczności. Honey musiała wrócić do domu, musiała znów trafić w bezpieczeństwo i opiekę Ridgewater, musiała zacząć leczyć rany — te widoczne i te niewidoczne.

I stojąc w tym brudnym boksie, z wspierającą obecnością Jake'a u boku i poszarpaną sylwetką Honey przed sobą, Pip złożyła w milczeniu przysięgę, że już nikt nigdy nie skrzywdzi jej klaczy.

Pip z żalem opuściła boks Honey, gdy inspektor Dawson wezwała ją do pomocy. Jake obiecał zostać przy klaczy, zapewniać jej świeżą wodę i monitorować stan, dopóki nie przyjedzie weterynarz. Ostatni raz delikatnie pogłaskała Honey po chrapach i zmusiła się do powrotu w tryb zawodowy. Kilka innych koni wciąż wymagało identyfikacji — wszystkie najpewniej skradzione właścicielom tak samo rozpaczliwie pragnącym ich powrotu, jak ona pragnęła odnaleźć Honey. Wyprostowała ramiona, otarła resztki wilgoci z policzków i wróciła do metodycznej pracy skanowania mikrochipów i porównywania cech szczególnych ze zdjęciami z zgłoszeń kradzieży.

Kontynuując pracę w ostatniej stodole, potwierdzając tożsamości i dokumentując warunki, raz po raz nieświadomie kierowała kroki z powrotem ku boksowi Honey między każdą kolejną identyfikacją. Palomino zaczęła okazywać drobne oznaki zainteresowania: uszy nasłuchiwały, gdy Pip podchodziła, głowa unosiła się nieco wyżej z przygnębionej pozycji.

— Ona cię zna — zauważył Jake podczas jednej z takich kontroli, w jego głosie pobrzmiewało ciepło, może i podziw.

— Przeszłyśmy razem wiele — odparła Pip. — Kupiłam ją za grosze na aukcji. Wtedy, uwierzysz, była jeszcze gorsza niż teraz. Cała zarobaczona, na wpół zagłodzona.

To wspomnienie umocniło jej postanowienie. Honey raz już wyszła z zaniedbania i przemocy; zrobi to znowu — z pomocą Pip.

Na zewnątrz charakterystyczny pomruk silników diesla oznajmił przyjazd transporterów do przewozu koni. Serce Pip przyspieszyło. Wkrótce będą mogły opuścić to miejsce i zacząć podróż do domu, do Ridgewater — do bezpieczeństwa i rekonwalescencji.

Podeszła inspektor Dawson z tabletem w dłoni. — Każdy koń, którego mikrochip zeskanowaliśmy, widnieje w rejestrze skradzionych. Mamy dwanaście z pani okręgu, a starszy konstabl Harrison powiedział, że ma pani zaplecze, by je przyjąć, zanim wrócą do właścicieli?

Pip nie zawahała się. — Oczywiście. W Ridgewater mamy mnóstwo miejsca, a na miejscu mieszka lekarz weterynarii, dr Marcus Webb. Nie znajdzie pani lepiej wyposażonego miejsca do oceny stanu i opieki nad nimi, dopóki nie wrócą do domu.

Inspektor skinęła, notując coś na tablecie. — Przydzielę pani dwa transporty. I pojedzie pani z nimi?

— Tak — potwierdziła Pip, zerkając na Jake'a. Skinął z aprobatą.

— Pojedziemy za transportami z powrotem do Queensland — dodał. — Pani Rodriguez-McKenzie będzie monitorować konie w trasie, a my postawimy dr. Webba i jego współpracowników w gotowości, żeby obejrzeli je od razu po przyjeździe.

Gdy ekipy transportowe zaczęły przygotowania do załadunku, Pip wróciła do boksu Honey z jej własnym kantarem. Klacz obserwowała jej podejście z narastającym rozpoznaniem, po raz pierwszy wymknęło jej się ciche rżenie.

— No jesteś — wyszeptała Pip, a emocje znów ścisnęły jej gardło. — Wiedziałam, że wciąż tam jesteś.

Przełożyła kantar przez głowę Honey i pogładziła jej szyję, ostrożnie omijając bolesne ślady po zębach. Klacz opuściła chrapy w dłoń Pip — gest tak znajomy, że aż ścisnęło ją w piersi. Ta mała chwila porozumienia pośród klinicznej policyjnej operacji była niezwykle intymna, cicha rozmowa między koniem a człowiekiem, której nie dotyczyły otaczające je realia.

W drzwiach boksu pojawił się Jake. — Transport jest gotowy, kiedy ty będziesz.

Pip skinęła, odzyskując panowanie nad sobą. — Załadujmy ją.

Razem wyprowadzili Honey z ciasnego boksu na słońce. Klacz zmrużyła oczy, przywykając do jasności, zawahała się na moment, po czym poszła za łagodnym prowadzeniem Pip. Mimo urazów Honey szła z godnością; ufając Pip, mijała obcych funkcjonariuszy i sprzęt bez ociągania.

Przed nimi wyrósł trap — stal i guma wiodące do przestronnego wnętrza naczepy. Honey zawahała się, dawna trauma budziła ostrożność przed zamknięciem.

— Spokojnie — kołysała głosem Pip, tą samą cichą pewnością, która kiedyś zdobyła zaufanie Honey. — To cię zabierze do domu.

Jake stał nieopodal, milczący, ale obecny. Pip doceniała, że rozumiał, iż ta chwila należy do niej i do Honey, a jego rola to towarzyszyć, nie ingerować.

Z cierpliwą konsekwencją Pip skłoniła Honey, by weszła po trapie do wyściełanego stanowiska w środku naczepy. W każdym stanowisku wisiały świeże siatki z sianem, a kierowca pomógł jej zamknąć przegrodę między Honey a kolejnym boksem, gdy policjant wprowadzał na trap Firecracker, której ciężarny brzuch kołysał się przy każdym kroku.

— Proszę. — Kierowca podał Pip kartę z wydrukowanym kodem QR. — Zeskanuje pani to i będzie pani mogła widzieć obraz z tych kamer — skinął głową w stronę urządzeń zamontowanych nad każdym boksem. — Jeśli zobaczy pani coś niepokojącego w czasie jazdy, proszę zadzwonić pod ten numer natychmiast, a ja zatrzymam się bezpiecznie najszybciej, jak to możliwe.

— Och... świetnie. Dziękuję!

Ramię Jake'a objęło jej ramiona — gest wsparcia, który wydał się naturalny mimo zwykle zachowywanych zawodowych granic. Oparła się o niego na moment, pozwalając sobie na tę słabość, po czym znów się wyprostowała. — Musimy zejść z drogi. Załadujmy resztę naszych koni i ruszajmy jak najszybciej.

Załadunek pierwszego transportu do Queensland poszedł gładko, ale klacz Cinnamon stanęła dęba na dole trapy drugiej ciężarówki. Wysoko urodzona i bardzo nerwowa klacz miała wyraźnie dość obcych; rzuciła się do tyłu, kręciła się w kółko i pociągnęła policjanta trzymającego uwiąz tak, że ten runął na ziemię.

— Ja to wezmę. — Pip ruszyła naprzód, maleńka przy wielkiej klaczy, z jedną dłonią wyciągniętą niestrudzenie i bez groźby. — Hej. Hej, dziewczyno. Znasz mnie.

Cinnamon zesztywniała, białka oczu błysnęły, a policjant z ulgą oddał uwiąz, pocierając świeże otarcie po linie na dłoni.

— Nic się nie stało, dziewczyno. Pora wracać do domu. — Pip podsunęła dłoń pod chrapy Cinnamon, pozwalając jej powąchać, po czym powoli sięgnęła, by pogłaskać łopatkę. — Dasz radę. Byłaś już na ciężarówce setki razy. To jak na rodeo, co? Chodź, polecimy na beczki.

— To absolutnie niewiarygodne — odezwał się cichy głos przy ramieniu Jake'a, a on odwrócił się i zobaczył obok inspektor Webster, która wpatrywała się w Pip. — Ta klacz ugryzła w stodole trzech różnych funkcjonariuszy, zanim udało się założyć jej kantar, a teraz na nią patrz.

Cinnamon porzuciła wszelki opór i poszła za Pip po trapie, potulna jak baranek.

— Myślałam, że będziemy musieli ją uspokoić farmakologicznie, żeby w ogóle ją przewieźć! — pokręciła głową inspektor.

— Wystarczyła McKenzie — odparł Jake z uśmiechem, nagle lekko oszołomiony. — Powinienem był przywieźć też pozostałą trójkę.

— Cóż, następnym razem, gdy trafi mi się koń, którego nikt nie potrafi okiełznać, wiem, do kogo zadzwonię. — Dawson posłała mu szybki uśmiech. — Dobra robota dzisiaj, Harrison. Bardzo dobra. Odzyskaliśmy konie warte miliony dolarów. Mój szef będzie zachwycony. Proszę dać znać, jeśli kiedyś będzie pan miał ochotę na przeniesienie.

Przyjął wyciągniętą dłoń, ukradkiem zerkając, jak Pip schodzi po trapie, usuwając się, by kierowca mógł zamknąć zewnętrzne drzwi. — Doceniam propozycję, pani inspektor. I dziękuję *pani* za zaproszenie do udziału jako obserwator.

— W każdej chwili. — Skinęła mu głową i odeszła, by porozmawiać z kierowcą kolejnego transportu w kolejce.

— Czas jechać — powiedział Jake, gdy pierwsza z dwóch ciężarówek do Queensland odpaliła silnik.

— Mhm. — Kroki Pip wyraźnie zwolniły, gdy ruszyła w stronę jego samochodu, i zdał sobie sprawę, że dopada ją spadek adrenaliny — wyczerpanie przesłaniało ją teraz, kiedy bezpośrednie zagrożenie minęło.

— Dzisiaj spisałaś się świetnie — powiedział cicho, a te proste słowa znaczyły więcej niż najbardziej kwiecista mowa.

Pip uniosła wzrok, uśmiech rozjaśnił jej zmęczoną, brudną twarz — i w ostrym porannym świetle była najpiękniejszą kobietą, jaką Jake kiedykolwiek widział.

— Jedźmy do domu — powiedziała. — Potrzebuje mnie.

— Jasne. — Wiedział, że nie odpocznie w samochodzie; będzie mieć wzrok przyklejony do ekranu telefonu, obserwując kamery w naczepie przez każdy kilometr drogi. Ale to już prawie koniec. Za nieco ponad dwie godziny będą bezpieczni — w domu, w Ridgewater.

Droga do domu ciągnęła się przed nimi, już bez niepewności. Honey została odnaleziona. Reszta miała przyjść w swoim czasie.

Rozdział czternasty

W STODOLE PANOWAŁA NOCNA cisza, gdy Pip oparła się o drzwi boksu Honey; jedyne dźwięki to ciche mlaskanie koni przeżuwających siano w sąsiednich boksach i miękkie pohukiwanie mopoke gdzieś na zewnątrz. Klacz maści palomino leżała na grubej warstwie świeżych trocin, jej niegdyś lśniąca sierść poszarzała od stresu i złego traktowania, a rany po ataku ogiera wciąż zieliły się czerwienią na złocistej skórze. Minęły dwa dni od nalotu, a klacz nadal spędzała większość czasu, leżąc i oszczędzając siły, podczas gdy jej organizm walczył z infekcją i wyczerpaniem. Pip wsunęła się do boksu z cyfrowym termometrem w dłoni, szepcząc ciche zapewnienia, gdy podchodziła bliżej.

— Tylko znów sprawdzę ci temperaturę, słodka dziewczyno — wyszeptała. Błękitne oczy Honey śledziły jej ruchy, czujne, ale zmęczone. — To w ogóle nie będzie bolało.

Klacz ledwie poruszyła uchem, gdy Pip delikatnie wsunęła termometr — dowód zarówno jej wyczerpania, jak i absolutnego zaufania. Czekając na wynik, Pip gładziła zad Honey, uważnie omijając najgorsze ślady po ugryzieniach. Termometr zapiszczał.

— 38,5. Wciąż nieco podwyższona — westchnęła Pip, zapisując liczbę w karcie leczenia wiszącej na drzwiach boksu. — Marcus mówił, że jeśli do jutra nie będzie poprawy, spróbujemy silniejszych antybiotyków.

Sięgnęła po tubę z antybiotykową pastą i sprawnie odkręciła korek. Honey przyjęła lek bez oporu — kolejny niepokojący sygnał. Kilka tygodni temu ta sama Honey potrząsałaby głową, a podanie lekarstwa wymagałoby od Pip sporo cierpliwej stanowczości.

— Wyjdziesz z tego — obiecała Pip, choć słowa brzmiały pusto wobec oczywistych dowodów cierpienia klaczy. Powtarzała to niezliczone razy podczas chaotycznych czterdziestu ośmiu godzin, odkąd przyprowadziła konie do domu — przez ponurą ocenę Marcusa dotyczącą zakażonych ran, przez bezsenną noc monitorowania gorączki Honey, przez skrupulatne dokumentowanie każdego urazu do sprawy przeciw złodziejom.

Mężczyzna zatrzymany na posesji wciąż pozostawał w areszcie, ale do tej pory odmawiał podania nazwisk wspólników. Jake napisał wcześniej, że dowody zebrane przez techników mogą powiązać z przestępstwem kilka innych osób. Pip odkryła, że mniej obchodzi ją sprawiedliwość niż powrót do zdrowia, i że jej uwaga zawęziła się do bieżących potrzeb Honey i pozostałych uratowanych klaczy, tymczasowo ulokowanych w Ridgewater — choć większość z nich odebrali już ul reliefowani właściciele, kiedy tylko Marcus wydał zgodę na wyjazd.

Sprawdziła wiadro z wodą, dosypała trochę namoczonej paszy i usiadła na odwróconym wiadrze, które postawiła w rogu boksu. W stodole było spokojnie — pozostali, po wieczornych obrządkach, poszli na kolejne spotkanie społeczności w sprawie obwodnicy. Pip odmówiła. Nie potrafiła jeszcze zostawić Honey samej.

Ciszę przerwał miękki chrzęst opon na żwirze na zewnątrz. Zbliżały się kroki — rytm natychmiast rozpoznała, nim jeszcze drzwi stodoły się otworzyły.

— Myślałem, że cię tu znajdę — powiedział Jake, odcinając sylwetką światło w progu. Wszedł do środka, zamknął za sobą drzwi, a Pip poczuła lekkie zdumienie na widok jego cywilnego stroju — dżinsów i koszuli zamiast zwykłego munduru. Zmiana łagodziła jego wygląd, jakby nagle zrobił się młodszy.

— Przywiozłem kolację — dodał, unosząc papierową torbę, z której buchnął nie do pomylenia aromat smażonej ryby i gorących frytek. — Pomyślałem, że pewnie nic nie jadłaś.

W odpowiedzi żołądek Pip głośno zaprotestował — nagłe przypomnienie, że od południa nie wzięła do ust nic poza pośpiesznie zjedzoną kanapką, którą przyniosła jej Kate. — Ratujesz mi życie — przyznała, podnosząc się sztywno z wiadra. — Tylko się umyję.

Wyszorowała ręce przy zlewie gospodarczym, a Jake tymczasem przysunął dwie bele siana tuż przed boksem Honey i ustawił je jak prowizoryczne krzesła, z trzecią belą między nimi jako stołem. Domowa zwyczajność tej sceny uderzyła ją niespodziewaną czułością — wysoki, poważny policjant rozkładający piknikową kolację w jej stodole, jakby to było coś najzupełniej naturalnego.

— Jak ona? — zapytał Jake, gdy Pip do niego dołączyła, przyjmując od niego pakunek parującej ryby z frytkami.

— Temperatura nadal podwyższona. Marcus zajrzy do niej jutro z samego rana i zdecyduje, co dalej — odwinęła papier; intensywny zapach sprawił, że pociekła jej ślinka. — Pozostałe klacze mają się lepiej. Melody odebrała dziś po południu swoje dwie. Diane miała wziąć Firecracker, ale ta wykazuje oznaki, że może się oźrebić... Diane jest gotowa zostawić ją u nas pod opieką i możliwe, że będzie się źrebić tutaj.

Jake skinął głową, patrząc na nieruchomą sylwetkę Honey. — Honey jest twarda. Da radę.

— Wiem — odparła Pip, choć supeł niepokoju w piersi ani trochę się nie rozluźnił. Ugryzła frytkę, rozkoszując się chrupkością i nutą przyprawy chicken salt. — Jak poszło na zebraniu?

Kąciki ust Jake'a uniosły się w półuśmiechu. — Było... dynamicznie. — Ugryzł kawałek ryby, przeżuł, po czym ciągnął: — Vivienne próbowała swoich starych sztuczek.

Pip parsknęła, bez zaskoczenia. — Zgaduję: ani razu nie padło moje imię?

— Była bardzo ostrożna — potwierdził Jake. — Ale potem miałem przyjemność przedstawić oficjalne policyjne informacje w sprawie kradzieży koni, w których podkreśliłem kluczową rolę naszej ekspertki i konsultantki jeździeckiej, pani Rodriguez-McKenzie, której specjalistyczna wiedza pozwoliła zidentyfikować aż dwanaście skradzionych zwierząt tylko z tego okręgu i zapewnić ich bezpieczny powrót.

Pip o mało nie zakrztusiła się frytką. — Nie zrobiłeś tego.

— Z oficjalnym wyróżnieniem od inspektor Dawson za twoją pomoc — dodał Jake, a jego uśmiech się poszerzył. — I ze wzmianką, że policja z New South Wales poprosiła o twoje dane kontaktowe na potrzeby przyszłych spraw dotyczących koni.

Ciepło, które rozlało się po piersi Pip, nie miało nic wspólnego z gorącym jedzeniem. — Dałabym dużo, żeby zobaczyć minę Vivienne.

— Było na co popatrzeć — przyznał Jake. — Ale najlepsze przyszło, kiedy próbowała znowu przerzucić rozmowę na te swoje wartości wspólnotowe, a stara pani Harris — wiesz, z towarzystwa historycznego?

Pip skinęła, wyobrażając sobie postawną staruszkę, która całe życie spędziła w Ridgemont.

— Wstała i kazała Vivienne usiąść, mówiąc, że jest tu pięć minut i już uważa, że wszystko do niej należy. Dodała, że ta dziewczyna zrobiła dla tej społeczności więcej swoimi stypendiami Pony Clubu, niż Vivienne wszystkimi swoimi wystawnymi zbiórkami. Cała sala biła brawo.

Z głębi Pip wypłynął śmiech — pierwszy prawdziwy od tygodni. — Pani Harris to powiedziała? Przecież ona prawie z nikim nie rozmawia!

— Vivienne wyszła jak burza — ciągnął Jake, sam już się śmiejąc. — A trzy osoby natychmiast zadeklarowały datki na twój program stypendialny, w tym Melody, która głośno oznajmiła, że przekaże pięćdziesiąt procent wygranych Hot Pepper w pozostałej części tego sezonu wyścigów wokół beczek, co — z tego, co rozumiem — może dać ładnych kilka tysięcy dolarów. Wygląda na to, że ratowanie skradzionych koni dobrze robi interesom.

Śmiech powoli ucichł, ustępując miejsca wygodnej ciszy, gdy jedli dalej. Pip z całą ostrością uświadomiła sobie ich bliskość: siedzieli ramię w ramię na belach siana, niemal się dotykając. Jej stopy dyndały nad betonową posadzką, podczas gdy stopy Jake'a stały pewnie na ziemi — różnica wzrostu wydała jej się nagle urocza.

— Myślałem o tobie — powiedział Jake nagle, głosem niższym niż wcześniej. — Ciągle. Nie tylko o sprawie. O tobie.

Proste wyznanie zawisło między nimi, obciążone wszystkim niewypowiedzianym od ich pocałunku w samochodzie obserwacyjnym. Pip poczuła, jak przyspiesza jej serce, a wzdłuż kręgosłupa przebiega nerwowa iskra.

— Ja o tobie też — przyznała szeptem. — Kiedy akurat nie zamartwiam się o Honey.

Dłoń Jake'a odnalazła jej rękę na beli, jego dłoń była ciepła na tle jej mniejszych palców. — Ona będzie zdrowa — powiedział z taką pewnością, że przyniosła jej rozpaczliwie potrzebne ukojenie. — I ty też.

Pip odwróciła się, by spojrzeć na niego naprawdę, i trafiła na jego niebieskie oczy wpatrzone w jej twarz z uwagą. Profesjonalny dystans, który zwykle zachowywał, zniknął; zastąpiła go naga troska i coś jeszcze — głębszego, bardziej osobistego. Coś, co kazało jej wstrzymać oddech.

Była boleśnie świadoma jego dłoni wciąż okrywającej jej rękę — ciepła jego skóry, lekkiej szorstkości na tle jej palców. Stodoła zniknęła gdzieś na obrzeżach świadomości; została tylko ta jedna płaszczyzna kontaktu i elektryczna możliwość unosząca się w wąskiej przestrzeni między ich ciałami.

— Wstrzymywałem się — przyznał Jake nisko. — Nie tylko przez sprawę.

— To dlaczego? — zapytała Pip, choć przeczuwała odpowiedź.

Kciuk Jake'a rysował małe kółka na grzbiecie jej dłoni, tak delikatnie, że ścisnęło jej serce. — Nie chciałem, żebyś pomyślała, że próbuję przejąć kontrolę. Że jestem opiekuńczy w sposób, który uraża twoją niezależność.

To ją zaskoczyło — nie treścią, lecz trafnością. Ilu mężczyzn podchodziło do niej przez lata z założeniem, że jej drobna postura oznacza kruchość, że jej płeć i pochodzenie etniczne wymagają prowadzenia za rękę, a nie partnerstwa?

— Zauważyłeś, że to drażliwy temat — stwierdziła, a to niedopowiedzenie wywołało u obojga drobny uśmiech.

— Trudno nie zauważyć — odparł Jake. — Jesteś zajadle samowystarczalna, Pip. I to jedna z rzeczy,

które podziwiam w tobie najbardziej. Nie chciałem
być kolejnym facetem, który próbuje cię ratować, kiedy
doskonale potrafisz uratować się sama.

Szczerość w jego głosie dotknęła w niej czegoś
głębokiego — rozpoznania, którego nie wiedziała, że
szuka. — Ja też się opierałam — przyznała. — Po śmierci
Kita przysięgłam, że już nigdy nie postawię się w takiej
sytuacji, nie będę z kimś czegoś budować tylko po to, by
to stracić.

— Wiem — jego palce nieznacznie zacisnęły się na
jej dłoni. — A do tego kradzież Honey, to wszystko z
Vivienne... Czas nie jest, delikatnie mówiąc, idealny.

Pip odwróciła się do niego bardziej, ich kolana
niezgrabnie stuknęły o siebie na beli siana. — Czy na takie
rzeczy w ogóle istnieje idealny moment?

Oczy Jake'a zmarszczyły się w kącikach; uśmiech dotarł
do nich, nim pojawił się na ustach. — Pewnie nie.

Chwila zawisła między nimi na krawędzi zmiany. Pip
poczuła, jak niemal nieświadomie pochyla się do przodu,
przyciągana grawitacją tego, co narastało między nimi
od tygodni. Jake pochylił się ku niej; odległość malała
stopniowo, aż ich usta dzieliły już tylko centymetry.

I wtedy oboje poruszyli się naraz: Pip wyciągnęła szyję
w górę, a Jake pochylił się niżej; trącili nosami, kąty
były zupełnie nie te. Ich usta zetknęły się na moment,
niezgrabnie, po czym Jake musiał pochylić się jeszcze
bardziej, żeby zniwelować różnicę wzrostu — o mało nie
spadając z beli przy okazji.

Pip odsunęła się z zaskoczonym śmiechem. — To
absurdalne.

— Kompletnie — zgodził się Jake, a w jego piersi
zadudnił głęboki chichot. — Już czuję, jak mi sztywnieje
kark.

Śmiech rozładował napięcie, zmieniając je w coś
cieplejszego, wygodniejszego. Pip spojrzała na Jake'a —
rozbawionego, z twarzą otwartą i zarumienioną — i

poczuła, jak coś w niej się uspokaja. To było właściwe — ten niestrzeżony moment wspólnego humoru.

— Mam rozwiązanie — oznajmiła, wstając i strzepując z dżinsów źdźbła siana. Przeszła do siodlarni i wróciła z grubą, czystą derką zdjętą z półki. Jednym ruchem rozpostarła ją na świeżych trocinach w pustym boksie obok Honey.

Jake patrzył na nią, a jego wyraz twarzy przesuwał się od rozbawienia do czegoś ciemniejszego, gorętszego. — Pip — powiedział z wahanie w głosie. — Na pewno tego chcesz? Po tym wszystkim z Honey, przy tym emocjonalnym przeciążeniu...

Odwróciła się do niego, doceniając troskę, ale ją odkładając. — Jestem wykończona, zestresowana i jadę na może trzech godzinach snu — przyznała. — Ale dokładnie wiem, czego chcę, Jake. A teraz chcę ciebie.

Jej bezpośredniość zawisła między nimi na jedno uderzenie serca, po czym Jake wstał i dwoma długimi krokami pokonał dzielący ich dystans. Tym razem, gdy pochylił się, by ją pocałować, jedną dłonią obejmując tył jej głowy, a drugą wsuwając w talię, kąt był idealny. Ich usta spotkały się z zamiarem; niepewne badanie z pocałunku w samochodzie zastąpiła pewność i rosnące rozgrzanie.

Pip stanęła na palcach, oplotła ramiona wokół jego szyi i przyciągnęła go bliżej. Jego usta były ciepłe, smakowały lekko solą i octem, a dłoń na jej talii była na tyle silna, że uniosła ją odrobinę, dopasowując ich ciała mimo różnicy wzrostu. Czuła twardą ścianę jego klatki piersiowej, kontrolowaną siłę w tym, jak ją trzymał — ani miażdżąco, ani niepewnie.

Oderwali się od siebie, dysząc, ze złączonymi czołami. — Lepiej? — zapytał Jake ochrypłym od krawędzi głosem.

— Dużo — odparła Pip. — Ale różnica wzrostu wciąż będzie problemem.

Jego śmiech musnął jej usta. — Jestem otwarty na kreatywne rozwiązania.

Ujęła go za rękę i pociągnęła w stronę rozłożonej derki. — Dobrze, że świetnie rozwiązuję problemy.

Jake poszedł za nią na derkę; świeże trociny pod spodem stworzyły zaskakująco wygodne podłoże, które dopasowywało się do ich ciał. Gdy uklękli naprzeciwko siebie, różnica wzrostu się zatarła — ich oczy znalazły się niemal na tym samym poziomie. Pip sięgnęła do guzików jego koszuli, a jej małe palce poruszały się ze zręcznością, jaką okazywała przy misternych sprzączkach ogłowia czy delikatnych zabiegach medycznych.

— Jesteś piękna — mruknął Jake, patrząc na jej twarz z intensywnością, która rozlała gorąco po jej brzuchu. Jego dłoń złapała jej rękę, zatrzymując ruchy w połowie rzędu guzików. — Możemy w każdej chwili przestać. Wystarczy, że powiesz.

Pip uśmiechnęła się, doceniając jego uważność, choć nie miała zamiaru przerywać. — To działa w obie strony — odparła, po czym pochyliła się i musnęła ustami odsłoniętą skórę jego klatki piersiowej, czując, jak ostro wciąga powietrze.

Ubrania znikały stopniowo, a każdy nowy fragment skóry witany był delikatnym poznawaniem. Dłonie Jake'a poruszały się po jej ciele z nabożną ostrożnością, jakby rysował mapę, którą zamierzał na pamięć opanować. Pip była bardziej bezpośrednia — jej praktyczna natura objawiła się także w tej najbardziej intymnej sferze: prowadziła jego dotyk tam, gdzie chciała, i bez skrępowania wyrażała przyjemność.

Gdy zawahał się przy haftce jej biustonosza, po prostu sięgnęła za plecy i rozpięła ją sama, pozwalając, by opadł. Jego urwany wdech był satysfakcjonujący, podobnie jak wyraz absolutnego skupienia, który przeszedł mu przez twarz. Jego dłonie, gdy w końcu ujęły jej piersi, były łagodne, ale pewne; kciuki muskały sutki w sposób, który wyrwał z niej westchnienie.

— Powiedz mi, co lubisz — wyszeptał przy jej szyi, a to proste proszenie — pragnienie, by ją uszczęśliwić zamiast zakładać — spotęgowało jej podniecenie.

— To — odpowiedziała, prowadząc jego dłonie i usta. — I to.

Znaleźli wspólny rytm mimo fizycznych różnic — znacznie większa sylwetka Jake'a nie przygniatała jej mniejszej, lecz jakimś cudem ją uzupełniała. Były momenty śmiechu — gdy prawie przydusił ją w pachę albo gdy musiała zmienić pozycję, żeby pomieścić długość jego nóg. Ale śmiech tylko pogłębiał intymność, sprawiał, że to połączenie ciał stawało się naturalnym przedłużeniem partnerstwa, które budowali podczas śledztwa.

Gdy w końcu połączyli się w pełni — Pip na nim, kontrolując tempo i głębokość, a dłonie Jake'a stabilnie obejmujące jej biodra — fizyczna rozkosz została spotęgowana przez więź emocjonalną. Jego oczy ani na moment nie schodziły z jej twarzy, obserwując z zachwytem, jak się porusza, jak przyjemność odmienia jej rysy. Czuła się jednocześnie silna i odsłonięta, dając i biorąc po równo.

Ich finał, gdy nadszedł, był daleki od wyreżyserowanego, a jednak w jakiś sposób doskonały. Pip doszła pierwsza — fala po fali spływała przez nią rozkosz, zostawiając ją drżącą; Jake poszedł za nią chwilę później z chrapliwym okrzykiem, którego wcale nie próbował stłumić. Osunęli się razem na derkę, ciężko oddychając, z kończynami splątanymi w wygodnym nieładzie.

Gdy serca zwolniły, Jake objął ją ramionami, przyciągnął do swojej piersi — pasowała idealnie, z głową schowaną pod jego brodą. — Nigdy... — zaczął, po czym urwał, szukając słów. — To było...

— Dla mnie też — odparła Pip, rozumiejąc, czego nie potrafił wypowiedzieć. — Nie od czasu Kita.

Jego dłoń głaskała jej plecy długimi, kojącymi ruchami.
— Mówiłem poważnie. Podziwiam twoją siłę, twoją
niezależność. Nie chcę tego zmieniać.

Pip kreśliła wzory na jego klatce piersiowej, zamyślona.
— Uczę się, że przyjmowanie wsparcia nie czyni mnie
mniej niezależną — powiedziała w końcu. — Zajęło mi to
lata.

— A ja się uczę, że szacunek do czyjejś siły nie oznacza
trzymania się na dystans, kiedy robi się trudno — odparł
Jake. — Tak bałem się przekroczyć granicę, wyjść na
kontrolującego oficera, który nie słucha.

Pip uniosła głowę, by na niego spojrzeć, i przesunęła
dłonią po linii jego szczęki. — Jesteśmy trochę połamani,
co?

Uśmiechnął się łagodnie, a w świetle latarni jego oczy
były ciepłe. — Może. Ale miejsca po pęknięciach potrafią
być wyjątkowe, kiedy się je poskłada. Jak ta piękna
japońska porcelana, sklejona czystym złotem.

Dreszcz przeszedł po jej skórze od chłodu; pociągnęła
bok derki na nich, po czym znów wtuliła się w jego
pierś, wsłuchując się w miarowe bicie serca i czując
większy spokój niż od tygodni, a może i lat. W sąsiednim
boksie Honey poruszyła się w posłaniu, a ciche chrapanie
sugerowało, że klacz wreszcie wygodnie odpoczywa. Pip
zamknęła oczy, pozwalając sobie na tę chwilę więzi — na
to, by nie być całkiem samowystarczalną, by dzielić siłę i
wrażliwość z kimś, kto widzi ją w pełni.

— Wkrótce powinniśmy się ubrać — mruknęła w jego
skórę, nie czyniąc jednak najmniejszego ruchu. — Któreś
z nich może jeszcze zajrzeć na późnowieczorną kontrolę,
kiedy wrócą ze spotkania.

Ramię Jake'a zacieśniło uścisk. — Jeszcze pięć minut —
wynegocjował, całując czubek jej głowy.

— Jeszcze pięć minut — zgodziła się Pip, wtulając się
mocniej. W tej chwili, otulona ramionami Jake'a, z Honey

spokojnie dochodzącą do siebie tuż obok, jej wewnętrzne pęknięcia nie wydawały się już tak ostre.

Świt sączył się przez wysokie okna stodoły, malując złote prostokąty na betonowej posadzce. Pip budziła się powoli, na moment zdezorientowana nieznanym uczuciem całkowitego otulenia ciepłem. Ramię Jake'a spoczywało ciężko na jej talii, a jego ciało kurczowo obejmowało jej drobną sylwetkę na derce, która posłużyła im za łóżko. Ciche zarżenie z sąsiedniego boksu natychmiast przypomniało jej, gdzie jest i dlaczego — rzeczywistość wróciła wraz z łagodnym powitaniem Honey.

— Jake — szepnęła, odwracając się w jego ramionach, by zobaczyć jego twarz rozluźnioną snem — łagodniejszą, niż kiedykolwiek ją widziała. Musnęła palcami jego policzek, czując pod opuszkami zarost. — Jake, jest rano.

Otworzył oczy powoli; zamglenie zniknęło, gdy skupił wzrok na jej twarzy. — Dzień dobry — mruknął zachrypniętym od snu głosem. Na jego rysach rozlał się szczery, niczym nieosłonięty uśmiech. — Ktoś tu wchodził?

— Nie sądzę — odparła Pip, zerkając po stodole. Wszystko wyglądało tak, jak to zostawili, bez śladów, że ktokolwiek przerwał im tę improwizowaną noc. — Ale Emma zaraz przyjdzie na karmienie.

Ta świadomość poruszyła ich oboje; w pośpiechu rozplątali ręce i nogi i zaczęli zbierać porozrzucane ubrania. Pip wciągnęła dżinsy i zaczęła szukać koszuli, znajdując ją do połowy wsuniętą pod przegrodę boksu. Zwyczajna czynność ubierania wydała się zaskakująco intymna po nocy, którą właśnie dzielili — wymieniali spojrzenia w miękkim porannym świetle.

— Twoje auto stało tu całą noc — zauważyła Pip, zapinając koszulę palcami, które trochę się plątały pod doceniającym spojrzeniem Jake'a. — Reszta to zauważy.

Jake wzruszył ramionami, wciągając koszulę w spodnie. — Teraz już niewiele da się z tym zrobić.

Ich spojrzenia spotkały się nad niewielką przestrzenią i oboje jednocześnie się uśmiechnęli — absurdalność sytuacji rozbiła resztki porannej niezręczności. Pip poczuła, jak w niej narasta śmiech — niespodziewany i wyzwalający.

— Sarah będzie nie do zniesienia — powiedziała, przeczesując palcami skołtunione włosy. — Od tygodni twierdzi, że jest między nami coś na rzeczy.

— Mądra kobieta — odparł Jake, podchodząc i wyciągając z jej ciemnych pasm źdźbło słomy. Jego dotyk był delikatny, a wzrost pozwalał mu łatwo dostrzec to, czego ona nie widziała. — Proszę bardzo. Odrobinę bardziej prezentowalna.

— Dzięki — Pip odwróciła się w stronę boksu Honey; znów odezwała się w niej zawodowa troska. — Muszę jeszcze raz sprawdzić jej temperaturę.

Klacz stała przy sianie i skubała je — znacząca poprawa w porównaniu z poprzednim wieczorem. Trzymała się pewniej, a gdy podeszli, uniosła głowę. Pip wsunęła się do boksu z termometrem gotowym do użycia, z ulgą widząc, że Honey wygląda na bardziej czujną.

— Przytrzymaj jej głowę, dobrze? — poprosiła, a Jake bez wahania wykonał polecenie: jedną dużą dłoń wsunął pod żuchwę Honey, drugą gładził jej szyję uspokajająco, podczas gdy Pip obeszła klacz od tyłu i umieściła termometr.

— Mów do niej — poleciła Pip, zauważając, jak chętnie Jake dostosowuje się do jej wskazówek. — Dobrze reaguje na spokojny głos.

Jake zaczął cicho mówić do klaczy — o prognozie pogody, o tym, jaka jest piękna i dzielna. Prosty, kojący monolog sprawił, że Honey stała spokojnie, aż termometr zapiszczał.

— 38,1 — oznajmiła Pip, a w jej głosie brzmiała ulga. — Spada. I wyraźnie pewniej obciąża tę kontuzjowaną nogę.

Przeszła przez resztę porannych czynności, a Jake pomagał tam, gdzie było trzeba — podążał za jej wskazówkami, nie próbując przejmować steru. Jego gotowość, by uczyć się od jej fachowości, by uznać ją za autorytet w tej dziedzinie, głęboko poruszyła Pip. Zbyt wielu mężczyzn w jej doświadczeniu widziało w jej drobnej posturze i płci powód do wątpienia w kompetencje; Jake po prostu patrzył i się uczył, a zaufanie do jej umiejętności było widoczne w każdym drobiazgu.

— Musimy zmienić te opatrunki — wyjaśniła, zbierając materiały z apteczki ustawionej przy drzwiach. — Przytrzymaj ją, jeśli się poruszy, ale myślę, że będzie spokojna.

Jake stanął przy łopatce Honey, jedną dłoń trzymając lekko na jej szyi — gotów, by w razie potrzeby ustabilizować. — Ile czasu minie, zanim wróci do pełni zdrowia?

— Tygodnie, co najmniej — odparła Pip, ostrożnie zdejmując stary bandaż z pęciny Honey. — Rany fizyczne zagoją się szybciej niż psychiczne. Przez miesiące będzie potrzebowała uważnego traktowania.

— Jak ludzie po traumie — zauważył cicho Jake.

Pip uniosła wzrok i spotkała jego spojrzenie nad grzbietem Honey. — Dokładnie tak. Czas, cierpliwość i konsekwentne granice.

Przez kilka minut pracowali w wygodnym milczeniu; słychać było tylko okazjonalne parsknięcia Honey i odległy poranny chór ptaków na zewnątrz. Pip uświadomiła sobie ze wzmożoną wyrazistością obecność Jake'a — to, jak swobodnie poruszają się obok siebie w ciasnej przestrzeni, jakby już wypracowywali intymną choreografię pary.

— Zaczynam służbę o dziewiątej — powiedział Jake, gdy skończyli z opatrunkami. — Muszę podjechać do domu się przebrać. Ale chciałbym cię zobaczyć później, jeśli ci pasuje?

Pip rozważyła plan dnia. — Mam lekcje do czwartej, potem jestem wolna. Tyle że wieczorem i tak wrócę tu sprawdzić Honey.

— Mogę znów przywieźć kolację — zaproponował Jake. — Kończę o szóstej.

— Chętnie — powiedziała Pip, zamykając apteczkę i odkładając ją na półkę przy boksie. — Śledztwo wciąż trwa, prawda? Nie będzie konfliktu interesów?

Jake zamyślił się, idąc za nią do siodlarni. — Formalnie wciąż jesteś konsultantką przy sprawie. Porter wie, że ściśle współpracowaliśmy. Dopóki zachowujemy pełen profesjonalizm przy czynnościach służbowych, nie widzę problemu.

— Prawdziwy z ciebie strażnik regulaminu — droczyła się Pip, ale w jej głosie brzmiało ciepło.

— Zasady mają swoje miejsce — odparł Jake z lekkim uśmiechem. — Tak samo jak umiejętność bycia elastycznym.

Pip sięgnęła po antybiotykową maść na wysokiej półce w siodlarni, ale zabrakło jej kilku centymetrów. Jake bez słowa wyciągnął rękę i sięgnął bez trudu, podając jej tubkę z żartobliwym ukłonem.

— Widzę, że jednak masz swoje zastosowania — rzuciła, przejmując tubkę. — Nie tylko przystojną twarz.

— Cała przyjemność po mojej stronie — odparł z lekkością w tonie. — Chociaż mam wrażenie, że wczoraj w nocy zademonstrowałem jeszcze kilka innych zastosowań.

Policzki Pip oblał rumieniec; wspomnienia ich zbliżenia były wciąż żywe. — No cóż. To też prawda.

Ich spojrzenia spotkały się; wspólne wspomnienie rozlało między nimi ciepło. Jake zrobił krok bliżej i położył dłoń lekko na jej talii.

— Powinienem już iść — powiedział, choć nie ruszył się z miejsca.

— Powinieneś — zgodziła się Pip, unosząc do niego twarz.

Różnica wzrostu, która poprzedniej nocy tak im przeszkadzała, teraz wydawała się zupełnie naturalna, gdy Jake pochylił się, by ją pocałować. Ich usta spotkały się ze swojską łatwością, jakby robili to od lat, a nie od godzin. Pip stanęła na palcach, owinęła ramiona wokół jego szyi i dopasowała się do niego z nowo odkrytą swobodą.

Kiedy się odsunęli, Jake na moment oparł czoło o jej czoło. — O szóstej — obiecał. — Z kolacją.

— Będę tutaj — odparła Pip, odsuwając się, choć część niej chciała zatrzymać go dłużej. — Jedź ostrożnie.

Patrzyła z progu stodoły, jak idzie do samochodu, a poranne światło igra w jego włosach. Raz jeszcze się odwrócił i pomachał, a Pip odpowiedziała ruchem ręki, z uśmiechem ciągnącym za kąciki ust. Dopiero gdy jego auto zniknęło na podjeździe, wróciła do środka i, pełna nowej energii, podeszła do boksu Honey.

— No proszę — powiedziała do klaczy, która patrzyła na nią jasnymi, błękitnymi oczami, zdającymi się wyraźniejsze niż dzień wcześniej. — To chyba przełom, prawda?

Honey cicho zarżała i szturchnęła nosem kieszeń Pip, gdzie często trzymała smakołyki.

— A, już szukamy jedzenia? To dobry znak — Pip pogładziła chrapy klaczy, a ulga mieszała się w jej piersi ze szczęściem. — Obydwie damy sobie radę, słodka dziewczyno.

I po raz pierwszy, odkąd Honey została skradziona, Pip naprawdę w to uwierzyła. Droga do zdrowia będzie dla nich obu długa, ale nie będą nią wędrować same. Miały rodzinę McKenzie, miały siebie, a teraz — niespodziewanie, ale cudownie — miały też Jake'a. Poranne światło spłynęło na nie, przemieniając sierść

Honey w płonące złoto, a Pip powitała nowy dzień — i
wszystko, co obiecywał — otwartym sercem.

Rozdział piętnasty

Biurko Jake'a było wyspą porządku pośród porannego chaosu na komisariacie. Trzy równe stosiki papierów tworzyły na nim narożniki trójkąta: zeznania świadków, dzienniki firmy transportowej oraz raporty weterynaryjne dotyczące odzyskanych koni.

Zadzwonił telefon; na ekranie wyświetliło się NSW Stock Squad i bezpośredni numer Inspektor Dawson. Jake poczuł dreszcz oczekiwania, gdy odebrał.

— Starszy posterunkowy Harrison.

— Harrison, tu Dawson. — W jej głosie brzmiała ta rzeczowa sprawność, którą zdążył już sobie cenić podczas ich wspólnej operacji. — Mamy przełom. Ten telefon, który odzyskaliśmy podczas nalotu? Informatycy w końcu go dziś rano złamali.

Jake wyprostował się na krześle. — I?

— Dał nam wszystko. — Słychać było satysfakcję w jej głosie. — Dane kontaktowe, wiadomości SMS umawiające odbiory i dostawy, a nawet zdjęcia niektórych skradzionych koni z wciąż osadzonymi danymi lokalizacji.

— To znakomite wieści — powiedział Jake, już w myślach porządkując swoje notatki w sprawie. — Jacyś nowi podejrzani?

— Lepiej. — Głos Dawson nabrał triumfalnej nuty. — Aresztowaliśmy właściciela firmy transportowej, faceta nazwiskiem Pete Wattley. Złapaliśmy go godzinę temu na przekraczaniu granicy z ciężarówką pełną koni, wszystkie zgłoszone jako skradzione z rejonu Sunshine Coast.

Jake'owi zdrętwiały palce. Telefon omal nie wyślizgnął mu się z dłoni, gdy w jego mózgu zaczęły błyskawicznie łączyć się fakty.

— Wattley? — powtórzył, utrzymując głos pod kontrolą mimo wyrzutu adrenaliny. — Pete Wattley?

— Zgadza się. Coś Panu to mówi? Czy to było... *droczenie* w jej głosie?

Jake przełknął. — Pani Inspektor, czy Pete Wattley jest spokrewniony z Martinem Wattleym? Prowadzi małą szkółkę jeździecką pod Ridgemont?

Pauza po drugiej stronie była krótka, ale ciężka znaczeniem. Gdy Dawson znowu się odezwała, Jake niemal słyszał uśmiech w jej głosie. — Są braćmi, Harrison. Pete i Martin Wattley. Numer Martina Wattleya też jest w logach połączeń tego telefonu... z wieloma rozmowami przychodzącymi i wychodzącymi w ostatnich miesiącach.

Jake odchylił się na krześle, a w piersi rozlała się osobliwa lekkość. Tygodnie śledztwa, podążania za tropami, które zdawały się donikąd nie prowadzić, i nagle wzór wyłaniał się z krystaliczną jasnością.

— Wysyłam Panu wszystko, co mamy na Martina Wattleya — ciągnęła Dawson. — Biorąc pod uwagę Pana udział w sprawie od początku, chciałabym, żeby to Pan poprowadził jego przesłuchanie, jeśli to możliwe, i zatrzymał go w imieniu policji Queensland, jak tylko przyjdą Panu nakazy. Będą tu postępowania w obu stanach, ale ponieważ większość kradzieży jest u Pana, podejrzewam, że wasza jednostka będzie miała pierwszeństwo, żeby się nim zająć.

— Oczywiście. — Jake już sięgał po notatnik, w myślach przeglądając strategie przesłuchań. — Od tygodni mieliśmy podejrzenia wobec Martina. Na jego posesji były te sfingowane przecięcia ogrodzenia, a on od początku kręcił się na obrzeżach śledztwa.

— Wiadomości, które odzyskaliśmy, wskazują, że operacja była dość wyrafinowana — dodała Dawson. — Wielu uczestników, celowanie w konkretny, cenny materiał hodowlany. Bracia mogli nie działać sami.

Jake pomyślał o Vivienne Ashford, o jej niespodziewanych pojawieniach się w kluczowych momentach, o jej ostentacyjnym zainteresowaniu śledztwem. Jej relacja z Martinem Wattleyem zawsze wydawała mu się osobliwa, zważywszy na jej majątek i pozycję towarzyską. *Ale chyba nie...* zacisnął szczękę. Zamierzał podążyć za dowodami, dokądkolwiek go poprowadzą.

— Wezmę to pod uwagę podczas przesłuchania — obiecał. — Wyśle Pani pakiet dowodowy elektronicznie?

— Już leci na Pana skrzynkę — potwierdziła Dawson. — A, Harrison? Dobra robota przy tej sprawie. Niewielu funkcjonariuszy połączyłoby te kropki ponad granicami jurysdykcji.

— Miałem pomoc — powiedział Jake, myśląc o wiedzy Pip, o jej determinacji. — Nie dałbym rady bez spostrzeżeń pani Rodriguez-McKenzie.

— Absolutnie. — W tonie Dawson pobrzmiewał podziw. — Mam pluton doświadczonych funkcjonariuszy od inwentarza i żaden z nas nawet by nie wpadł na ten hodowlany przekręt. Pieprznie bystra była pani Rodriguez-McKenzie, że to rozgryzła. Co najmniej dwa tuziny źrebiąt urodzonych w zeszłym roku, kiedy, jak sądzimy, to się zaczęło, nie są tym, za co je podają. Ich odnalezienie będzie kawałem roboty, ale w tym roku byłoby ich ponad czterdzieści, gdybyśmy nie trafili na tamten obiekt.

Po zakończeniu rozmowy Jake przez kilka sekund siedział nieruchomo, chłonąc konsekwencje. *Martin Wattley.* Elementy pasowały tak idealnie, że dziwił się, jak mógł tego nie dostrzec wcześniej. Kłopoty finansowe Martina były w okolicy powszechnie znane, jego szkółka jeździecka ledwo zipała w konkurencji z większymi ośrodkami. Miał wiedzę jeździecką, kontakty i, co najważniejsze, dostęp do informacji o cennych koniach w okolicy.

Jake otworzył w komputerze akta sprawy i przejrzał przygotowaną oś czasu. Martin przewijał się raz po raz: zgłaszał rzekome uszkodzenia ogrodzeń, bywał na zebraniach społeczności, gdzie omawiano kradzieże, a nawet podsuwając właścicielom koni rzekomo pomocne sugestie dotyczące zabezpieczeń. Klasyczna taktyka infiltracji — trzymać się blisko śledztwa, by monitorować postępy.

W jego myśli wdarło się pukanie do drzwi. W progu stanął sierżant Porter, unosząc brwi na widok miny Jake'a.

— Dobre wieści?

— Najlepsze — potwierdził Jake, wstając. — Mamy połączenie ze złodziejem koni. W Nowej Południowej Walii właśnie aresztowali brata Martina Wattleya z ciężarówką pełną skradzionych koni, a ich komunikacja elektroniczna łączy Martina bezpośrednio z procederem.

Na twarzy Portera pojawił się rzadki uśmiech. — A niech to. Chcesz go przyprowadzić?

Jake skinął głową, już sięgając po kurtkę. — Sam poprowadzę przesłuchanie, jeśli Pan pozwoli. Budowałem tę sprawę od początku.

— Cały jest Pana — zgodził się Porter. — Zajmę się nakazem aresztowania. Weź Carsona jako wsparcie. A, Harrison? Dobra robota.

Jake wsunął się w kamizelkę, a ogarnęło go poczucie słusznej satysfakcji. Sprawiedliwość dla Honey, dla wszystkich skradzionych koni i ich właścicieli. Dla Pip, która doznała i kradzieży, i złośliwych plotek rozsiewanych przez Vivienne. Sama myśl, że jej to powie, że zobaczy, jak ulgą zastępuje troskę, która od tygodni kładła cień na jej oczach, ogrzała go bardziej niż czysto zawodowe poczucie spełnienia.

Osobiste i zawodowe nici jego życia splatały się w nieoczekiwany sposób i pierwszy raz od dawna nie próbował utrzymywać ich osobno.

Pokój przesłuchań pachniał zastałą kawą i strachem. Martin Wattley siedział zgarbiony na twardym plastikowym krześle, jego zwykle rumiana twarz była w plamach potu mimo chłodu w pomieszczeniu. Palce niespokojnie pocierały o siebie, krótkie paznokcie były obgryzione do żywego. Jake ułożył przed sobą trzy teczki, każdą z materiałem dowodowym, który miał rozłożyć życie Martina na czynniki pierwsze. Sprzęt nagrywający cicho mruczał w rogu, czerwona lampka świeciła stabilnie. Jake zachował neutralny wyraz twarzy, choć pod zawodową powłoką buzowała satysfakcja. Przeprowadził dziesiątki przesłuchań w podobnych pokojach, ale niewiele z nich miało dla niego tak osobisty wymiar.

— Przesłuchanie Martina Wattleya, rozpoczęte o godzinie 11:42 — oznajmił Jake wyraźnie do nagrania. — Obecni: starszy posterunkowy Jake Harrison i posterunkowy David Carson. — Skierował uwagę na Martina. — Panie Wattley, został Pan pouczony o swoich prawach i na tym etapie odmówił Pan skorzystania z pomocy prawnej. Czy to się zgadza?

Martin skinął głową, po czym chrząknął. — Tak. Nie potrzebuję adwokata. To wszystko nieporozumienie.

Jake otworzył pierwszą teczkę i wyjął fotografie sfingowanych uszkodzeń ogrodzenia na posesji Martina. — Zacznijmy od tego. Zgłosił Pan te uszkodzenia jako dowód próby kradzieży koni. Nasza analiza kryminalistyczna wskazuje, że nacięcia wykonano od środka Pana posesji, nie z zewnątrz. Czy może Pan to wyjaśnić?

Wzrok Martina przemknął po zdjęciach i uciekł. — To musiał być błąd w waszej analizie. Znalazłem to w takim stanie.

Jake skinął, jakby rozważał tę odpowiedź, po czym położył na stole formularz zeznania. — To Pana podpisane oświadczenie, że trzykrotnie widział Pan podejrzane pojazdy w okolicy swojej posesji. Tymczasem kamery monitoringu u sąsiada, ustawione tak, by rejestrować przejeżdżający ruch, nie pokazują żadnych takich pojazdów w podanych przez Pana dniach i godzinach.

— Musieli przyjechać z innej strony. — Głos Martina lekko się podniósł. — Słuchajcie, ja tylko chciałem być pomocny, zgłaszałem to, co widziałem.

— Pomocny — powtórzył Jake, pozwalając, by to słowo zawisło między nimi. Otworzył drugą teczkę. — Panie Wattley, czy zna Pan firmę transportową o nazwie Wattley Equine Transit?

Przez ciało Martina przeszedł niemal niedostrzegalny dreszcz, ale Jake właśnie na to czekał. — To firma mojego brata. Pete'a. Nie mam z nią nic wspólnego.

Jake wyciągnął wyciągi bankowe. — A jednak na Pana konto po każdej z kradzieży koni w tym regionie wpływały znaczne wpłaty gotówkowe. Zdumiewająco zgrana chronologia.

— Opłaty za lekcje — rzucił szybko Martin.

— Wszystko gotówką, bez paragonów, bez zapisów uczniów odpowiadających tym kwotom. — Jake utrzymał rozmowny ton. — A te wiadomości tekstowe między Panem a Pana bratem... — Podsunął przez stół wydruki. — Omówienie „towaru" i „terminów dostaw", które idealnie pokrywają się ze zgłaszanymi kradzieżami.

Martin pokręcił głową, na górnej wardze pojawił się film potu. — Przekręcacie to. Pete wozi mi siano. Tylko o to chodzi.

Jake przez chwilę mu się przyglądał, pozwalając, by cisza nieprzyjemnie się przeciągnęła. Potem otworzył trzecią teczkę i wyjął jedno zdjęcie, kładąc je między nimi obrazem do góry. Przedstawiało Pete'a Wattleya wyprowadzanego w kajdankach z ciężarówki, a w tle policjanci wyładowywali konie.

— Pana brat został aresztowany zaledwie kilka godzin temu na granicy Queensland–Nowa Południowa Walia — powiedział Jake łagodnie. — W jego ciężarówce było pięć skradzionych klaczy. Jego telefon został odblokowany, Panie Wattley. Mamy każdą wiadomość, każde zdjęcie, każdą lokalizację. Zabezpieczyliśmy dokumentację firmy transportowej. Nie ma dokąd uciec.

Z twarzy Martina odpłynęła krew. Wpatrywał się w fotografię, usta poruszały się bezgłośnie. Gdy wreszcie przemówił, jego głos stłumiał się do szeptu.

— Nie miał się dać złapać.

Jake poczuł znajomy dreszcz nieuchronnego przyznania się, ale zachował kamienną twarz. — Proszę opowiedzieć o całym procederze, Panie Wattley. O wszystkim.

Ramiona Martina opadły, a porażka wypisała się w każdej linii jego ciała. — Na początku to był mój pomysł. Szkółka upadała. Bank groził zajęciem. Pete miał ciężarówki, ja miałem wiedzę o cennych koniach. — Przeciągnął drżącą dłonią po rzedniejących włosach. — Zaczęliśmy od małych rzeczy, jedna, dwie klacze z miejsc na tyle odległych, żeby nikt tego nie powiązał z nami.

— A potem to się rozrosło — podpowiedział Jake, podsuwając w stronę Martina notatnik. — Potrzebuję nazwisk, dat, miejsc. Każdego konia, każdego pomocnika. Każdego, kto przetrzymywał dla was klacze, i kupujących, którzy je od was odbierali.

— Na początku byliśmy tylko ja i Pete — ciągnął Martin, wbijając wzrok w blat. — Ja typowałem cele, on zajmował się transportem. Ale potem... — Zawahał się, nerwowo zerkając na urządzenie nagrywające.

— Co potem, Panie Wattley?

Martin wyraźnie przełknął ślinę. — Potem włączyła się Vivienne Ashford.

Jake poczuł falę satysfakcji, ale twarz pozostawił niewzruszoną. — Proszę wyjaśnić, jak pani Ashford się w to włączyła.

— Miała u mnie w pensjonacie kuca córki. Mieliśmy... romans. — Policzki Martina poczerwieniały. — Gdy jej mąż się dowiedział, przestał płacić za pensjonat, ale ona chciała, żeby koń został. Zobaczyła gotówkę, którą nagle miałem, zaczęła pytać. Byłem głupi, po zbyt wielu drinkach opowiedziałem jej o całym procederze.

— Zamiast Pana zgłosić, dołączyła — stwierdził Jake.

Martin zrezygnowanie skinął głową. — Powiedziała, że może pomóc. Chodzi na te wszystkie przyjęcia, jeździ na eleganckie zawody z tą swoją córką. Ma dostęp do informacji o cennych koniach, planach kryć, o tym, kiedy właściciele wyjeżdżają. — Pokręcił głową. — Była w tym cholernie dobra, tak naprawdę. Doskonale wiedziała, które klacze przyniosą najwyższe ceny, które były pokryte drogimi ogierami.

— A konkretnie, jaka była rola pani Ashford? — dopytywał Jake, kreśląc równym ruchem długopisu kolejne notatki.

— Zbieranie informacji — powiedział Martin, rozgrzewając się w swojej spowiedzi po pęknięciu tamy. — Przekazywała dane o koniach, które mieliśmy brać na cel, o systemach zabezpieczeń, planach właścicieli. Czasem odwiedzała posiadłości pod pozorem towarzyskich wizyt, notując, gdzie trzyma się konie i które są wartościowe. W zamian chciała udziału w zyskach i... — Urwał.

— I czego, Panie Wattley?

— I niektórych źrebiąt, jak tylko skradzione klacze się oźrebią. Dla kariery Charlotte, kiedy podrośnie. Chciała czempionackich rodowodów bez płacenia czempionackich cen.

Jake skinął, a elementy układanki wskakiwały na swoje miejsca. — Proszę mi opowiedzieć o Honey. O klaczy kucyka palomino Pip Rodriguez-McKenzie. Nie pasuje do klaczy od konkurencji westernowych, które zwykle obieraliście za cel.

Coś na kształt wstydu przemknęło po twarzy Martina. — To było co innego. Vivienne zażądała właśnie tej.

— Dlaczego?

— Z czystej złośliwości. — Martin nieswojo wzruszył ramionami. — Vivienne próbowała kupić tego kuca dla córki, zaoferowała, jak jej się zdawało, hojnie. Pip odmówiła sprzedaży. Vivienne nie znosiła słyszeć „nie", zwłaszcza od... — Urwał.

— Od? — Jake'owi stwardniał odrobinę głos.

Martin poruszył się na krześle. — Od kogoś, kogo uważała za gorszego od siebie. Społecznie. Rzucała uwagi o pochodzeniu Pip, że nie powinna mieć takiego wpływu w Ridgewater.

Palce Jake'a mocniej zacisnęły się na długopisie — to był jedyny zewnętrzny objaw jego gniewu. — Więc Honey skradziono wyłącznie po to, by skrzywdzić panią Rodriguez-McKenzie.

— Tak — przyznał Martin. — Vivienne powiedziała, że to nauczy ją właściwych priorytetów. Uparła się. Znałem kogoś z niedużym ogierem perlino, co gwarantowało kolejne ładne źrebię. Vivienne stwierdziła, że Charlotte to się spodoba.

Jake pomyślał o obrażeniach Honey, śladach ugryzień znaczonych na jej złotej sierści, o traumie, którą Pip tak cierpliwie leczyła. Szczęka na moment drgnęła, zanim znowu nad sobą zapanował.

— Potrzebuję wszystkiego, Panie Wattley. Każdego konia, każdej lokalizacji, każdej osoby zamieszanej. Zaczynając od pełnego oświadczenia o udziale Vivienne Ashford.

Martin skinął, jakby z ulgą, że może zrzucić z siebie ciężar. — Powiem wszystko. Tylko... co teraz?

— Teraz złoży Pan pełne wyjaśnienia, a następnie zostaną Panu formalnie postawione zarzuty. — Jake zamknął teczki. — Zmowa, kradzież, oszustwo, znęcanie się nad zwierzętami. Lista jest pokaźna. Ale sąd weźmie pod uwagę Pana współpracę. Pójdzie Pan do więzienia, Panie Wattley, choć pewnie nie na tak długo, jak, osobiście, uważam, że Pan zasługuje.

— A Vivienne?

Jake spojrzał mu prosto w oczy. — Pani Ashford odpowie przed tym samym wymiarem sprawiedliwości co Pan. — Pchnął notatnik bliżej. — Proszę pisać, Panie Wattley. Każdy szczegół.

Gdy Martin zaczął gorączkowo pisać, Jake pozwolił sobie na moment cichej satysfakcji. Sprawiedliwość dla Honey, dla Pip, dla wszystkich właścicieli koni, którzy ucierpieli. I dla Vivienne Ashford, której pozycja i majątek nie ochronią jej przed konsekwencjami przestępczych działań — ta myśl rozlała się w piersi Jake'a słusznym ciepłem.

Vivienne Ashford wygładziła sukienkę Chanel, wchodząc przez wypolerowane, drewniane drzwi Ridgemont Country Club, a jej szpilki Gucci stuknęły zdecydowanie o marmurową posadzkę. Celowo wybrała jedwab w kolorze leśnej zieleni, wiedząc, że idealnie podkreśla jej rude włosy. Środowe lunche w klubie z przyjaciółkami były rytuałem, a jej stolik zawsze czekał przy oknie z widokiem na oświetlony reflektorami green osiemnastego dołka. Zwykle maître d' pędem wychodził jej naprzeciw, aż nadto skory, by odprowadzić najbardziej stylową członkinię Ridgemont do stolika. Dziś pozostawał podejrzanie nieobecny. Vivienne lekko zmarszczyła czoło, lustrując hol wejściowy. Coś było inaczej, choć nie potrafiła od razu powiedzieć co.

Ruszyła w stronę jadalni, z podniesioną brodą i wyprostowanymi ramionami. Rozmowa przy recepcji urwała się gwałtownie, gdy przechodziła obok. Vivienne posłała uprzejmy uśmiech, który pozostał bez odpowiedzi. Zastanawiające, ale nie warte zachodu. Może rozmawiali o czymś prywatnym.

Vivienne zatrzymała się w progu jadalni, przywykła do odwracających się głów, pełnych uznania spojrzeń i zazdrosnych szeptów. Zamiast tego przywitała ją fala ciszy, która przetoczyła się przez salę niczym niewidzialny przypływ. Rozmowy przygasły, spojrzenia uciekały do niej i natychmiast odskakiwały, głowy pochylały się ku sobie w gorączkowych pomrukach.

Dziwne. Vivienne utrzymała uśmiech, choć nagle wydał jej się kruchy na ustach. Może ktoś miał na sobie identyczną sukienkę albo popełniła inny towarzyski nietakt, o którym nie wiedziała? Wygładziła włosy, szukając niedoskonałości, która mogłaby wyjaśnić tę dziwną atmosferę.

Przy oknie czekał jej zwyczajowy stolik, zajęty przez Helen Carter, Susan Bayliss i Margaret Wellington — prestiżowy triumwirat towarzystwa Ridgemont. Vivienne podeszła pewnym krokiem, mimo nieprzyjemnego mrowienia między łopatkami.

— Panie — przywitała je ciepło.

Trzy pary oczu spojrzały na nią z mieszaniną zażenowania i lodowatej pogardy. Helen, zwykle wylewna w powietrznych całusach i komplementach, pierwsza odwróciła wzrok i wbiła go w szklankę z wodą. Susan zgarnęła ze stołu torebkę Birkin, aż pobielały jej kostki na rączkach ze skóry.

— Obawiam się, że właśnie wychodziłyśmy — powiedziała Margaret tonem o przyciętej, lodowatej precyzji, która onieśmielała pokolenia wolontariuszek komitetów charytatywnych.

— Wychodzicie? — Vivienne zerknęła na niemal pełne kieliszki wina, nietknięty koszyk z pieczywem. — Przecież ledwie zaczęłyście posiłek.

— Niemniej jednak. — Margaret wstała, a pozostałe poszły za jej przykładem jak w wojsku. — Czujemy się... niekomfortowo w obecnym towarzystwie.

Vivienne poczuła, jak policzki zalewa jej rumieniec. — Nie rozumiem. Czy coś się stało?

Kobiety wymieniły spojrzenia ciężkie od znaczeń. Helen przynajmniej miała tyle taktu, by wyglądać na wewnętrznie rozdartą, ale usta Susan zacisnęły się w cienką linię osądu.

— Myślę, że Pani doskonale wie, co się stało — powiedziała cicho Susan. — Cały klub o tym mówi. Martin Wattley został dziś rano aresztowany.

Imię zawisło między nimi. Vivienne zmusiła się do śmiechu, choć żołądek ścisnął jej się w twardy, lodowaty supeł.

— Co ten okropny, mały człowieczek ma ze mną wspólnego? To były instruktor jazdy konnej Charlotte, nic więcej.

— Najwyraźniej ma o Pani sporo do powiedzenia policji — odparła Margaret, nie spuszczając z niej wzroku.

Trzy kobiety minęły ją, skoordynowanym exodusem zostawiając Vivienne samą przy porzuconym stoliku. Zastygła, boleśnie świadoma oczu z sąsiednich stolików i szeptów ledwie tłumionych za dłońmi i kartami menu. To nie mogło się dziać naprawdę. Martin nie odważyłby się jej wmieszać. Był nią zauroczony, rozpaczliwie łaknął jej aprobaty. Na pewno by jej nie zdradził?

Vivienne odsunęła krzesło i usiadła z ostentacyjną gracją, sięgając po kieliszek wina, który porzuciła Margaret. Dłoń lekko jej zadrżała, zdradzając panikę kipiącą pod starannie utrzymywaną fasadą. Martin aresztowany. Rozmawia z policją. Co dokładnie powiedział? Ile już wiedzą?

Rozważała, czy mimo wszystko nie zamówić lunchu — na przekór, jako deklarację, że nie poruszają jej gminne plotki — gdy do stolika podszedł menedżer klubu. Robert Shaw kierował Ridgemont Country Club od piętnastu lat; nienaganne garnitury i dyplomatyczne maniery były tu stałym elementem. Dziś jego zwykły, gładki wyraz twarzy zastąpiło niezręczne usztywnienie.

— Pani Ashford — zaczął, mimo częstych sprostowań odruchowo wracając do jej nazwiska po mężu. — Czy moglibyśmy porozmawiać na osobności?

— Cokolwiek ma Pan do powiedzenia, proszę powiedzieć tutaj, Panie Robercie — odparła Vivienne, biorąc ostentacyjny łyk z porzuconego kieliszka. — Właśnie miałam zamawiać.

Dyskomfort Shawa wyraźnie się nasilił. — Obawiam się, że dziś to niemożliwe. Otrzymałem polecenie od zarządu, by poinformować Panią, że Pani członkostwo zostało tymczasowo zawieszone, do czasu posiedzenia w sprawie.

Vivienne odstawiła kieliszek z taką siłą, że wino chlapnęło ponad rant, plamiąc nieskazitelny obrus. — Zawieszone? Na jakiej podstawie?

— Zarząd powołał się na statut klubu, w szczególności na zapis dotyczący członków, których działania mogą narażać dobre imię klubu na szwank. — Shaw ściszył głos, choć w jadalni zapadła taka cisza, że każdy wytężał słuch. — Biorąc pod uwagę charakter oskarżeń wobec Pani, uznali, że konieczne są natychmiastowe działania.

— Oskarżeń? — głos Vivienne wzbił się ostro. — Jakich oskarżeń? Jakieś niedorzeczne plotki? To absurd! Jestem członkinią od lat. Mój ojciec podarował połowę tutejszych dzieł sztuki!

Shaw zachował zawodową beznamiętność mimo narastającego tonu. — Przekazuję jedynie decyzję zarządu, Pani Ashford. Muszę Panią poprosić o opuszczenie obiektu do czasu wyjaśnienia sprawy.

— Wyjść? — Vivienne wstała, oburzenie na moment zagłuszyło rosnący niepokój. — Nie pozwolę się tak traktować. Kto za tym stoi? McKenzie? A może ta filipińska dżokejka, która jakimś cudem przekonała wszystkich, że tu pasuje?

Jej słowa odbiły się echem w ściszonej jadalni, wywołując skrzywienia u kilku gości. Wyraz twarzy Shawa nieco stwardniał.

— Pani Ashford, proszę nie utrudniać bardziej, niż to konieczne.

— Żądam rozmowy z zarządem. Natychmiast. — Vivienne przycisnęła markową torebkę do piersi jak tarczę. — To dyskryminacja. To... to polowanie na czarownice!

— Zarząd skontaktuje się z Panią w sprawie posiedzenia — odparł Shaw, dyskretnie wskazując wyjście. — A teraz proszę za mną...

Vivienne dostrzegła poruszenie przy wejściu do klubu. Przez szklane drzwi do lobby widziała migające czerwono-niebieskie światła policyjnego wozu wjeżdżającego na podjazd. Protest ugrzązł jej w gardle.

— Martin Wattley — mruknął ktoś w pobliżu na tyle głośno, by usłyszała. — Mówią, że przyznał się do wszystkiego w sprawie gangu kradnącego konie.

Lód popłynął Vivienne w żyłach. Ruszyła w stronę bocznego wyjścia, przestając się przejmować godnością czy pozorami. Kierownik podążył za nią, z ulgą malującą się na twarzy, gdy się podporządkowała. Przez okna na parking widziała, jak z policyjnego auta wysiada Jake Harrison, obok niego inny funkcjonariusz. Ich zdecydowany marsz ku wejściu nie pozostawiał wątpliwości co do celu.

— Muszę sprawdzić, co z Charlotte — powiedziała drżąco Vivienne, szamocząc się w torebce w poszukiwaniu kluczyków. — Nagły wypadek w rodzinie. Tym członkowskim absurdem zajmę się później.

Przepchnęła się przez boczne drzwi na parking; obcasy zapadały się w wypielęgnowany trawnik, gdy ścinała drogę do swojego Range Rovera. Za jej plecami otworzyły się główne drzwi klubu. Usłyszała głos Jake'a, który zawołał jej imię — urzędowy, nieubłagany.

Vivienne dopadła samochodu, palce tak jej drżały, że upuściła kluczyki. Gdy schyliła się, by je podnieść, padł na nią duży cień.

— Vivienne Ashford — powiedział Jake Harrison głosem pozbawionym cienia uległości, do której była przyzwyczajona — aresztuję Panią pod zarzutem udziału w zmowie w celu dokonania kradzieży, paserstwa oraz znęcania się nad zwierzętami.

Wyprostowała się powoli, ściskając klucze w pięści, świadoma twarzy przyklejonych do okien country clubu, obserwujących jej upadek z taką żarliwością, jakby patrzyli na publiczną egzekucję. Wszystko, co zbudowała, co uważała za swoje prawo, rozpadało się w jednej chwili, bo Martin Wattley nie miał tyle rozumu, by trzymać ten swój głupi język za zębami.

— Ma Pani prawo zachować milczenie — ciągnął Jake, a Vivienne zamknęła oczy, nie mogąc znieść ciężaru tylu spojrzeń, gdy misternie zbudowany świat osuwał się jej spod nóg.

Pip ściskała oburącz uwiąź Honey, aż pobielały jej kostki. Marcus ostrożnie manewrował głowicą USG, jego twarz niczego nie zdradzała, gdy studiował szare kształty przesuwające się po małym ekranie. Dzień był długi, ale po kolacji Marcus zapytał Pip, czy nie miałaby nic przeciwko szybkiemu badaniu. Pip nie zamierzała odmówić rodzinnemu weterynarzowi, jeśli uważał, że Honey czegoś trzeba, więc poszła z nim do stajni i stała, trzymając głowę klaczy, podczas gdy Marcus pracował przy jej zadzie.

— To wątroba? Badania krwi wykazały podwyższone enzymy — wyrzuciła wreszcie z siebie, nie mogąc dłużej tłumić niepokoju. — Albo jakieś wewnętrzne uszkodzenia, które przeoczyliśmy?

Marcus nie odpowiedział od razu; był w pełni skupiony, gdy korygował ułożenie głowicy i nacisnął przycisk, by zamrozić obraz. Kąciki ust drgnęły mu ku górze — rzadkie pęknięcie w jego zawodowej powściągliwości.

— Z wątrobą wszystko w porządku — powiedział wreszcie, zerkając na Pip. Nie dodał nic więcej, dopóki nie wyjął głowicy i nie posprzątał; zdjął rękawiczki i skinął na Pip, by podeszła. — Proszę spojrzeć.

Pip zdjęła Honey kantar, żeby klacz mogła wrócić do siana, i przestawiła się obok Marcusa; jej drobna sylwetka musiała się lekko wyciągnąć, by dobrze widzieć ekran. Marcus pochylił go w jej stronę, palcem obrysowując mały, fasolkowaty kształt pośród szarej ziarnistości.

— O, tutaj — powiedział, w głosie zabrzmiała zawodowa satysfakcja. — Około czterech tygodni, powiedziałbym.

Pip wpatrywała się w ekran, usiłując pojąć to, co widzi. — To... to źrebak?

Marcus skinął głową, a jego zwyczajowy kliniczny dystans złagodniał na widok jej oczywistego szoku. — Tętno mocne. Rozwój na tym etapie wygląda prawidłowo.

Oczy Pip niespodziewanie zaszły łzami; obraz się rozmył, gdy wpatrywała się w maleńkie życie w brzuchu Honey. Źrebak. Mimo wszystko, mimo traumy i strachu, życie przetrwało. — Ale przecież nie była w rui!

— Mogli podać hormony — odparł Marcus. — I wiemy, że pokryto ją ogierem.

— Te wszystkie rany i zadrapania... myślałam, że odpychała ogiera, bo nie była w rui, ale najwyraźniej nie — wyszeptała z niedowierzaniem Pip.

— Klacze potrafią zadziwiająco dobrze chronić rozwijające się płody nawet w skrajnych warunkach — powiedział Marcus, wracając do klinicznego tonu, gdy pakował sprzęt do USG. — Nie ma powodu, by nie miało być całkiem zdrowe.

Pip niemo skinęła głową, wciąż to przetwarzając. Ten źrebak, poczęty przemocą, w najgorszych okolicznościach, był symbolem wszystkiego, co poszło nie tak. A jednak, patrząc na Honey spokojnie skubiącą siano, o znów przejrzystych, ufnych błękitnych oczach, Pip nie potrafiła czuć nic poza zachwytem.

— Czego powinniśmy się spodziewać? — zapytała w końcu, gdy powróciła jej praktyczność. — Biorąc pod uwagę to wszystko, co przeszła...

— Będziemy uważnie ją monitorować — odparł Marcus. — Fizycznie jednak dobrze się regeneruje. Na tym etapie nie ma podstaw, by oczekiwać powikłań. Potrzebna będzie skorygowana dieta, regularne kontrole. — Zawahał się, studiując twarz Pip. — Wie Pani, są różne możliwości. Wczesną ciążę można bezpiecznie przerwać, jeśli uzna Pani, że tak będzie najlepiej. A ponieważ nie zna Pani ogiera...

— Nie. To nie... Ja bym nigdy... — Pip natychmiast pokręciła głową, sama zdumiona gwałtownością własnej reakcji.

— W takim razie zadbamy, żeby miała wszystko, czego potrzebuje — skinął głową Marcus, rozumiejąc bez dalszych wyjaśnień.

Zaczął wprowadzać notatki do karty medycznej Honey, a Pip delikatnie wypuściła klacz z poskromu. Honey odwróciła się, by szturchnąć ramię Pip, domagając się smakołyków, które zwykle następowały po badaniu. Pip wyjęła z kieszeni marchewkę, uśmiechając się mimo wciąż napływających łez.

— Dobra dziewczynka — wyszeptała, gładząc aksamitne chrapy klaczy. — Sprytna, dzielna dziewczynka.

Drzwi stajni otworzyły się, wpuszczając smukłą sylwetkę Jake'a. Zbliżył się ostrożnie, szanując spokój po badaniu.

— Wszystko w porządku? — zapytał, przenosząc wzrok z zapłakanej twarzy Pip na wyważoną neutralność Marcusa.

— Jest w ciąży — powiedziała Pip; słowa wciąż brzmiały jej obco na języku. — Cztery tygodnie. Źrebak wygląda zdrowo.

Marcus zatrzasnął kartę medyczną. — Zostawię was, żebyście porozmawiali. Pani Pip, do jutra przygotuję plan żywienia. Od razu trzeba będzie zmodyfikować dawkę pasz.

— Dziękuję, Panie Marcusie — powiedziała Pip z szczerą wdzięcznością w głosie.

Gdy Marcus wyszedł, Jake podszedł bliżej, wyciągając rękę, by łagodnie pogłaskać Honey po szyi. Klacz bez trudu przyjęła jego dotyk — znak, jak bardzo znów zaczęła ufać ludziom.

— Mogę mieć informacje o ojcu źrebaka — powiedział. — A właściwie ma je Martin Wattley. Twierdzi, że pokryli ją ogierem perlino, cokolwiek to znaczy, żeby mieć gwarancję ładnego źrebaka. Pewnie byłby sporo wart, gdybyś chciała go sprzedać.

Pip poczuła gwałtowny przypływ instynktu opiekuńczego, zaskakujący swoją intensywnością. — Nie. Honey i jej źrebak zostają tutaj — powiedziała stanowczo. — Nie przyjmę żadnej ceny za nią. Są rzeczy ważniejsze niż pieniądze.

Ramię Jake'a objęło ją, ciepłe i wspierające. — Myślałem, że tak powiesz.

— Tak jest dobrze — wyjaśniła Pip, lekko się o niego opierając. — Po tym wszystkim, co przeszła Honey, i co my przeszliśmy razem... ten źrebak oznacza coś nowego. Nowy początek.

— Skoro mowa o nowych początkach — powiedział Jake lżejszym tonem — Vivienne Ashford usłyszała dziś po południu formalne zarzuty. Pomyślałem, że będziesz chciała wiedzieć.

— Naprawdę? Już?

— Zeznania Martina były wyczerpujące — potwierdził Jake. — A w obliczu dowodów wolała współpracować, niż ryzykować proces. Najpewniej dostanie wyrok w zawieszeniu i dotkliwe grzywny co najmniej, ale ważniejsze, że zgodziła się na całkowity zakaz kontaktu z tobą oraz z kimkolwiek z rodziny McKenzie. Jestem prawie pewien, że planuje wrócić do Brisbane.

Pip powoli wypuściła powietrze, przyswajając ten ostatni element domknięcia. — A Martin?

— Przyzna się do wszystkich zarzutów. Współpraca oznacza niższy wymiar kary, ale odsiedzi swoje — tak samo jak jego brat. Na twarzy Jake'a widać było satysfakcję bez cienia mściwości.

Stali w kojącej ciszy, patrząc na Honey. Wkrótce jej boki zaczną wyraźniej zaokrąglać się wraz z rosnącym źrebięciem — fizyczny dowód, że życie toczy się dalej mimo traumy, że z bolesnych zakończeń wyrastają nowe początki.

— Myślałam sobie — odezwała się po chwili Pip — że kiedy urodzi się źrebak, będę potrzebowała pomocy przy nocnych obchodach. Kogoś wystarczająco wysokiego, żeby sięgnąć do górnej szafki w siodlarni, gdzie trzymamy zestaw porodowy.

Kąciki ust Jake'a uniosły się w uśmiechu. — Chcesz, żebym się wprowadził ze względu na mój wzrost?

— Między innymi — odparła Pip, utrzymując lekki ton, choć jej oczy mówiły więcej. — Twoje detektywistyczne zdolności też mogą się przydać — do tropienia zagubionych szczotek i ustalania, gdzie Kate chowa kulki białkowe z makadamią. Przydadzą nam się na nocne przekąski w sezonie wyźrebień.

Jego ramię mocniej zacisnęło się na jej barkach, przyciągając ją bliżej. — Myślę, że da się to zaaranżować.

Honey podniosła głowę znad siana, patrząc na nich spokojnymi błękitnymi oczami, w których nie było już cienia strachu. W przyszłym roku przyjdzie na świat jej źrebak, przynosząc cały chaos i radość nowego życia. Do tego czasu sprawa kradzieży koni będzie dawno zamknięta, sprawiedliwości stanie się zadość, rany się zagoją. Pip czuła, jak osiada w niej poczucie słuszności — ten cykliczny rytm zakończeń i początków, sprawiedliwości i odnowy.

— Będzie dobrze — powiedziała cicho; słowa były zarazem stwierdzeniem i uświadomieniem.

Jake musnął czubek jej głowy pocałunkiem. — Tak — zgodził się krótko. — Będzie.

Rozdział szesnasty

Dłonie Jake'a zaplątały się we włosy Pip, gdy pogłębił ich pocałunek; otulał ich znajomy zapach siana i koni, unoszący się w ciepłej stajni Ridgewater. Wieczorne światło sączyło się przez wysokie okna, rzucając złote prostokąty na betonową posadzkę, gdzie stali, na chwilę niewrażliwi na wszystko poza sobą. Honey cicho zarżała w swoim boksie — może z aprobatą, a może po prostu domagając się wieczornego karmienia — lecz Jake ledwie to zarejestrował. W dniach po aresztowaniu Vivienne i Martina on i Pip wpadli w wygodny rytm pracy i bycia razem; granice między współpracownikami a kochankami rozmywały się w coś nowego, a przy tym zaskakująco naturalnego.

Drzwi stajni rozwarły się z teatralną gwałtownością, zalewając przestrzeń późnopopołudniowym słońcem.

— No proszę, piękna scenka po świetnym dniu na wyścigach w Eagle Farm!

Duża sylwetka odrysowała się w wejściu, z jedną ręką teatralnie zasłaniającą oczy. Jake znieruchomiał, wciąż obejmując drobną figurę Pip, mrużąc powieki wobec nagłego najazdu światła i głosu.

Pip odskoczyła od niego z okrzykiem czystej radości, nie zawstydzenia. — Harry!

Zanim Jake zdążył pojąć, co się dzieje, Pip pomknęła przez stajnię z zadziwiającą prędkością jak na kogoś tak drobnego, rzucając się na nowo przybyłego. Mężczyzna, co najmniej dwa razy od niej większy, złapał ją w prawdziwie niedźwiedzi uścisk, uniósł lekko nad ziemię i obrócił raz, po czym odstawił na nogi.

— No popatrz na siebie — odezwał się mężczyzna, a w jego głosie brzmiała szczera czułość. — Wciąż w wersji kieszonkowej i wciąż pakujesz się w kłopoty!

Jake stał niezręcznie tam, gdzie zostawiła go Pip, boleśnie świadom własnych zarumienionych policzków. Przeciągnął dłonią po włosach, próbując wygładzić miejsca potargane palcami Pip, i poprawił koszulę z udawaną swobodą, która nie zmyliłaby nikogo.

— Harry, co ty tu robisz? — zażądała wyjaśnień Pip, spoglądając na postawnego mężczyznę z niekłamaną radością. — Nie powiedziałeś, że przyjeżdżasz!

— A gdzie w tym frajda? — odparł Harry, a jego oczy błysnęły, gdy przeniosły się na Jake'a. — Poza tym wygląda na to, że trafiłem na ciekawą chwilę.

Jake poznał go teraz: Harry Kittredge, legendarny trener koni wyścigowych, człowiek, który wziął Pip pod swoje skrzydła, gdy była dzieckiem, dał jej zawód i pozostał ojcowską figurą długo po tym, jak odeszła ze świata wyścigów. Jake przełknął ślinę, nagle czując się bardziej jak nastolatek przyłapany przez ojca dziewczyny niż jak zawodowy policjant po trzydziestce.

— Och! — Pip nagle jakby przypomniała sobie o istnieniu Jake'a. Odwróciła się, policzki zaróżowione mieszaniną ekscytacji i spóźnionego zażenowania. — Harry, to jest Jake Harrison. Jake, to Harry Kittredge.

Jake przeszedł przez stajnię z wyciągniętą dłonią, profesjonalne odruchy biorąc górę mimo dyskomfortu. — Panie Kittredge, to przyjemność pana poznać. Dużo o panu słyszałem.

Uścisk dłoni Harry'ego był mocny, a jego badawcze spojrzenie zarazem przyjazne i oceniające. — Starszy posterunkowy Harrison. O panu też słyszałem — usta drgnęły mu w uśmiechu, który jasno sugerował, co i od kogo słyszał. — Choć, jak widzę, mam teraz pokaz na żywo.

Donośny śmiech Harry'ego potoczył się po stajni, aż spłoszył pobliskiego kuca, który parsknął. Jake poczuł, jak palą go uszy, ale zdołał się uśmiechnąć, rozpoznając w tym życzliwe droczenie.

— Przywiozłem kolację — oznajmił Harry, wskazując na zaparkowany na zewnątrz samochód. — Indyjskie na wynos, dla wszystkich. Pomyślałem, że was zaskoczę.

— Udało ci się, i to jak — odparła sucho Pip, choć oczy jej błyszczały ze szczęścia. — Chodźmy do domu, zanim jedzenie wystygnie.

Jake odruchowo ruszył za nimi, gdy Harry zabrał z auta kilka pachnących toreb; bogate aromaty curry i ciepłego pieczywa sprawiły, że żołądek mu zagrał mimo wciąż tlącego się zażenowania. Pip prowadziła do domu, najwyraźniej zapomniawszy o wcześniejszym skrępowaniu w radości z niespodziewanej wizyty Harry'ego.

Harry złożył torby z jedzeniem na wyspie kuchennej z iście uroczystym rozmachem, a Pip krzątała się, zbierając talerze, szklanki i sztućce. Jake odruchowo zabrał się do pomocy, otwierając szafki pod dyktando Pip, by wyjąć półmiski.

— Harry! — w drzwiach stanęła Sarah, a zaskoczenie szybko ustąpiło miejsca radości. — Nikt mi nie powiedział, że przyjeżdżasz!

— Bo nikt nie wiedział — odparła Pip, wspinając się na palce, by dosięgnąć kieliszków do wina. Jake cicho stanął za nią i bez trudu zdjął je z wysokiej półki.

Po chwili dołączyły Emma i Kate; siostry przywitały Harry'ego z tą swobodną poufałością, jaka panuje w rodzinie. Jake z zainteresowaniem obserwował te interakcje, zauważając, jak kobiety z rodu McKenzie darzyły Harry'ego czułą, żartobliwą atencją, a wtem wpadła Jemima, z piskiem radości rzucając się na wujka Harry'ego. Jake pozwolił sobie zniknąć w tle ich ożywionej rozmowy, zadowolony, że może podpatrywać, jak rozwija się ta rodzinna dynamika.

Harry zaczął wypakowywać pojemniki, a kuchnię wypełniły aromaty curry, kardamonu i kolendry. — Butter chicken, lamb rogan josh, vegetable korma, palak paneer — wyliczał, stawiając kolejne pojemniki na wyspie. — I prawdziwy naan, nie żaden marketowy chłam.

— To niesamowite, Harry — powiedziała Emma, wciągając zapach z wyraźną przyjemnością. — Z jakiej to okazji?

— Muszę mieć okazję, żeby odwiedzić moje ulubione dziewczyny? — odparł Harry, choć jego wzrok na moment przemknął ku Jake'owi. — Poza tym miałem fantastyczny dzień na Eagle Farm. Trzy wygrane ze stajni, w tym debiutant, który płacił 20 do 1.

Gdy zebrali się wokół wyspy, talerze wypełniły się pachnącym jedzeniem, a Jake znalazł się naprzeciwko Harry'ego. Starszy mężczyzna poczekał, aż wszyscy nałożą sobie porcje, po czym utkwił w Jake'u spojrzenie przyjazne, lecz nieodmiennie poważne.

— A więc, panie starszy posterunkowy — zaczął tonem zwodniczo swobodnym. — Jakie dokładnie ma pan plany wobec naszej dziewczyny?

Kuchnia ucichła; cztery pary kobiecych oczu biegały między nimi, w różnym stopniu zażenowane, rozbawione i zaciekawione. Jake poczuł, jak Pip sztywnieje obok niego.

— Harry — ostrzegła.

— To rozsądne pytanie — odparł łagodnie Harry. — Pip nie ma taty, a choć wiem, że Jim lubi się w tej roli widzieć, ja znam ją o wiele dłużej.

Jake odłożył widelec i odwzajemnił spojrzenie Harry'ego. — Bardzo zależy mi na Pip — powiedział głosem pewniejszym, niż się czuł. — I szanuję jej niezależność.

— Dobry początek — skinął Harry, nabierając na widelec ryż. — Gdzie pan siebie widzi za pięć lat?

— Harry! — zaprotestowała Pip, rumieniąc się jeszcze bardziej.

Jake położył pod blatem delikatnie dłoń na jej ręce. — Spokojnie — szepnął, po czym zwrócił się znów do Harry'ego. — Zawodowo chciałbym awansować w policji, choć planuję zostać tutaj, w Ridgemont, a może z czasem objąć kierowanie posterunkiem, kiedy mój szef przejdzie na emeryturę. Prywatnie... — zawahał się, świadom wagi następnych słów. — Planuję być tam, gdzie będzie chciała Pip.

Coś w wyrazie twarzy Harry'ego się zmieniło; w oczach pojawiła się aprobata, choć pytania nie ustały. — Ma pan niebezpieczną pracę. Jak to się ma do życia na farmie?

Przepytywanie trwało przez cały posiłek; pytania Harry'ego były bezpośrednie, ale nie nieprzyjazne. Jake odpowiadał szczerze, choć dyskomfort palił go pod kołnierzykiem z powodu publicznego charakteru rozmowy. Po drugiej stronie wyspy siostry McKenzie wymieniały rozbawione spojrzenia, a Pip z podejrzaną gorliwością skupiła się na jedzeniu.

Kiedy Harry zaczął dopytywać o długoterminowe planowanie finansowe Jake'a, Pip w końcu interweniowała.

— Daj spokój, Harry — powiedziała stanowczo. — Jesteś gorszy niż Sarah i Kate razem wzięte. Jake tu nie jest na ławie oskarżonych.

Donośny śmiech Harry'ego rozładował napięcie. — Tylko robię to, co do mnie należy, kochanie. Ktoś musi o ciebie dbać.

— Świetnie potrafię zadbać o siebie — odparła Pip, choć w jej tonie było więcej czułości niż złości.

— Nigdzie nie powiedziałem, że nie — odparł lekko. — To nie znaczy, że ci, którym na tobie zależy, nie mogą też stać po twojej stronie.

Gdy rozmowa zeszła na wieści o koniach Harry'ego i najnowszych sukcesach sióstr, Jake zaczął się rozluźniać. Rozpoznał w tych pytaniach Harry'ego to, czym były w istocie: troskę kogoś, kto kocha Pip i chce mieć pewność, że jest szczęśliwa. Nie było w tym cienia złośliwości, jedynie szczera dbałość.

Pod koniec posiłku Jake sam już śmiał się razem z innymi, gdy Harry snuł opowieści o pierwszych latach Pip w siodle — o jej wpadkach i kilku zwycięstwach wbrew wszelkim prognozom. Ciepło w głosie Harry'ego, kiedy mówił o jej osiągnięciach, powiedziało Jake'owi wszystko, co powinien wiedzieć o ich relacji.

Pip oparła się o bok Jake'a, dawne zakłopotanie poszło w niepamięć, gdy przekomarzała się z Harrym o szczegóły pewnego wyścigu. Ta swobodna czułość, tak naturalna w obecności rodziny, brzmiała jak akceptacja. Jak przynależność.

Jake przyłapał Harry'ego, jak na nich patrzy, z zamyślonym wyrazem na pooranej zmarszczkami twarzy. Starszy mężczyzna skinął mu lekko głową, niemal niezauważalnie, ale Jake zrozumiał ten gest.

Ostrożna aprobata. Na razie.

Pip przystanęła przed drzwiami kuchni, kubek z kawą uniesiony w pół drogi do ust, gdy przez uchylone okno doleciał do niej głos Harry'ego. — A więc ta cała Vivienne naprawdę próbowała zszargać jej reputację? I to po tym, jak ukradła jej konia? — w jego tonie nie dało się nie usłyszeć oburzenia. Odpowiedź Kate była cichsza, ale Pip wychwyciła dość, by zrozumieć, że rozmawiali o kampanii plotek, która kosztowała ją klientów i tyle nerwów w ostatnich miesiącach. Sama nie mówiła o tym Harry'emu, chcąc oszczędzić mu martwienia się, ale najwyraźniej siostry McKenzie nadrabiały zaległości.

Pip westchnęła i pchnęła drzwi, dając znać o swojej obecności. — Dzień dobry.

Harry i Kate odwrócili się znad ekspresu; na twarzy Harry'ego oburzenie płynnie ustąpiło wesołemu powitaniu. — O, jest i ona! W samą porę na świeżą kawę.

— Już mam, dzięki — odparła Pip, unosząc kubek. Rozejrzała się między nimi, zauważając lekko winny wyraz twarzy Kate. — Widzę, że jesteś na bieżąco z lokalnymi dramatami.

Harry nawet nie próbował zaprzeczać. — Trzeba było zadzwonić do mnie wcześniej, kochanie. Załatwiłbym tę Vivienne już miesiące temu.

— Teraz już jest załatwione — odparła Pip, wskakując na stołek przy kuchennej wyspie. — Postawiono jej zarzuty, konie są bezpiecznie z powrotem u właścicieli, a ludzie zaczynają zmieniać nastawienie. Nie wspomniała o piekącym wciąż ukłuciu odwołanych lekcji, o klientach, którzy nie wrócili mimo kompromitacji Vivienne.

— Hm — mruknął Harry, co sugerowało, że nie jest do końca przekonany. — Masz plany na dziś?

— Sklep paszowy — odparła Pip. — Kończą nam się suplementy dla źrebnych klaczy i muszę odebrać bloki mineralne, na które czekaliśmy; Nate wczoraj nagrał wiadomość, że już przyszły.

— Idealnie! — klasnął w dłonie Harry. — Pojadę z tobą.

Pip o mało nie zakrztusiła się kawą. — Naprawdę nie trzeba, Harry. To tylko szybka sprawa.

— Nonsens. Piękny dzień na przejażdżkę do miasteczka — ton miał lekki, ale nie znosił sprzeciwu. — Poza tym nie byłem w Ridgemont od wieków. Chcę zobaczyć, jak się zmieniło.

Kate złapała Pip spojrzeniem zza pleców Harry'ego i bezgłośnie ułożyła ustami: pozwól mu.

Pip rozpoznała daremność oporu. Gdy Harry Kittredge o czymś postanawia — zwłaszcza jeśli chodzi o jego dziewczyny — sprawa jest przesądzona.

— Dobrze — ustąpiła. — Ale jedziemy moim pick-upem, nie twoją wypasioną bryką. Muszę przywieźć paszę.

— Inaczej bym nie chciał — zgodził się z szerokim uśmiechem.

Godzinę później Pip wjechała na parking Ridgemont Produce, a Harry siedział wygodnie na miejscu pasażera. W drodze próbowała przekonać go, że sprawa plotek sama się wygasiła i że nie potrzeba żadnych jego interwencji. Jego wymijające pomruki sugerowały, że niespecjalnie słucha.

— Pamiętaj, zwykłe zakupy — upomniała Pip, gdy wysiadali z pick-upa. — Muszę tu dbać o relacje zawodowe.

Niewinny wyraz twarzy Harry'ego nie zwiódł jej ani trochę. — Oczywiście, kochanie. Jestem tylko od noszenia ciężkich worów.

W chwili, gdy tylko przekroczyli próg, Pip wiedziała, że to przegrana sprawa. Harry zaczerpnął głęboko powietrza i zagrzmiał: — No, tak właśnie powinien pachnieć porządny wiejski sklep paszowy!

Wszystkie głowy się odwróciły. Nate, który układał worki z sieczką przy kasie, wyprostował się zaskoczony. Oczy mu się rozszerzyły, gdy rozpoznał słynnego trenera.

— Na Boga, czy to Harry Kittredge?

Harry ruszył szerokim krokiem, z wyciągniętą dłonią, jakimś cudem zawłaszczając całą przestrzeń mimo zagraconych alejek i niskiego sufitu. — We własnej osobie! A pan musi być Nate. Pip dużo mi o panu opowiadała.

Pip podążała w ślad za Harrym, boleśnie świadoma szeptów rozchodzących się po sklepie. Para oglądająca derki przy tylnej ścianie już się gapiła otwarcie. Starszy rolnik przy stoisku z nasionami przerwał wybieranie i tylko się wpatrywał.

— To zaszczyt, panie Kittredge — powiedział Nate, aż za gorliwie ściskając mu dłoń. — Jestem wielkim fanem pańskich koni. Ta klacz, Midnight Serenade, absolutne cudo. Pójdzie w Melbourne Cup?

— Proszę mówić mi Harry — nalegał, klepiąc Nate'a po ramieniu. — Każdy przyjaciel Pip jest moim przyjacielem. A ta dziewczyna — objął Pip ramieniem — jest dla mnie praktycznie jak córka, wie pan? Nauczyłem jej wszystkiego, co wie o koniach. Choć dziś, mam wrażenie, to ona mogłaby nauczyć mnie tego i owego! Wsadziłbym ją na Midnight Serenade w mgnieniu oka, gdyby tylko wróciła do wyścigów!

Jego głos niósł się bez wysiłku po całym sklepie, tak że wszyscy obecni usłyszeli to pochlebne świadectwo. Pip poczuła, jak policzki jej płoną, ale Harry już ciągnął dalej.

— Najbardziej naturalny talent, jaki kiedykolwiek widziałem, jeszcze jako chudziutkie dziewczę. Powinnaś była zobaczyć, jak obchodziła się z ogierkami, przy których zawodowi dżokeje mieli pietra! A to, jak czyta mowę ciała koni — czysty dar. Nigdy czegoś takiego nie widziałem.

Uśmiech Nate'a poszerzył się, gdy skinął głową. — Z trudnymi radzi sobie jak mało kto. Każdy tutaj wie, że kiedy mają kłopotliwego konia, dzwonią po Pip.

— Mądrzy ludzie — zgodził się z naciskiem Harry. — A teraz, Pip potrzebuje kilku rzeczy, a ja jestem tu, żeby pomóc nosić. Ale najpierw pokaż mi te wasze półki z suplementami. Od dawna myślę, żeby spróbować czegoś nowego dla moich dwulatek.

Kiedy Nate ochoczo poprowadził Harry'ego w stronę działu z suplementami, Pip podreptała za nimi, ściskając listę w nagle wilgotnej dłoni. Wyraźnie poczuła zmianę atmosfery w sklepie — klienci, którzy dotąd unikali jej wzroku, teraz obserwowali z oczywistym zainteresowaniem. Szepty zmieniły ton, bardziej ciekawskie niż potępiające.

Kobieta, którą Pip rozpoznała jako jedną z dawnych znajomych Vivienne, podeszła niepewnie. — Przepraszam, panie Kittredge? Moja córka ma bzika na punkcie wyścigów. Czy mogłabym dostać dla niej pana autograf?

— Oczywiście! — zagrzmiał Harry, wyciągając z kieszeni długopis. — Jak ma na imię?

— Melissa — odparła kobieta, podając paragon, by podpisał go z tyłu. — Sama jeździ, chociaż dopiero zaczyna.

— Melissa. Śliczne imię — Harry zamaszyście złożył podpis. — Wie pani, jeśli na poważnie myśli o jeździectwie, powinna brać lekcje u Pip. Lepszej instruktorki nie znajdzie, ma pani szczęście, że Pip jest w okolicy.

Kobieta zerknęła na Pip, a po jej twarzy przemknęło coś na kształt żalu. — Ja... tak, może rzeczywiście powinniśmy to rozważyć.

Podeszła kolejna klientka, potem następna. Wkrótce Harry'ego otoczył tłum, podpisywał worki z paszą i paragony, pozował do selfie z oszołomionymi miłośnikami koni. Przy każdej rozmowie potrafił włączyć do niej Pip, wciągał ją do dyskusji, odsyłał do jej fachowej wiedzy przy pytaniach treningowych, raz po raz nazywając ją swoją — albo mówiąc, że jest mu jak córka.

Pip wymknęła się i krążyła po sklepie, zbierając potrzebne rzeczy, aż nadto świadoma zmieniającej się wokół niej dynamiki. Ludzie, którzy tygodniami unikali kontaktu wzrokowego, teraz uśmiechali się, kiwali głowami, a nawet podchodzili z nieśmiałymi pytaniami o problemy treningowe.

Nate złapał ją przy regale z preparatami na stawy, z miną, która mówiła wszystko. — Ten wasz Harry to dopiero ktoś.

— Subtelny nie jest — przyznała Pip, nie umiejąc ukryć czułości w głosie.

— Może subtelność nie była tu potrzebna — odparł Nate. — Wieści szybko się tu roznoszą, a zdanie Harry'ego Kittredge'a sporo znaczy wśród koniarzy.

Kiedy skończyli zakupy, Harry zgromadził wokół siebie mały tłum wielbicieli. Uparł się, by zanieść najcięższe worki do pickupa Pip, i dalej prowadził niemal audiencję na parkingu, kiedy je ładował.

— Ta dziewczyna nauczyła mnie, jak docierać do trudnych koni, i to zmieniło sposób, w jaki działa cała moja stajnia — oznajmił urzeczonej publiczności. — Nie byłbym dziś tu, gdzie jestem, bez jej spostrzeżeń. Czysty instynkt, ale poparty solidną wiedzą i ciężką pracą. To ją wyróżnia.

Wsiadając za kierownicę, Pip patrzyła, jak Harry kończy swoją improwizowaną kampanię PR-ową ostatnią rundą uścisków dłoni. Kiedy w końcu wsiadł do pickupa, opadł na siedzenie z miną kogoś, kto dokładnie osiągnął to, co zamierzał.

— Harry — zaczęła Pip, niepewna, czy powinna go zganić, czy podziękować.

— Mówiłem tylko prawdę, kochanie — odparł łagodnie. — Ani krzty przesady w tym, co powiedziałem.

Pip wrzuciła bieg i wyjechała z parkingu, a na usta, mimo woli, wpełzł jej uśmiech. — Jesteś niemożliwy.

— Za to skuteczny — odparł Harry z mrugnięciem.
— Widziałaś tę kobietę w szykownych oficerkach, jak cię
niemal błagała, żebyś zerknęła na kucyka jej córki?

— Zauważyłam — przyznała Pip. Ta sama kobieta
trzy tygodnie temu odwołała lekcje córki, powołując się
na konflikt terminów, o którym Pip wiedziała, że jest
zmyślony.

— A teraz skręć tu — powiedział Harry. — Mam ochotę
coś przekąsić. W pubie wciąż robią te świetne kanapki ze
stekiem? I jak myślisz, czy twój Jake miałby ochotę do nas
dołączyć?

The Exchange Hotel tętnił niezwykłą jak na sobotnie
popołudnie energią — każdy stolik zajęty, a przy barze
trzy rzędy ludzi. Pip przeciskała się przez tłum, balansując
trzema pintami w drobnych dłoniach, wracając do stolika
w rogu, który zajęli Harry i Jake. Ponad ogólnym gwarem
rozbrzmiewał głos komentatora z telewizora zawieszonego
na ścianie, zapowiadając kolejny wyścig na Flemington, ale
tym razem gonitwy nie były główną atrakcją. Ten zaszczyt
przypadł Harry'emu Kittredge'owi.

— Nadciąga trzeci wyścig — oznajmił Harry, a jego
głos bez wysiłku przebił się przez gwar. — Numer cztery,
patrzcie, jak wyskoczy z tyłu na finiszowej prostej. Dżokej
na treningach ją wstrzymywał, ale widziałem ostatni galop
we wtorek. Ma przyspieszenie na finiszu, które wszystkich
zaskoczy.

Głowy odwróciły się ku telewizorowi, niejeden gracz w
pośpiechu wystukiwał w telefonie ostatnie zakłady. Pip
postawiła piwa na stole, podsuwając po jednym Jake'owi
i Harry'emu, po czym zajęła miejsce.

— Niezłe zamieszanie wywołałeś — szepnęła do
Harry'ego, kiwając w stronę tłumu.

— Tylko jestem uprzejmy — odparł z przesadną niewinnością, która jej nie zwiodła ani na moment.

Jake złapał jej spojrzenie znad stołu; w jego uśmiechu mieszały się rozbawienie i podziw. Dołączył do nich na lunch po porannym dyżurze, najwyraźniej zadowolony, że może patrzeć, jak rozgrywa się spektakl pod tytułem Harry Kittredge. Luźny gest, z jakim oparł ramię na oparciu krzesła Pip, był już czymś naturalnym, a jego obecność u boku stanowiła cichy punkt oparcia pośród teatralnych popisów Harry'ego.

Wyścig ruszył, a pub zapadł w względną ciszę skupienia. Harry pochylił się lekko do przodu, wzrok przyklejony do ekranu, ale na twarzy miał raczej pewność niż niepokój. I rzeczywiście, gdy konie wyszły na ostatni zakręt, numer cztery zaczęła iść ze środka stawki, równo połykała kolejne rywalki, by na ostatnich metrach minąć liderkę.

Pub eksplodował okrzykami. Ci, którzy poszli za podpowiedzią Harry'ego, wiwatowali, inni jęczeli nad straconymi okazjami. Mężczyzna, którego Pip znała jako miejscowego rzeźnika, uniósł w jego stronę szklankę. — To już trzeci raz z rzędu, jak pan to przewidział! Jaki pana sekret?

— Żaden sekret — odparł skromnie Harry, choć w oczach błyszczała mu satysfakcja. — Czterdzieści lat patrzenia, jak poruszają się konie. Widać to w przygotowaniu, jeśli wiesz, na co patrzeć.

Na ich stole pojawiła się świeża runda drinków — wysłana przez wdzięcznych graczy, których portfele skorzystały na spostrzeżeniach Harry'ego. Pip przyłapała się na uśmiechu mimo początkowego zażenowania jego potrzebą bycia w centrum uwagi. Jego większa niż życie obecność w jakiś sposób zmieniła atmosferę w całym miasteczku. Tam, gdzie wcześniej czuła szepty i ukradkowe spojrzenia za plecami, teraz pławiła się w blasku odbitym od sławy Harry'ego.

— Zerknąłem wczoraj na twojego młodziaka — powiedział Harry, odwracając się do Pip, gdy ruszał kolejny wyścig. — Gniady wałach z długą białą skarpetą na lewej tylnej.

— Challenger — podpowiedziała Pip. — Projekt Emmy. Pierwotnie był u ciebie w stajni, pamiętasz?

— No jasne. Na tor się nie nadał, ale do skoków porusza się jak marzenie. Myślałem, że sama go szkolisz.

— Parę razy na nim byłam — przyznała Pip. — Ma talent, ale to koń Emmy, a na mnie jest trochę za duży. Wiesz, że trzymam się głównie kucyków.

Harry przytaknął z namysłem. — Warto by go szkolić krzyżowo pod WKKW. Do ujeżdżenia ma ruch.

Ich rozmowa o technikach treningowych wciągnęła kilku słuchaczy z okolicznych stolików — doświadczeni koniarze wyczuwali, że właśnie mimochodem wymienia się tu fachową wiedzę. Pip zaczęła odpowiadać na pytania o swoje metody, a Harry z wyraźną dumą oddawał jej pierwszeństwo. Tam, gdzie kiedyś ktoś mógłby kwestionować jej kompetencje, teraz słuchano uważnie, a rekomendacja Harry'ego dodawała wagi każdemu słowu.

Kiedy wychodzili z pubu trzy godziny później, Pip rozdała wizytówki pięciu potencjalnym nowym klientom i obiecała oceny dla trzech problematycznych koni. Popołudniowe słońce rzucało długie cienie na ulicę, gdy wracali do samochodu, a Harry wciąż prowadził niemal audiencję z garstką entuzjastów wyścigów, którzy podążyli za nimi na zewnątrz.

— Muszę już wracać — powiedział Harry swoim wielbicielom. — Młodziaki same się nie wyszkolą, nawet z moją najlepszą ekipą, a we wtorek jesteśmy w Randwick. W drugim wyścigu wypatrujcie Tartan Misdemeanour. Głupia nazwa, ale zaufajcie mi... piekielnie dobry koń. — Stuknął się w bok nosa i porozumiewawczo mrugnął, po czym wsiadł na miejsce pasażera.

Po raz pierwszy od miesięcy, gdy Pip jechała z powrotem do Ridgewater, Jake podążał za nimi swoim samochodem, a Harry nucił wesoło na fotelu obok, znów czuła się w pełni sobą, wolna od ciężaru plotek i wątpliwości, które ciągnęły się za nią od kradzieży Honey.

Kiedy dotarli do Ridgewater, Pip skierowała się do biura w stodole, zamierzając sprawdzić wiadomości przed wieczornym karmieniem. Laptop ożył, a dźwięk powiadomień mailowych rozbrzmiewał raz po raz, gdy skrzynka się odświeżała.

— To nie brzmi normalnie — zauważył Jake, opierając się o framugę drzwi.

Pip wpatrywała się w ekran z niedowierzaniem. — Pięćdziesiąt trzy nowe wiadomości od rana.

Za Jake'iem pojawił się Harry, zaglądając mu przez ramię. — No proszę, popularna.

Pip kliknęła pierwszy mail — od kobiety, która w szczycie plotek odwołała lekcje córki. Oczy Pip rozszerzyły się, gdy czytała na głos: *Droga Pip, mam nadzieję, że u Ciebie wszystko w porządku. Ruby prosi, by wrócić do lekcji u Ciebie, a po rozmowach z kilkoma osobami dziś w sklepie z paszą uświadomiłam sobie, że popełniliśmy błąd, zmieniając instruktora. Twoja renoma trenerska jest bezkonkurencyjna i byłoby dla nas zaszczytem, gdybyś rozważyła przyjęcie Ruby z powrotem jako uczennicy.*

— No, no — mruknął Harry, w jego tonie brzmiała satysfakcja.

Pip otworzyła kolejną wiadomość. *Szanowna Pani Rodriguez-McKenzie, chciałabym zapytać o Pani program szkoleniowy dla młodych koni. Mój kuc szetlandzki okazał się zbyt niebezpieczny, by moje dziecko na nim jeździło, ale sam Harry Kittredge polecił Panią jako najlepszą osobę do trudnych przypadków.*

I następną: *Po tym, jak widziałam Panią dziś w pubie i słyszałam o Pani metodach od Harry'ego Kittredge'a, chciałabym umówić ocenę dla kucyka mojej córki startującego w pokazach. Mamy problemy z zebraniem, brzmiące podobnie do kłopotów, które już Pani rozwiązywała...*

Wiadomość za wiadomością zalewały ekran — dawni klienci pisali zawstydzone przeprosiny i prośby o wznowienie zajęć, nowe zapytania o sprzedaż kucyków i dostępność miejsc treningowych, a nawet prośby o konsultacje z kilku dużych ośrodków jeździeckich w regionie. Pip przewijała je z rosnącym zdumieniem, od czasu do czasu czytając fragmenty na głos Jake'owi i Harry'emu.

— Nie mogę w to uwierzyć — powiedziała wreszcie, kręcąc głową. — Znów mam listę oczekujących. Jeszcze dziś rano martwiłam się, czy starczy na przyszłomiesięczny rachunek za paszę.

Harry oparł się o biurko, skrzyżował ramiona na piersi, wyglądając na nieprzyzwoicie zadowolonego z siebie. — Niesamowite, co potrafi odrobina prawdy.

— Odrobina prawdy i pieczęć aprobaty Harry'ego Kittredge'a — dodał Jake z uśmiechem.

Pip nagle wstała; wzruszenie wezbrało jej w piersi, gdy w pełni dotarło do niej, co zrobił Harry. Bez słowa rzuciła się w jego potężne ramiona, wtulając twarz w koszulę. Ramiona Harry'ego objęły ją natychmiast, a jedna wielka dłoń poklepała ją z czułością po plecach.

— No już, już — mruknął, a jego donośny głos złagodniał. — Tylko sprostowałem fakty, to wszystko.

— Uratowałeś mój biznes — powiedziała Pip, jej głos stłumiła jego pierś.

— Nonsens — odparł Harry, choć jego uścisk na drobnej sylwetce się wzmocnił. — Twój talent i praca uratowały twój biznes. Ja tylko przypomniałem ludziom to, co już o tobie wiedzieli.

Pip cofnęła się, szybko ocierając oczy. — I tak. Dziękuję.

Jake obserwował ich z progu, z ciepłym zrozumieniem na twarzy. Pip zobaczyła w jego spojrzeniu nową ocenę więzi między nią a Harrym — tej relacji, która przetrwała zmiany zawodowe, tragedie i lata rozłąki. Wyciągnęła do niego rękę, wciągając go do ich kręgu, a Harry zrobił miejsce, obejmując Jake'a ramieniem.

— Trzeba to uczcić — oznajmił Harry, odzyskując swój naturalny entuzjazm. — Sarah mówiła, że w lodówce jest butelka szampana na specjalne okazje. Powiedziałbym, że to się kwalifikuje.

— Chcę tylko przeczytać jeszcze kilka tych maili — powiedziała Pip, czym rozśmieszyła zarówno Harry'ego, jak i Jake'a.

— Ile chcesz, moja dziewczyno — Harry pociągnął ją delikatnie za warkocz. — Ile tylko chcesz.

Pół godziny później zebrali się w kuchni z siostrami McKenzie, z kieliszkami bąbelków w dłoniach. Harry stanął na czele kuchennej wyspy i uniósł kieliszek z uroczystą powagą.

— Za Pip's Perfect Ponies — ogłosił ciepłym z dumy głosem. — Niech ten biznes rozwija się, jak na to zasługuje, pod przewodnictwem najzdolniejszej amazonki, jaką miałem zaszczyt poznać.

— Za Pip — powtórzyli inni, stukając się szkłem. Telefon Pip znów zadźwięczał powiadomieniem o mailu, ale zignorowała to, skupiona na twarzach wokół — tej poskładanej rodzinie, która stanęła po jej stronie, gdy najbardziej tego potrzebowała. Potężna obecność Harry'ego, niewzruszone wsparcie Jake'a, niezachwajana lojalność sióstr McKenzie — wszystko to tworzyło krąg ochrony, którego żadna plotka nie była w stanie przebić.

Gdy Harry rozpoczął kolejną opowieść wyścigową, gestykulując szeroko, Pip oparła się o bok Jake'a, a zadowolenie osiadło jej głęboko w kościach. Reputacja przywrócona, biznes ożył, a rodzina przy niej — poczuła to szczególne wrażenie słuszności, kiedy rzeczy wracają na swoje miejsce. Może nie idealnie, ale dobrze we wszystkich ważnych sprawach.

Rozdział
siedemnasty

CIĘŻKIE DRZWI RESTAURACJI RIDGEMONT Country Club rozsunęły się przed nimi, wylewając na ciemniejący taras falę złotego światła. Pip nerwowo wygładziła sukienkę, czując się nie na miejscu mimo uspokajającej obecności Jake'a u boku. Granatowa tkanina wydawała się obca na jej skórze — była przecież przyzwyczajona do dżinsów i roboczych koszul. Ale Jake spojrzał na nią z tak szczerym zachwytem, kiedy po nią przyjechał, że dyskomfort wydał się wart zachodu.

— Na pewno dobrze wyglądam? — wyszeptała, gdy weszli do holu, a jej wzrok przyzwyczajał się do lśniącej marmurowej posadzki i polerowanych drewnianych detali.

Dłoń Jake'a odnalazła zagłębienie jej pleców, ciepła i pewna. — Wyglądasz pięknie — powiedział na tyle cicho, by tylko ona to usłyszała. — I tak bym tak uważał, nawet gdybyś miała na sobie najbrudniejsze stajenne ciuchy.

Restauracja rozciągała się przed nimi, ze szklanymi ścianami sięgającymi wysoko i miękkim oświetleniem, które odbijało się w kryształowych kieliszkach i srebrnej zastawie. Stoły nakryte nieskazitelnie białymi obrusami rozsiane były po sali, większość już zajęta przez zamożnych mieszkańców Ridgemont. Pip rozpoznała kilka twarzy ze spotkań w sprawie obwodnicy, z satysfakcją zauważając, że wszyscy obdarzali ją i Jake'a życzliwymi uśmiechami i skinieniami. *Oni* myśleli, że należy tu do siebie — a ta myśl pozwoliła jej nieco się rozluźnić.

— Starszy posterunkowy Harrison, pani Rodriguez-McKenzie — maître d' powitał ich z zawodową serdecznością. — Stolik jest gotowy. Proszę za mną.

Poprowadzono ich do stolika w rogu z panoramicznym widokiem na pole golfowe; wypielęgnowane zieleńce tonęły w cieniu, gdy zapadał zmierzch. Pip wsunęła się na krzesło, zauważając, że Jake czekał, aż usiądzie, zanim zajął swoje miejsce — drobny gest, który ją ogrzał.

— Nigdy nie widziałam pola z tej perspektywy — przyznała, zerkając na rozległy krajobraz. — Jest naprawdę piękne.

— Pierwszy raz tutaj? — zapytał Jake, rozkładając serwetkę.

— W restauracji — tak. Bywałam na imprezach w głównym klubie z Jimem i dziewczynami, ale tutaj nigdy. — Sięgnęła po kartę win, a jej oczy lekko się rozszerzyły na widok cen. — Jak na czwartek to... dość wystawnie.

Uśmiech Jake'a miał w sobie nutę psoty. — Pomyślałem, że trzeba uczcić twój triumfalny powrót do łask towarzyskich, za sprawą Wielkiego Harry'ego Kittredge'a.

Pip roześmiała się, a dźwięk ten przyciągnął spojrzenia okolicznych gości — tym razem bez cienia oceny. — On jest nie do wytrzymania, prawda? Do tej pory nie mogę uwierzyć w to, co zrobił w sklepie paszowym. Biedny Nate pewnie sprzedał w te dwie godziny więcej suplementów niż przez cały miesiąc.

— A w pubie było jeszcze lepiej — powiedział Jake, a w kącikach jego błękitnych oczu pojawiły się zmarszczki. — Nigdy nie widziałem, żeby ktoś tak całkowicie zawładnął salą bez munduru i broni.

Rozmowę przerwał kelner, by przyjąć zamówienie na napoje. Gdy odszedł, Pip pochyliła się, ściszając głos konspiracyjnie.

— Widziałeś Teda Wilsona ze sklepu z narzędziami? Postawił pięćdziesiąt dolarów na konia w trzecim wyścigu, którego Harry typował.

Jake skinął głową, wyraźnie rozbawiony na to wspomnienie. — I wygrał prawie pięćset. Myślałem, że od ręki nazwie pierworodnego imieniem Harry.

— Harry byłby zachwycony — zachichotała Pip. — Wyobrażasz to sobie? — Przybrała uroczysty ton: — To jest mój syn, Harry Kittredge Wilson. — Biedne dziecko.

— Twój słynny przybrany ojciec ma jednak smykałkę do dramatów — droczył się Jake, sięgając przez stół po jej dłoń. Jego kciuk zataczał delikatne kółka na jej dłoni, a przyjemne dreszcze przebiegały jej po ramieniu.

— On tak naprawdę nie jest moim przybranym ojcem — sprostowała Pip, choć nie potrafiła ukryć czułości w głosie. — Po prostu... chyba najbliżej mu do tego.

— Po tym, jak o tobie mówi, widać, że uważa cię za córkę — rzekł Jake. — Duma, z jaką o tobie opowiada... — Pokręcił lekko głową. — To coś wyjątkowego, Pip. Łączy was niesamowita więź.

Poczuła napływ ciepła, który nie miał nic wspólnego z temperaturą w restauracji. — Zaryzykował ze mną, gdy byłam dzieciakiem. Zawdzięczam mu wszystko.

— Myślę, że powiedziałby, że było odwrotnie — odparł Jake. — Jak on to przedstawia, zrewolucjonizowałaś jego metody treningowe.

Przyniesiono ich napoje wraz ze świeżo wypieczonym pieczywem, z którego po przełamaniu unosiły się obłoczki pary. Pip z wdzięcznością wciągnęła zapach, a jej żołądek przypomniał, że od obiadu minęło wiele godzin.

— Ma niesamowitą rękę do wyłapywania zwycięzców — powiedziała, wracając do wcześniejszej rozmowy. — Trzy wyścigi z rzędu, a do tego totalny outsider w piątym! Przysięgam, że ma jakieś tajne porozumienie z końmi.

Jake roześmiał się. — Mina właściciela pubu, gdy wszyscy zaczęli wygrywać... Myślałem, że zakaże Harry'emu wstępu.

— E tam, lokal był pełniejszy niż kiedykolwiek, a wszyscy kupowali drinki — odparła Pip z uśmiechem. — Harry został jego nowym najlepszym przyjacielem.

Wpadli w swobodną rozmowę, wspominając dzień, który odmienił pozycję Pip w społeczności. Menu kusiło wykwintnymi propozycjami, od których Pip rozszerzały się oczy, lecz Jake zachęcał, by brała, na co ma ochotę, upierając się, że to porządne świętowanie.

Właśnie podano ich przystawki — delikatnie podane przegrzebki dla Pip i carpaccio wołowe dla Jake'a — gdy w centrum sali pojawił się menedżer restauracji, lekko dzwoniąc łyżeczką o kryształowy kieliszek. Dźwięczny brzęk stopniowo uciszył gości.

— Proszę państwa, czy mogę poprosić o chwilę uwagi — zawołał, a jego głos poniósł się po już ucichłej przestrzeni. — Mam ważne ogłoszenie dotyczące Ridgemont Golf and Country Club.

Pip wymieniła z Jake'iem zaciekawione spojrzenie, widelec zatrzymał się w połowie drogi do ust.

— Jak wieść gminna niesie, szykują się zmiany w naszej strukturze zarządzania — kontynuował menedżer. — Mogę już potwierdzić, że Ridgemont Golf and Country

Club został rzeczywiście sprzedany. Nowi właściciele przejmą działanie klubu w najbliższych dniach.

Po sali przeszedł pomruk; biesiadnicy odwracali się do swoich towarzyszy z wyrazami zaskoczenia. Pip pochyliła się w stronę Jake'a, zauważając, jak natychmiast włączył mu się zawodowy instynkt.

— Zarząd zapewnił mnie, że wszystkie obecne członkostwa będą honorowane, a nasz personel pozostanie na swoich stanowiskach — dodał pospiesznie menedżer, wyraźnie przewidując obawy. — Nowi właściciele wyrazili chęć utrzymania wysokich standardów klubu, a w nadchodzących miesiącach planują wprowadzić kilka ekscytujących nowości.

— Ciekawe, kto to kupił — wyszeptała Pip. — I czemu taki pośpiech? Klub należał do tej samej rodziny od pokoleń.

Jake zamyślił się, kiwając głową. — Zastanawiający moment, skoro decyzja o obwodnicy wciąż nie zapadła.

Menedżer zakończył ogłoszenie zapewnieniami o ciągłości i wzniósł toast za ekscytujące nowe początki. Restauracja stopniowo wróciła do poprzedniego gwaru rozmów, choć teraz z podskórną nutą spekulacji.

— Myślisz to, co ja, prawda? — zapytała Pip, nadziewając kolejnego przegrzebka. — To może wywrócić do góry nogami przebieg obwodnicy.

— Zależnie od tego, kim są nowi właściciele — przyznał Jake. — Zachodni wariant sprawiłby, że to zarośnięte ugorem pasmo przy granicy stałoby się niesamowicie wartościowe dla komercyjnej zabudowy, ale poprzednim właścicielom niespecjalnie się to podobało.

Pip zastanowiła się, pamiętając burzliwe posiedzenia rady, podczas których właściciele klubu golfowego z pasją sprzeciwiali się każdej trasie mogącej naruszyć ich teren. — Ciekawe, czy ktoś nie kupił tego właśnie z myślą o potencjale obwodnicy.

— Możliwe — odparł Jake z zamyśloną miną. — Gdy zapowiada się duże inwestycje infrastrukturalne, spekulacje gruntami to norma.

— Muszę powiedzieć o tym Sarah — mruknęła Pip. — Zachodnia trasa byłaby lepsza dla Ridgewater, trzymałaby drogę z daleka od naszych terenów.

Jake uśmiechnął się do niej, znów ujmując jej dłoń. — Powiemy jej jutro. Dzisiejszy wieczór jest tylko dla nas, pamiętasz?

Pip poczuła, jak jej niepokoje topnieją pod jego spojrzeniem, ustępując miejsca przyjemnemu dreszczowi na brzmienie prostych słów — tylko dla nas. Ścisnęła jego palce, odwzajemniając uśmiech.

— Tylko dla nas — zgodziła się, unosząc kieliszek w małym toaście. — Zatem za nowe początki. W każdym sensie.

Pip odkroiła kawałek idealnie wysmażonego steku, napawając się bogatym smakiem, gdy znów z Jake'em wpadli w rozmowę. Niespodziewane ogłoszenie klubu na chwilę ich rozproszyło, ale intymność ich stolika w rogu szybko odzyskała nad nimi władzę. Jake był w połowie opowieści o swojej pierwszej próbie jazdy konnej w wieku nastoletnim, gdy Pip zauważyła starsze małżeństwo zdecydowanym krokiem zmierzające ku ich stolikowi; twarz kobiety rozjaśniało rozpoznanie.

— O nie — mruknęła Pip, opuszczając widelec.

Jake zerknął przez ramię, podążając za jej wzrokiem. — Znajomi?

Zanim zdążyła odpowiedzieć, para już do nich dotarła; kobieta z widocznym podekscytowaniem ściskała ramię męża.

— Pani Rodriguez-McKenzie! Tak się cieszę, że panią zauważyliśmy — zawołała kobieta, a jej srebrne włosy połyskiwały w miękkim świetle restauracji. — Po prostu musieliśmy podejść i osobiście podziękować.

Pip znała to małżeństwo: państwo Torrens, właściciele kasztanowatej klaczy odzyskanej podczas nalotu. Podniosła się lekko z krzesła, ofiarowując ciepły uśmiech mimo przerwy. — Pani Torrens, panie Torrens. Jak ma się Dahlia?

— Absolutnie wspaniale, dzięki pani — odparł pan Torrens, a jego poorana zmarszczkami twarz wyrażała szczerą wdzięczność. — Weterynarz mówi, że w pełni doszła do siebie po tym wszystkim. Znów jest w treningu.

— Wszystkim opowiadamy, jak pani pomogła ją rozpoznać — dodała pani Torrens, ujmując dłoń Pip w obie swoje. — Gdy tamten policjant pokazał nam zdjęcia, które pani zrobiła, od razu wiedzieliśmy, że to nasza dziewczynka.

Jake poruszył się na krześle, wyciągając do nich dłoń. — Starszy posterunkowy Harrison — przedstawił się. — Brałem udział w akcji odzyskania.

— Oczywiście! Funkcjonariusz, który aresztował tego okropnego Wattleya — wykrzyknęła pani Torrens, zwalniając dłoń Pip, by z entuzjazmem uścisnąć dłoń Jake'a. — Ale z was duet!

Pip poczuła, jak policzki jej płoną, lecz Jake tylko się uśmiechnął, zachowując przyjemnie profesjonalny wyraz twarzy. Państwo Torrens przez kilka minut opowiadali o postępach Dahlii i raz po raz dziękowali, aż dyskretną uwagę krążącego kelnera o stygnącym daniu przy ich własnym stoliku przyjęli wreszcie jako sygnał do odwrotu.

— Przepraszam za to — powiedziała Pip, gdy znów zostali sami, a w jej głos wkradło się zakłopotanie.

Jake pokręcił głową, bardziej rozbawiony niż poirytowany. — Nie przepraszaj. Miło widzieć, że ludzie doceniają twoją fachowość. — Upił łyk wina i dodał: —

Choć muszę przyznać, nie sądziłem, że nasza randka będzie miała taką publiczność.

— Wygląda na to, że interwencja Harry'ego zadziałała aż za dobrze — przyznała Pip, wracając do posiłku. — Miałam więcej zapytań przez ostatnie trzy dni niż przez poprzednie trzy miesiące.

Udało im się zjeść dania główne bez większych przeszkód, a rozmowa płynęła lekko. Pip czuła, jak się rozluźnia mimo okazjonalnych spojrzeń innych gości; stała obecność Jake'a uziemiała ją w sposób, którego nie doświadczała od czasów Kita.

— Deser? — zaproponował Jake, gdy uprzątnięto talerze, podsuwając jej kartę.

Oczy Pip rozbłysły na widok propozycji. — Suflet czekoladowy — zdecydowała od razu. — Nigdy nie robię ich w domu, bo dziewczyny zjadają je, zanim porządnie wyrosną.

Jake roześmiał się, zamawiając dwa suflety i kawę. Ich krótki moment spokoju niemal natychmiast przerwało pojawienie się kobiety w drogim garniturze damskim; jednak sposób, w jaki się poruszała, mówił Jake'owi, że to koniara na wskroś.

— Pani Rodriguez-McKenzie! — oznajmiła, zjawiając się przy ich stoliku z zaskakującą nagłością. — Melanie Forrester. Moja córka Harmonie jeździ u Cheryl Banks w Southbridge Equestrian.

Pip mrugnęła, na moment zbita z tropu tym wprowadzeniem znikąd. — Dzień dobry, pani Forrester.

— Byłam wczoraj w sklepie paszowym, kiedy Harry Kittredge wspomniał, że ma pani na sprzedaż kuca walijskiego — ciągnęła kobieta, bez zaproszenia wysuwając puste krzesło przy ich stoliku i siadając. — Bułanego wałacha o wyjątkowym ruchu do ujeżdżenia.

Pip wymieniła szybkie spojrzenie z Jake'iem, którego wyraz twarzy pozostał neutralny, poza lekkim uniesieniem brwi. — To byłby Toffee — potwierdziła. — Ale on nie jest jeszcze oficjalnie na sprzedaż. Planowałam wystartować z nim w Nambour...

— Kupuję go — oznajmiła pani Forrester, wyciągając telefon. — W ciemno. Rekomendacja Harry'ego Kittredge'a mi wystarcza. Jakiej ceny pani oczekuje? Dwanaście tysięcy? Piętnaście?

Jake dyskretnie odchrząknął, ale kobieta parła dalej, najwyraźniej nieświadoma, że przerywa komuś kolację.

— Harmonie potrzebuje nowego konia natychmiast. Jej obecny kucyk jest kompletnie niewystarczający na zimową rundę pokazów, a Cheryl mówi, że musimy zrobić przesiadkę przed eliminacjami do stanowych mistrzostw juniorów. — Podniosła wzrok znad telefonu. — Mogę przelać zaliczkę dziś wieczorem i zorganizować transport jutro.

Pip wyprostowała się na krześle; mimo wewnętrznej frustracji automatycznie włączył jej się zawodowy tryb. — Doceniam zainteresowanie, pani Forrester, ale nie sprzedaję kuców, nie poznawszy najpierw dziecka, które będzie na nich jeździć. Toffee potrzebuje konkretnego typu jeźdźca, a ja bardzo dbam o dopasowanie temperamentów.

— Ale jeśli cena będzie odpowiednia...

— Cena jest bez znaczenia, jeśli para do siebie nie pasuje — ucięła Pip stanowczo. — Z przyjemnością umówię termin, by Harmonie mogła go wypróbować, może w weekend?

Jake obserwował wymianę zdań z ledwo skrywanym rozbawieniem, bawiąc się kieliszkiem, podczas gdy Pip zręcznie prowadziła rozmowę ku profesjonalnemu zakończeniu. Gdy pani Forrester wreszcie odeszła, ściskając wizytówkę Pip i niechętnie przyjęty termin na najbliższą niedzielę, ich suflety czekoladowe już były na stole.

— Mistrzowsko to rozegrałaś — mruknął Jake, gdy Pip opadła z westchnieniem na oparcie krzesła. — Bardzo dyplomatycznie.

— Bardzo cię przepraszam — odparła, chwytając łyżeczkę. — To nie do końca ten romantyczny wieczór, jaki sobie wyobrażałam.

Jake sięgnął przez stół, muskając palcami jej dłoń. — Za to dowiaduję się, że chodzenie z Pip Rodriguez-McKenzie oznacza dzielenie jej z połową końsko zakręconej populacji Queenslandu.

— Zwykle nie w trakcie kolacji — zaprotestowała Pip, choć nie potrafiła nie uśmiechnąć się na jego dobrotliwe droczenie.

— Nie przeszkadza mi to — zapewnił Jake, wbijając łyżeczkę w swój suflet z wyraźnym uznaniem. — To część ciebie.

Pip poczuła napływ ciepła, które nie miało nic wspólnego z temperaturą w restauracji. Niewielu mężczyzn byłoby tak wyrozumiałych wobec ciągłych przerw, zapachu koni, który czasem trzymał się jej mimo najbardziej skrupulatnych kąpieli, czy nieregularnych godzin, jakich wymagała jej praca.

Ledwie zdążyli skosztować pierwszych kęsów dekadenckiego deseru, gdy telefon Jake'a zawibrował natarczywie w kieszeni. Spojrzał na ekran z marsową miną, po czym przeprosił spojrzeniem Pip.

— Z posterunku — wyjaśnił, odbierając krótko: — Harrison.

Pip patrzyła, jak jego twarz natychmiast przybiera zawodowy wyraz, a deser idzie w zapomnienie. — Kiedy? Ktoś ranny? — Pauza. — Dobrze. Będę za dziesięć minut.

Zakończył rozmowę, a przez jego twarz przemknął szczery żal. — Bardzo cię przepraszam, Pip. Pijany turysta wjechał na wstecznym przez mur ogródka piwnego pubu. Poważnych obrażeń brak, ale jest chaos i sierżant Porter wezwał wszystkich do pomocy.

— Oczywiście — powiedziała Pip natychmiast, odkładając łyżeczkę. — Musisz jechać.

— Nie tak chciałem zakończyć nasz wieczór — rzucił Jake, już dając znak kelnerowi.

— Nie przyjechałam swoim autem — uświadomiła sobie nagle Pip. Jake odebrał ją z Ridgewater. — Mógłbyś podrzucić mnie do domu po drodze? Albo pojadę z tobą na komisariat i tam poczekam?

— Jedź ze mną — zdecydował Jake, wstając. — Nie powinno to długo potrwać, a potem odwiozę cię porządnie do domu.

Gdy szykowali się do wyjścia, podszedł menedżer restauracji, który usłyszał dość, by zrozumieć sytuację.

— Proszę się teraz nie martwić rachunkiem, starszy posterunkowy. Może pan uregulować telefonicznie jutro.

— To bardzo uprzejme, dziękuję — odparł Jake, a jego dłoń znów spoczęła na krzyżu Pip, gdy kierowali się ku wyjściu.

Pip rzuciła ostatnie tęskne spojrzenie na swój do połowy zjedzony suflet, po czym pozwoliła Jake'owi poprowadzić się przez restaurację. Mimo przerwanego deseru i skróconego wieczoru nie potrafiła poczuć rozczarowania. Było w tym coś kojącego — w łatwości, z jaką poradzili sobie z nieoczekiwanymi zwrotami nocy — coś, co mówiło o zrozumieniu wykraczającym poza fazę miesiąca miodowego w ich związku.

Gdy wyszli w chłodne, wieczorne powietrze, Jake delikatnie ścisnął jej dłoń. — Zrobimy powtórkę z deseru?

— Absolutnie — zgodziła się Pip, wtulając się w jego bok, gdy szli do auta. — Nie odpuszczę tego sufletu.

Komisariat policji w Ridgemont tętnił stłumioną, nocną krzątaniną, gdy Pip usiadła na krześle obok biurka Jake'a.

Jake zniknął w pokojach przesłuchań z funkcjonariuszem i pechowym turystą, obiecując, że wróci jak najszybciej. Pozostawiona samej sobie, Pip łapała się na tym, że studiuje drobne osobiste akcenty, które czyniły to miejsce nieomylnie należącym do Jake'a.

Biurko było metodycznie zorganizowane, teczki idealnie wyrównane, długopisy ułożone kolorami w solidnym metalowym stojaku. Przestrzeń pracy Jake'a odzwierciedlała jego systematyczną naturę. Obok monitora stało jedno oprawione zdjęcie: Jake w stroju trekkingowym na szczycie góry, mrużący oczy w słońcu, wyglądający młodziej i bardziej beztrosko niż kiedykolwiek go widziała.

Pip pochyliła się, by przyjrzeć się wyróżnieniom wiszącym na ścianie za jego krzesłem. Kilka certyfikatów doceniało jego pracę w policji społecznej, a oprawiony list od Komisarza Policji Queensland chwalił jego rolę w skomplikowanym śledztwie oszustw. O sprawie z Brisbane, która go prześladowała, nic — tej tragedii przemocy domowej, o której kiedyś się zwierzył i która popchnęła go do Ridgemont.

Musnęła palcem blat biurka, rozważając, jak szybko stał się dla niej kimś niezbędnym. Sześć miesięcy temu była uparcie samowystarczalna, przekonana, że romantyczne uwikłania przyniosą tylko kolejne złamane serce. Teraz łapała się na tym, że planuje dni z myślą o Jake'u, czeka na jego wiadomości, odkłada na później historie, by opowiedzieć je jemu. Stało się to tak naturalnie, że ledwie zauważyła tę przemianę.

Dźwięk podniesionych głosów z pokoju przesłuchań przerwał jej rozmyślania. Ktoś — zapewne pijany turysta — gwałtownie protestował przeciwko niesprawiedliwości bycia aresztowanym „za drobne potknięcie za kierownicą". Pip uśmiechnęła się pod nosem, wyobrażając sobie zawodową cierpliwość Jake'a w obliczu takiej buty.

Dwadzieścia minut później Jake wyszedł, krawat miał lekko poluzowany, a na twarzy igrał wyraz znużonego rozbawienia. Widząc ją, wyraźnie się rozjaśnił i przyspieszył kroku do swojego biurka.

— Tak mi przykro z powodu kolacji — zaczął, w tej samej chwili, gdy Pip powiedziała:

— Przykro mi z powodu wszystkich przerw.

Oboje zamilkli, po czym wybuchnęli jednoczesnym śmiechem nad swoją synchronicznością.

— Wielkie umysły — stwierdził Jake, siadając na brzegu biurka obok jej krzesła.

— Albo wyrzuty sumienia — odparła Pip z uśmiechem. — Naprawdę przepraszam za panią Forrester. Zaczaiła się przy naszym stoliku, żeby kupić kuca, którego nawet nie widziała...

Jake pokręcił głową, odgarniając jej pasmo włosów za ucho. — A ja przepraszam za Pana Nietrzeźwego Cudzoziemca niszczącego mienie publiczne podczas mojej służby. Część roboty.

— On naprawdę przejechał przez mur? — zapytała Pip, lekko skłaniając się ku jego dotykowi.

— Kompletnie skasował ogrodzenie ogródka piwnego, skosił dwa stoły piknikowe i przydzwonił w zewnętrzną lodówkę pubu. — Wyraz Jake'a łączył zawodowe potępienie z prywatnym rozbawieniem. — Twierdzi, że zmyliła go jazda lewą stroną i pomylił wsteczny z jazdą do przodu. Carson wsadza go na noc do izby wytrzeźwień, a rano pogadamy z prokuratorem o ewentualnych zarzutach, jak już idiota wytrzeźwieje i znajdziemy mu prawnika.

— Nikt nie ucierpiał?

— Na szczęście nie. Kilka osób z drobnymi otarciami po skokach z toru jazdy, ale nic poważnego. — Jake zerknął na zegarek. — Muszę tylko szybko sporządzić notatkę, potem cię odwiozę. Dziesięć minut, góra.

— Nie spiesz się — zapewniła go Pip, wygodniej sadowiąc się na krześle. — Nigdzie mi się nie pali.

Jak obiecał, Jake błyskawicznie uporał się z papierologią, od czasu do czasu unosząc wzrok, by posłać jej uśmiech, podczas gdy palce śmigały mu po klawiaturze. Pip patrzyła, jak pracuje, doceniając skupioną kompetencję, z którą podchodził do każdego zadania. Gdy wreszcie wyłączył komputer i sięgnął po kurtkę, ona wstała i przeciągnęła się; pożyczona sukienka była coraz bardziej krępująca po godzinach siedzenia.

— Wiesz — powiedziała, gdy szli do samochodu — całkiem nieźle radzimy sobie z przerwami w pracy. Lepiej niż z przerwami od koniarzy.

Jake roześmiał się, otwierając jej drzwi pasażera. — Pomaga fakt, że oboje rozumiemy, co znaczy wymagająca praca. Moja była nigdy nie pojmowała, czemu nie mogę „dać to komuś innemu", gdy telefon dzwonił w trakcie kolacji.

— Kit miał podobnie — odparła Pip, wsuwając się na siedzenie. — Zawsze tylko czekał na wezwanie i wyjazd. Człowiek uczy się celebrować te chwile, które ma.

Jake skinął głową; przez jego twarz przemknął cień powagi, gdy uruchamiał silnik. — Niepewność sprawia, że tym bardziej docenia się pewność — kiedy wreszcie się ją znajdzie.

Droga z powrotem do Ridgewater upłynęła im na swobodnej rozmowie o potencjalnych konsekwencjach sprzedaży country clubu i uwagach o menu restauracji. Pip czuła, jak wpada w znajomy rytm ich dialogu — to łatwe dawanie i branie, które mieli od pierwszego spotkania.

Gdy Jake zatrzymał się przed domem głównym, budynek tonął w ciemności poza światłem na ganku, zostawionym na powitanie Pip. Siostry McKenzie najwyraźniej już spały, a posiadłość spoczywała w ciszy pod sklepieniem gwiazd. Jake wyłączył silnik, ale nie wysiadł.

— Dziękuję ci za kolację — powiedziała Pip cicho w nagłej ciszy. — Nawet z przerwami było cudownie.

— Dziękuję za wyrozumiałość w sprawie wezwania — odparł Jake, odwracając się do niej. Światła na desce rozdzielczej rysowały miękkie cienie na jego rysach, podkreślając linię szczęki i ciepło w oczach.

W Pip poruszył się nagle impuls — figlarna chęć, by choć odrobinę przedłużyć ten wieczór. Bez ostrzeżenia odpięła pas i zwinna przeszła przez konsolę środkową, siadając Jake'owi na kolanach na miejscu kierowcy. Jej drobna sylwetka ledwie mieściła się między nim a kierownicą.

— Pip — powiedział Jake, zaskoczenie było wyraźne w jego głosie, choć dłonie automatycznie spoczęły na jej biodrach.

— Hmm? — odparła niewinnie, podciągając spódnicę i wygodniej sadowiąc się na jego udach.

— Co ty wyprawiasz? — Jego głos obniżył się, nabierając tej chropowatej nuty, od której przyjemne dreszcze przebiegały jej po kręgosłupie.

— Improwizuję — szepnęła, pochylając się, by musnąć jego usta.

Pocałunek od razu się pogłębił; początkowe zaskoczenie Jake'a ustąpiło entuzjastycznemu odwzajemnieniu. Jego dłonie przesunęły się w górę jej pleców, przyciągając ją bliżej, gdy jej palce wplątały się w jego włosy. Ograniczona przestrzeń potęgowała intymność, każdy ruch ciała niósł ze sobą rozkoszne tarcie.

Pip obrysowała linię jego szczęki wargami; czuła, jak jego oddech przyspiesza, gdy jej dłonie wślizgiwały się pod koszulę, znajdując ciepłą skórę i napięte mięśnie. Kierownica nieprzyjemnie wbijała jej się w plecy, ale nie potrafiła się tym przejąć — nie, kiedy Jake wydawał ten charakterystyczny dźwięk w gardle.

Jego dłonie odnalazły brzeg sukienki; opuszki palców kreśliły wzory na jej nagich udach, aż sapnęła mu w usta. Szyby zaczęły parować od ich wspólnego oddechu, tworząc prywatny świat odcięty od bezruchu Ridgewater za oknem.

— Ty — mruknął Jake między pocałunkami, jego głos cudownie zachrypnięty — jesteś istnym utrapieniem.

Pip świadomie poruszyła biodrami, wywołując z niego zduszony jęk. — Zawsze możesz mnie skuć kajdankami — drażniła się, urywanie — jeśli chcesz trzymać mnie z dala od kłopotów.

Jake znieruchomiał pod nią, jego dłonie przestały wędrować. Gdy Pip odsunęła się odrobinę, by na niego spojrzeć, wyraz jego twarzy zmienił się z figlarnego pożądania w coś poważniejszego, bardziej skupionego.

— To może zamiast tego wyjdź za mnie — powiedział, a słowa spadły w rozgrzaną przestrzeń między nimi z oszałamiającą klarownością.

Pip zesztywniała, jej ciało znieruchomiało, podczas gdy umysł usiłował dogonić to, co właśnie usłyszała. Mrugnęła, pewna, że się przesłyszała.

— Słucham? — wyszeptała ledwie słyszalnie.

Dłonie Jake'a ujęły jej twarz; jego spojrzenie pozostało spokojne i pewne mimo spontaniczności chwili. — Wyjdź za mnie, Pip. Wiem, że to szybko i pewnie nie tak wyobrażałaś sobie oświadczyny — w półrozebraniu, w zaparowanym samochodzie, ale... — Wziął oddech. — Kocham cię. Chcę z tobą budować życie. W Ridgewater, z końmi, ze wszystkim.

Pip wpatrywała się w niego, serce dudniło jej o żebra, a zaskoczenie ustępowało fali radosnej pewności. Jeszcze przed chwilą to pytanie nie istniało w jej głowie, ale teraz, kiedy zabrzmiało między nimi, odpowiedź była tak naturalna jak oddech.

— Tak — powiedziała, a na jej twarzy rozlał się uśmiech jak wschód słońca. — Tak, wyjdę za ciebie.

Jego odpowiedni uśmiech rozbłysnął w półmroku; ulga i szczęście mieszały się w jego wyrazie, nim znów przyciągnął ją do siebie, pieczętując zaręczyny pocałunkiem, który obiecywał życie pełne zrozumienia, wspólnego celu i namiętności, której nie da się zamknąć w ramy konwencjonalnego czasu czy okoliczności.

— Nie mam pierścionka — mruknął w jej usta.

— Nie obchodzi mnie to — odparła szczerze. — Choć opowiedzenie tej historii Harry'emu będzie... interesujące.

Jake roześmiał się, a dźwięk ten zawibrował w ich ciałach. — Zawsze możemy podrasować szczegóły. Powiedzieć, że stało się to przy deserze w country clubie.

— Nie — zdecydowała Pip, kreśląc palcem linię jego uśmiechu. — To jest idealne dokładnie takie, jakie jest. Nieoczekiwane, impulsywne i całkowicie nasze.

Pocałowała go znowu, drobna, wtulona w jego większą sylwetkę na fotelu kierowcy, a noc otuliła ich jak koc, gdy Ridgewater trwało na straży tego nowego początku — nieoczekiwanego zwrotu w podróży, która zaczęła się od skradzionych koni, a teraz — co już wiedziała z absolutną pewnością — miała trwać we wspólnej przyszłości, której żadne z nich się nie spodziewało, ale na którą oboje jakby czekali przez cały czas.

Rozdział osiemnasty

Sala społeczna komisariatu policji w Ridgemont została przemieniona z zwyczajowo użytkowej przestrzeni w coś na miarę uroczystości. Pip przenosiła ciężar ciała z nogi na nogę, a obcy ucisk pantofli nieustannie przypominał jej, że to nie było jej naturalne środowisko. Flaga Służby Policji Queensland wisiała za niewielkim mównicą w idealnym porządku, po bokach stały kompozycje z rodzimych kwiatów, jakby miały wnieść do środka odrobinę natury. Delikatnie pociągnęła za rękaw granatowego garnituru, zakupionego po trzech dniach wahania — dopiero gdy Sarah w końcu zaciągnęła ją do Brisbane na porządne zakupy, zdecydowała się kupić ten zestaw.

— Przestań się wiercić — szepnęła Sarah stojąca obok, bez cienia prawdziwego upomnienia w głosie. — Wyglądasz perfekcyjnie.

Pip skinęła głową i wyprostowała się na całą swoją wysokość, która i tak pozostawiała ją co najmniej o głowę niższą od większości obecnych. Jej wzrok odnalazł Jake'a po drugiej stronie sali — stał wyprostowany w galowym mundurze, ciemny materiał wykrochmalony na kant, mosiężne guziki błyszczały w świetle jarzeniówek. Coś zatrzepotało jej w piersi, mieszanka dumy i niedowierzania, że ten mężczyzna, ten spokojny, honorowy człowiek, oświadczył się jej.

Złapał jej spojrzenie i kącik jego ust drgnął w najsubtelniejszym uśmiechu, prywatnym geście tylko dla niej pośród rosnącego tłumu policjantów, lokalnych notabli i dziennikarzy. Całkiem sporego grona dziennikarzy, w gruncie rzeczy. Pip nie spodziewała się, że reporterzy z brisbane'owskich gazet pofatygują się na wydarzenie, które brała za skromne, lokalne wyróżnienie.

— Wiedziałaś, że będzie aż tylu ludzi? — wyszeptała do Sarah.

— Oczywiście — odparła Sarah z lekkim uśmiechem. — Rozbiliście międzystanowy gang przestępczy. To już nie tylko kwestia kradzionych koni, ale zorganizowanej przestępczości działającej ponad granicami stanów. Sprawa grubego kalibru.

Zanim Pip zdążyła to przetrawić, w sali zapadła cisza: wszedł sierżant Porter, a za nim mężczyzna w mundurze z insygniami Komendanta Policji Queensland. Żołądek Pip ścisnął się nerwowo. Gdy Jake wspominał o uroczystości wręczenia wyróżnień, wyobrażała sobie coś znacznie skromniejszego, może samych miejscowych funkcjonariuszy i kilku członków społeczności.

— Proszę zajmować miejsca — oznajmił sierżant Porter tonem, który nie pozostawiał miejsca na sprzeciw.

Jake ruszył na przód sali, zajmując swoje miejsce ze swobodą kogoś przyzwyczajonego do oficjalnych ceremonii. Pip zawahała się, dopóki Sarah nie szturchnęła jej lekko łokciem.

— Ty też jesteś w tym wszystkim — przypomniała przyjaciółka. — Idź.

Pip podeszła do Jake'a, boleśnie świadoma, jak drobno wygląda obok niego w jego galowym mundurze. Jej równo zapleciony warkocz nagle wydał się niewystarczająco elegancki przy jego wypolerowanej, urzędowej prezencji. Splotła dłonie przed sobą, żeby nie wierciły się nerwowo, uniosła brodę i wyprostowała ramiona w pozycji, którą dopracowała przez lata udowadniania swojej wartości w zdominowanych przez mężczyzn przestrzeniach.

Komendant wysunął się na środek, o poważnym wyrazie twarzy ogarniając spojrzeniem zgromadzonych, po czym zaczął przemówienie. Pip słuchała jednym uchem, gdy mówił o znaczeniu współpracy ponad jurysdykcjami, o zagrożeniu zorganizowaną przestępczością na terenach wiejskich i o zobowiązaniu formacji do ochrony interesów rolniczych. Oficjalny język przepływał obok niej, aż padło imię Jake'a.

— Starszy posterunkowy Harrison wykazał się wyjątkowymi umiejętnościami dochodzeniowymi, zaangażowaniem w społeczność i wytrwałością w doprowadzeniu sprawy do pomyślnego finału — mówił komendant. — Jego praca zaowocowała licznymi aresztowaniami w dwóch stanach i odzyskaniem cennego materiału hodowlanego wartego miliony dolarów.

Jake wystąpił krok naprzód, ruchy miał sprężyste i wyćwiczone, by odebrać oprawione wyróżnienie. — Dziękuję, panie komendancie — powiedział wyraźnie i spokojnie, choć Pip dostrzegła delikatny rumieniec dumy pełznący mu po szyi.

— Co więcej — kontynuował komendant — ta sprawa jest wzorcowym przykładem znaczenia współpracy policji z ekspertami ze społeczności. — Zwrócił się ku Pip, która aż drgnęła zaskoczona. — Pani Rodriguez-McKenzie, Pani fachowa wiedza była kluczowa przy identyfikacji skradzionych zwierząt i ustaleniu wzorców, które otworzyły tę sprawę. W imieniu Służby Policji Queensland chciałbym wręczyć Pani ten dyplom uznania za nieocenioną pomoc.

Pip zamrugała, na moment znieruchomiała, gdy dotarło do niej, że i ona ma podejść po własny certyfikat. Subtelne skinienie Jake'a dodało jej odwagi; podeszła, trzymając tylko lekko drżące dłonie, by odebrać oprawiony dokument.

— Dziękuję — wydusiła, jej głos zabrzmiał ciszej, niż by chciała, w nagle ucichłej sali.

Błyski aparatów wybuchły, na moment ją oślepiając. Gdy odzyskała ostrość widzenia, zorientowała się z zaskoczeniem, że fotografowie skupili się na niej i na Jake'u stojących obok siebie, a różnica wzrostu zapewniała, jak przypuszczała, efektowny kadr. Pip zawsze miała kompleks na punkcie swojego wzrostu, ale ciepła obecność Jake'a u boku pomagała jej opanować nerwy.

— A teraz — ogłosił sierżant Porter — starszy posterunkowy Harrison i pani Rodriguez-McKenzie zgodzili się odpowiedzieć na kilka pytań prasy.

Pip ścisnęła mocniej dyplom, gdy podeszli do małego stolika z mikrofonami. Jake najpierw odsunął jej krzesło — drobny gest grzeczności, który nie umknął uwadze publiczności. Kolejne flesze błysnęły, kiedy usiedli.

— Starszy posterunkowy Harrison — zawołał reporter, którego Pip kojarzyła z Ridgemont Gazette — jak to jest otrzymać takie wyróżnienie?

Jake pochylił się lekko do mikrofonu. — Oczywiście jest to dla mnie zaszczyt, ale muszę podkreślić, że tej sprawy nie udałoby się rozwiązać bez wiedzy pani Rodriguez-McKenzie w zakresie hodowli koni i jej kontaktów w społeczności. To był prawdziwy wysiłek zespołowy.

Inna reporterka podniosła rękę. — Czy może pan wyjaśnić, jak zidentyfikowaliście schemat kradzieży?

— Właściwie — odparł Jake, gestem wskazując Pip — to pytanie lepiej skierować do pani Rodriguez-McKenzie. To jej wiedza połączyła kropki.

Wszystkie spojrzenia zwróciły się na Pip, której puls przyspieszył. Pochyliła się do mikrofonu, wdzięczna za niezliczone godziny spędzone na objaśnianiu złożonych zagadnień treningowych zdenerwowanym rodzicom.

— Złodzieje celowali konkretnie w źrebne klacze o cennych liniach użytkowych w westernie — wyjaśniła, a jej głos nabierał pewności, gdy skupiła się na faktach zamiast na publiczności. — Gdy ustaliliśmy ten wzorzec, mogliśmy zacząć śledzić dokumentację przewozową, która wykazała nienaturalnie wysoki odsetek klaczy trafiających do określonych gospodarstw.

Pytania płynęły dalej; Jake konsekwentnie przekierowywał kwestie techniczne do Pip, a sam zajmował się procedurą. Jego spokojna obecność obok sprawiała, że ta „krzyżowa" była do zniesienia, podobnie jak jego oczywisty szacunek dla jej wkładu. Gdy wyjątkowo natarczywy reporter z Brisbane zapytał o ich „partnerstwo", odpowiedź Jake'a była wyważona i profesjonalna.

— Wiedza pani Rodriguez-McKenzie w sprawach końskich nie ma sobie równych w tym regionie — stwierdził stanowczo. — Jej zdolność wychwytywania subtelnych szczegółów dostarczyła przełomu, którego potrzebowaliśmy. Nasze partnerstwo pokazuje, jak cenne jest współdziałanie policji z ekspertami ze społeczności.

Pip zachowała opanowany wyraz twarzy, choć w środku podziwiała dyplomatyczną zręczność Jake'a, który umiejętnie omijał choćby cień wzmianki o ich prywatnej relacji. Umówili się, że zachowają to dla siebie — przynajmniej na razie.

Gdy konferencja dobiegała końca, palce Pip skurczyły się od kurczowego ściskania dyplomu. Ta formalna nobilitacja wydawała się nierealna, tak odległa od jej codzienności w stajni o świcie i cichej satysfakcji pracy z kucami. A jednak ciężar oprawionego papieru w dłoniach czynił to niezaprzeczalnie prawdziwym — namacalnym potwierdzeniem, że jej wiedza ma znaczenie poza granicami Ridgewater.

Mały park za komisariatem przyniósł błogosławioną ulgę po klimatyzowanej formalności, z której przed chwilą uciekli. Pip uniosła twarz do popołudniowego słońca, czując, jak napięcie w ramionach zaczyna się rozluźniać. Ławka pod starym jacarandą stanowiła idealne schronienie — na tyle ustronne, by nie wypatrzyli ich kręcący się w pobliżu reporterzy, a jednocześnie w zasięgu wzroku tylnego wejścia do komisariatu. Jake poprowadził ją do niej lekkim dotknięciem łokcia, drugą ręką już luzując krępujący węzeł krawata.

— Byłaś tam genialna — powiedział, gdy usiedli, a jego głos brzmiał ciepłą, szczerą admiracją.

Pip parsknęła śmiechem, wypuszczając z siebie resztki napięcia. — Byłam przerażona. Widziałeś, ile było aparatów? Cały czas myślałam, że palnę coś głupiego i zostanę jakimś wiralowym memem.

— Niemożliwe — odparł Jake, całkiem wyswobadzając krawat i rozpinając kołnierzyk. Przemiana była natychmiastowa — oficjalna powaga stopniała w swobodę, którą pokochała. — Byłaś uosobieniem profesjonalizmu i eksperckiej wiedzy.

Zsunęła uciskające buty, poruszała palcami w trawie z westchnieniem ulgi. — Łatwo ci mówić, panie wychowany w mundurze. Niektórzy z nas nie są stworzeni do formalności, wiesz?

Duża dłoń Jake'a odnalazła jej dłoń, całkiem obejmując drobne palce. Kiedyś ta różnica wprawiałaby ją w kompleksy, teraz była fizycznym przypomnieniem, jak świetnie się uzupełniają. Jego kciuk zataczał delikatne kółka po jej dłoni, drobna czułość, od której rozchodziło się przyjemne ciepło.

— Wyobrażałaś sobie kiedyś, gdy badaliśmy kradzież Honey, że skończymy tu? — zapytał, wskazując wolną ręką na komisariat, gdzie ich oprawione wyróżnienia leżały teraz obok siebie na biurku sierżanta Portera, bezpieczne do odbioru.

— W życiu — przyznała Pip. — Chciałam tylko znaleźć moją klacz. Nie spodziewałam się... — Urwała, bo wciąż czasem trudno było jej ubrać w słowa ten nagły zwrot w jej życiu.

— Międzystanowej zmowy przestępczej? Oficjalnego uznania od komendanta? Albo zaręczyn z prowadzącym śledztwo? — podsunął Jake, a w kącikach oczu zatańczył mu uśmiech.

— Czegokolwiek z tego — odparła, lekko opierając się o jego ramię. — Choć tę część o przestępcach chętnie bym pominęła.

Przez chwilę siedzieli w wygodnym milczeniu, patrząc, jak para tęczowych lorys szarpie się o terytorium w gałęziach jacarandy nad nimi. Dyplom był niespodziewany, niemal zawstydzający w swojej formalności, ale Pip nie mogła zaprzeczyć drobnemu płomyczkowi dumy, który w niej zapłonął. Nie tylko z siebie, ale z tego, co symbolizował: partnerstwa, które zrodziło się z zawodowego szacunku i przerodziło w coś znacznie głębszego.

— O której musisz wrócić do Ridgewater? — zapytał w końcu Jake.

— Obiecałam Emmie, że pomogę przy wieczornym karmieniu — odparła Pip, zerkając na zegarek. — Ale dopiero za parę godzin. Sarah ma dyżur przy źrebnej klaczy do tego czasu.

Jake skinął głową, jakby nad czymś myślał. — Rozmyślałem o naszym mieszkaniu — powiedział, przesuwając się tak, by spojrzeć jej prosto w oczy. — Po ślubie, znaczy.

Pip poczuła dreszcz oczekiwania. Byli tak zajęci następstwami sprawy, że praktyczne rozmowy o przyszłości schodziły na dalszy plan.

— Wiem, że musisz być w stajniach wcześnie — ciągnął Jake. — I czasem późno w nocy, zwłaszcza w sezonie wyźrebień, i wiem, że nie zostawisz McKenzie'ch z całym ciężarem bez siebie.

— Uroki posiadania koni — zgodziła się Pip z lekkim uśmiechem. — Nieszczególnie kompatybilne z normalną pracą od dziewiątej do piątej.

— W naszym życiu niewiele było kiedykolwiek „normalne" — zauważył Jake, delikatnie ściskając jej dłoń. — Dlatego myślę, że przynajmniej na razie najrozsądniej będzie, jeśli po ślubie przeprowadzę się do Ridgewater. O ile to w porządku dla ciebie i McKenzie'ch, oczywiście.

Pip zalała fala ulgi. Martwiła się dokładnie o to — jak pogodzą jej obowiązki w Ridgewater z jego pracą w komisariacie. Sama myśl o rozstaniu z końmi, zwłaszcza z Honey, była cichym niepokojem, którego dotąd nie wypowiedziała.

— Naprawdę byś tak zrobił? — zapytała. — Wprowadził się do Dużego Domu?

— Oczywiście — odpowiedział Jake, jakby to było najoczywistsze na świecie. — To ja mam bardziej przewidywalny grafik, przynajmniej w większości dni. Logiczne, żebym to ja się przeniósł. I lubię Ridgewater.

— Jego wyraz złagodniał. — Lubię życie, które tam zbudowałaś, poczucie wspólnoty. Chcę być jego częścią.

Pip wspięła się, by musnąć go w podzięce wargami. — Siostry będą zachwycone.

Jake się roześmiał, dźwięk śmiechu zawibrował przez jego dłoń, która wciąż trzymała jej dłoń. — Wcale mnie to nie dziwi. Ale myślałem też, długofalowo, że może poszukamy czegoś własnego w pobliżu. Niezbyt daleko, tylko... — Zawahał się, szukając słów.

— Czegoś tylko naszego — dokończyła za niego, doskonale rozumiejąc. — Chciałabym. Na północnej granicy jest stary domek, część gospodarstwa włączonego do ziemi lata temu — rudera, ale Jim i Ingrid rozważali remont, zanim postanowili ruszyć w podróż. Wciąż leży na terenie Ridgewater, ale wystarczająco osobno, żeby czuć, że to nasze miejsce.

— Brzmi idealnie — zgodził się Jake, jego twarz rozluźniła się w uśmiechu. — Wystarczająco blisko na nocne sprawdzanie klaczy, a jednak z własną przestrzenią.

— Nic jednak nie zrobimy, dopóki Zarząd Dróg nie podejmie ostatecznej decyzji w sprawie obwodnicy — uprzedziła Pip. — Jeśli wywłaszczą całą posiadłość, stracimy czas i energię na remont bez sensu.

— Cóż, na razie możemy zacząć rozpoznawać, co trzeba będzie zrobić — odparł Jake z łatwością. — Bez pośpiechu.

Przeszli do omawiania konkretów, w swobodnej wymianie dwojga ludzi planujących wspólną przyszłość. Gotowość Jake'a, by dostosować się do jej życia, zrozumieć wymogi jej pracy, głęboko poruszała Pip. Po śmierci Kita przez tyle lat skrzętnie strzegła swojej niezależności, bojąc się oprzeć zbyt mocno na kimkolwiek. Jake tej niezależności nie zagrażał — on ją wspierał, wzmacniał.

— Powinniśmy pewnie wracać — powiedział w końcu Jake, zerkając na zegarek.

Pip skinęła głową i niechętnie wsunęła stopy w buty. Gdy wstali z ławki, Jake przyciągnął ją do delikatnego uścisku, a jej głowa idealnie wsunęła się pod jego podbródek. Różnica wzrostu, która kiedyś wydawała się niezręczna, teraz stała się kolejnym dowodem, jak do siebie pasują — każde dopełniało to, czego drugiemu brakowało.

— Dziękuję — wymruczała w jego pierś.

— Za co? — zapytał, a jego głos przyjemnie zabrzmiał jej przy uchu.

— Za to, że rozumiesz sprawę Ridgewater. Że nie oczekujesz, bym wybierała między tym życiem a byciem z tobą.

Ramiona Jake'a zacisnęły się wokół niej odrobinę mocniej. — Nigdy nie miałaś stawać przed takim wyborem, Pip. Nie ze mną.

Gdy wracali w stronę komisariatu, trzymając się za ręce, Pip poczuła, jak osiada w niej pewność, niemająca nic wspólnego z dyplomami czy oficjalnym uznaniem. To partnerstwo opierało się na czymś trwałym: wzajemnym szacunku, prawdziwym zrozumieniu i cichej radości planowania przyszłości, w której żadne z nich nie musi się pomniejszać, by zrobić miejsce dla drugiego.

Ridgewater lśniło w miękkim złocie późnopopołudniowego światła — tym, które fotografowie nazywają złotą godziną, bo potrafi przemieniać zwyczajne rzeczy w niemal eteryczne. Pip przyglądała się, jak fotografka, przyjaciółka Emmy, ustawia blendy i testuje kąty przy ogrodzeniu padoku. Kobieta uparła się na tę porę dnia, twierdząc, że światło będzie absolutnie idealne do zdjęć zaręczynowych, choć Pip podejrzewała, że nie ma takiego momentu, w którym czułaby się w pełni komfortowo jako obiekt obiektywu.

— Przestań wyglądać na tak przerażoną — zawołała Emma z progu stodoły, gdzie ona i siostry zebrały się, by z rozbawieniem oglądać przygotowania. — To tylko kilka zdjęć, a nie kolejna konferencja prasowa policji.

— Łatwo ci mówić — odparła Pip, nerwowo poprawiając dół prostej sukienki. Po tym, jak do woli droczyły się z jej „policyjną elegancją" w garniturze, dała się namówić Sarah na coś delikatniejszego — bladoniebieską sukienkę podkreślającą ciepły odcień jej skóry.

Jake stał kilka kroków dalej, niesprawiedliwie swobodny w ciemnych dżinsach i śnieżnobiałej koszuli, która ładnie grała z jego opaloną skórą. Wychwycił jej spojrzenie i puścił do niej oko — drobny gest, który jakoś uspokoił nerwy. W przeciwieństwie do sztywnej formalności ceremonii, to było bardziej ich — w znajaznym krajobrazie Ridgewater, z zapachem koni i siana w powietrzu.

— Idealnie, mam to! — oznajmiła fotografka, przywołując ich gestem. — Pip, chcę cię tutaj — powiedziała, klepiąc solidną belę siana ustawioną precyzyjnie przed ogrodzeniem ze sztachet. — A Jake stanie tuż obok.

Pip wspięła się na belę siana i nagle znalazła się wzrokiem na równi z Jake'iem, gdy ten zajął miejsce. Fotografka cofnęła się i z satysfakcją oceniła kadr.

— Widzisz? Problem rozwiązany — oznajmiła. — Teraz na zdjęciach macie ten sam wzrost.

— Geniusz — zawołała Kate ze stodoły. — Trzeba było wpaść na to lata temu. Pip mogłaby wszędzie nosić ze sobą stołeczek.

— Albo te wysokie buty z lat siedemdziesiątych — dodała Sarah. — Jak one się nazywały? Moon boots?

— Koturny — sprostowała Emma — i musiałyby mieć ze dwie stopy wysokości.

Pip przewróciła oczami na ich przekomarzania, ale uśmiech i tak wypełzł jej na usta. To, co kiedyś było źródłem kompleksów — różnica wzrostu między nią a Jake'iem — stało się rodzinnym żartem, czymś, co się sprytnie obchodzi, zamiast się tym zadręczać.

— Ignoruj je — mruknął Jake, kładąc dłoń na jej krzyżu. — Po prostu zazdroszczą, że to nie im robią dziś profesjonalne zdjęcia.

Fotografka krążyła wokół nich, łapiąc różne kąty, gdy przyjmowali naturalne, wygodne pozy. — Właśnie tak — zachęcała. — Rozluźnijcie się i rozmawiajcie ze sobą normalnie. Udawajcie, że mnie tu w ogóle nie ma.

— Trochę trudno, kiedy każesz nam udawać, że cię nie ma — odcięła się Pip, ale spróbowała skupić się na Jake'u zamiast na obiektywie.

— Myślałaś więcej o ślubie? — zapytał Jake, zgrabnie zmieniając temat, gdy przesuwali się zgodnie ze wskazówkami fotografki.

Pip pokręciła głową. — Niespecjalnie.

— Wiesz, nie musimy się spieszyć — powiedział Jake, kciukiem kreśląc małe kółka na jej nadgarstku, gdzie splatały im się dłonie. — Możemy czekać, ile zechcesz.

Ta uważność w jego głosie, łatwość, z jaką stawiał jej priorytety obok swoich, wciąż potrafiła Pip zaskakiwać. Oparła się o niego, a fotografka robiła kolejne zdjęcia, łapiąc ich naturalną wymianę.

— Chciałabym wiosenny ślub — przyznała. — Zanim sezon wystaw zrobi się zbyt intensywny. Może w październiku?

— Październik brzmi idealnie — zgodził się Jake, a uśmiech pomarszczył mu kąciki oczu tak, że serce Pip znowu zadrżało. — Mała ceremonia?

— Bardzo mała — potwierdziła Pip. — Tylko rodzina i najbliżsi przyjaciele. Tutaj, w Ridgewater, może nad jeziorem.

Fotografka poprosiła Jake'a, żeby podniósł Pip i przeszedł z nią wzdłuż ogrodzenia, co też zrobił, z łatwością biorąc ją na ręce. Absurdalność tej sceny rozbawiła Pip — roześmiała się szczerze, a siostry McKenzie zaśmiały się jej wtórem ze swojego punktu obserwacyjnego.

— Myślałaś o dzieciach? — zapytał Jake cicho, gdy zatrzymali się do kolejnych ujęć, głosem ledwie dla niej słyszalnym.

Pytanie ją zaskoczyło, choć może nie powinno. Poruszali już tyle wątków ich wspólnej przyszłości, a ten jakoś pozostawał na uboczu.

— Czasem — przyznała, patrząc mu prosto w oczy. — Ostatnio częściej niż kiedyś.

Wyraz Jake'a pozostał otwarty, cierpliwy, czekał, aż podejmie wątek.

— Po śmierci Kita nie potrafiłam sobie tego wyobrazić — wyjaśniła łagodnie. — Myśl o sprowadzeniu dziecka na świat, który wydawał się tak niepewny, tak pełen straty... to było za dużo.

Fotografka odsunęła się dalej, dając im przestrzeń, łapiąc przy tym bardziej niepozowane momenty. Pip już jej prawie nie zauważała, skupiona całkowicie na rozmowie i na mężczyźnie obok.

— A teraz? — podsunął Jake, delikatnie, gdy zamilkła.

Pip rozważyła to pytanie serio, czując, jak jego ciężar układa się obok rosnącej od miesięcy pewności. — Teraz umiem to zobaczyć — powiedziała w końcu. — Małego chłopca z twoimi oczami, może. Albo maleńką dziewczynkę, która uczy się jeździć na pierwszym kucu.

Coś w wyrazie Jake'a zmiękło, odmładzając go, odsłaniając kruchość. — Bardzo bym tego chciał — odparł po prostu. — Bardzo.

— Pewnie by były niskie — dodała Pip z lekkim uśmiechem. — Z moimi genami w mieszance.

— W sam raz — poprawił Jake. — Tak jak ich mama.

— To pierwszy raz — powiedziała Pip, a głos jej zadrżał lekko — od czasu Kita, kiedy czuję się na tyle bezpiecznie, by wyobrazić sobie taką przyszłość. By w nią uwierzyć.

Dłoń Jake'a mocniej zacisnęła się na jej dłoni. — Nie mogę obiecać, co przyniesie przyszłość — powiedział cicho, poważnie. — Moja praca wiąże się z ryzykiem, tak jak praca Kita. Ale mogę obiecać, że zawsze będę twoim partnerem, w każdym znaczeniu tego słowa. Nie tylko mężem, ale prawdziwym partnerem — stawimy czoła wszystkiemu razem.

Prosta szczerość jego słów poruszyła w Pip coś bardzo głęboko, miejsce, którego tak długo strzegła, że niemal zapomniała, że istnieje. Nie po to, by zastąpić to, co straciła wraz z Kitem, ale by zbudować coś nowego — równie cennego, choć całkiem innego.

— Wierzę ci — wyszeptała i z cichą radością uświadomiła sobie, że naprawdę wierzy.

Fotografka znów podeszła, wskazując na pastwisko, gdzie Honey podeszła bliżej ogrodzenia, jej złota sierść lśniła w świetle zachodu, a zaokrąglone boki świadczyły o nowym życiu, które w niej rosło.

— Zrobimy kilka ujęć z klaczą w tle? — zapytała. — Kompozycja będzie zjawiskowa.

Ustawili się tak, by Honey pasła się spokojnie za nimi; klacz od czasu do czasu podnosiła głowę i spoglądała na nich ciekawskimi, błękitnymi oczami. Gdy aparat klikał, utrwalając tę chwilę doskonałej błogości, Pip poczuła, jak spływa na nią jej symbolika. Honey — skradziona i odzyskana — teraz nosiła nowe życie. Ona i Jake — ich partnerstwo zahartowane tamtym kryzysem — teraz planowali własną wspólną przyszłość.

— Idealnie — orzekła fotografka, przeglądając zdjęcia na ekranie aparatu. — Absolutnie idealnie.

I tak było — pomyślała Pip, gdy Jake pomógł jej zeskoczyć z beli siana, trzymając pewnie za talię. Nie idealnie w sensie braku skaz czy wyzwań, ale idealnie w sensie pełni, w równowadze, którą razem znaleźli. Różnica wzrostu — niegdyś niezręczna — teraz była tylko kolejnym przejawem tego, jak się dopełniają, każde wnosząc własne atuty do partnerstwa większego niż suma jego części. Zdjęcia uchwycą tę chwilę, to uczucie, ale Pip wiedziała, że nie będą jej potrzebne, by pamiętać. Pewne rzeczy, gdy już je znajdziesz, stają się częścią ciebie na zawsze.

Rozdział dziewiętnasty

Świt wyciągnął blade palce nad wschodnimi padokami Ridgewater, gdy Pip dopasowywała pas piersiowy dereki transportowej Beau. Mały gniady kuc stał cierpliwie przy przyczepie do przewozu koni, a jego bystre oczy śledziły Charlotte Ashford, która po raz trzeci sprawdzała swój zestaw do czyszczenia. Mgła trzymała się dolnych padoków, zapowiadając późniejszy upał, ale na razie poranne powietrze miało rześką ostrość, za którą Pip dziękowała swojej polarowej kurtce. Dni zawodów zawsze zaczynały się absurdalnie wcześnie, ale było w tym coś kojącego — to szykowanie się w cichych godzinach, zanim świat na dobre się obudzi.

— Czy jego derka nie jest za ciasna? — zapytała Charlotte, wsuwając listę kontrolną do kieszeni. W jej głosie nie było już tamtego kruchego perfekcjonizmu, który Pip obserwowała za panowania Vivienne. Zamiast tego brzmiała w nim szczera troska o komfort kuca.

— Idealnie — zapewniła ją Pip, klepiąc Beau po szyi. — Jest mu wygodnie, tak jak powinno być. Gotowa, żeby go załadować?

Charlotte skinęła głową, a jej piegowata twarz spoważniała, gdy odebrała uwiąz z wyciągniętej dłoni Pip. Patrząc na uważne obchodzenie się dziewczynki z koniem, Pip poczuła falę dumy, która nie miała nic wspólnego z jej własną nauką, a wszystko z naturalną empatią dziecka.

Sześć miesięcy temu nikt nie spojrzałby na Beau po raz drugi. Zaniedbany kuc został kupiony na Laidley Sales za zaledwie 210 dolarów — z żebrami przebijającymi spod matowej sierści, zwieszoną głową i pustym wzrokiem, który Pip rozpoznała jako koński odpowiednik depresji. Nikt nie był optymistą co do jego rokowań, nawet sama Pip. Uznała, że jest za stary, by się go podejmować, kiedy zobaczyła go na targu, ale zajrzała mu do pyska i znalazła zdrowe zęby pięciolatka, więc postanowiła dać mu szansę — i cieszyła się, że to zrobiła.

— No dalej, Beau — zachęciła Charlotte, łagodnym, ale stanowczym głosem prowadząc kuca w stronę trapu. — Hop do góry.

Przemiana i kuca, i dziecka była zdumiewająca. Pod czułą opieką Pip sierść Beau znów nabrała blasku, a w oczach pojawiła się iskra. A Charlotte, uwolniona od nieustannej krytyki Vivienne po skandalu matki i jej wyjeździe do Brisbane, rozkwitła w przemyślaną, zdeterminowaną amazonkę. Joe Ashford dość nieśmiało zwrócił się do Pip o lekcje jazdy dla córki tuż po tym, jak uzyskał pełną opiekę. Niedługo potem towarzyska Jemima postanowiła, że Charlotte zostanie jej nową najlepszą przyjaciółką, a Charlotte zaczęła spędzać każde popołudnie w Ridgewater — choć nikt nie przewidział, że zakocha się akurat w Beau.

Beau pewnie wszedł po trapie, kopyta dudniły pusto o metal. Pip podążyła za nim, zabezpieczyła przegrodę, po czym Charlotte podała jej uwiąz.

— Bardziej lubi przegrody skierowane do przodu niż te skośne — zauważyła Charlotte, sięgając, by podrapać go między uszami. — Tata mówi, że tak widzi, dokąd jedzie.

— Twój tata może mieć rację — zgodziła się Pip, przypinając uwiąz do karabińczyka bezpieczeństwa. — Beau to myślący kuc. Lubi wiedzieć, co się dzieje.

Krzyk z drugiego końca placu obwieścił przybycie Jemimy — ośmiolatka prowadziła swoją krzepką krzyżówkę z kucem walijskim jedną ręką, drugą entuzjastycznie machała. Sparky, jak zawsze niezawodny, człapał u jej boku, zdawał się nie zauważać podzielonej uwagi dziewczynki.

— Charlotte! Wygramy wszystko! — zawołała Jemima, a jej blond warkocz podskakiwał na plecach, kiedy półpodskokiem przebiegała przez plac. — Sparky wczoraj idealnie skoczył treningowy tor na 80 centymetrów. Mama powiedziała, że to nasz najlepszy przejazd w historii.

Dziewczynki wpadły sobie w ramiona w podekscytowanym uścisku i natychmiast zaczęły trajkotać o swoich klasach, innych zawodnikach i o tym, czy na pokazie w Nambour będzie to samo stoisko z watą cukrową co w zeszłym roku. Pip przejęła uwiąz Sparky'ego od Jemimy, pozwalając dziewczynkom nacieszyć się chwilą oczekiwania, podczas gdy przygotowywała drugiego kuca do załadunku.

— Mama mówi, że możesz użyć jej niebieskiej wstążki do warkocza, jeśli chcesz się dopasować — zaproponowała Jemima z naturalną hojnością. — Skoro Beau ma niebieski na naczółku.

— Naprawdę? Byłoby idealnie! — odparła Charlotte z rozszerzonymi oczami. — Tata kupił mi nową marynarkę konkursową, ale nie mogłyśmy znaleźć wstążki w odpowiednim kolorze.

Pip wprowadziła Sparky'ego po trapie, ustawiając go obok Beau w dwustanowiskowej przyczepie. Kuce przywitały się cichym rżeniem — byli już przyjaciółmi po wspólnym wypasie i lekcjach. Pip zabezpieczyła uwiąz Sparky'ego i raz jeszcze sprawdziła oba kuce, zanim zaryglowała poprzeczki piersiowe.

— No dobrze, dziewczyny, podnosimy trap i zabezpieczamy — oznajmiła Pip, wracając do tyłu przyczepy. — Jemima, ty ten bok, Charlotte — ten. Na trzy.

Dziewczynki ustawiły się zgodnie z instrukcjami, z determinacją na twarzach, gdy pomagały Pip dźwignąć ciężki trap. Ich zsynchronizowany wysiłek świadczył o partnerstwie wypracowanym przez miesiące wspólnych lekcji i przygód. Gdy trap był już zabezpieczony, a boczne drzwi zamknięte, Pip zrobiła ostatni obchód przyczepy, sprawdzając z przyzwyczajenia opony i zaczep.

— Do pick-upa, dziewczynki — zarządziła, otwierając tylne drzwi podwójnej kabiny. — Marynarki na wieszaki, proszę, a nie zgniecione pod waszymi pupami.

Dziewczynki wspięły się do środka, ostrożnie zawieszając nieskazitelny strój konkursowy na haczykach, które Pip zamontowała specjalnie w tym celu. Ich podekscytowana paplanina nie ustawała, tworząc tło dziecięcego entuzjazmu, które sprawiało, że Pip uśmiechała się mimo wczesnej pory.

Pip zamknęła drzwi akurat w chwili, gdy na podjazd wturlał się kolejny samochód — znajomy sedan Jake'a zaszurał po żwirze. Wysiadł z dwiema kubkami termicznymi, z których unosiła się para w chłodne poranne powietrze. Na widok Jake'a Pip poczuła to już dobrze znane trzepotanie w piersi.

— Idealne wyczucie czasu — zawołała, spotykając się z nim w pół drogi między autami. — Już prawie ruszamy.

Jake podał jej jeden z kubków, a ciepło wsiąkło w zziębnięte palce. — Pomyślałem, że ci się przyda. O tej porze bycie przytomnym ledwo da się uznać za cywilizowane.

— Mówi to facet, który regularnie pracuje na nocnych zmianach — droczyła się Pip, wspinając się na palce, by musnąć go szybko w policzek. — Ale dziękuję. Tego mi było trzeba.

— Charlotte wygląda inaczej — zauważył cicho, gdy Pip upiła wdzięczny łyk mocnej kawy. — Bardziej ułożona. Szczęśliwsza.

Pip skinęła głową, zerkając przez szybę na dziewczynki, które nadal rozmawiały z ożywieniem. — Rozkwita u Joe'ego. Może i nie zna się na kucach, ale wie, jak być dobrym ojcem. Pozwala jej być dzieckiem, a nie dodatkiem do stroju czy symbolem statusu.

— A ten kuc — ciągnął Jake, wskazując na przyczepę, w której oknie było widać gniadą chrapę Beau. — To nie ten, któremu nikt nie dawał szans na porządny powrót do formy?

— Właśnie on — potwierdziła Pip, nie kryjąc satysfakcji w głosie. — Charlotte spędza z nim każde popołudnie, odkąd Joe dostał opiekę. Uleczyli się nawzajem, tak myślę.

Wyraz twarzy Jake'a złagodniał, gdy przyglądał się jej. — Masz niezły dar łączenia właściwego człowieka z właściwym koniem.

Komplement rozgrzał ją bardziej niż kawa. — To w gruncie rzeczy niewiele się różni od roboty w policji. Obserwacja, rozpoznawanie schematów, rozumienie motywacji.

— Tylko że z dużo większą ilością obornika — dodał Jake, a w kącikach oczu pojawiły mu się zmarszczki śmiechu.

— A skoro o tym mowa, powinniśmy ruszać, zanim te dwa wyprodukują w przyczepie jeszcze więcej — powiedziała Pip, skinieniem wskazując kuce. — Do

Nambour jest dobra godzina, a chcę, żeby dziewczynki miały czas obejść parkur przed swoimi klasami.

Jake otworzył drzwi pasażera i wsunął się obok niej, gdy Pip usiadła za kierownicą. Znajomy ciężar jego obecności — stały, uspokajający — równoważył nerwową energię bijącą z tylnego siedzenia. Gdy odpaliła silnik i zaczęła ostrożnie manewrować przyczepą, Pip przyłapała Jake'a na tym, że obserwuje dziewczynki w lusterku wstecznym, z zamyśleniem na twarzy.

— Co? — zapytała łagodnie.

— Nic — odparł, odnajdując jej dłoń na drążku zmiany biegów. — Po prostu myślę, że pewne partnerstwa są sobie pisane, nawet jeśli na początku nikt tego nie widzi.

To ciche zrozumienie w jego głosie sprawiło, że Pip się uśmiechnęła, gdy wjechali na drogę, a wschodzące słońce rzucało długie cienie na padoki Ridgewater, zostawione za nimi.

Tereny wystawowe w Nambour kipiały od aktywności. Flagi trzepotały na wietrze, ich kolory odcinały się jaskrawo od bezchmurnego, błękitnego nieba. Komunikaty trzeszczały w wysłużonych głośnikach, zniekształcone do niezrozumiałych sylab, które mimo to niosły w sobie pilność. Pip wciągnęła znajomą mieszankę kurzu, końskiego potu i kuszących zapachów z tłustych budek — zapach, który natychmiast przeniósł ją do wszystkich rolniczych pokazów z dzieciństwa.

Charlotte siedziała na Beau przy wejściu do parkuru, drobne dłonie zaciskała na wodzach tak mocno, że zbielały jej knykcie, czekając na wywołanie do klasy dla początkujących w skokach przez przeszkody. Kuc stał niezwykle spokojnie, jego gniada sierść błyszczała po drobiazgowym czyszczeniu, a w grzywie miał równy rządek koreczków, nad którymi dziewczynki spędziły wczoraj całe popołudnie, dopracowując je do perfekcji. Dziesięć metrów dalej Joe Ashford krążył po ciasnej pętli, co jakiś czas zerkając w telefon — Pip podejrzewała, że tylko po to, by dać swoim nerwowym dłoniom zajęcie. Nowa tweedowa czapka i wypastowane buty R.M. Williams zdradzały ojca zdeterminowanego, by wpasować się w świat córki, choćby i stroma była to krzywa uczenia się.

— Pamiętaj oddychać — powiedziała cicho Pip, sięgając, by po raz ostatni poprawić puślisko. — Beau wie, co ma robić. Twoja rola to mu w tym pomóc, a nie kontrolować każdy krok.

Charlotte skinęła głową, twarz pod kaskiem miała maskę skupienia. — A jeśli zapomnę parkuru?

— Nie zapomnisz — zapewniła Pip. — A nawet jeśli, spójrz na mnie. Będę tuż przy budce sędziego.

Wyprostowała poły marynarki Charlotte — granatowej, z subtelną srebrną lamówką, którą Joe wyszukał po tym, jak Charlotte nieśmiało wspomniała o ulubionym kolorze. Marynarka była może o rozmiar za duża, kupiona z myślą o wzroście, ale całość składała się na obraz porządnego, bezpretensjonalnego przygotowania. Żadnych metek projektantów ani krawiectwa na miarę, jak nalegałaby Vivienne — tylko czyste, poprawnie wystrojone dziecko na zadbanym kucu.

— Miękkie ręce, oczy w górze — podjęła Pip, wpadając w rytm ostatnich wskazówek. — Pamiętaj, co ćwiczyłyśmy przy dojeździe do kombinacji podwójnej. Półparada na zakręcie, a potem pozwól mu samemu znaleźć odległość.

— Półparada na zakręcie — powtórzyła Charlotte, a jej głos się uspokoił, gdy recytowała znane instrukcje. — Potem zaufać Beau.

Pip cofnęła się, mierząc uczennicę krytycznym okiem. Strzemiona równe, popręg dociągnięty, wodze w odpowiedniej długości. Co ważniejsze, partnerstwo dziewczynki i kuca wyglądało solidnie — zbudowane na cierpliwej pracy i rosnącym zaufaniu.

— Dacie radę — powiedziała z cichą pewnością. — Oboje.

Przy ogrodzeniu pojawiła się Emma z Jemimą, ta druga niemal podskakiwała z ledwo powstrzymywanym podekscytowaniem. Emma trzymała w ręku kamerę, a drugim ramieniem obejmowała Jemimę w geście równie powstrzymującym, co wspierającym.

— Charlotte! Beau wygląda obłędnie! — zawołała Jemima, machając jak oszalała. — Będziemy tak głośno kibicować!

Charlotte zdołała się uśmiechnąć i nieznacznie pomachać, zerkając w stronę ojca, który porzucił krążenie i dołączył do Emmy i Jemimy przy ogrodzeniu. Wyraz twarzy Joe łączył w sobie dumę, niepokój i coś, co Pip odczytała jako zachwyt — jakby wciąż nie dowierzał, że ta pewna siebie młoda amazonka to jego córka.

Gospodarz ringu wywołał ich numer, dając znak, że czas Charlotte właśnie się zaczął. Pip ścisnęła łydkę dziewczynki raz — ostatni gest otuchy — po czym się odsunęła.

Charlotte wprowadziła Beau na parkur, plecy miała proste, brodę uniesioną — taką postawę Pip wbijała jej do głowy przez niezliczone lekcje. Kuc nastawił uszy do przodu, a jego krok się wydłużył, kiedy rozpoznał przed sobą przeszkody. Charlotte zebrała go w uważny galop, budując rytm i kontakt, zanim skierowała go na pierwszą przeszkodę.

Pip pospiesznie zajęła miejsce przy stanowisku sędziego, serce dudniło jej o żebra w znajomym napięciu. To było dla Charlotte bardzo ważne — może bardziej, niż sama dziecko zdawało sobie sprawę. Tu nie chodziło tylko o kokardy czy punkty; chodziło o udowodnienie, że i ona, i kiedyś niechciany kuc mają tu swoje miejsce.

Beau przeleciał nad pierwszą przeszkodą, prostym krzyżakiem, z zapasem. Charlotte natychmiast po lądowaniu się wyprostowała, szykując zwrot do dwójki. Niewielka grupa wokół parkuru patrzyła okiem wymagającej końskiej społeczności — z początku lekceważąco wobec zwykłego gniadego kuca bez szczególnej urody, ale stopniowo z coraz większą uwagą, gdy Beau pokazywał zaskakującą sprawność, a Charlotte — cichą skuteczność.

— Jaka urocza mała amazonka — szepnęła za plecami Pip jakaś kobieta do towarzyszki. — Świetna równowaga i pozwala kucowi robić swoje.

Trójka i czwórka zniknęły pod ostrożnymi kopytami Beau, a Charlotte znalazła idealny balans między prowadzeniem a pozostawieniem mu głowy. Napięcie Pip zaczęło topnieć w ostrożną nadzieję. Płynęli teraz — każda przeszkoda była płynniejsza od poprzedniej, wcześniejsza sztywność Charlotte rozpuszczała się w pewne partnerstwo.

— Właśnie tak — wyszeptała Pip, choć Charlotte była zbyt daleko, by ją usłyszeć. — Zaufaj mu.

Parkur zawracał ku środkowi na pojedynczą stacjonatę, po czym ostro skręcał do ostatniego wyzwania: kombinacji podwójnej, która sprawiła kłopot większości klasy. Dwie przeszkody ustawione w odległości trzech foule, przy czym druga była nieco wyższa. Wymagało to precyzji w dojeździe i idealnego rytmu w środku — test oddzielający pasażerów od prawdziwych jeźdźców, nawet na poziomie początkującym.

Gdy Charlotte wykonała zwrot do kombinacji, nad tłumem zapadła cisza. Nawet Jemima zastygła, wstrzymując podskoki i ściskając dłoń Emmy. Joe pochylił się na ogrodzeniu, knykcie zbielały mu z napięcia.

Charlotte zrobiła półparadę na zakręcie dokładnie tak, jak ją instruowano, zebrała galop i wycentrowała dojazd. Uszy kuca na moment drgnęły w jej stronę, po czym zablokowały się na pierwszym elemencie kombinacji. Trzy idealne foule do miejsca odbicia, potem Beau się zebrał, przednie nogi schował równo i wygiął się nad pierwszym elementem.

— Licz foule — mruknęła Pip, wiedząc, że Charlotte właśnie to robi.

Jedna, dwie, trzy zrównoważone foule między elementami, potem Beau znów się wzbił, przelatując nad drugą, wyższą stacjonatą z zapasem. Charlotte utrzymała pozycję wzorowo — nie zaburzała równowagi kuca, nie zawaliła się też do przodu. Wylądowali czyści, odjeżdżając galopem do linii mety w łatwym rytmie idealnie zgranej pary.

Tłum wybuchł. Ktoś przeszybko zagwizdał, inni klaskali z autentycznym uznaniem. Ale uwaga Pip pozostała na twarzy Charlotte, gdy dziewczynka przejechała między chorągiewkami — wyraz skupienia zmienił się w niewiarygodną radość, kiedy dotarło do niej, co właśnie osiągnęli.

— Przejazd bez zrzutek dla Charlotte Ashford na Beau! — potwierdził spiker. — To wynosi ją na szczyt tabeli w klasie dla początkujących!

Charlotte okrążyła Beau jeszcze raz, po czym pokierowała go do wyjazdu, uśmiech miała już szeroki i niepowściągany. Poklepywała kuca po szyi, pochylając się, by coś wyszeptać do nastawionych uszu. Pip ruszyła im na spotkanie, ale wyprzedził ją Joe Ashford, który zaskakująco zwinnie przeskoczył niski płotek dla publiczności.

Dopadł do córki akurat wtedy, gdy zatrzymała Beau przed wyjściem, i ujął ją, by ją przytrzymać, kiedy zjeżdżała na ziemię. Charlotte spojrzała na ojca, szukając w jego oczach reakcji.

— Widziałeś, tato? Widziałeś, jak Beau skakał? — słowa potoczyły się, zadyszane z emocji.

Joe przyklęknął, zrównując się wzrokiem z córką, nie zwracając uwagi na kurz, który oblepił jego starannie zaprasowane spodnie. — Widziałem — powiedział z chrypką wzruszenia. — Ty i Beau byliście wspaniali.

Objął Charlotte, szerokie ramiona ochronnie otuliły jej drobną sylwetkę. Ponad ramieniem córki oczy Joe spotkały spojrzenie Pip, przekazując wdzięczność tak głęboką, że słowa były zbędne.

Pip poczuła dużą, ciepłą dłoń na ramieniu i odwróciła się — obok stał Jake, z uśmiechem dumnym tak, jakby Charlotte była jego własnym dzieckiem. — To twoja zasługa — powiedział cicho. — To ty zobaczyłaś, co mogą znaczyć dla siebie.

— To oni odwalili całą robotę — zaprzeczyła Pip, choć jego słowa rozlały jej ciepło po piersi.

— Po tym, jak im pokazałaś, że to możliwe — upierał się Jake.

Ich moment przerwała Jemima, której wreszcie udało się wyślizgnąć spod powstrzymującego ramienia Emmy — z piskliwym okrzykiem czystej radości rzuciła się na Charlotte. Dziewczynki zderzyły się w kłębowisko kończyn i podekscytowanych słów, a Joe rozsądnie odsunął się na bok, by nie wpaść w wir świętowania.

— Będzie nam potrzebna kolejna półka na trofea — zauważyła sucho Emma, dołączając do nich, wciąż nagrywając. — W takim tempie zabraknie nam miejsca, zanim sezon się rozkręci do połowy. Jemima już wygrała swoją pierwszą klasę na Sparky'm, a zaraz wystartuje w klasie OTTB dla byłych koni wyścigowych na swojej pełnej krwi klaczy Pepper, którą przywiozłam w innej przyczepie razem z dwoma moimi końmi.

Pip patrzyła, jak Charlotte prowadzi Beau z powrotem w stronę przyczepy — postawę miała teraz rozluźnioną, ale wciąż prawidłową, z uroczą nieśmiałością przyjmowała gratulacje od innych zawodników. Kuc szedł obok niej z czujnym, zainteresowanym wyrazem — jak zwierzę, które odnalazło swoje przeznaczenie. Już nie tylko kuc pokazowy czy symbol statusu, ale partner.

— Warto było zrywać się o świcie? — zapytał Jake, odnajdując jej dłoń.

Pip skinęła, nie ufając głosowi, gdy patrzyła, jak Joe zrównał krok z córką — wciąż nieco oszołomiony porannymi wydarzeniami, ale bez wątpienia i bez zastrzeżeń dumny.

— Zawsze — wydusiła w końcu, ściskając palce Jake'a. — Są rzeczy warte każdej ilości nieprzespanych godzin.

Zachód słońca malował padoki Ridgewater bursztynem i złotem, a ostatnie światło chwytało się w wilgotnej od rosy trawie jak rozsypane klejnoty. Pip opierała się o bielony płot, drewno wciąż trzymało ciepło dnia. Obok stał Jake ze swoją zwykłą, cichą obecnością — ich ramiona prawie się nie stykały, ale byli dość blisko, by czuła kojące ciepło jego bliskości, nawet nie patrząc. Dzienne gorąco ustąpiło łagodnemu chłodowi, który niósł zapach eukaliptusów od drzew granicznych i słodką, zieloną woń świeżo podlanej ziemi.

Na środku padoku Charlotte i Jemima kłusowały i galopowały ramię w ramię na swoich kucach, a ich śmiech niósł się przez otwartą przestrzeń. Od powrotu z zawodów dziewczynki były nierozłączne; Jemima koniecznie chciała pomóc Charlotte przypiąć w siodlarni niebieską kokardę za zwycięstwo.

— Spójrz na nie — powiedziała cicho Pip, patrząc, jak dziewczynki robią synchroniczne koła, a ich kuce poruszają się w idealnym zgraniu. — Dwa miesiące temu Charlotte ledwo umiała galopować bez kurczowego trzymania się siodła. A teraz popatrz.

Sylwetki dziewczynek odcinały się od pomarańczowego nieba — ciemne kształty poruszały się z płynną gracją, która przychodzi po godzinach w siodle. Charlotte siedziała głęboko, prowadziła cicho ręką, a jej pewność siebie była widoczna nawet z daleka. Beau szedł krok w krok ze Sparky'm — płynnie, swobodnie, z nastawionymi uszami i błyszczącymi z zainteresowania oczami. Nie do poznania w porównaniu z koniem, którego Pip uznała kiedyś za dosłownie stojącego na ostatnich nogach.

Ramię Jake'a opadło na barki Pip, a on sam musiał się porządnie pochylić, by uwzględnić różnicę wzrostu. Znajoma niezręczność tej pozycji sprawiła, że Pip się uśmiechnęła — Jake nigdy nie narzekał na akrobacje potrzebne, by trzymać ją blisko.

— Przyszły już buty na platformie? — zapytał Jake, jakby czytał w jej myślach.

Pip roześmiała się, wtulając się w jego bok. — Wczoraj. Sarah kazała mi ćwiczyć chodzenie w nich przed ślubem. Mówi, że nie zamierza oglądać druhny, która ląduje w torcie, bo nie umie utrzymać równowagi na sześciocalowych platformach.

— Sześć cali? — Jake uniósł brew. — To brzmi przesadnie.

— Albo to, albo miałabym stać na skrzynce przez całą ceremonię — odparła Pip. — Poza tym będzie to dobry trening przed naszym ślubem. Czy wolisz klęczeć w trakcie naszej ceremonii?

Data ślubu Sarah i Marcusa zbliżała się szybko, niosąc ze sobą gorączkę przygotowań, które jakoś łączyły w sobie stres i radość. Sarah uparła się na prostotę: ceremonia nad jeziorem w Ridgewater, nie więcej niż trzydzieścioro gości, przyjęcie w ogrodzie. Ale nawet prostota wymaga planowania — zwłaszcza gdy w grę wchodzą konie, a oczywiście wchodziły. Legend, oficjalnie emerytowany w wieku dwudziestu czterech lat, lecz wciąż wspaniały, poniesie obrączki, prowadzony przez Jemimę, która ćwiczyła z nabożną powagą.

— Nie mam nic przeciwko klęczeniu — powiedział Jake, a jego głos przybrał ciepły, niski ton, który zawsze wywoływał u Pip przyjemne ciarki. — Od kiedy cię poznałem, i tak często jestem na kolanach.

Pip żartobliwie pacnęła go po ramieniu. — I to dokładnie ten rodzaj tekstu, przez który Emma zabroniła ci pisać własne przysięgi.

— Emma nie ma za grosz romantyzmu w duszy — odparł Jake z udawaną powagą.

— Emma czytała twoją próbę poezji — odcięła Pip. — Chroni cię przed tobą samym.

Ich śmiech splótł się — lekki i swobodny — w złotym świetle. Po drugiej stronie padoku dziewczynki zwolniły do stępa, pozwalając kucom rozciągnąć szyje po wysiłku. Żywiołowa gestykulacja Jemimy sugerowała, że snuje właśnie jakąś epicką opowieść, a potakujące skinienia Charlotte punktowały rozwijającą się historię.

— Jest teraz zupełnie inna — zauważyła Pip, wracając myślami do porannego triumfu Charlotte. — Powinieneś widzieć Vivienne na zawodach, zanim to wszystko wybuchło. Stała przy ogrodzeniu i krytykowała każdy ruch, a potem przez całą drogę do domu wyliczała, co Charlotte zrobiła źle. Nigdy nawet nie pozwoliłaby Charlotte wsiąść na Beau. Za mało efektowny, zbyt zwyczajny.

Ramię Jake'a odrobinę się zacieśniło. — Joe powiedział mi, że przed każdymi zawodami doprowadzała Charlotte do łez. Mówił, że to było tak częste, iż myślał, że tak po prostu mają wszystkie dzieci — że tak bardzo się denerwują.

— A teraz spójrz na nią — powiedziała Pip, czując ciepło rozlewające się po piersi, gdy Charlotte sięgnęła, by poklepać Beau po szyi, cała rozluźniona, pewna siebie. —

Pierwsze miejsce w swojej kategorii, a całą drogę do domu trajkotała tylko o tym, jaki jej kuc jest mądry.

— To nie tylko kuc — odparł Jake. — To też twoja zasługa, wiesz? Sposób, w jaki ich uczysz, jest... czymś wyjątkowym do oglądania.

Pip poczuła, jak policzki jej się rozgrzewają od szczerej admiracji w jego głosie. — Ja tylko staram się pomóc im znaleźć w sobie pewność. Reszta to już oni.

— Właśnie dlatego jesteś tak dobrą nauczycielką — upierał się Jake. — Nie robisz z tego opowieści o sobie. Chodzi o to, co oni mogą razem osiągnąć.

Na padoku Jemima wyciągnęła z kieszeni coś, co wyglądało na lukrecjowy pasek, przełamała na pół i podzieliła się z przyjaciółką. Dziewczynki żuły zgodnie, a ich kuce skubały trawę obok siebie — zawody przeszły w prostą przyjemność bycia dziećmi z ukochanymi zwierzętami.

— Partnerstwa najlepiej działają właśnie tak — ciągnął Jake, przenosząc wzrok z dziewczynek na uniesioną ku niemu twarz Pip. — Kiedy obie strony wnoszą swoje pełne atuty, bez próby kontrolowania czy umniejszania drugiej. Jak Charlotte i jej kiedyś niechciany kuc.

— Albo drobna trenerka koni i przerośnięty policjant? — podsunęła Pip z uśmiechem w kąciku ust.

— Dokładnie tak — przytaknął Jake z udawaną powagą. — Choć słowo „przerośnięty" mnie uwiera. Wolę „on onieśmielająco wysoki".

— Niewygodnie wysoki — odparła Pip.

— Strategicznie wyrośnięty — zaproponował Jake.

Ich żartobliwe przekomarzanie rozpuściło się w wygodnej ciszy, gdy słońce schowało się niżej, a złote światło przygasło do rubinu na zachodnim horyzoncie. Pojawiły się pierwsze gwiazdy — jasne punkciki na ciemniejącym błękicie nad głową. W oddali dźwięki z podwórza stajennego tworzyły kojące tło: rytmiczne chrupanie siana, ciche parsknięcia, pusty stukot kopyta o drzwi boksu.

Gdy mrok rozlał się po padoku, dziewczynki wreszcie skierowały kuce ku domowi, ich śmiech niósł się na wieczornym wietrze. Głos Charlotte zabrzmiał czysto i pewnie — tak inny od nieśmiałego szeptu, którym mówiła, gdy Pip zaczynała ją uczyć.

— Pojedziemy jutro znowu, prawda? Przed szkołą?

— Jasne — doleciała odpowiedź Jemimy. — Trening o świcie. Do lata będziemy nie do pokonania.

Dłoń Jake'a odnalazła dłoń Pip, palce splotły się z jej palcami. — Lepiej zadzwonię do Joe'ego i dam mu znać, że już wracają. Chciał zabrać Charlotte na lody świętować zwycięstwo.

— Za chwilę — powiedziała Pip, niechętna, by przerywać spokój chwili. — Popatrzmy na nie jeszcze przez moment.

Sylwetki dziewczynek malały, gdy jechały ku światłom podwórza stajennego, a pewny stęp ich kucy połykał spokojnie kolejne metry. Pip oparła głowę o ramię Jake'a — nie sięgała do jego barku, choć bardzo się starała — i poczuła, jak cichy śmiech wibruje mu w piersi.

— Z platformami czy bez — mruknął, całując ją w czubek głowy — nie zmieniłbym w tobie ani jednej rzeczy.

W zapadającym półmroku Pip ścisnęła jego dłoń w bezsłownej zgodzie. Dzisiejsze zwycięstwa, triumf Charlotte, codzienny cud dzieci i koni rosnących razem i ta cicha chwila z Jake'iem zlały się w jedną, absolutną pewność: dotarli dokładnie tam, gdzie ich miejsce. Razem.

Dyniowe skony Pip

SKŁADNIKI

2 ½ szklanki mąki samorosnącej, przesianej
1 szklanka dyni: ugotowanej na parze, rozgniecionej i wystudzonej*
¼ szklanki masła w temperaturze pokojowej
1 jajko, lekko roztrzepane
½ szklanki drobnego cukru (caster/superfine)
⅓–½ szklanki mleka
½ łyżeczki mielonej gałki muszkatołowej

PRZYGOTOWANIE

Rozgrzej piekarnik do 240°C (475°F). Wyłóż blachę papierem do pieczenia.

Utrzyj masło z cukrem mikserem na jasną, puszystą masę; stopniowo wmiksuj jajko.

Wmieszaj dynię, następnie składniki suche i tyle mleka, aby otrzymać miękkie, kleiste ciasto. Szybko i lekko zagnieć na oprószonym mąką blacie, aż będzie gładkie.

Rozpłaszcz ciasto równomiernie do grubości 2 cm (¾ cala). Zanurz okrągłą wykrawaczkę 5 cm (2 cale) w mące i wytnij jak najwięcej krążków.

Ułóż bułeczki ściśle obok siebie, tak by się stykały, na przygotowanej blasze. Z resztek ciasta delikatnie zagnieć kulę, ponownie rozpłaszcz i wycinaj. Wierzchy posmaruj odrobiną mleka.

Piecz 12–15 minut, aż wierzch się zrumieni, a bułeczki przy stuknięciu wydadzą głuchy dźwięk.

Podawaj na ciepło z ulubionymi dodatkami — wyśmienite same z masłem, ale spróbuj też wytrawnie z serkiem śmietankowym i szczypiorkiem, albo na słodko z miodem czy syropem klonowym!

Jeśli dynię ugotujesz w wodzie, będzie bardziej wodnista i masa może wyjść zbyt lepka. Najlepiej gotować na parze albo w mikrofalówce, w naczyniu przykrytym, z odrobiną wody.

Uwaga o mące samorosnącej: jeśli nie masz, użyj 2 ½ szklanki mąki pszennej + 3 ¾ łyżeczki proszku do pieczenia + ½ łyżeczki soli.

*Obiecuję — przepis na legendarny dżem ananasowy Emmy też się pojawi... ale musisz czytać dalej serię **Amazonki***

*z **Ridgewater**, żeby go znaleźć! Następna książka to **Wspólny grunt**.*

Inne książki autorki Caitlyn Lynch

Oddział Ratunkowy

Ratunek Rangera
Powrót Rangera
Misja Rangera
Krew Rangera
Żar Rangera (tylko dla subskrybentów newslettera)

Amazonki z Ridgewater

Zaufaj procesowi
Przełamywać bariery
Wspólny grunt
Zapisane w gwiazdach
Święta w Ridgewater

Poznaj wszystkie publikacje Shenanigans Press, odwiedzając naszą stronę internetową, https://www.shenaniganspress.com/pl!

Możesz też obserwować nas w mediach społecznościowych – jesteśmy na Facebooku i Instagramie (@ShenanigansPressPolska)

I nie zapomnij zapisać się do naszego newslettera, aby otrzymywać informacje o nowościach, promocjach, konkursach i wiele więcej!